模仿犯

影集創作全紀錄：

| 完整十集劇本＆幕後花絮寫真導覽 |

瀚草文創、英雄旅程／著

CONTENTS
目次

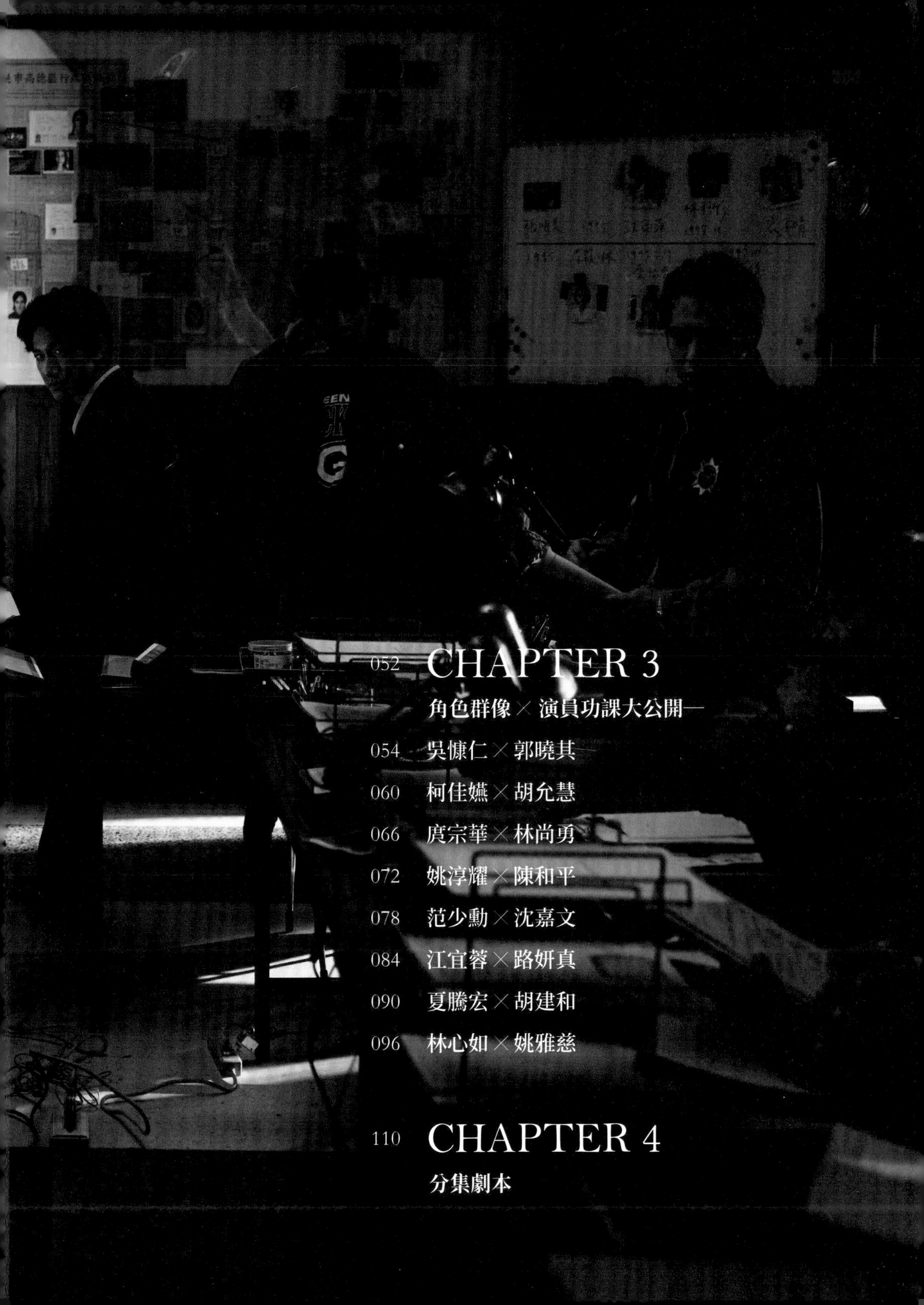

CHAPTER ①

幕後製作發想

| 導演
| 製作人
| 美術設計

跨國、跨時、跨媒體
的故事轉譯

導演 張榮吉

　　畢業於臺灣藝術大學應用媒體藝術研究所。二〇〇六年與楊力州共同執導《奇蹟的夏天》獲得金馬獎最佳紀錄片獎。二〇〇八 年以短片《天黑》獲得臺北電影獎最佳短片獎。第一部劇情長片《逆光飛翔》曾代表臺灣角逐奧斯卡最佳外語片獎，並以此片獲得金馬獎最佳新導演。二〇一九年以《下半場》榮獲第五十六屆金馬獎最佳新演員、臺北電影獎最佳導演、最佳攝影、傑出技術（動作設計）、觀眾票選獎。

導演 張亨如

　　國立臺灣藝術大學電影系、電影研究所畢業，第五屆金馬電影學院學員，現為自由影視工作者，作品常獲國內外影展肯定。除導演工作外，亦參與多部影片之副導演或剪接工作，二〇二一年以《迷霧之都 -Mist》入選金馬創投劇集企劃。二〇一九年執導的電視劇集《噬罪者》入圍第五十五屆電視金鐘獎戲劇類最佳戲劇、最佳編劇、最佳男主角等六項大獎，並獲該年度金鐘獎戲劇類最佳女配角獎。電視電影《竹田車站》曾獲二〇一三亞洲電視大獎最佳導演（高度讚賞獎）。剪接作品《遙遠星球的孩子》獲二〇一一年電視金鐘獎最佳剪輯。

　　《模仿犯》是宮部美幸的小說改編，很多的劇情也是來自於小說的情節，影集的故事設定是在九〇年代末虛設的松延市，在城市裡面發現一隻斷手，從這隻斷手去開始追溯，發現原來這是第一起、過去從來沒有發生過的連續殺人案。

　　主角是一個檢察官——郭曉其，在追查殺人案的過程中，被害者一個一個的出現，他自己慢慢也跟著深陷其中，最後不計一切後果，想要把連續殺人案的真凶找到。

為原作的核心精神找到屬於臺灣的對應點

　　宮部美幸的小說其實最著重的是人性的刻劃，她每一個角色都非常的細膩，透過她的小說，可以看到很敏銳的社會觀察，反映在每一個人身上，你會感覺到在那個時代底下，不一樣職場身分的角色，他們面臨的情感或是外界眼光。

我們從中提煉出一些核心，譬如說媒體的影響、輿論的影響，還有不管是被害者、被害者家屬、執法者，他們怎麼面對這樣的事件，而凶手、或者是操控凶手的人，他們怎麼樣去利用這些媒介。

這一次的改編確實是一個挑戰，因為當初的小說，是描述八〇年代末、經濟泡沫後的社會狀態，是在日本的環境。當我們將它轉化成一個在臺灣發生的故事的時候，我們就希望對焦到過去共同擁有過的一些經驗，而我們的九〇年代是第四臺崛起的年代，在網路尚未普及，大家可能僅靠著電話聯繫溝通，有些人還帶著那種人與人、面對面的信任的那樣的一個時代，新聞媒體產生了一些扭曲、變成一種輿論方向操控的工具，它也許會成為凶手犯案時所利用的可能性。

我們找到這一段我們熟悉的過去，然後試圖把故事中的連續殺人案扣緊這樣的生態，然後把劇中很多角色轉化成臺灣觀眾相對比較有印象的樣貌，我們把角色轉化成談話性節目主持人、新聞主播、熱血記者，觀看這整個世界的眼光則從一個執法者身上出發，透過檢察官的角色去看待整個連續殺人案的發生。

　　執法者、刑警隊長、警隊隊員，還有被害者跟被害者家屬⋯⋯我們都希望可以找到臺灣觀眾最熟悉的符號，我們把這些角色轉換成宮廟的主委、在補習街上課的女性，有很多不一樣的被害者的身分，可能只是想要在東區開服飾店的年輕女生、或是學校實習老師、或是在廣告公司上班的平面設計這樣的一些角色。你會看到很多臺灣觀眾熟悉的場景，可是整體的核心我們其實是從《模仿犯》的原著小說萃取出來的。

媒體與惡的混沌共生

　　有線電視剛興起之前，電視臺新聞媒體作為「第四權」，對於一般人而言，是公正、客觀的代表；隨著媒體業比較競爭的狀態，它就會開始有一點點變質，開始會有一點點因為互相競爭，導致生態開始改變，這個改變很容易造成一種帶起輿論方向的工具。當時跟現在有一些不同，因為那個時候手機雖然有，可是不像現在是智慧型手機，媒體——尤其是新聞臺——告訴你的事情，

你就會認為那是所有的真實；當時也不像現在網路那麼發達，你可以想辦法找到各種其他的說法。那時對於觀眾、對於老百姓來說，新聞好像就是某種力量，它告訴你的東西，你可能就不太會去質疑。現在大家手上自媒體很多，像是FACEBOOK、IG 這些，很多人都可以透過這些東西去表達他對事情的看法，或是找到他認為某一些事件另外的面向。我們在改編的過程中，覺得雖然設定在那個時候是因為媒體剛興起而產生亂象，可是其實對應到現在是一樣的，這種共通感不會因為年代而與現在有什麼不同，甚至也許現在的觀眾看到，反而可能會更有感。因為一些東西隨隨便便被放在公開的網路上或是媒體上渲染之後，大家就認為事情是那樣了，反而當事人有時候很難自己去做澄清或是辯駁，這是沒有隨著年代而改變的，也是我們覺得這個戲可以讓觀眾去思考的東西——你接收到的這些訊息是真的嗎？還是它其實想要引導你什麼？

　　凶手對於所有被害者的加害行為當然是一種對生命的扼殺，可是，媒體其實可能也是再一次地扼殺被害者、或者是被害者的家屬，而當人際存在著不信

任的時候，那層關係有時候也是彼此之間的扼殺。在《模仿犯》劇裡，存在了很多這樣子的關係，不僅是在被害者跟加害者之間，甚至是執法者跟媒體之間，都存在這樣一種彷彿彼此扼殺、不信任的一種關係。

想像九〇年代的連續殺人案，辯證今昔如一的人性善惡

現在的觀影經驗一直在改變，說故事的節奏也越來越不一樣，所以當小說的文本轉化成影視作品的時候，對我們來說是一個滿大的挑戰。第一個是說故事的節奏，我們要去找到當下觀眾最熟悉的一個節奏，最容易吸收的一種方式，所以在角色上、故事的架構上，我們其實都做了一些嘗試，希望它可以再更錯綜複雜一點點。在角色設定上則想要營造一種熟悉感，當你對角色熟悉，當然進一步對於角色活動的那些場域環境也是熟悉的。儘管沒有人希望連續殺人案發生在自己的土地上，但我們去做了一種假想：在臺灣如果發生了這樣的事件，不同的人、身為不同的角色身分會是怎麼樣去看待？你身為一個父母親、身為一個執法者、身為一個媒體人，怎麼樣在這個環境底下看待整個事件的發展？

當然，小說的一些故事線我們還是有保留，但光是地點不同，其實就可以看出很多的人的狀態也不同，對應事件的處理方式也不同。對於《模仿犯》的改編，我們更想下的定義是：假設九〇年代臺灣真的有連續殺人案，在那樣的媒體氛圍底下，以及在那個年代辦案的侷限底下，到底故事的主角、這些被害者、被害者家屬們，還有媒體，他們是怎麼樣來面對這樣的事情發生，然後這些事在他們心裡面，或是他們的人生中留下了什麼樣的印記。

我們試圖做到以臺灣的角度去看待連續殺人案這樣的事件，因為臺灣實際上從來沒有發生過連續殺人案，即便是在九〇年代那個時候，很轟動的陳進興殺害白曉燕的那個事件，也不是像現在設定的這種沒有特別對象——你不能

說他是無差別殺人，但是他就是刻意地想要針對隨機的女性下手——的作案，然後凶手好像想要對世界宣告所謂「惡」的力量是什麼，想要去渲染大家對於「惡」的害怕與心裡面想要被喚起的惡意。所以這是一個截然不同的改編，比較像是我們對於在臺灣這個土地上，如果發生連續殺人事件，會是怎麼樣的一個狀況，去做一種詮釋。

我們設定凶手利用媒體來散播犯行，當然也散播凶手的「惡」。如果這樁犯罪比疾病更像疾病，那這股「惡」就會像疾病一樣的蔓延，最終要用什麼樣的方式，可以讓這個惡停止？是人性的善嗎？還是心裡最後的那把尺？這就是這部影集要探討的。

我們希望為整個世界觀製造混沌的感覺，也在視覺、動作、場面上希望帶給觀眾一些新的刺激。在製作的過程中有一些年輕的工作人員，他們對九○年代的想像，就已經跟我們是不同的，當然我們試著找回一些，可是也的確很多東西不會是完全的復刻，而是會因為這個類型、因為角色跟劇情的設定，加了很多巧思在裡面。九○年代好像是我們最熟悉的、曾經走過的環境，可是在這環境裡我們又增加了很多不一樣角色的心理狀態，例如在色彩控制上，會看到有很突出的「紅」的呈現，就代表比疾病更像疾病的犯罪，惡的蔓延就是肆意地增長，我們要如何抑制它？我們希望可以透過視覺去展現這樣的形象。

對於觀眾來說，很多東西是結果論，那我們當然只能說，我們盡力做到最好，我相信整個團隊都是盡力做到最好，那當然也希望能夠呈現給觀眾的，是至少在臺灣比較沒有看過的影像感受，尤其同類型的題材在臺灣比較少見、又設定在這樣子的年代裡。也希望觀眾除了看一部類型片之外，也能夠有其他的獲得，在這樣一種看似警匪推理的形式包裝底下，其實存在了很多很掙扎的人性、對於善與惡的爭辯。

昔年日本、今日臺灣，面對病毒般之「惡」的轉型之路

製作人 曾瀚賢

　　瀚草影視公司創辦人。其作品題材多元，結合自身對市場的敏銳度及對社會現況的關懷，製作出多部兼具商業價值及藝術口碑的優質影劇，如電視劇《麻醉風暴》系列、《川流之島》、《他們在畢業的前一天爆炸》、《誰是被害者》及電影《囧男孩》、《寶米恰恰》、《阿嬤的夢中情人》、《紅衣小女孩》系列等片，屢獲國內外影展肯定。

　　拍完《誰是被害者》之後，對於新的刑偵類型，我們一直在找還有什麼題目可以在這樣的環境下製作，然後想到，也許臺灣的整個社會環境其實滿像日本，臺灣的犯罪型態也隨著擁擠的城市街廓、或者是人性本身，遇到一些問題跟掙扎，好像今日日本跟未來臺灣之間有一點關聯，甚至現在臺灣好像都在重複日本當年的一些現況。所以我們就在這之中了解到《模仿犯》，然後我們開始去研究這個 IP、這個故事，也發覺其實每個人的書架上都有這本書、都看過這本書，不管是導演或編劇。

　　它充分描繪了當時日本社會遇到的犯罪的這種困境，尤其在這個社會轉型、變態的狀況下面，這種變態是因應社會轉型而生，產生很多無法理解的現象，

所以不知道怎麼去面對這個「惡」。我覺得剛好小說的背景跟臺灣九〇年代所遇到的困難也非常相似。我不知道大家還記不記得，臺灣曾經有陳進興這樣的一個案例，也造成社會很大的恐慌，我們也在轉型的狀態下，不知道怎麼去面對這樣的「惡」，所以大家可能都透過媒體、透過了解很多種刑案，想辦法試圖去找到一些答案，結果反而因為媒體針對這些「惡」過度氾濫的報導，讓這個「惡」有機會去坐大，轉變成很多價值的混亂。

　　所以我們感覺到這一刻，這個題目其實非常有力量，決定也許可以透過這個方式來改編這個故事，甚至把它的時空放在九〇年代這個語境，這可能會帶來滿好的觀眾代入效果。也沒有想到，臺灣可能剛好隨著疫情的這個狀態，大家因為這個疫情，人心開始產生很多不安，甚至帶來社會很大的型態改變，我們開始面對很多不確定，疫情、病毒對大家一般生活的影響非常巨大，突然間媒體大量報導疫情的狀況下，也產生很多互相的攻擊，或是說因為這種不安全感放大，本來可能是正確的事情，好像在這個時代卻變得價值混亂。我們不太

確定我們應該去相信什麼、認同什麼，所以突然在這個時代依稀看到九〇年代的那個價值混亂的一種社會現況，異常的相似。我們似乎以為社會是慢慢的進步，可是我們社會可能也透過人性一次一次的回眸，看到原來我們有可能還是會出現像九〇年代的問題、犯下那樣的錯誤。

原著小說的人性價值與力量

《模仿犯》的整個意義跟價值也在我們的改編過程凸顯出來。我們希望藉由這樣的改編，也藉由現在我們同樣在面對的社會環境的變遷跟問題，看到一些新的可能，也許看到了人性的掙扎，「惡」得到放大後使我們可能無力抵抗的蔓延，就像病毒一樣，可是我們都可以試圖找到比較有力量的、人性的溫暖，透過我們對正義的堅持，也許可以突破這種困境。

宮部美幸老師當年在創作這部小說的時候，試圖透過各行各業的不同小人物，看到日本社會當時面對一個無差別殺人案件，大家遇到這個困境怎麼理出

一個人性的價值、力量。所以我們告訴老師說，也許可以讓臺灣的觀眾、或甚至全球的觀眾藉由臺灣這個文化中的改編，看到這種新的可能。臺灣在面對無差別殺人案的時候，我們也其實透過作品，像《我們與惡的距離》探討這樣的議題，感受到人性不知道怎麼去面對的這種恐慌。所以我們希望有更多的影視作品可以探討，面對絕對的「惡」的時候，到底人應該往哪裡去，怎麼去面對像這樣的「惡」在社會裡面破壞善良的價值。宮部美幸老師看到臺灣有類似這樣像日本的環境，或說社會形態轉變的一種恐慌的面貌，就覺得也許整個故事放在臺灣，可以藉由這樣的改編，會帶來一些更好的可能。

　　溝通交流也滿順利就達成改編的計畫，重擔回到我們創作團隊，因為它是很難駕馭的一部小說，人物非常多，精彩是在人物之間的、人性的情感如何被絕對的「惡」所破壞，甚至是被打到底不知道怎麼去面對。怎麼樣透過這些人物的可能性去把小說想要表達的主題呈現出來，這個是我們花更多精力的地方。也在過程當中設法讓老師理解說，比如和原著裡面豆腐店的有馬義男對應的角色，在臺灣這樣的語境跟社會裡面，他代表什麼樣的身分，所以我們也就找到

宮廟主委這種可能更有堅定信仰的人。在這種來回不斷的討論角色原型、在社會所扮演的人物關係上面,有給老師這邊一個安全感,讓她覺得我們確實會拿捏到原始小說想要表達的故事核心。

這個故事也可以簡單講是一個關於認同的故事,大家不管是誰,各行各業每一個角色,議長、檢察長、或是小到一個小人物,或是甚至電視臺的主播,其實每個人都在社會裡面扮演一個角色,都在尋找大家的認同,可是也許因為社會的大變遷,有些人把認同的尋找變成一種對於「惡」的追求,然後產生了一種變態性。最終為什麼這種變態會蔓延,為什麼有更多的犯罪會產生,來自於我們以為只要得到社會大眾更大的認同,就可以跨越善惡的分界,即使作惡多端都不會得到懲罰。我們希望藉由討論這個改編,更碰觸到宮部美幸老師最早想要透過小說表達的東西,我們希望確實找到一種良善的能量,然後這個力量也可以變成更大的一個可能,對於社會本身經歷過這些東西之後可以沉澱下來的一種溫暖的價值。這是比較漫長的討論,也越來越碰觸到這個主題的核心。

日本原著、美劇體裁、臺灣在地觀點的碰撞火花

Netflix 給我們說故事的方法很大的包容,我們在製作像美劇這樣格式的東西時,它提供我們很大的協助,尤其在編劇顧問上面甚至邀請了很專業的、在美國非常有名的編劇一起來加入,提供我們很好的建議,在整個故事的改編過程當中,也幫我們突破了一些盲點。當我們一直在思考臺灣的、或華語的內容怎麼走到世界的時候,我們有這個編劇顧問從西方的不同觀點來幫我們觀看這個故事,就給我們很多啟發,甚至也帶給我們意想不到的驚喜,為這個內容創造很多加分的地方,尤其在劇本改編過程當中遇到取捨問題的時候。他有很多專業知識,他會願意跟我們一起工作,讓更多的觀眾可以容易地理解、更容易

代入角色。

　　我們應該有花大概兩、三年的時間去做這個改編。光是怎麼樣去找到一個最希望透過這個故事去表達的點，就非常耗費我們的心力。是要把所有的角色都轉變成我們劇本裡面的人物嗎？還是取決於這個主題想表達的核心、所認同的價值？對我們來講，第一個階段就連討論這個東西都花很多精力去聚焦大家的想法，甚至是怎麼把小說人物化約、變成最後我們的劇本所呈現的人物，其實都做了很多的功夫，我相信這也是很好的一個過程，就是怎麼樣根據一部文學的著作，透過一個相對接近美劇的工作方法去把它改編出來，甚至一稿一稿推翻重來，然後做了幾次的調整，最終才有比較好的內容，進入到拍攝。

　　可是到拍攝時，我們也討論過如果背景放在現代的話，可能整個拍攝相對會比較輕鬆，也比較容易執行，可是九〇年代本身又有那個時代所帶來的價值，我們從一個威權體制到民主化的過程，鄉下的很多人往都市去追求他們的生活，在都市生活裡有更多的面貌產生，所以你看有夜店，大家都在做不同的追求，對夢想、對未來的渴望的追求，充滿希望，就像張雨生的歌〈我的未來不是夢〉的那種感覺。九〇年代其實有一個很好的社會氛圍，感覺好像只要努力，大家都會往正面的方向去發展。可是往往在這樣的一個環境下，也許我們忽略了一些「惡」也在這裡面滋長。

似近又遠的多變時代也是故事主角

　　當這個時代變成非常重要、甚至變成我們整個故事的一個主角之後，那整體上面就會變成我們很大的挑戰。九〇年代它不像八〇、七〇年代，那樣的場景也許在臺灣現在已經不多。九〇年代的建築也許都還在，可是很多的小地方都不一樣了，譬如說車子不一樣了，甚至招牌不一樣了，甚至可能連那種霓虹

燈的感覺都不一樣了，現在都是 LED 燈。那些小細節怎麼樣透過我們的美術、場景、甚至特效去呈現，就會非常困難。這個困難也一直包含在我們的討論過程當中，在前製的階段就已經做了非常詳細的準備，甚至找美術做了關於整個九〇年代美學的道具方面的分類，討論年代應該怎麼來細分。可是確實九〇年代不像是更早的年代有那種很鮮明的時代印記，因為它有點靠近，我想像九〇年代是這個樣子、有些人想像的是那個樣子，都不一樣，大家討論就會花更多時間去聚焦彼此的想像，我們大概有快八個月的時間是整個美學的建構過程，進入正式的籌備，然後才可能去做美術、搭景、道具的尋找，甚至想辦法還原那個時代很多重要的元素，體驗那個時代的特色，像是攝影、錄影機、錄影帶，或是夜店的文化，還有像是摩托車或是街道，臺北街道那時候都在蓋捷運，可能很多工地，很多這種現在可能比較難想像、但當時還滿重要的社會文化或是都市面貌，都必須想辦法在細節裡面經營出來。

我們在一定的拍攝期內需要盡力規劃，必須找到實際的場景，然後做一些調整、做一些搭景，甚至要找到一些棚，想辦法去還原當時的面貌，還要是符合劇中主要角色身分的場景想像。所以場地找景就變成非常大的困難，尤其當我們劇中有很多的警局、醫院這樣的場景，實際的場景在疫情升溫期間也不一定可借，必須找到那種可能已經廢棄的，或是利用非尖峰的時間去拍攝，我們就需要提出更多團隊安全和防疫的指引。

一、二月的時候臺灣都在下雨，出太陽非常少，可是我們又是刑偵劇，需要深入到各個不同的街道去查案。可能觀眾會不知道，但我們拍攝是需要連戲的，就是說當我們拍攝這一場戲是一個晴天，那可能下一場戲也要是晴天來銜接，它不能突然間下雨、突然間出太陽，會產生不連戲的問題。所以這也一直在拍攝製作過程中產生了很多的挑戰。

當時年代的這種場景很難在臺灣實際的街道去找到可以採景的地方，臺灣

又沒有片廠，我們比較難用搭景的方法來呈現一個不同年代的時代劇，就必須要結合很多種不同的可能去完成這個任務。舉個例子，一般的時裝我們也許直接就拍街道，儘管可能有一些路人，在背景不影響到整體畫面，可是因為我們在呈現那個年代，街上的車子可能年代就不符，我們必須把車子移開，也不可能當場移，前幾天就必須去處理跟解決。我們找大量的臨演來穿當時年代的服裝，來呈現街道的樣貌，才可以完成相對比較大的場景的呈現。所以可能很多挑戰的成因是我們場景的需求非常大，我們希望還原更符合那個年代的樣貌，讓大家藉由觀看這個劇可以真的投入到九〇年代，找到那個時代的氛圍跟氣味。

　　除了觀看尋找解謎過程的驚喜感、享受演員飆演技的快感、看到認識的演員所帶給你不同的角色的衝擊，我相信《模仿犯》也集合很多不同面向，是我們希望把每一個部門、把每一個細節都做好的一部劇，讓大家有全新的感受，也讓大家看到類型開拓上新的機會跟可能。

殘虐的舞臺、罪惡的鮮紅，
重現九○年代的視覺體驗

美術指導 蕭仁傑

「雞設士工作室」創辦人，專事影像美術設計工作，作品涵蓋 MV、廣告、電影等類型，參與製作知名 MV 有蔡依林〈Play 我呸〉、蘇打綠〈你在煩惱什麼〉、五月天〈傷心的人別聽慢歌〉，電影作品則有《詭扯》、《亡命之途》、《有五個姊姊的我就註定要單身了啊》。

美術扮演的是幫助這個故事講述的角色，我先看完了原著小說，在原著小說之後，看劇本知道設定年代是在一九九七年，所以我們就做了那年代前後幾年的食衣住行方面的考究。劇組也安排許多相關的田調，不管是檢察官或是警察，或是甚至 SM 俱樂部、監獄、醫院各式各樣的田調，最後跟導演一起討論，整理出美術主要的風格方向。

劇場、紅色、上下空間

我們美術上面有做三個最主要的設定，第一個是延續原著小說裡面有講到

的「劇場式殺人」，這個點我覺得它很吸引我，因為劇場式殺人就是要公開給社會大眾看的意思，我們就以劇場式殺人字面上的意思，在嫌疑犯、罪犯他們的場景用劇場或舞臺的元素去創作。譬如說索多瑪，索多瑪一看應該就很明顯是一個舞臺，就是很有一個秀感。然後是夜店，夜店我們也是特別在舞池裡面墊高了一個舞臺出來。再來是和平的節目，也很像是一個舞臺，它不像我們習慣看到的那種政論談話節目的樣式，它反而是很秀感的，甚至人的出場還有布幕打開。然後是地下室，我們設定上它原本是一個中央廚房，有一個很大的料理桌，我們就把這個料理桌當成是舞臺，所有的受害者都會在上面被虐殺，這個料理桌的周圍，要有鐵鍊、或者一些隔間布、透明布，也是有點仿造舞臺的感覺。

　　第二個有點小精心安排的，就是「紅色」，因為所有的紅色在這個影集裡面，就是代表犯罪這件事情，所以有些場景我們刻意甚至沒有紅色出現，只要

有紅色出現或是它被強調的場景，那就是有罪犯在裡面，我覺得可以給觀眾自己去發掘。有一些很顯而易見，例如說索多瑪、或是夜店幾乎都紅色。我自己覺得一個比較有趣的是，電視臺其實主色系是紅色，一方面是和平他就是很常在這一個電視臺裡面的大魔王，另外一個是我自己給它的另外一個解讀，就是在這樣重大的社會事件裡面，其實媒體也是這些事情的幫凶，因為它用它的角度去報導這件事情，或是渲染，或許也是一個幫凶，也是凶手之一，所以我也刻意地弄紅色進去。

然後第三個美術的設計風格，是上跟下的空間設計，上跟下會主要出現是在 TNB 電視臺，TNB 電視臺裡可以看見雅慈的辦公室，她跟所有人的辦公室就不是坐在同一個地方，她坐在二樓，而且是個人辦公室，她的辦公室可以看到所有的人在下面工作，而且下面的辦公室安排得就很像加工廠，因為其實這個電視臺它本來真的是一個工廠，甚至我們安排一個很大的樓梯，每次雅慈要從樓梯上面走下來，就會很像女王登場，所有人都會看到。另外一個上跟下的設計是有關嘉文，嘉文的個性非常桀驁不馴，他主要的兩個場景，一個是索多瑪，就是他剛剛開始接觸這一類事情的地方，再來是他工作的夜店，這兩個地方他都刻意被安排在比較高的位置，一是代表了他這個人的趾高氣昂的狀態，而且在高處就會有一種優勢感，很像在狩獵的感覺，這個也是刻意在空間上面的安排。

索多瑪跟地下室兩個場景前後呼應，我也有刻意做出對比。索多瑪跟地下室代表這四個嫌犯的前後兩個不同的時期，索多瑪代表的是這四個人相遇的地方，而且是他們對於虐待這件事情的一個啟蒙，地下室是代表了他們對索多瑪已經覺得無趣了，所以他們自己搞了一個地下室出來，然後在這個地下室，甚至把他們做的事情公諸於世。所以我覺得這個不同時期的地方滿有趣的，我們就刻意做出對比來，索多瑪場景裡面是有火，然後因為我們放了很多很多的蠟

燭，以及大量的紅色跟黑色，視覺上就是比較暖色調。反而地下室是非常冰冷
的，我們牆面全部都是白色的磁磚，然後甚至舞臺（剛剛說的那個料理桌）是
很冰冷的白鐵不鏽鋼。一個是很冷冽的、一個是比較暖色調的，這是一個對比；
然後再來質感上面，索多瑪是很華麗的，但是它華麗卻不真實，因為它是一個
表演，甚至上面的表演也是很不真實的，是有點秀感的一齣，不是真的。地下
室反而質感是很粗糙的，非常的粗糙，可是他非常的暴力、非常的真實，這兩
個我們刻意做出對比。我記得地下室 SET 完了之後，很多人走進去都覺得這地
方好恐怖，我就覺得很有成就感。

復古之外的層次細節

　　有一個設定很有趣,就是九○年代這件事情,九○年代是一個新舊並存的年代,其實在九○年代初所有的計程車就應該要改成黃色,但是對坤哥(曉其的舅舅)這個角色,我們是刻意的讓他到整個影集的最後,已經是二○○○年,他的計程車都還是白色的,因為他是代表一個過去的時代的人。我們在講的九○年代變化很多,從無線電視到有線電視,一直在變化,坤哥比較容易發現的就是他的計程車,跟街上拍到的其他計程車都不一樣,別人都是黃色,只有他是白色,我覺得這算是一個比較明顯的刻意安排。

　　還有一個特別跟時代符合的是嘉文的老家,我們的設定是它停在嘉文的姊姊過世的那個時候,就再也沒有前進了,所以他的老家相較於這整個影集的場景美術風格,好像會再更舊一點,比較華麗。對我們而言九○年代比較是色塊幾何的,但是他這個家會出現比較華麗的花布,這一種元素出現代表的是更舊的年代,好像就是一切都靜止了。另外一個是小路的家。在某一年的法規之前都可以蓋頂樓加蓋,小路就住在頂加,而且生活狀態非常窘迫,屋頂都是斜的,我們還刻意在牆面上面做漏水的效果,代表是一個北漂的年輕人,北上跟別人一起合住一個頂樓加蓋的公寓。那其實是很多很多人的共同記憶,因為北漂上來頂加就是比較便宜,所以我覺得也是符合那個年代的一件事情。

　　我自己還有一個滿喜歡的場景,是小說裡面沒有的,就是義男(本來在原著小說是一個豆腐店的老闆,現在變成是一個宮廟的廟公)的孫女最後被棄屍的這個地方,是一個很像是天主教的園區,我們設定它是一個禱告山,甚至我們還給這個禱告山一個名字,就是當年耶穌上十字架的山,然後在那裡放了一個十字架。我在看劇本的時候,對這個場景就很有畫面,一個人被棄屍在十字架上,她的身分是宮廟主委的孫女。那一場戲真的在拍的時候,我們很多人在

旁邊一直掉淚，因為那一場真的很震撼。

　　《模仿犯》表面看起來是一個連續殺人事件偵辦類型的影集，一九九七年則是看似有點距離、但又沒有那麼遙遠，我們用一個客觀的角度去看那個年代，社會開始有自由言論出現的年代，然後去反思現在，我覺得是很有趣。到底媒體給我們看到的是不是片面的、選擇過的，或是刻意安排的、可以煽動的？就像裡面的那個主角郭曉其，他一開始是追著這些事件跑，最後他能夠醒悟過來的時候，是他真實的去面對自己的想法，他才能夠去對抗那一個絕對的惡。我覺得這跟現在其實也是滿類似，外面的資訊爆炸，大家都會有各自的說法，但就像你沒有辦法阻止鳥從你頭上飛過去，可是你可以禁止他在你的頭上築巢，大家可以去消化、去明辨我們看到的這麼多訊息，最後有自己的想法出來的時候，才能夠去面對這麼資訊多變的時代。

CHAPTER ②

東京速報！
原著小說作者宮部美幸特別專訪

《模仿犯》原作者
宮部美幸專訪：

小說的寫作原點、影集改編的變與不變、此時此刻的新創作關懷

《模仿犯》小說於一九九五年開始以連載形式發表、二○○一年出版成書後囊括司馬遼太郎獎等六項大獎，臺灣譯本亦從二○○四年至今再版不輟。《模仿犯》華語影集為宮部美幸作品首度交由臺灣團隊進行影視改編，劇組與《VERSE》雜誌於影集播映前專程赴日本採訪，請宮部老師與臺灣的讀者及觀眾回顧小說當年的撰寫過程，並分享現在與未來的創作關切。

- 訪談內容提供 / VERSE、陳栢青
- 照片提供 / ©shinchosha
- 翻譯 / 王若涵

VERSE（以下簡稱 V） 雖然有許多問題想請教，但首先還是想聽聽老師分享有關於疫情影響的相關問題。老師在創作這件事情上，是否因為疫情而有所改變呢？

宮部美幸（以下簡稱宮部） 有呀，確實真的不得不獨自一人工作，雖然能夠透過電話詢問責任編輯的意見，但無法碰面討論「這次的新連載，你覺得這個地方覺得怎麼樣呢？」果然還是非常寂寞的。與負責一年報紙連載的記者終究只能透過電子郵件聯繫，無法實際見面，像這樣的事情，這三年下來就發生了兩次。在疫情剛爆發的頭一年，我們都還不知道 Covid-19 是什麼樣的病毒，日本發布了緊急事態宣言，也使得全國將近一半的書店都暫停營業了，當時我無法如常前往書店買書，只好選擇事前訂書、再到書店取貨。也是在當時，我第一次使用了電子書。我本來是喜歡紙本書的人，但電子書還是有它的便利性。我雖然學會了許多新的生活方式，但這樣子的狀態，還是有很多時候會讓我感到寂寞呢。

V 原來如此，果然還是會受到影響的。接下來想詢問老師，一九九五年《模仿犯》這部作品開始連載，前後幾年日本發生了非常多的社會犯罪事件，例如東京地下鐵沙林毒氣事件、酒鬼薔薇聖斗殺人事件、桶川跟蹤狂殺人事件等等，就連在臺灣還是小學生的我都有所聽聞。老師的作品在這樣的社會狀態之中展開連載，當時的日本社會是什麼樣的社會氛圍呢？另一方面是什麼樣的契機觸發您寫了《模仿犯》這部小說呢？

宮部 當時的日本真的處於非常辛苦的時期，神戶經歷了阪神大地震、又有奧姆真理教這些事件。就如同你剛才提到的，我想當時的日本不斷發生令人難以置信的恐怖犯罪，讓整個世界都籠罩在不安與焦慮之中，雖然這是我心中一直醞釀著想書寫的題材，但當我真的有了「好！就開始動筆吧！」的心情的時候，實際的現實是，我身處在這樣一個不安的世界，在已經如此不安的社會中書寫如此令人不安的題材，究竟是否必要呢？儘管這是一個虛構的故事，但我時常會質疑自己是否真的能夠在這樣的虛構故事中，再次寫下如此令人不安的事情。當我有這樣的質疑時，是那些不斷希望能夠持續閱讀到這些故事的讀者的聲音，與責任編輯們的鼓勵，帶給了我莫大的支持，並成為了我能夠持續書寫下去的動力。

V 果然這件事情是非常重要的呢！

宮部 我想如果我自己一個人埋頭撰寫的話，應該中途就會放棄了吧。因為在開始前就已經有所擔心，因此我真的是透過「寫吧！寫吧！」這樣子的聲音支撐著自己繼續完成連載的。

V 在《模仿犯》中真的有很多角色，老師也非常細膩且詳細地描繪一個接一個登場的人物，每個人都有自己的過去，也都有著不得不面對的人生難題。這樣的角色設定是在小說撰寫之前就已經設定好的嗎？還是有許多登場的人物在最一開始並沒有特別的設定，而是在書寫的過程中隨著劇情的推展，老師認為在這邊有這樣的人物出現對小說而言會更好因而順應登場的呢？

宮部　畢竟這是一部很長的小說，我也書寫了很長一段時間，大部分主要登場的人物都是事前就決定好的，差別在於有些角色的戲份會在書寫的過程中越來越多，或是漸漸比我原先預想的還要重要。不過雖然說並沒有人物出現非常劇烈的變化，像高井由美子這樣一個不幸的女性，我在最一開始設定的時候並沒有預想她會死亡，但是隨著我一集接著一集撰寫，我也更能貼近而瞭解她的性格及所思所想，當我理解「走到這一步，我想以她的性格是會活不下去的吧！」時，就自然地讓她的命運走向人生的終結。連我自己也為這樣的下場感到遺憾與惋惜，果然作品出版的時候就受到了許多書評評論說「這樣真的太殘酷，太不人道了」（笑）。

Ｖ　確實是有點壞呢，像是把人殺掉一樣（笑）。

宮部　但是我想像這樣子隨著故事自己發展起伏的角色，會比我所預先計畫的能夠容納更多，甚至反而讓角色有所成長。

Ｖ　這樣說起來情節的發展亦或是結局是最初就決定好的嗎？還是是在最一開始人物設定完成之後，就已經依據角色們的個性、會做出的事情而決定了結局的走向呢？

宮部　重要的轉折點會全部先決定好。只是多少會有脫離原本預想的狀態，例如說原本不應該有這麼多出場機會的人，在有「這邊我真想再多寫一點呀」這樣的想法出現的時候，戲份就會增加。或是本來應該直接從這個點到那個點，結

果中間迂迴的繞了幾圈，於是就停留在了這個彎上，像這類的事也是有的，但整體上的大轉折點都是已經事先決定好的。最後犯人會坐困在哪裡，我一開始還沒決定，在我書寫故事完成度到達七成以前，很難在劇情之間看出來將這個環節放置在哪裡效果會是最好的。大概在完成度將近八成的時候，我與責任編輯討論：「你覺得在哪裡是比較好的呢？我是這樣想的……」當我這樣說的時候獲得了一些意見，「那就在這邊吧，」就會像這樣做了決定。

V 這樣反而讓故事朝向有趣的方向發展呢。

宮部 對於很沒有自信的地方，我會想著「這樣真的有貼近現實嗎？」便與責任編輯們不斷來回溝通。他們既是週刊雜誌文藝版面的編輯，也同時是記者，許多人都擁有取材於現實中實際發生事件的經驗，因此他們比我更能瞭解這樣書寫看起來是否符合真實情況。

V 那樣的意見也會被採納呢，原來還有這種方式。

宮部 對呀，現在要說的有點題外話：當時和我最親近、不斷鼓勵我完成這本書的責任編輯 KITA（キタさん）和我同年，他從出版社退休了之後成為了聲優。

V 欸！居然成為了聲優是嗎！？

宮部 對呀，雖然事業還在起步中，但已經是專業的聲優了哦！開啟了人生事業

的第二春呢。這個開啟第二人生的責任編輯對於《模仿犯》終於能改編成影集的事情也感到非常開心哦。

V 這樣呀，真是具有多方才華的人呢（笑）原來如此，老師分享得非常詳盡。時隔二十年後再一次閱讀《模仿犯》這本小說我才注意到一件事情，這並不像一般人所認為的，是一部有著快樂結局的作品。例如像滋子這樣一個人物，她做了非常多的事而使得凶手終於得以露出真面目，但這並沒有使得滋子成為英雄，某種意義上而言她也受到了相當程度的傷害，甚至她沒有留存下任何與事件相關的作品，反倒是犯人依靠著出版書籍而受到關注，所以感覺有些諷刺。閱讀了這樣的故事之後回到現在的社會，在一個充斥了假新聞、面容能透過深偽（Deepfake）技術進行「換臉」等這類型事物的世界，已經不知道還有什麼是能夠相信的了，資訊也非常氾濫。我們希望能詢問老師的是，在這樣的世界中，老師以何種標準或以什麼樣的根據為基礎去判斷「這些話是可以被相信的」、「這件事我絕對不會相信」？

宮部 這真的是非常困難的事。舉例來說，十多年前日本發生東北大地震，隨後爆發了福島核災的原爆事故，當時出現了非常多不知道是否能相信的資訊，從樂觀的訊息到悲觀的資訊，當時的我也不知道如何是好，家人之間意見相左、即使是親密的朋友所相信的事情也都不一樣。民營廣播電臺跟 NHK 的說法不一、專家的發言也都不同，在那個時候真的不知道能相信誰說的話。因為有了這樣的經驗，至此之後我仍然不知道我能基於什麼樣的基準去決定相信什麼事情，假設無論你相信什麼都有可能後悔，那就跟隨著與你自身所親近的人、或

是家人的決定吧。特別是我也進入了一般社會所認知的退休年齡，已經實現了許多的夢想，也未曾辜負過非常照顧我的人，努力朝著不令人失望的方向前進、盡量不帶給身邊的人麻煩，我開始認為，以這些事情作為基準去考量的話，就算最後結果是錯的也是無可奈何吧。不過話說回來，我在撰寫《模仿犯》這本小說的時候，當時像深偽技術這類型的東西還不存在於現實中，網路也不像是現今生活裡這麼普遍，然而當時所書寫的東西如今將在一個媒體迸發、假訊息層出不窮、個人也可以輕易的傳遞各種訊息的時代，再一次被改編成影集（編按：二〇一六年曾有日劇的改編版本），我覺得我們個人所能感知到的，與當年並沒有什麼不同。因此如今《模仿犯》這個作品被改編成影集放到當代，我仍希望那些能打動大家的、那樣子動人的東西是沒有被改變的，這是我對於這次影集改編小小的期待。

V　這樣真的是很棒的一件事情。要確實知道什麼事物是真的可以相信的，是非常困難的事。真的要相信自己的心，是這樣子的吧！很久之前我在臺灣有看到一篇有關於老師的報導，提及老師作為作家出道的時候常會思考自己是否真的能夠以作家的身份維持生計，當時也對世界上發生的各種有關於破產的事件，如消費金融、信用卡破產這類型的議題抱持著極高的興趣，也就是在這個時候誕生了《火車》這部作品。換句話說《火車》是一部因為老師切身感到恐懼的事物而誕生的作品，也就是說老師在書寫的時候，是藉著自身的恐懼而驅動創作的。這麼說可能有些失禮及唐突，但想詢問老師，如今已走入了令和時代，對於令和時代老師是否有恐懼的事情呢？或是什麼樣的事情會讓您自身感到害怕？

宮部　我想因為我也上了年紀，去年初次拔牙，第一次
為了手術住院並進行了全身麻醉，雖然對於醫院的醫
生及護士周全的照顧感到非常的感謝，但果然健康還
是現在最重要的問題。不只是不生病，也包含為了保
持積極樂觀的健康生活，我該怎麼做才好。另外我也
對於 Covid-19 疫情尚未結束的社會導致醫療人員的負
擔越來越重這件事感到不安。因為經濟壓力而驅使我
寫出《火車》這部作品的時代，當年全球的景氣還是
非常好的，但在經濟榮景的背後，仍舊存在著一群幾
乎可以說是被經濟扼殺的人們這樣的社會問題。如今
的我理解了是有這麼一群因為景氣低迷、物價上漲而
求助無門走投無路、只能等死的人存在。看見這樣的
狀況是非常令人不安的。我因為積累了三十六年的職
涯生活，想吃東西的時候就可以去吃飯，也有自己的
家，亦能領到日本的養老金，因此就算我明天開始再
也無法工作了，也不用擔心無家可歸。可是即便如此
我仍然擔心，如果我無法工作而拿不到一毛錢該如何
是好。這不只是關乎到自身的問題，也包含家人或是
親近的人，若是因為疾病而必須長期住院，而健保只
能夠支撐你三個月左右的開銷，我想除了少數國家的
人民、或是少數握有某種選擇權的人無需擔心，大多
數人還是會不斷被這類型的經濟問題困擾著。我想這

也是為什麼不只是我，還有許多作家仍持續以這樣的議題為小說寫作題材。

V　我瞭解了，非常感謝老師的回答。最後一個問題，想詢問老師假設有一天能有機會以臺灣為舞臺進行小說創作，老師會以臺灣什麼樣的角度切入創作呢？

宮部　我想這個回答會和剛才提及的作品和問題有點關係。我一直以怪談，乃至於以日本江戶為舞臺的怪談故事為書寫題材，這也源自於自己經歷了看著已有一定歲數的父親離世、母親因年事已高必須聘請看護照顧、自己或是周圍的人因為生病而住院這樣的事，而對怪談、生與死之間究竟是怎麼樣的、人死後的思想是否會以什麼樣的型態留存在這個世上……等等的這些事情抱持著濃厚的興趣。現在的我對此比以前更感興趣了。這也致使我對於民間傳說中出現的幽靈也好、妖怪也好、或是傳說中的怪物，有著極大的熱忱。因此如果我將以臺灣作為書寫的舞臺，我想我會去研究臺灣人耳熟能詳的妖怪，以及住在這片土地的妖怪，作為我的取材及書寫方向。

V　聽起來非常有趣耶！我想我會非常希望儘早看見這部作品，請老師有機會的話一定要以臺灣為舞臺進行小說創作。

宮部　能夠真的實現的話我想會非常好哦！

CHAPTER ③
角色群像 × 演員功課大公開

明天的你
將照亮受過傷的其他人。

吳慷仁 ✕ 郭曉其

一個嫉惡如仇，黑白分明，不受同儕歡迎的檢察官。
透過查案彌補自己身為刑案受害者家屬的遺憾。

《模仿犯》這本小說有很多元素跟一般所謂的無差別殺人主題，或是犯罪類型、偵探類型不太一樣，因為裡面詮釋的東西除了有一個很單純絕對的「惡」以外，還反映很多被害者家屬的心境，影集也有很多條的脈絡跟著角色的情緒往下走。

執著與寡言的背後，是受傷的孩子

如果要形容我飾演的郭曉其，最大的印象就是「執著」，他非常執著。第二個就是「寡言」，他沉默寡言，埋頭工作，完全不知道自己的生活在哪裡。時間逼著他長大，加上他的職業逼著他變成一個高高在上的人，但其實曉其他的心裡是一個受過傷的小孩。

郭曉其就是摩羯座，我滿喜歡他的，他的那一份執著背後可能是從原生家庭的養成過程當中演變出來，他不太善於表達和所謂的交際，不太會說出太多內心的想法。在戲裡面，大家會知道曉其的原生家庭出了一個很大的事件，這個事件導致他接觸了法律。在跟導演的討論當中，我們就去慢慢建構曉其，包括家人離去的原因，他如何去面對這樣的事情，再加上他跟舅舅坤哥怎麼樣從他爸媽走了以後相依為命生活，一個男人和一個男孩，生活在同一個屋簷下。每個過程我們都是慢慢跟導演討論，也許他什麼時候成熟一點、比較懂事了，開始願意跟坤哥聊天，也許到了某個階段以後他跟坤哥變成好朋友，這都是我們在討論、在接演前、我們在前置作業的時候，就不斷地去想的事情，演變出現在的曉其。

真實的檢察官，也在專業下壓抑著真情

其實開拍前劇組有找一些檢察官顧問，在法律專業上、諮詢上給了我們一

些意見，我自己是有偷偷的再跑去找了幾個不同類型、沒有特別具名的檢察官，我想看到他們私底下的樣子、案件當中其他我們不知道的細節。我們多半之前飾演都是律師、警察，律師最簡單就是你會看很厚很厚的一疊卷宗，檢察官就更不一樣，不只是卷宗，他還要看很多的證據、筆錄，甚至是警察蒐證呈現給他的東西，我就很好奇檢察官平常的工作流程到底是什麼？所以我就跑去各個鄉鎮，跟他們聊天。他們平常都很忙，每個月可能都有百來件的案子需要去偵辦、辦理，每一組都不一樣，有婦幼組、黑金組等等。我主要就是請他們告訴我，他們在當檢察官這段期間，有沒有發生什麼事可以分享，或是他們偵辦類似這種殺人案的時候，在現場會做些什麼事，他們的心情是怎樣。我就聽到了很多很多的故事，他們同意我錄音，我回到家自己做田野調查功課，聽著聽著覺得，畢竟我們都是人，他們也是有真情流露的時候。對於婦幼的案件、性侵的案件甚至殺人，這些可能慘不忍睹的案件，就算你是一個外在形象非常強烈的執法人員，正義、有力量、有 power，可是在承辦案件的時候你還是回到了一個人的身上，從人的心情去出發，只不過承辦時你拿出的是專業，心情上必須要壓抑自己。

與案件偵查並進的角色歷程

　　曉其從第一集到第十集的整個生命歷程，也是我們跟兩個導演不斷在討論的。劇本上他有很多必要性、功能性的任務，必須帶著觀眾去看到整個事件的面貌，但是曉其也必須要有自己的狀態線，那我們就在劇本上設定了很多，除了吃泡麵的習慣以外，還有他的個性，再加上外在的壓力沒有辦法承受的時候，你是不是開始會頭痛、開始會失眠？一開始我是有遮黑眼圈的，到後半段大概第四、五集，不斷的壓力扛不住、再加上本身累積疲憊的時候，我到後面都完全都沒有化妝，反而每天去拍戲很輕鬆。我自己是滿喜歡後面幾集，從第五集之後，整個曉其的狀態，就好像一直都沒睡飽，但他又逼著自己到現場去做很多的決定、偵辦案件。

　　在每個階段，他有自己本身的壓力、長官的壓力，還有被害者家屬的壓力。在戲裡面，林尚勇（勇哥）的女兒被綁架了，在那個綁架案混沌未知的一個階段，曉其壓力是最大的。這個劇本非常複雜，每一個被害者對郭曉其來講，打擊的程度很不同，雖然只有短短的十集，可是我很少拍一部戲是需要每一次都

往前翻至少十場，要不斷地確認每一場戲，不只要確認連戲的問題，而是情緒
上的連貫。

人心的堅強，真能抵抗媒體的全天候轟炸？

影集設定在九〇年代，那個時候我們注意的可能是電視節目，政論新聞的
開始、新聞媒體的亂象、很多的媒體開臺，你就會看到你家的電視裡面，除了

以前的三臺，慢慢的到四臺、五臺、六臺……，而且可能很多是專屬新聞臺。那個時候我大概是有印象的，你就會看到爺爺啊、或是隔壁鄰居啊，不管電視臺的主持人到底說了些什麼、到底跟他有沒有關係，他總是可以從主持人的嘴巴裡，得到他們想要的某種對於新聞的渴望。那種渴望未必是真實的，可是重點是，他們想要聽到他說話的聲音，甚至是從他的聲音告訴他們現實在哪裡。只是，如果你只盯著某個電視臺、某個節目，不斷地去看，你的眼睛、耳朵、認知逐漸就會順著他所說的東西，去到他想要帶你去的地方。這也是《模仿犯》裡面，電視臺的那條線當中很關鍵的一部分。主持人、電視臺的人想要塑造出給我們的真實，那是真的嗎？那些東西難道只是為了告訴你一個社會新聞嗎？未必。這也是《模仿犯》裡面凶手利用媒體在製造亂源最重要的一部分，當有一個力量開始能夠操縱媒體、甚至操縱大家的眼球的時候，我覺得有時候我們的心、甚至我們的認知，並不是完全這麼的堅強，可以抵抗這些。

　　類型劇這幾年我們都看過了很多，我們要如何去拍出不一樣的類型劇，我想這是製作人瀚賢他在想的事情，不管是編劇的格局，甚至是每個角色的塑造。拍攝每天都非常辛苦、每天都非常的燒腦，可是我相信成果是好的，我們每次都有拍到好的畫面，也討論出很好的臺詞。對戲也會讓我感受到其他的角色，比如說淳耀、佳嬿給我的 feedback 都非常強烈，每個角色都有。我拍到最後快要殺青前，開始會去回想，我是不是還有什麼戲沒有拍，或是看到其他角色陸續殺青，例如我看到安順哥殺青，我會回想我跟他做了什麼事情，我跟他有什麼對戲，然後就會覺得「喔，我跟他的對戲好像都很棒，都很不錯」。每條線拉出來看，你就會覺得每場戲都有它存在的必要，而且很有趣。我跟庹哥、跟佳嬿、跟淳耀也是一樣，甚至是比如其他的一些反派角色，像胡建和、沈嘉文，快殺青前慢慢整理，都會發現那些線條展得非常的開，從曉其的身上慢慢發展出去，很像一個蜘蛛網，我覺得那個蜘蛛網展開得很漂亮。

以勇敢、包容與理解的心，
嘗試跨越遺憾。

柯佳嬿╳胡允慧

渴望了解人性的臨床心理師，協助監獄受刑人諮商輔導，
卻意外讓家人及自己捲入難以收拾的罪案。

因為我自己平常對一些推理辦案的題材很有興趣，不管是小說還是影集，我其實在非常多年前就看過原著小說，宮部美幸的《模仿犯》，非常喜歡。然後在過這麼久的今天接到這個劇本的邀約，跟製作人瀚賢他們碰面的時候，就覺得「哇！」很開心，也覺得很榮幸，沒有想過有一天我能夠出現在這個故事裡面、成為這個角色，還滿不可思議的。

即使勇敢，仍在保護與放手之間掙扎

我的角色胡允慧她是主攻犯罪心理的一個心理諮商師，她研究犯罪心理是希望能透過理解來降低犯罪。我在胡允慧這個角色身上，看見我覺得應該跟她學習的地方，其實就是她的勇敢。「勇敢」這兩個字，好像說起來很容易，可是真的當碰到事情發生的當下，你要能夠有勇氣去面對、或是做出一些抉擇，其實是很困難的。她不管是面對案件、要為弟弟發聲，或是說她跟曉其的感情，可能在某一個契機，她有了勇氣去告訴他一些心裡話，她其實是希望可以好好重新開始的，或是她有那個勇氣跟曉其說，就算他們沒有在一起了，她還是告訴他，「我只是想要讓你知道，你對我是很重要的人。」這是我覺得很佩服的，因為可能很多人心裡他是這麼想，卻沒有勇氣說出口。

允慧跟建和之間的互動跟關係，我覺得允慧有時候反而比較像媽媽在照顧他，用想要保護他的心情為他著想，因為他們是姊弟倆相依為命，建和在十五歲左右捲入一個傷害事件，姊姊很擔心他，所以可能又會更加的保護。所以她跟弟弟的關係，我會覺得比較像是媽媽跟孩子，保護歸保護，總得在某個時刻該知道要放手，你要讓他自己去成長。在最後她跟弟弟也是有個吵架，所以弟弟有講出心裡話，但允慧她是很受傷的，他們之間有個小小的遺憾，就是在這次吵架之後沒有機會好好說話、好好和好。

　　我的角色好像在第四、第五集之後就不輕鬆了，一路不輕鬆到最後的感覺，所以在拍的時候，有很多場戲都讓我留下滿深刻的印象。我有一場在太平間認屍的戲，我一直以為太平間可能會是搭景，或是用別的場地改成太平間，結果不是，我們真的去了一個太平間，所以我走進去的那個場地，我們拍的那個地方，旁邊兩面牆真的是冰櫃，我們就是在那個中間演戲，然後演我弟弟的演員（夏騰宏），我就是去認他的屍，他躺在劇組準備的那個鐵架上面，他真的躺進了那個屍袋裡面，他還有做特殊化妝，所以我在把那個屍袋打開的時候看到他，真的是像被冰凍過一樣狀態的身體，那個環境我當然是抱著敬畏的心走進去。讓我印象很深刻的還有這場戲的情緒，因為我已經知道我要去做認屍這件事了，所以當我走近夏騰宏的時候，或是真的到我把那個屍袋打開來看的時候，當時的一個狀態、情緒要突然間的崩潰，那個情緒很重。

心理師、個案、犯罪者，都有不同於普遍想像的面貌

　　阿吉導演跟小畢導演他們兩個人都很細膩，常常在現場的時候他們會想到很多小細節，是關於這個角色的反應，他們調的都是一些細微的地方。他們都是很願意給演員空間，就是盡量去表演，當然很感謝兩位導演願意給這樣的空

間，他們很像是夥伴，又有點像老師。

　　我們在開拍前跟著劇組一起到輔仁大學找心理系的黃健教授，我們大概上課過兩次，然後在那兩次課的過程，有任何的疑問都可以問他、跟他聊，也了解心理師在面對來諮詢的個案，跟他們互動應該是怎麼樣的姿態，好像跟我們平常想像的不太一樣。心理師並不是穿上醫師袍，好像很嚴肅的在跟你談話，或是看起來比較有威嚴，反而心理師越能讓對方放鬆越好，感覺像一個親切的朋友、或是鄰居的姊姊在跟對方講話聊天。有很多事跟我想像的不太一樣，請教的地方非常多，獲得很多很多實質上有幫助的建議。黃健教授本身也是真的主攻犯罪心理，真的是會到監獄去跟這些獄友對談的，所以我得到了這方面很多很有幫助的資訊。

　　開拍前劇組有建議我們可以看一些書或是影集。像是很久以前的一部美劇，叫《謊言終結者》（Lie to Me），很有趣，它的戲裡面主角在觀察其他人是否在說謊這件事情，我覺得跟心理師也有一點關係，不謀而合。我們要觀察對方的眼神、口氣，甚至是他的姿態，他的手怎麼擺，他在這個時候是不是眨了一下眼睛，或是他為什麼這時候不看我、吞口水之類的，有很多我覺得也是比較像是心理師需要的。像這些我們都有去做、都有去看，去上課、看書、看影集。跟這個角色，或是跟戲相關的書我大概買了五本來看，可能是一些在研究犯罪

者心理、或者是說心理學家在跟人家對談的時候會注意些什麼事情。像犯罪心理的書，我印象很深有一本是《沒有良知的人》，它舉例了很多很多的案件，然後一一說當時這些人的想法是什麼，有一些是超乎想像——你根本沒有想到這種事情會發生，但它就是發生了，這個人就是這麼做了，你是事前想都想不到的，我們從戲裡面看到的所謂的凶手、殺人犯，好像會有一個既定印象，但其實當這些案件在生活裡發生跟出現的時候，常常凶手是跟我們想像的完全不一樣。

知道凶手是誰了，然後呢？

我覺得《模仿犯》這部戲最特別的一個地方就是，大概就在全劇三分之二的時候，它直接很大方的讓你知道凶手是誰，是一個很聰明但是也很狡猾的人，因為他自己是媒體人，所以他很知道該如何運用這些力量，去營造出某一種他要的現象，或是他要得到的結果，包括輿論這件事情，但我在這個戲的前三分之二我可能都沒有想到他是這樣的人，因為他是某一種特殊的人格，可能你是看不出來的，他表面上好像是很為你忿忿不平、想要幫你、義正辭嚴，可是他心裡想的不是那麼回事，他知道就是要透過這樣的方式，讓你信任他、讓你參與其中，然後得到一個想要的結果。對他來說，他沒有真正關心誰，他沒有真正關心的人事物，就算他真正表現出關心，那也只是他為了要得到他要的某一種結果而有的關心，並不是發自內心，所有人在他的眼中來看，都像是他計畫裡的一顆棋子，他看每個人都是，可是每個人都拿他沒辦法。你就是要看凶手跟曉其之間的對抗，你鬥我、我鬥你，到底要用什麼方法、有什麼證據可以把這個人定罪，你可能前面會猜，但後面你甚至不用猜，直接告訴你凶手是誰，可是你拿他一點辦法也沒有，我覺得這是最特別跟好玩的地方。

老爸刑警的鐵漢柔情。

庹宗華 ✕ 林尚勇

擔任刑警多年的分局偵查小隊長，有一個青春期女兒的單親爸爸。女兒被綁架恐遭殺害，追緝真凶的同時，卻深陷更危險的生死關頭。

我的角色林尚勇是一個待退的資深刑警，也是一個非常愛自己女兒的好爸爸。刑警這個工作，給家人的負擔都非常的大，因為他長時間會不在家裡，要偵辦案子，有時候還不能跟家裡透露太多自己在做什麼樣的工作，所以他其實是很辛苦的，很渴望要一個完整的家庭，但是因為他工作的關係，他太太就離開了，女兒又是在青春期的時候，他很多地方會不曉得要怎麼樣去介入到她的生活、或是引導她。故事裡面，基本上他已經開始是半退休狀態了，散散的這樣子，但是事實上他還是有拿捏一個一定的準線在那邊，雖然家裡照顧得不能說是好，但他是盡責的一個父親。

　　尚勇這個人我覺得是善良的，也應該說是熱情的，他靠他的經驗去分析刑案裡面的一些東西；跟曉其之間的相處，他有時候也會把曉其當成他的一個大孩子來看。結果沒想到，就在他要退休之前，他生命裡面又發生了這麼一段故事：他的女兒不見了，他要跟這些歹徒再重新的鬥爭，就像他剛剛開始加入警隊的時候那種熱情、那個經驗，他要把它拿出來。他整個的情緒、行為延伸起來都是合理的，他知道上面的人有時候辦案子的時候要這些程序什麼的，但是遵從這些程序的話可能會導致他女兒遇害，所以他出於無奈之下，只有把槍繳掉了，自己下去調查，他第一優先的動機絕對就是找到女兒。

重拾刑警角色，仍有新的學習與震撼

　　雖然不是第一次演刑警，但每一次演的劇情都不太一樣，譬如說我們一開始的時候有去做防衛的那些訓練，我其實可以不用去，但是我還是想去看一看、聽一聽，那確實也就得到了不少的資訊。有一場戲是我喝醉酒了到 pub 裡面去鬧，跟那些保鑣打架，另外還有一次是清醒的時候進去跟那些保鑣發生衝突，又是另外一種方式。後來我才知道，原來警察受過訓練，歹徒靠近你的時候，

你一定是保持一個手的距離，不會讓你近身接觸到。我覺得這個就很有用啊，不然每次都搞不清楚，喝醉了也打在一起啊、進來抓人也擰在一塊，那樣就是不對的。還有一些用槍時機，本來一開始在拍的時候，一進去大家都想說希望警察把槍都拿出來，我就跟導演說，我們去跟那些警政人員接觸的時候，他們說不會真的很快拔槍，一定都是先手撫在槍上面，然後只是做警戒狀態，不會把槍掏出來，沒事就把槍掏出來是很不專業的感覺，我們去受訓的話就是有這些方面的一些了解。而且現在用槍的機制跟以前用槍的機制，每一個時間點都不一樣，這個很複雜，要自己去參與才能夠清楚。拍這部戲對我目前來講，對我個人的演藝工作，應該可以說是在職訓練的一個成果。雖然裡面一些動作啊、從樓上滾下來啊……那些，不像以前年輕的時候，跳來跳去什麼都可以，但表演的時候跟演員之間的互動、情緒，我覺得可以達到導演要求的位置。這次算是重新的一個測驗跟評估，讓我覺得目前在這個工作崗位上面是還不錯的。

很多場戲的拍攝場景，譬如說我們到那個解剖室裡面，那裡面的氣氛是很特別的，你也可以看到一些真正人體的標本，切成一片一片的，一般不太容易接觸到，然後進去看到那些演員畫了屍體的特殊妝，然後躺在那邊，在現場去看的時候其實都還滿震撼的。我那時候一進去解剖室，一定問他們廁所在哪裡、現場在哪裡，還有我們應該在哪裡休息，其他地方我不敢亂跑，因為他們那邊

有擺什麼我們也不知道。

拍攝現場有不斷的分析、琢磨與嘗試

　　我非常享受跟演員、跟工作人員的互動，而且我們這一組很特別的一點就是，你在拍戲時，不管在哪一個部門、哪一個細節裡面，你會看到每一個人都是非常非常專心的，大家都想要把這個事情給做好。如果說一個方式拍完以後，我們會再試另外一種方式，然後看會有一些什麼樣的效果。譬如說有一天我們要拍的戲，是我本來上去溜滑梯，發現有一個女孩子的頭從上面的地方滾下來。因為我看劇本就在想，林尚勇他很多地方都流淚了，最後我就問導演，我說，「導演，這個林尚勇會不會哭得太多了？」我不是說演不出來或怎麼樣，只是說會不會太多了？我怕他這個角色會變得太單一。然後阿吉導演就問我，你覺得應該怎麼樣？我說這樣好了，我那場戲發現人頭以後，我沒有歇斯底里的崩潰哭，我的反應是很想嘔吐。結果那個曉其（慷仁）就在我旁邊說，「哈哈庹哥，這一招我已經用了，雖然是在你後面，但是我先吐了。」我們拍戲的時候都會遇到這種情況，如果說我們鋪了這個梗，之後發現被人家用過或者是沒有辦法執行，那我就要馬上想另外一個，我覺得遇到這樣的情形很有意思。

我們有時候在拍戲現場會開玩笑嘛，就會說：「我們不要怎麼難拍怎麼拍喔，就繞過去一下就行了。」那我覺得尚勇一定也是這種心態，在當一個待退役的老警官，準備要退休，一定是這樣子，就不要再麻煩了，偏偏「龜毛其」就一直在那邊盧這個、盧那個，兩個人就要一直在分析。其實慷仁在現場他也很龜毛啊，他真的滿龜毛的，但我覺得這個演員很棒啊，因為他會整個重新再分析，然後他覺得哪一些地方情緒不太對，他有時候就會說，那這場戲我想要怎麼拍，其實我們都很願意配合。為什麼？因為我們覺得他分析得很有道理，我們確實要重拍，否則的話影片出來的時候整個情緒是不對的。

身為父親之後才有的體會，成為戲內情緒最踏實的基礎

我想可能是因為年紀的關係吧，每一個階段演的每一個角色，心理、情緒啊這些東西都會不太一樣。現在演的話，我會覺得越來越豐富，因為人生經歷越來越多，感觸也就越來越多，相對你要表達的情緒也就越來越複雜了，我覺得這次也是我很久很久沒有演得這麼踏實的一個角色。我自己也有兩個女兒，所以我碰到她們這個年紀的女生的話，現在完全就是一個父親的角度去看。父親的角度絕對是包容、愛護他們，小朋友一跌倒你一定會趕快扶起來，問他有沒有怎麼樣。一個父母的愛真的是無限的，是永遠會去包容、接納的，希望能夠幫助他，那是很溫暖的東西。但是站在孩子那一面的時候，他一定要到我們這個年齡，經過我們這一切的經歷以後，他才能夠真正體驗出來父母的苦心。所以我在拍這部戲的時候，我就把這一些真的感情放在這個角色裡。都是很自然的一個情緒，我沒有太去揣摩什麼，因為平常生活中都會有這些東西。

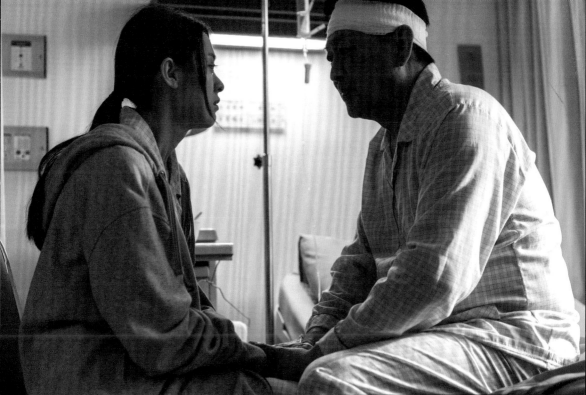

寄生於媒體的極惡模仿者。

姚淳耀 × 陳和平

積極有企圖心，立志成為新聞節目當家主持人。進入電視臺後發現新聞媒體的力量，深信自己掌握話題的天賦，藉由節目分析殺人案情獲得前所未有的關注。

一開始看到陳和平，我就覺得他真的是太有趣的一個角色，因為他有非常多的面向，他在面對每一個角色、每一個工作、每一個環境，他都有不一樣的面向，然後他自己私底下又是另外一個樣子。他每一個面向我覺得都是非常有魅力，但同時又有很多反差。剛好這個角色也跟我之前讀的書，譬如說病態人格、多重人格，有一點關聯，所以去見導演的那時候，我就跟他們講說，書裡面講的病態人格是怎麼樣的，我覺得跟劇本裡面的角色也非常的像，就跟他們分享。我記得那時候我跟導演他們說，我覺得陳和平就是一個大娛樂家，他把他的人生或是所有他看到的，都當作一場遊戲，他想要吸取大家的目光。對陳和平來說，任何地方都像一個四面舞臺，他就是需要大家的目光。

犯罪表演之下，掩蓋的是空洞與無感

陳和平他是 TNB 新聞臺一個深夜節目的製作人、主持人，同時也是主播，但他永遠沒辦法當到當家主播，因為他上面還有一個姚雅慈。他的個性是非常想要吸引大家的目光，想要大家都看著他，我覺得他是一個非常有慾望，非常有野心的人。但是在面對大家的時候，他就是一個看起來永遠面帶微笑、看起來很溫暖的一個人。因為我們片名叫做《模仿犯》，很多時候我都在想說，其實陳和平他就是一個模仿犯。「模仿犯」的意思可能是說，我做了一個案件，然後大家都來複製模仿我這個案件的相同手法；但對於陳和平來說，他就是不斷在模仿人類的情感，他本身是一個非常無感的人，他對於任何事情，對於悲傷、憤怒或是一些人類的基本情緒，其實都覺得很漠然、很無感，所以他不斷地去看周遭的人，他們有什麼情感，悲傷是什麼樣子、憤怒是什麼樣子，他不斷的在模仿。

他過得非常的累，因為他不斷想要獲得每個人的注意力，不斷獲得大家的

目光，當你這次做了一個，你下次就要用更大的一個事件去滿足大家，去滿足自己。他像是一個鐘擺一樣，永遠是得到了一個滿足，然後空虛；更大的滿足，然後更大的空虛。所以到最後我記得有一場，是我殺完雅慈之後，回到 TNB，然後我看著小路、看著斜上方的雅慈辦公室，當下就覺得「哇我好滿足喔」，可是突然有一個想法是，接下來呢？接下來我要做什麼？接下來我要怎麼樣才能夠再滿足我自己？那一刻的一個空洞感，非常強烈，所以就是我覺得他其實是過得非常累的，他很害怕沒有辦法去證明他自己的存在，所以他不斷地要用非常強烈的方式引起大家的注意。

這個角色是我第一次飾演連續殺人犯，也是我第一次飾演新聞主播，這兩件事情對我來說都是非常具有挑戰性的。因為畢竟新聞主播的口條，跟一般我自己的口條是完全不一樣的，必須要經過練習才會比較像新聞主播。關於連續殺人犯的話，我覺得是要非常大的想像力，當初在接到的時候，其實就會跟導演不斷的討論，平常和平看起來是怎麼樣，那他殺人的時候看起來又會是怎麼樣，怎麼樣去滿足一個對自己殺人犯的想像，怎麼樣可以讓人家會覺得害怕、同時又會覺得他很有魅力，這對我來說是非常有趣的。

「模仿」原是新聞工作中的固有過程

　　一開始劇組有讓我們真的去電視臺實習，看人家怎麼樣製播新聞，還有請了一個主播，就是洪培翔主播，他會一對一教我們。洪培翔主播同時是節目主持人，所以他會跟我說，譬如在主持深夜節目的時候要怎麼樣讓一個節目更吸引人、怎麼樣更製造懸疑感。播報的時候要怎麼有一個新聞主播該有的樣子，我自己也是去請朋友幫忙，有新聞的記者跟主播，同時來訓練，因為在《模仿犯》裡面，陳和平是要從記者然後到節目主持人、再到新聞主播，有三個不一樣的職業。記者的口條是比較現場、比較 live 的，你要遇到什麼就講什麼；主持人的話，你要說一個故事，就是要引人入勝，讓大家還想要聽；主播的話，是要非常的專業，要在現場臨危不亂。記者是不斷的說「欸這邊怎麼樣怎麼樣」，但主播表情是比較控制，可能眉毛或是肩膀只是微微的動。我每天不斷去學他們的口氣，然後反覆的一直練，然後自己去看以前在一九九〇年代的新聞主播的樣子，其實跟現在的樣子是非常不一樣的，因為那時候還算是一個比較保守的年代，所以他們的語氣是比較正經的。我從以前新聞片段、以前記者的樣子，慢慢增加自己的想像，然後加入陳和平的個性，在那樣子保守的年代，我覺得他一定是非常吸引大家的目光，所以他跟其他主播播報的樣子一定會有不一樣，他會很有自己個人的特色。最困難的就是，我以為新聞主播會有一個口條的課

程，但其實沒有，沒有一個課程去教你怎麼樣發音、或是呈現主播的樣子。他們說沒有，每一個人都是去模仿自己喜歡的記者跟主播。我覺得這個太有趣了，每一個人都是在模仿，大家都是聽前輩播報新聞或是看記者到底要怎麼當，所以陳和平他真的是不斷的在模仿。

仰賴群眾注目而活，最終的恐懼是被遺忘

我覺得他的瘋狂就是他的本性的展現，如果說他為什麼會走向瘋狂，就是因為他被否定，他覺得你們這些人都太無聊了，我來創作一個藝術給你們看，讓你們看這是你們從來沒想過的，你們大家都很想要像我這樣子吧。可是曉其

竟然說「你不特別，你不重要，你什麼都不是。」他會覺得，「我都幫你們做了這麼多了，你們這麼無趣的人竟然還敢說我不有趣。」這個會讓他非常的爆炸，因為我覺得他滿有潔癖，他很喜歡整齊，他很喜歡優雅，他很喜歡他的藝術創作，永遠都是完好無缺，沒有人可以隨便來更改，但是你今天竟然對我的創作提出質疑、提出批評，這會讓他非常的抓狂。一方面他有很強的自信，一方面他也非常的害怕，他害怕沒有辦法透過創作來證明自己的存在，我覺得這就是他內心的恐懼。

我們在現在的環境，每一個人都像是陳和平，透過社群軟體，我們想要發一些文，想要引起大家注意，想要被按讚，想要被留言被關懷，想要更多觸及率，其實某部分跟和平的想法有點像。就陳和平來說，他就是做得很極端，他到最後都還在說「大家拍我！拍我！」其實在那一刻，我從和平的角度去看這個世界，會覺得他也滿可憐的，他覺得「為什麼我都為這個世界做了這麼多，但最後我還是會被大家遺忘？」他會覺得這個世界太可笑了，自己也真的太可笑了，他最後就是不敢置信，同時又在那一刻有某些恐懼，恐懼自己被遺忘這件事。

這個劇裡面年代是九〇年代，就是有線電視剛開放的時候，我覺得那時有一個對新的媒體的美好想像，大家不斷的在探索這個媒體可以做什麼，就跟現在一樣，我們可以透過一些短的影片做什麼題材、可以做什麼樣大家沒看過的東西。其實我覺得這兩個時代，都在面臨一樣的事情，就是對於一個新媒體，我們到底有怎麼樣的想像，大家不斷去做更多的、沒看過的事情，一方面有好，一方面可能也有壞，很難去定論。但是像在做這齣戲的一些歷史背景的時候，就會發現那個時候的媒體其實都非常的前衛，當初發生那些社會事件，他們可能直接去跟凶手對話、做直播、做連線。那是對於人類未來的一個想像，有時候是很美好的，但有時候可能從這個美好帶來一個完全意想不到的反面效果。

迷失在夢境與現實之間的變色龍。

范少勳✕沈嘉文

知名夜店 DJ，外表帥氣深受女粉絲歡迎。私下脾氣火爆，藉由一連串的行動，企圖擺脫童年的恐懼陰影，卻誤入一場連環命案。

我是因為阿吉導演知道《模仿犯》，他那時候跟我討論過這個劇本跟小說，推薦我去買小說來看看，他覺得很有趣，那時候我就買了，我一直都看得很慢，也沒有完整的看完，但是因為我對阿吉導演有一種依賴感，或者是安全感，他問我的時候，我就說，「不管怎麼樣，只要是你的話，我就一定會接。」

家庭缺乏的愛與認同，成為隨時想得到的渴望

我飾演的嘉文他是在一個不完整的家庭長大的，他其實有一個姊姊過世了，媽媽對嘉文一直都是用對那個姊姊的樣子在對待他，其實從來沒有正視過嘉文是一個男生這件事情，一直把嘉文當成女性。我覺得嘉文在整體環境裡面都是在經歷一種暴力，包含了身體上面的暴力、語言上面的暴力，他在這樣子的環境下長大，我覺得他個性上變得很像是一種變色龍，因應不同的人、不同的狀態、不一樣的事情，其實他轉變速度非常的快，他非常會察言觀色，應變能力很強。只是因為在某些環境背景刺激下，他控制不了自己，因為幻覺、因為想要去得到媽媽的認同，所以他很常會失控。

嘉文跟家庭之間的關係都是用小嘉文來交待，用影像去建立。我自己在心裡面設定其實嘉文非常愛媽媽，在有幾個場次，本來想說是不是可以透露一些，像是嘉文很想告訴媽媽「我很愛你」，或者「其實你可以好好看看我」，類似這樣的話，但後來都拿掉了，覺得好像還是不要那麼直接會比較好。但是說真的，我覺得嘉文很多行為，不管是對於女性的不滿什麼的，我覺得其實都是嘉文很愛他媽媽，他想要讓他媽媽知道他是一個怎麼樣的人，只是那個東西說不出口，自己也沒有辦法改變。他渴望他媽媽去看待他真實的樣子，可能是因為這個渴望，也因為想要被媽媽愛，所以我願意接受你對我做的一切事情，當這個成立之後，他就變得很有趣。我覺得每個人都有一種渴望吧，不管嘉文在什麼時間點，他或許都是想要得到他這個心裡的渴望。

　　演嘉文的很多狀態其實都滿挑戰，在跟阿吉導演開始工作的時候，阿吉導演丟了幾部他認為比較像是嘉文可能在吸毒時候的狀態，或是他在動作戲上面的狀態，我們用不一樣的其他作品去找到嘉文的肢體動作，可能是一些細微臉部抽動，或是他在服用完毒品後眼神迷茫，或是他在掐別人的時候內心的感受大概會是什麼。我們用這樣的方式去找到嘉文的狀態，我覺得跟以往比起來，我覺得對我來說是滿不簡單，因為是透過不一樣的參考來去補足嘉文的樣子，比較難用我自己的想像去完整他。

　　我覺得音樂是在嘉文身上滿關鍵的東西之一。我個人本身很喜歡音樂，也是對音樂滿著迷的，某些音樂對我來說會有不一樣的狀態跟情緒，所以常常也在做角色上面都會找一些音樂來做輔助。

　　我們有去找 DJ 老師上課，我發現其實在動作上面能做的，大概就是刷盤啊、旋鈕啊、聽歌啊這些，我也去找了很多那時候 DJ 的紀錄片跟電影，從裡面去找到一些服用藥物之後在 DJ 臺上的樣子跟狀態，怎麼樣放歌、怎麼樣對臺下的觀眾來說是有魅力的，比較多著重於動作上面，然後也有試著自己去 mix 一些歌，我們其實很常在透過不一樣的音樂，去找到嘉文放歌的質感是什麼、放

出來的音樂是什麼、這個音樂的質地在嘉文身上成不成立。

曾有機會選擇面對真實，然而夢境太過迷人

　　嘉文身上好像有一種自帶光芒，特別吸引人的目光，他的自信、他的狂妄，好像你在一個很大的環境裡面，這個人的經過就是會讓你目不轉睛的被吸引。但嘉文跟我本來的個性落差滿大的，人在某些時候都會情緒化，但是我覺得嘉文在宣洩情緒這件事情比較極端一點，然後比較狂妄，比較放大。這些跟我滿不像，因為我個人的個性本來就是比較……陽光一點，或是比較開心一點，比較樂觀一點，那在嘉文身上就比較沒有這一部分，他反而會用比較激烈或者強烈的行為去壓抑自己的那份恐懼。

　　我覺得他不斷的在逃避自己真實的情緒跟真實的反應，用毒品、用酒精、用控制別人來逃避自己真實會面對到的情緒。建和這個角色對於嘉文來說，很像一種現實，和平有點像一種夢境。其實嘉文他是可以做選擇的，他應該去面對真實，但我覺得就像夢境本來就是這麼的迷人吧，所以嘉文一直處在和平的

這個夢境下，他不想去面對真實。我覺得很多時候，建和這個角色都是強迫著嘉文可以去真實的面對自己，不要再逃避了。但當一個人開始說謊，謊像雪球一樣越來越大的時候，可能不是他不想面對現實，而是他也不知道該怎麼面對。

　　某方面來說，一開始劇本裡面的嘉文很像英雄，我有跟導演討論，和平跟嘉文到底有什麼樣的區別？其實嘉文是有情感的，面對每一個被害者、或是他殺害她們之後，某些時候，他看到這些被害者的屍體的時候，他是有情緒的，他其實是難過的。但是我覺得這就是和平控制嘉文厲害的地方，他永遠可以把他帶離，他永遠都可以給他更多渴望，跟他沒辦法滿足的夢境，這個是和平創造給嘉文的。我們最後在嘉文身上呈現更多的內疚跟不知所措，我覺得這樣讓嘉文這個角色更有力量、完整一些。

　　知道和平是凶手之後，我就跟導演討論說，前面的這些被害者到底是怎麼死的，一開始看到好像是嘉文在做這些事情，但是到最後就會發現是一個大翻轉，其實嘉文是不斷的被控制。我們又討論到說那嘉文在殺那些人的時候是什麼樣的情緒，殺完人之後他是什麼樣的反應，如果他是被控制著，那他的這些狀態會是什麼。當然一開始知道的時候就覺得，「啊！天啊！和平好壞喔，原來都是和平做的！」但是我覺得更多的是和平跟嘉文之間，他們的共犯邏輯是

什麼，怎麼成立的，它的開始跟結束到底是怎麼樣。這個頭尾對於嘉文跟和平來說，我覺得非常的重要，中間的犯案過程也是經過不斷的討論跟糾結，讓它看起來更完整一些些，我們都希望在每一個角色身上的相連度更高一點。

　　這次跟慷仁哥一起工作，讓我印象很深刻的是，慷仁哥常常會提醒我說，你現在做的每一件事情、跟每一個角色做的每一件事情，其實都是輔佐你自己，當另外一條線成立，你這個角色就成立了，因為大家是環環相扣的。只要媽媽看起來夠詭異，嘉文小時候的狀態成立，長大之後他變成怎麼樣就會成立。我一開始跟慷仁哥工作之後才想到，那怎麼樣跟和平可以拉出不一樣的關係，導致最後面會有這樣的事情發生，或是因為什麼樣的開始，可能是嘉文小時候某些時候很害怕，因為和平的出現，他控制住嘉文、安慰他，讓他得到了一種溫暖，或是一種安全感，所以他放不開和平。

　　《模仿犯》裡面有很多不一樣的故事，不一樣的支線，我覺得我自己面對這個故事，在某些時候我有找到一個屬於自己的共鳴，可能是那個時候心裡的缺憾，或是心裡的遺憾，也希望大家在看完這部戲的時候，都可以找到該怎麼去面對自己。

純粹、積極、固執的真相揭露者。

江宜蓉╳路妍真

年輕的電視臺節目部記者，對報導真相懷有熱情，認為媒體的力量能夠找到室友遇害真相，沒想到卻將揭露更大的罪惡。

我飾演的路妍真（小路）是戲裡面比較少數家庭很幸福美滿的一個角色，爸爸媽媽也都很支持她的新聞工作，這一點是和戲裡的其他角色最大的不同，因為裡面有很多的女孩子可能在那個年代其實不是那麼的自由，但小路算是真的很幸運，她不太需要承受這些壓力，整個人格跟個性都比較開朗、積極。聽到劇組要找我演的角色就是小路的時候，我非常的開心，因為她是一個很純粹、有毅力、不會放棄的一個人，做事情決定了就是決定了，不太會被別人影響，這一點我很欣賞她。

令人捨不得離開的溫暖與堅定

　　我真的是喜歡她整個人，剛殺青時會很捨不得這個角色，會有那種不想離開這個角色的心情。如果小路真的存在，我很想跟她做朋友，小路有一種能量很正面，很溫暖，你真的會想要跟她待在一起。但通常一個人的缺點跟優點就是一體兩面，她很正面積極，可是有時候可能真的會有一點小固執吧，自己有時候覺得她可以不要這麼強硬，如果她可以軟一點的話，可能會比較好，但是沒有辦法，這也是她的魅力之一。

　　我自己覺得我跟小路有點像，因為我家裡就是非常支持我做這一行，我從小到大，家裡都會很推我們去做自己喜歡的興趣，這一點就跟小路完全一樣。我自己的特質也很像，我只要喜歡一件事情，就會鑽進去，再也不回頭，會有一點固執，其實對演戲方面有時候會有一點太鑽牛角尖，鑽在那個領域裡。然後可能感情方面，反而不會是我人生這麼優先前面的選項，我覺得這一點可能跟大部分的女孩子有點不一樣。這個角色從外在到一些價值觀都跟我真的很貼近。

身為社會線女記者的限制、危險與洞見

　　記者的部分其實我們前期準備得非常多，所以正式來的時候我沒有覺得很困難，反而覺得這是一個很好施力的點。我們有跟主播見面，然後找兩個記者幫我們上課，一個是比較資深的大哥，另外一個是比較年輕的女生記者，就可以了解到以前的環境跟現在的落差。我覺得主要是網路造成的差別，因為以前他們手機可能就是好大一臺，不然就是那種摺疊的，他們找東西也不像我們現在 google 就可以有，所以他們真的要去警察局蹲點，跟警察泡茶，要培養出那種交情，我覺得跟現在很不一樣，以前的人情味比較重，現在要去蹲點可能也不太適合。當時兩個記者，一個是男生，然後另外一個是女生，女生記者她跟我提醒的地方就完全不一樣，是我覺得我的角色會用得到的，像是她說因為她是社會線的記者，他們就是要揭露很多東西，我也會問說女生做這行會不會有一點危險，所以她說平常都走在那種監視器會照的地方回家，她可能也會做一些紀錄，以防自己會發生什麼事情。我聽到這裡就想說，真的很危險，還是這麼堅持要做這行，就還滿感動的。

　　我滿喜歡小路工作的 TNB 電視臺這個場景，它整個是搭出來的，有一個俯瞰的設計，老闆們會在上面，然後下面就是我們這些小記者，那個氛圍真的就是一種企業的感覺。然後裡面有分派系啊，像和平跟雅慈姐就各自是一個節目的主持人和當紅的主播，然後雅慈姐在裡面也比較有話語權，不可避免就是老闆可能就會想要讓他們有一種良性競爭感，所以在開會的時候就會是分別坐兩邊，我們在辦公室裡面也是這樣分兩區，就是有一種那樣互看對方的感覺、那種氛圍。走進那個辦公室，我自己會覺得心情滿複雜的，因為他們全部放在一個辦公區，你可以感覺到那個張力。

推己及人的同理、踏實的生活，是繼續前進的方式

　　小路會牽涉進這個案子是因為她的室友雨萍遇害，她一直想要為雨萍找出真凶。雨萍對小路來說，是她到城市之後第一個接納她、照顧她，教她怎麼在那裡生活的人。其實在試鏡的時候導演問過我，我自己學生時代也有一個類似的朋友，她就是真的對我非常好，好到把她家的鑰匙直接備份一份給我，說只

要沒地方住，就直接開我家門進去，想到就覺得怎麼會有人這麼好。雨萍對小路就是這樣子的存在。你知道女生之間的那種感情，好到一個程度的時候，是真的可以很深入的，那是一個很大的支持，不管是在學生時代、甚至有些友情是延續到婚姻之後。那個支持的力量對我來說是很重要的，是很難去傳達給別人了解的，我把它放在這部戲裡面：有一個人跟你一起成長，其實你們互相是對方的一部分了，她卻遇到這樣的事情然後就消失了，然後你可能也會覺得，她不是每天在我旁邊嗎，怎麼會沒有注意到？那種後悔跟自責是很難去放下的。

　　小路經歷她室友的事情的時候，沒有人幫助她，所以她看到馬義男，就有一部分會很像看到自己，會想要去幫助他。但是我覺得馬義男他比小路堅強多了，他有一種長者的智慧。大家會覺得老人家好像就是比較脆弱、比較需要幫助，但是其實仔細看到最後你會發現，他才是整部戲裡面最堅強的人，他為了他愛的人什麼事情都願意做，他知道什麼是生活，他可以腳踏實地，也不會被那些不好的、邪惡的事情打倒，他用一種很踏實的方法去度過，不像其他人的反應可能會慌了手腳，就是一種很溫柔的力量。所以，後來馬義男上節目被大家攻擊的時候，小路當然就是非常自責，想要幫助他，結果最後這麼的無力，什麼都做不到，還反過來被他安慰，很像自己家裡的長輩，就是你很想要對他好，結果沒做好，還是他來安慰你這樣。他有一種生命的智慧，我覺得西哥本人給我的感覺也是這樣子，有一次走戲的時候，西哥就是講了他的臺詞，還沒有開始，然後不只是我，連旁邊的工作人員全部眼淚都直接掉下來。他一個長輩遇到這麼多事情，但他還是可以很堅強的面對，讓人感受到那種生命的厚度，他面對這一切，也不是淡然，但就是很輕輕的把它放下、去處理它，不會像其他人反應這麼大、好像被困住。比如說小路，她真的經歷太多事情了，她會想把每一件事情都往身上背，覺得是自己的責任沒做好，所以室友才怎麼樣，因為她沒有做好，所以雅慈姐才怎麼樣了，覺得好像自己一直錯過救他們的時機，

但真的不是她的錯，如果她可以帶著愛他們的心情跟他們的精神繼續活下去就好了。

　　我們現在這個時代太快了，我們有時候會很容易迷失自己，會很茫然，然後離生活越來越遠，界線有點模糊。在戲裡發生了這麼多不好的事情，可是最後我們想要傳達的並不是「喔，這個世界爛透了，就這樣。」我覺得它會想要讓你知道說，即使這樣我們還是有可以相信的事情，我們會有一個方法可以度過。影集那個年代背景是九○年代，但我覺得現在的人比九○年代的人更需要這些東西，因為這兩年疫情的關係，最近又有戰爭等等的。我自己後來在疫情這段時間，找到的度過的方法，就是真的好好生活，像馬義男一樣，從生活裡你就是知道要繼續前進，然後你會找到活下去的方式，克服這一切的事情。

活在保護與壓抑之下
的細膩心靈。

夏騰宏╳胡建和

幼年時臉部燙傷留下大範圍疤痕，從小受霸凌導致性格內
向自卑。在電視臺接到殺人兇手的變聲電話，竟陰錯陽差
被視為嫌疑人。

前年五月疫情的時候，導演他們有視訊的試鏡，我想說既然是瀚草的戲，那就一定要想辦法爭取到，就用五個月的時間把《模仿犯》的小說看完。我本來不愛看書，所以要我看小說，已經很盡力了。一開始視訊的時候沒有很多資訊，只說到建和有一些眼睛的疾病，然後比較是懦弱的這一類型的角色。

以有限的臺詞與情緒表現，演繹內斂的矛盾狀態

建和的原生家庭帶給他滿多自卑跟不自信，他溫文儒雅，也懦弱自卑，這些好像都還滿矛盾跟衝突的，但是他本身是很細心、很善良的人，我很喜歡他這一點，其他都跟我差太多了，譬如說他畏畏縮縮的，但也不能怪他，因為那是他的原生家庭導致，如果他不是在這種生長環境，他的個性可能也不會是這樣。如果要對建和說一句話，我會說：「建和你很優秀，要相信自己。」因為建和總是覺得自己不夠好，要更努力才會被別人喜歡，才會被別人看到，但其實他已經很好了，他已經很棒，要接受自己。以前我大部分都是飾演比較兇悍的角色，不然就是酷酷的、比較帥的，沒有飾演過像建和這一類型的人格，所以我是滿想試的，因為我沒有看過自己這一面。

我很喜歡這個角色的特殊化妝，因為有特化我比較能安心躲在這個面具裡，盡量創作這個角色的性格跟魅力，我覺得這就是這個角色的特色。我覺得最困難的是眼神的細膩度，因為他的臺詞量很少，所以大部分我都要用肢體跟眼神表情，去表現這個角色的內心狀態。演這角色讓我學到滿多的，因為他一直以來是從小被旁人忽視，所以他很習慣觀察、察言觀色，同時他就開始具備很多同理心，很能理解弱者的感受，這點是我比較沒有的。

因為臉上的疤，再加上小時候的種種，他也懷疑為什麼姊姊總是對他有這麼多的控制，已經到很厭煩了，甚至懷疑她讀心理系是不是因為很怕他臉上的

疤會影響他，最後性格扭曲變成變態，所以導致她要這麼保護他。他已經有時候會負面到這樣了，所以他對姊姊也真的是又愛又恨。

　　我覺得吵架那場戲滿深刻的，因為我們那天是一次把所有跟姊姊的戲一次拍掉，最後一場就是我們吵架，我們一直在想建和這次到底會不會大爆炸、甚至怒吼。第一顆鏡頭有這樣試，但是佳嬿姐就跟我說，她認為建和不至於到這樣。然後我們就在那一場戲調整滿多，最後還是有怒吼，但是比較斟酌一點，比較壓抑，要用壓抑的情緒去講那些很爆發的東西，那對我來說是滿挑戰的，往常我都是全部直接釋放出來，演這個角色是第一次要把他的憤怒壓著去講。

　　當時終於看到佳嬿姐本人還是會有一點小緊張，因為以前大部分看到都是電視上的她，可是一對戲就不會了，跟佳嬿姐拍戲是很舒服的，她就很讓我入戲，把她當姊姊那個狀態。我們在讀本的時候，我就先問她有沒有親兄弟、有沒有弟弟，她也有，就更好連結，因為我也有姊姊，比較有那個默契在。

　　印象最深刻的戲，除了建和跟姊姊的這場，我覺得跟慷仁哥那場審問戲也滿深刻的。因為我那一場要一直從頭否認到底，然後沉默到底，那個其實是很難演的，我不能用嘴巴講，然後又要用有限的肢體跟臺詞演出那種起承轉合跟轉變。那一場滿難的，起初看到慷仁哥會比較害怕，有很大的壓迫感，怕自己跟不上他的節奏什麼的，但實際跟他拍的時候發現他是很照顧演員，然後會一

直PUSH你，把你的潛力激發出來。我跟他拍那場偵訊室的戲，是滿前面就拍了，那一次拍完之後，我整個戲的邏輯都兜起來了。那場戲很難演，因為我受限很多，不管是肢體、或是臺詞，我只能用一個狀態去表現那場戲的建和的樣子。我覺得慷仁哥真的給我很大的幫助，讓我去更完整的演繹建和這個角色。

處在反派角色身邊的親密與隔閡

至於建和跟嘉文的關係，因為劇本沒有把我們太多的過去講出來，所以我們一直在思考怎麼樣讓他們兩個人的連結更深、更鮮明。我自己覺得的就是，我們從小是鄰居，有點像是青梅竹馬這樣，然後因為小時候玩是不會看對方的長相，你個性好我就跟你當朋友，我們合得來就當朋友，我跟嘉文比較像這種。可是在成長的過程中，人就是會變啊，越變我就越不理解他，長大我們出社會也慢慢會有一段時間沒聯絡，然後他已經變得不太像我小時候認識的他。

嘉文到了二十歲出頭開始，考了很好的大學，也有好的工作，但是他一直換工作，搞不清楚他自己要的是什麼。然後建和覺得嘉文真的太優秀了，所以一直很信任著嘉文，直到電視臺那件事情，就是凶手出現了，他因為太了解嘉文，其實可以從嘉文的眼神啊、狀態啊，知道他有沒有說謊。某一場戲我就已

經知道，就是他在打那個衣櫥的戲，從他那些狀態我就知道他在說謊，那種感覺是滿揪心的。

我認為建和是一個很敏銳、很敏感的人，他其實把和平當有點像大哥哥的角色，一直帶著他。TNB 電視臺氛圍感覺很嚴謹（可能是因為有心如姐那個角色在，那個坐鎮感），就是大家都滿嚴肅的，只有和平會在那邊吹口哨，是放鬆的那種姿態。但是他總覺得跟和平一個隔閡，和平有一種太完美的感覺，會讓建和一直有一種不真實的感受。因為我跟淳耀從《鏡子森林》就一起演戲，然後那時候我們也是演新聞業，他是演我主管，然後這次又是，所以我們很有默契，一看到彼此就是就很安心。

我自己第一次看完小說的時候，我感覺是被和平這個角色給吸住的，覺得這世界上就是會有這麼可怕的人。我也不知道觀眾會從影集得到什麼，很難去講，因為每個人的共感都不太一樣，只希望整齣戲大家看完會覺得很好看，想要一看再看。因為我剛開始看完小說，其實我滿害怕改編版會是完全照小說的邏輯，因為那是日本的文化。但是劇本的改編是很接臺灣地氣的，不管是文化上啊、還有臺詞上啊，角色的變動都很剛好，其實劇本改了滿多的，但是我覺得這樣改是更好的，因為我有稍微看一下日本改編的電視劇，真的是照著小說的邏輯去拍，那就少了一點驚喜感。我相信一定很多觀眾是已經看過小說，他們很期待各個角色怎麼去呈現出小說的樣貌，但很好的是，我們改編版把整個小說的角色全部打亂，有些甚至是不同角色合在一起的，觀眾還可以去猜誰是演誰，我覺得這是滿好玩的。觀眾們不管是有沒有看過小說，看了影集都會得到很大的驚喜。

霸氣逼人、不擇手段，也能不忘正義初衷。

林心如╳姚雅慈

精明強悍的新聞 call-in 節目主播，主持風格犀利，在競爭激烈、收視掛帥的電視臺生存是她的首要目標，背後有著不為人知的原因。

我這一次飾演的是姚雅慈，她的職業是主播，霸氣、果斷、強勢、有智慧、正義，她給人家的第一印象是這個樣子，就是霸氣外露的那種。但是到了這個角色接近尾聲的時候，你還是可以看到她內心柔軟的一面，只不過她必須把自己給武裝起來，才能夠在那樣的生態環境下生存。

　　她的個性其實是很有正義感，很有自己的原則，一開始的時候她也有一點類似為達目的不擇手段，只在乎最後的結果，過程不管是怎麼樣的犧牲、或者是怎麼樣的委屈或艱辛，她都可以把它克服，想方設法地去完成它，只要最後的結果是她想要的。

　　她的背景就是從一個新聞主播開始做起來，然後她非常的有衝勁，目的性非常的強烈，對自己的要求也很高，從主播一路做上來，做到等於是擁有自己的節目的一個主持人，她自己也是製作人，是在電視臺裡面的當家主播，也算是可以呼風喚雨的角色。

不得不然的外顯型女強人

　　你知道在一九九〇年代那樣子的環境，在電視臺裡面能夠當上當家主播，而且是女生，其實這一路上來的過程是非常艱辛的。她會覺得說，好不容易走到今天這一步了，她看待下面的人也許就是用對待她自己一樣的高標準，所以她會覺得，「為什麼這些事情我都做得好，你為什麼都做不好？」也有一些像是恨鐵不成鋼吧，或者是她看到新進的記者，也許就像看到她自己當初的影子，她也希望他少走一些歪路，快速的達到她想要塑造出來的這個樣子。

　　我可能有一些詮釋過的女強人的角色，強悍是在比較內心的，就是不管遇到多麼的困難，內心的堅強總是熬得過去，但是我覺得雅慈的這個強悍，是從

外表把自己撐到那樣子的位置。當然她內心一定也是一個堅強的女人,但是她的外表更要讓她處於一個不能被欺負、不能被看扁的樣子,讓人家一看就知道是一個很強勢的角色。只要雅慈在的時候,大家就是特別的緊張,特別的高壓,每一個人看到姚雅慈,就覺得母豹來了,然後大家都會變得戰戰兢兢的,很怕一個不小心要不就是掃到颱風尾,要不就是被罵個正著。這確實是跟我本身的性格不太一樣,我覺得除了內心之外,這個人物的一些行為舉止,包括說話的方式、講臺詞的節奏,都必須要有一些跟以往不一樣的地方,來顯示這一個角色的果斷、果決。

大家一直看到就是雅慈在劇中一直都是很強勢的那一面,但是播到第七集,她在剪接室出去接了一個電話,馬上整個聲音、語調什麼都改變了。姚雅慈最大的祕密就是她有一個私生子,我覺得其實兒子是她的軟肋,她就是因為要保護兒子,所以在那一場和平接到她兒子來電的時候就開始要威脅她,雅慈才會就想說反正就豁出去了,只要不要傷害到兒子,什麼都可以。在那個年代的風俗民情下面,女主播也算是一個公眾人物,有私生子是一件很大的事情,也是唯一姚雅慈想要保護的,然後也因為這樣子她更加必須要武裝自己。

其實我在這戲裡面算是特別演出,所以我的戲不多,去的時間也不多,每

次頂多也就是兩三天，很短，跟我戲最多的就是淳耀跟宜蓉。

　　和平一直是在雅慈的手下做事，然後也靠著自己的一些方式吧，慢慢的也是爬到了有一個專題節目的這個位置，雖然他的時段不是雅慈的這一種黃金時段。我覺得一開始雅慈是沒把他放在眼裡的，但是經過了一些事件之後，她覺得這個人是不能小看的，必須要對他有些提防。雖然她覺得他還沒有到危害到她地位的這個地步，可是我覺得她自己心裡面有一個底，覺得他一定不是什麼太簡單的人物，她才會提醒小路要小心他。他是一點一滴的去釋放出自己的野心，一小部分的過程當中有一點讓雅慈降低戒心，所以可能大家互相的談判條件是 OK 的，雅慈也放手同意讓他一起來在節目上面訪問允慧。但就是在那一場之後，她發現這個人其實是想要取代她的位置，想要主導這一切，她才更加的小心，然後去審視以前發生過的事情，再找出很多的證據。和平這個角色就是要那一種藏得很深的人，雖然說表面上對你是畢恭畢敬的，但是你都不知道他轉眼間菸灰缸拿起來就把你殺了。

　　我跟宜蓉在《華燈初上》的時候已經合作過了嘛，所以就很有親切感。雅慈也是一樣跟小路見面都沒什麼好臉色，就是讓她吃排頭啊、罵她，但我覺得她某一部分是在小路身上看到以前的自己，以前就是為了新聞的真實性，很熱

血的一個年輕人，而不像現在的自己更看重的是收視率，因為收視率可能就會關乎到新聞是不是必須做得比較辛辣一點，狗血一點。

新聞媒體百花齊放的年代下，在收視率與真相間的徘徊

九〇年代電視臺開放，所以新聞臺百花齊放，大家都是追求收視率追求獨家，追求更多更吸睛的新聞，所以我覺得雅慈她身為一個當家女主播、跟電視臺的一個算是滿高階的女主管，一定是背負著相當大的壓力。也許她就慢慢在這樣子的過程當中，失去了她的初衷。當初選擇進入新聞界，也許只是想要讓大家知道更多的新聞背後的真相，但現在所呈現出來的真相，可能已經不是真正的真相，是你想要把哪些真相呈現給觀眾朋友看。所以她其實是有自己的壓力，但經過了這麼多的事件，分屍案、棄屍案、斷掌這些，我覺得她有一點醒悟，不想要再被收視率給制約，所以去了也許那時候的新媒體吧，或者另外一個新的頻道，可以讓她不再因為這些收視率而迷失自己的地方。

在開拍之前，我們都去上了一些課做田調，製作方那邊有找主播來幫我們上課，最主要是講一些他們播報新聞事前的準備，或者是事後功課，讓我們更了解一些比較專業的術語，然後也有去電視臺實際參觀，看他們在錄影的情形。自從要接演雅慈這個角色之後，我就會更去研究比較多談話性的節目，看各個不同的主持人的主持風格，他們怎麼樣去掌控全場。

我覺得當然新聞很重要，可是我們經常會不知道新聞的真實性到底是什麼，然後所謂的獨家，嗯……有一隻貓在路邊卡住了、怎麼了，就變成一個獨家，然後二十四小時每個整點都在放這種新聞，這是我們需要的東西嗎？其實真的，我覺得現在的新聞因為太多，然後因為是二十四小時，時段太長，就會變得有一點亂。就我個人而言，我其實就只是看一些重要的頭條新聞，其他太多的那

些內容,我有時候會懷疑它的真實性。

　　我一直很喜歡瀚草他們公司做出來的戲,都是滿深入的去挖掘某一些東西,然後題材也都很新穎,很創新。但他們的戲也大部分是男生戲,相較起來,女生在這樣一個以男性為主的群戲裡面,發揮得不是太多,《誰是被害者》的李雅均跟現在的姚雅慈,我覺得算是在他們群戲裡面角色比較突出、比較跳的,所以也合作得很開心,我覺得他們是一個很認真的劇組。

CHAPTER ④

分集劇本

第一集

序1　內　地下室／電視臺　日

　　△陰暗的室內，看不清周遭環境，一臺攝影機被架上腳架。

　　△攝影機開機，帶匣的透明蓋裡，磁頭轉頭，裡頭錄影帶不斷滑過。

　　△失焦的鏡頭下，攝影機螢幕一片模糊。

　　△Record鍵被按下，畫面顯示錄製中。

Noh OS：**一個問題，你，覺得自己是個好人嗎？**

　　△男人的手慢慢調動鏡頭焦距，螢幕畫面緩緩退去模糊，擺在鏡頭前景中的
　　　一張空椅子漸漸清晰，椅子上擺著一個連著引線的開關按鈕。

Noh OS：**想像你坐在這張椅子上，手裡握著一個按鈕，按鈕的一端連接著一條
　　　線通往你看不見的地方，只要按鈕被按下，就有一個陌生人會死。**

　　△鏡頭特寫隨著引線移動，穿過椅子後頭鏤空的鐵門底下，穿進了一旁白色
　　　浴簾裡。

　　△浴簾裡光線昏暗，看不出是什麼，但隱隱看見鐵鍊拴著女性的腳拉扯晃
　　　動著。

　　△特寫，椅子上的開關。

Noh OS：**你猜，你會不會按下按鈕？**

　　△鏡頭跳回攝影機後，螢幕裡，按鈕依舊安放在椅子上。

　　△男人的手按下攝影機Record鍵。

　　△磁頭軋然而止，錄影帶停下。

　　△關機的攝影機螢幕上，倒影反射出戴著Noh面具的男人拿出帶子。

　　△男人的手將包裹密封。

　　△包裹投進郵筒，掉落沒有光線的信件堆裡。

　　△光影變化，郵筒打開，郵差的手取出包裹。

　　△郵差拿著包裹走進**電視臺**，放在櫃檯。

　　△櫃檯小姐拿起包裹看了一眼，丟進一旁郵件推車裡。

　　△郵件推車輪子快速滾動，郵件配送員推推車進電梯。

△電梯打開，配送員推著車走在走廊上。

△包裹被放在桌上，隨即一名職員打開，拿出裡頭錄影帶。

△錄影帶被放入機器，按下播放鍵。

△一陣雜訊過後，畫面中出現戴著Noh面具的男人，製播人員驚訝拿起電話撥號。

製播人員：是Noh！這可以播嗎？還是要先報警？

△另一側，主管講著手機奔跑在走廊上。

主管：（對著手機）先確認其他電視臺有沒有收到，會不會播！

△畫面上Noh對著鏡頭說話。

Noh：<u>你以為自己跟我不一樣，你理所當然認為，自己是一個好人，因為你相信自己不可能殺人。</u>

△主管衝進副控室，工作人員的手在播放鍵上猶豫。

工作人員：我們如果播了就是在替他宣傳。

△主管遲疑，身旁另一名工作人員在電話上大喊。

工作人員：Y臺也有收到，他們馬上要播了！

主管：立刻插播！

△工作人員不敢置信看向主管。

工作人員：播出去會不會害死人？

△主管遲疑了幾秒，終於還是下了決定。

主管：（大吼）立刻播！我們一定要搶在別臺之前播出！

△工作人員最終按下了播送鍵。

△副控裡所有螢幕瞬間都切換成Noh握著按鈕的畫面。

Noh：<u>事實是，所有的人都會按下按鈕，只要心裡的惡被觸發，誰都可能成為殺人凶手！</u>

△攝影棚裡，主播聽著耳機播報。

主播：現在為您插播一則新聞，令人聞風喪膽的連續殺人犯Noh發出犯罪宣言。

△切入其他電視臺主播快報的多個畫面。

主播A：最新消息，本臺剛收到一卷錄影帶……

主播B：本臺為你一刀未剪搶先播出……

主播C：連續殺人犯Noh的犯罪預告，為你獨家掌握！

△電視臺、街頭、民眾家裡，許多電視畫面都成了Noh的畫面，所有人都目不轉睛看著。

Noh：驚訝嗎？你跟我、跟殺人凶手之間的距離並不如你想像的遙遠。我會向你們證明，人性脆弱，是禁不起考驗的……好人根本不存在，誰都可能成為殺人凶手！

△民眾看著Noh，不知所措的表情。

△Noh在鏡頭前發出輕蔑的笑聲，他慢慢靠近鏡頭。

△面具上，投放出曉其的臉。

Noh：你以為自己不一樣嗎？郭曉其……你以為你心裡沒有惡嗎？（笑）我，可能比你以為的更了解你……期待吧，遊戲就要開始，你敢跟我賭一把嗎？我們來猜猜，你最後會不會按下手上的殺人按鈕？

△Noh盯著鏡頭像是看穿了螢幕盯著所有人，挑釁地問。

Noh：偉大正直的檢察官，你確定自己真的是一個好人嗎？

△Noh狂傲地大笑，按下手上的按鈕。

△Noh的笑聲迴盪著，白色浴簾縫隙中看到身影抽動。

△浴簾空鏡，一名女子靠上，眼神空洞，臉上帶有紅色鮮血淚痕。

進片頭「模仿犯」

1. 內　某民宅門外樓梯間　夜

△公寓樓梯間的燈泡閃爍，時而明滅。

△對外窗的牆上，有螞蟻群排成一直線垂直往下行軍。

△檢察官郭曉其面朝牆壁蹲著，吃著泡麵，專注觀察牆面的蟻群動線。

△螞蟻陸續回到牆角的洞穴內。

△曉其把筷子放進泡麵杯，擱在一旁地上，在他身邊破舊的公事包中翻找。

△公事包裡有個證件夾，裝著「松延市地檢署檢察官　郭曉其」的照片證件。

△曉其找出文具袋，取出素描用的軟橡皮擦，捏下一塊，放在螞蟻經過的路段。看螞蟻繞道而行，仍然又走回一樣的路線。

△此時一名制服員警出現在他背後的樓梯上。

△員警：檢座，標示牌都擺好了。

△曉其：嗯。

△曉其起身，揹起公事包，將泡麵交給員警，走下臺階。

△一戶民宅鐵門大開，門口已拉起封鎖線。法醫在門口等著曉其。

△曉其和法醫套上鞋套，進入封鎖線內。

2. 內　民宅客廳／飯廳走廊／主臥室／少年房間　夜

△曉其進門，客廳電視機前有一名穿工作服的女性死者，頭朝門口方向俯臥在地上的血泊中。

△一名戴著手套，脖子上掛著相機的刑警正蹲在死者旁邊拍照。

△客廳沙發上坐著一名雙手上銬的少年（十七歲），他滿身是血，目光呆滯，愣望著地上的血泊。

△血泊中，能看見少年的倒影。

△曉其看著少年。

員警：檢座，就是他。

△員警將手中寫字板遞給曉其。

△曉其接過，檢視員警匯整的案發現場初步報告，邊唸邊整理思緒。

曉其：劉耀宗，開順高職三年級，死者的養子。他承認了嗎？

△員警搖搖頭。

員警：他從我們來到現在一個字也沒說。

△曉其繼續看手中報告。

曉其：等一下。死者林彩鳳，六十歲，平常和六十五歲的先生劉岳昌在傳統市場擺攤賣襪子。她先生呢？

員警：在主臥室。

△員警往內一指。

△曉其望去，只見由門口客廳至飯廳的地上、茶几上、牆上各處均有大小不等的滴濺血跡，每處血跡及沾血物件旁均依序擺放或黏貼有編號的標示牌，一共有二十幾個。

△曉其開始背靠著牆壁行走，接著，時而踮腳，時而側身，避開地上血跡，小心翼翼地往內前進。

△曉其穿過飯廳後，地上已無血跡。

△他來到主臥室門口，房內走出兩名刑警，向曉其點頭致意。

刑警甲：檢座。

△曉其走進主臥室。

△主臥室，床上躺著一名男性死者，棉被蓋到只露出頭髮，背上有多處刀傷導致的血痕。

△曉其掀開棉被檢視。

刑警甲：死者身分確認過了，是劉岳昌沒錯。

　　△曉其檢視觀察屍體及房內情況，床頭邊擺著一瓶藥和空水杯。

　　△曉其翻看手中寫字板資料，走出臥室外，對員警吩咐。

曉其：去問問看這附近的藥局，死者最近有沒有跟他們買安眠藥。（指向藥）這也帶回去化驗。

　　△員警依言離。

　　△刑警乙拿出證物袋，裝袋。

曉其：推斷死亡時間？

刑警甲：報案者是樓上鄰居，他九點經過三樓，看見這戶鐵門大開，好奇瞄了一眼，就看到林彩鳳倒在地上，劉耀宗就站在她旁邊。八點十五分的時候街口鹽酥雞的老闆看到林彩鳳正朝回家方向走。所以事發大約是在八點二十分之後，九點之前。

曉其：房間很乾淨，沒有掙扎扭打痕跡。門鎖沒有破壞跡象，沒有外力介入。目標應該是先潛進主臥室，殺了熟睡中的劉岳昌，然後在飯廳遇到剛進門的林彩鳳，她發現不對勁想逃卻被追上。

　　△法醫進來。

法醫：從傷口型態來看，凶器應該就是現場的水果刀。

刑警甲：目標一定是外面那個啦。他從國中開始不學好，吸毒，蹺家樣樣來，鄰居說每天都聽到他們父子大小聲。我敢說有他指紋。

曉其：他家裡的水果刀，本來就可能有他指紋。這種證據上不了法庭。

　　△刑警甲有點尷尬。

　　△曉其離開主臥室，朝少年房間走去。

　　△少年房間，曉其入內，檢視，牆上有動漫及籃球明星海報，稚氣未脫的陳設。床頭櫃上放著電視，連接著擺在床上的超級任天堂電動遊戲機以及一副高階耳機。

　　△耳機裡仍持續隱隱傳來緊張刺激的遊戲背景音樂。

　　△曉其看，電視螢幕上，遊戲暫停定格畫面，玩家角色像在雲端的飛船上對戰一頭紫色怪獸。

　　△刑警乙拿著一張證物清單走來。

刑警乙：檢座，這是案發現場查扣的證物清單，請簽名。

　　△曉其接過，在證物清單最下面加上：電動遊戲機，電動手把，輸出線，耳

機，然後簽名。

曉其：（邊寫邊指示）這些我直接帶走。

　　△曉其出，見兩名制服員警正要帶走少年。

曉其：等一下。我還沒有訊問他。

　　△曉其循原路回到客廳，走到少年面前。

曉其：劉耀宗，我是松延市地檢署檢察官郭曉其。

　　△少年不動，不語，不看曉其。

曉其：案發的時候你人在哪？有沒有看到凶手？

　　△少年仍無動靜，只愣愣望著養母身旁的血泊。

曉其：你養父死在床上，養母剛回家就遇害，現場沒有外力侵入，這都表示犯案
　　　的人對你們家很熟悉。我必須老實跟你說，目前的調查情況對你非常不
　　　利，你有任何線索，就應該告訴我。

　　△少年仍不回答。

曉其：你拒絕回答，我只能假設你是嫌疑人，還很有可能會以殺害直系血親尊親
　　　屬罪起訴你，這會很嚴重，你明白嗎？

　　△少年不語。

　　△曉其見無用，無奈，向一旁員警點點頭，員警將少年拉起身，帶走。

　　△曉其望著少年垂頭離去，也低頭看向同一片血泊，自己的倒影。

3. 外　曉其車內／外　夜

　　△街道，曉其將一個紙箱放進車子後座。

　　△車內，曉其坐進駕駛座，發動，開車。

　　△後座上的紙箱裡放著前場少年房間裡的SFC遊戲機、操作手把、電源線輸
　　　出線等物。

4. 外　地檢署門口　夜

　　△松延市地檢夜外觀。

　　△曉其車開至地檢署門口。

　　△曉其抱著紙箱下車，走進地檢署外大門，門口警衛向他點頭問好。

　　△曉其踏上臺階，走進地檢署內。

　　△大廳，曉其抱著紙箱進入地檢署，經過諮詢櫃臺。

5. 內　地檢署走廊　夜

△走廊，曉其抱著紙箱繼續在走廊上朝往辦公室走去。

△樓梯上，許有為等一群人，朝曉其迎面而來。

△眾人圍著檢察官**許有為（四十歲）**，大聲談笑，互動熱絡。

檢察甲：商會那邊，洪總送的襯衫你收到了吧。

檢察乙：有，還繡我名字縮寫，我真沒想到會這麼講究。

檢察甲：這樣人家就認識你了。（指有為）有沒有謝謝學長。

檢察乙：有為學長，謝謝。

有為：他媽的，嘴巴說謝有什麼用？下次去振邦打九洞你們請！

檢察甲：請啊請啊，你人要來啊！

△曉其見眾人走近，沒有停步或打招呼的打算。

△有為看到曉其

有為：學弟！

△眾人看見曉其，瞬間冷場，停止交談，安靜地陸續與他擦身而過，只留下有為。

曉其：有為學長。

△有為朝曉其走過去。

有為：聽說你那雙屍命案已抓到可以起訴的人了，你還回辦公室幹嘛？

曉其：我想釐清一些我沒想通的細節。

有為：你剛來我不是就教過你，檢察官不是這麼幹的。這種區域性的治安事件，一天到晚都來，早破晚破都一樣，你要學聰明點，才不會浪費時間。

曉其：等這世界上沒有受害者，我就不用浪費了。

有為：檢察官是需要團結的工作，趁全市同步掃黑，培養跟大家的默契，對你未來才有幫助。

曉其：掃黑行動根本只是部長想在媒體上作秀，這才叫浪費時間。

有為：小聲點。這種話你也敢講。現在部長全面掃黑，我已經幫你讓你可以少去幾趟，但你偶爾也該配合一下。

△曉其還想講話，有為看出，打住。

△有為拍拍曉其離去，曉其則繼續端著紙箱往辦公室方向走去。

6. 內　地檢署辦公室連會議室　夜

△曉其走進檢察官辦公室，把公事包丟在座位上，跟著繼續抱著紙箱往會議

室走去。

△曉其進會議室，把內有遊戲機的紙箱放在桌上。

△曉其搬動電視，翻出電視背面的端子輸入面板，稍微擦拭灰塵。

△曉其由紙箱拿出少年的遊戲機，將訊號輸出線插入電視背面，插電。

△插入卡帶，電視螢幕出現遊戲起始畫面：Ultra Utopia VI

△曉其操作遊戲手把，戴上耳機，按下開始，遊戲音樂聲響起。

△像素風格遊戲世界定格畫面。字幕捲軸式滾動，是遊戲第一幕劇情介紹：**一千年後，天娜早已忘記了當初那場令她所有家人喪生的殘酷戰役。也忘記了自己擁有可以喚醒魔獸摧毀世界的能力……**

△曉其專注看著電視，拿出筆記、跑動中的碼錶，記錄。

7. 外　電動遊樂間外　夜

△曉其和一名制服員警在電動遊樂間外等待。

△少女**洪莞婷（女，十七歲）**及幾個少年少女走出。

△曉其出示證件，和他們交談。

△莞婷手中拿著同前場耀宗電視畫面蒐證照片看，曉其作著筆記。

曉其：你們認為要玩到這關，需要花多久時間？

莞婷：慢慢玩的話兩到三小時。很專心的話，最少最少也要一個半小時吧。

△遊戲間的眾人互望，都同意。

△曉其記下，畫線表示重點。

8. 外／內　大樓外／雜景／電視牆／地檢署辦公室／會議室　日／夜

△以下蒙太奇畫面，表時間過程。

TNB主播VO：新官上任三把火，法務部長高光建今日重申向黑道宣戰的決心，各地同步執行治平專案，也就是俗稱的掃黑行動……

YBS主播VO：行動已經來到第十三天，昨晚松延市檢警再度兵分多路，同步掃蕩七個列管處所……

DTV主播VO：截至目前為止，已檢肅十五名治平專案目標，起出違禁槍械彈藥毒品，更查獲有不法店家藏匿未成年性工作者的情形……

雅慈VO（call in最前線）：我們可以看到部長的決心，結合松延市的首善之都計劃，立誓要把松延市變得更安心更適合居住。檢警這兩週掃蕩奔波下來也是相當辛苦喔，對於民眾感受到的治安程度又是怎麼樣？我們現在開放觀

眾朋友打電話，大家一樣一樣來檢驗。

△上述VO串下述畫面

△鬧區電視牆，主播子母畫面新聞報導，跑馬燈字幕播送掃黑行動。

△新聞畫面：穿著背心的檢警破門盤查幾個兄弟圍坐著的黑道堂口。

△新聞畫面：檢警錄影蒐證，酒店裡一群穿著清涼的小姐低頭遮臉，排成一排，魚貫而出包廂。

△新聞畫面：長桌上擺滿查獲的毒品、刀械及槍枝，後面站著一排檢警。

△地檢署辦公室連會議室，一群穿著檢察官防彈背心的人在貼滿地點佈署計劃的活動白板前指劃討論著。

△曉其端著泡麵，邊走邊吃經過，有人不滿想走上前，有為制止，示意由著曉其去。

△會議室，曉其嘴叼著筷子，一手拿著泡麵，關起門。

△曉其坐下，吃一口泡麵，擺在一旁，繼續打電動。

△地檢署停車場，成群檢察官列隊步出地檢署外，依序上了車頂有閃燈的廂型偵查勘驗車。

△地檢署門口，偵查勘驗車和警車依序從車道開出，經過地檢署大門。

△檢警蒐證錄影帶：檢警破門喝斥不准動，屋內的人全抱頭蹲下接受盤查。

△會議室內，曉其仍在打著電動，作筆記。

9. 內　地檢署偵查庭　日

△時間過程，城市空鏡轉場。

△偵查庭招牌。

△曉其一身法袍，坐進席間。

△電腦前，有書記官打字。門口有法警駐守。

△曉其對面，是少年耀宗，木然地坐著。他的一旁坐著一名觀護人（男，五十歲左右）。

△另一側，則有刑警甲、乙列席。

曉其：請問你的姓名，是叫劉耀宗嗎？

　　△耀宗沒有回應。

曉其：請你出聲告知是或者不是。

耀宗：是。

曉其：請問你的出生年月日？

耀宗：一九八〇年三月二十八日。

曉其：身份證字號是多少？

耀宗：T12238956022

曉其：住址在哪裡？

耀宗：松延市城中區翔遠路531號。

曉其：好。你現在因為涉嫌殺害直系血親尊親屬罪嫌，會接受詢問。稍後我問你時，你可以保持緘默，不用違背自己意思陳述，因為你是少年，你可以請求輔佐人在場，你需不需要請求輔佐人在場？

耀宗：不用。

曉其：你可以請求檢察官調查對你有利的證據。以上的權利是否都了解？

耀宗：了解。

曉其：你涉嫌於一九九七年十月十七日晚間八點半到九點之間在億興街三樓住處殺害養父劉岳昌、養母林彩鳳。

　　△曉其出示現場蒐證照片：耀宗房間電視遊戲暫停畫面，飛船對決紫魔王。

曉其：根據照片，案發當晚，你正在玩最近新販售的Ultra Utopia六代遊戲，你的朋友洪莞婷在六點半帶著卡帶來借你，跟你一起玩，在你家待到七點半。

　　△耀宗聽見朋友的名字，有點訝異，第一次抬頭看向曉其。

曉其：以上是否屬實？

　　△耀宗猶豫，點點頭。

耀宗：對。她有來找我。因為她家主機壞了。

　　△書記官聽見，開始打字記錄。

曉其：洪莞婷供稱七點半離開你家，六點半到七點半之間你們使用的是弓箭手浩特這個角色，進度存檔在遊戲卡帶裡，有時間標記，本席已確認過。而這款遊戲一共有十四個可操控角色，只有主角魔法師天娜的故事線能走到照片中飛船這關。根據洪莞婷的證詞，以及本席這兩週以來的測試，一個半小時玩到飛船這關已經是玩家的極限，更何況你那天是第一次拿到這遊戲。

　　△曉其邊說，邊出示筆記給書記官及在場眾人看，最後放在耀宗桌上。

　　△耀宗翻看，每頁寫滿密密麻麻的遊戲攻略，包括每個操作步驟及破關動畫所產生的秒數。

曉其：從洪莞婷離開的七點半到九點之間，我假設你關在房間裡戴著耳機打電

動，當你玩到九點左右終於抵達這關，按下暫停鍵想休息一下，拿下耳機走出房門，你看到了什麼？

　　△耀宗愣了一下，眼中滿是痛苦淚水。

耀宗：媽媽……我叫不醒媽媽和爸爸……我害了他們。

曉其：你發現了你的養父母被人殺害。同樣在九點左右，鄰居經過看見。我到場勘驗時發現，你的耳機音量非常大，很可能就是你沒聽到外面的打鬥聲的原因。

　　△耀宗聽著，眼中滿是淚水。

曉其：這說明你沒有時間殺害你父母。因此我初步排除你的嫌疑，撤銷你的羈押。劉耀宗，當庭釋回。接下來少年法庭應該會解除你的管束。

耀宗：都是我的錯，我爸嫌我打電動太大聲，我不想再跟他吵了，所以戴耳機。我本來可以救他們的。

　　△曉其看著耀宗。

曉其：不是你的錯，沒有人會怪你的。

　　△耀宗情緒潰堤。

　　△曉其同情地看著耀宗。

　　△曉其走到少年面前。耀宗擦掉眼淚。

曉其：之後會有團隊安置你。我大概也打聽過了你之後會去的育幼院，他們會好好照顧你。

耀宗：去哪裡都沒差。我沒有家了。

曉其：我會找到凶手的。

耀宗：找到了又怎麼樣？

　　△曉其沒有回話，只是看著少年。

　　△少年被引導走出門前，轉身。

耀宗：Ultra Utopia，你玩到這關玩了幾次？

曉其：一百二十一次。

　　△少年意外，感動。

曉其：這個遊戲的主角，雖然她不是天生的領導者，但她很努力的去學習如何帶著大家突破所有的困境，是個很正向的人。

耀宗：我喜歡她，是因為她失憶了，沒有過去。如果可以，我也想全都忘記。

　　△曉其愣，看著耀宗離去的背影。

10. 內　地檢署辦公室　夜

△地檢署外觀黃昏空鏡。

△曉其進辦公室，與三個檢察官擦身而過。

△室內牆上，時鐘指向5：55。曉其脫下法袍掛起，坐進辦公桌。

△曉其的辦公桌上堆滿文件，辦公空間隔板上也貼滿各式資料。

△他把隔板上耀宗案的相關資料，陳屍傷勢圖等，一一撕下。

△透過隔板清空後的透明區塊，曉其因而注意到有為的辦公桌上有幾份文件，寫著梓潭區土地開發、振邦建設歷年違建陳情事由等。

<u>檢座甲OS：六點鐘停車場集合，你跟我一車。</u>

△曉其愣，只見檢座甲正在自己座位旁收拾桌上鑰匙放進口袋，準備動身。

曉其：我？欸，等一下，我還有三忠路那邊的跳樓案要查……

△檢座甲根本不想聽曉其說話，準備完已逕自離去。

△曉其連忙穿起外套，跟上。

11. 外　地檢署停車場／車內　夜

△曉其走進停車場，看見三臺地檢署廂型車和二臺小偵防車。檢察官們陸續上車。

△曉其四尋，沒看到檢座甲，不確定自己該排進哪個隊伍中，隨便跟著一臺坐進廂型車的隊伍，上車，卻發現廂型車已坐滿。

△曉其有點慌，下車後又去開了一臺警車的車門，但車裡也已坐滿了人。

△此時檢座甲從另一臺廂型車探頭出來，拍拍車身喊。

檢座甲：郭曉其！上車！

△曉其連忙往廂型車走。

△曉其終於找到自己的位子，坐進，此時，檢座乙匆匆上車，關上車門。

檢座甲：我們剛剛在討論待會收隊吃什麼？

檢座丙：去大眾吃豬肝啦，很久沒吃了。

檢座甲：我想去阿國吃米粉湯配紅燒肉。

檢座丙：太油了吧。

檢座甲：去你的，豬肝就不油。

△檢座甲繞過曉其問檢座乙。

檢座甲：沉默咧？發表意見啊！

檢座乙：我肚子還在鬧，你們吃我不去。

△隔著中間的曉其，眾人交錯聊天，當曉其是空氣。

△曉其索性，閉上眼睛。

12. 外　酒店大樓外　夜

△一臺廂型偵防車、一臺警車駛至大樓外。

△一隊警員早已等在現場。

△曉其下車。

△檢座甲也下車。

△眾檢領隊，檢警們走進大樓。

△曉其也跟著走進。

△他看了一眼酒店大樓外，有著「振邦建設」的地基石。

13. 內　酒店大樓入口連電梯　夜

△大樓入口處，一群拿著麥克風、相機或攝影機的媒體記者或站或坐，各做
　各的事，神態輕鬆，看見檢警入內，都沒有緊張準備張羅採訪的樣子。

△檢警們經過記者群，此起彼落熟絡地招呼。

△曉其獨自走到電梯前，按上行鈕，等待。

△曉其回望有一段距離的門口，檢警媒體相處氣氛和諧，他格格不入。

△曉其注意到一位記者也和他一樣，站得離彼此聊天的檢警媒體群稍遠，她
　是路妍真，手中拿著TNB的麥克風。

△小路發現曉其在看她，與他對望了一瞬，又淡漠地別開眼神。

△電梯門開，曉其也回頭，進電梯。

△檢警們也魚貫入。

14. 內　酒店內　夜

△電梯門開，曉其隨檢警隊伍進。

檢座甲：現在要臨檢，請各位配合，登記證件，身分證件拿出來。

△警力分布至外場區各桌旁。

△有員警負責拿V8紀錄一切。

△眾顧客均停下。

△櫃臺後的業者上前，朝著曉其說。

業者：檢座，你們上禮拜六不是已經來過了嗎？今天又來？辛苦辛苦。

曉其：請配合搜查。出示你的身分證。

　　△店內保險箱，開啟，曉其看，無違禁品。

　　△短畫面，時間過程。

　　△曉其走進一間間的包廂，監督。

　　△警察檢視一張張的身分證。

　　△曉其走出包廂間，其他檢察官也走出包廂，眾人會合。

曉其：我這邊沒問題。

檢座甲：今天就這樣吧。

曉其：（對刑警甲）撤了。

刑警甲：（朝對講機）撤了撤了。

　　△眾人收隊準備離去。

　　△曉其回程走著，經過走廊，一間間包廂門都是開的。

　　△曉其注意到轉角一處包廂門關著，停下，指著問警方。

曉其：那間搜了沒？

　　△眾微妙凝住，互望。

　　△曉其注意到警察們的默契，走至該包廂，推門進去。

　　△包廂內，曉其意外看見有為在包廂裡敬酒。

　　△有為對突然的開門及見到曉其，也錯愕。

　　△曉其看看有為，又掃視包廂裡其他三四個坐著喝酒的人。

　　△包廂眾人看向有為。

有為：這邊剛才我搜過了，沒事。大家辛苦了。

曉其：學長，我們今天專案任務就是要清查這裡。

有為：我說了沒事。有問題我扛嘛。這邊也差不多要散了對不對？（對曉其背後
　　　的警察們）好了，你們都回去，回去。

　　△有為拍著曉其，對包廂眾人使眼色，眾人魚貫離開。

曉其：各位等一下，我們執行搜索，請出示證件。

　　△刑警們沒立刻應命，反看著有為。

　　△有為不滿地點點頭。

　　△警察分頭上前查看各人證件。

　　△曉其與有為互看著。

刑警甲：郭檢，都沒問題。

曉其：謝謝配合，各位可以離開了。

　　△眾人這才離去。

　　△有為也準備要跟著離去，卻被曉其叫住。

曉其：學長。你怎麼會在這裡？這裡不是你的責任區。你也沒跟我們一車來。

有為：我那邊忙完就來幫你們，有問題嗎？

曉其：既然你不在任務編組裡面，方便的話，請你配合。

有為：學弟，適可而止。

　　△曉其看著有為。

15. 外　酒店大樓外　夜

　　△曉其與檢警走出大樓。

檢座甲：絕了，還有徒弟搜查師父的。郭曉其，你沒救了。

　　△眾檢經過曉其，一臉不屑，均陸續上了廂型偵查車。

曉其：我自己回去吧。

　　△檢座甲聳肩示意隨便，拍拍司機肩，司機關門，開車。

　　△散隊了，但還有三兩警察還在跟記者們抽菸聊天。

　　△曉其看向大樓入口，發現業者和身穿檢察官執勤背心的有為正在對話。

　　△曉其起疑，看著他們。

　　△一旁的小路察覺，也看著曉其在看的兩人。

16. 外　酒店停車場　夜

　　△有為和酒店業者走到一臺車邊。

業者：剛剛弄成這樣，沒問題吧？

　　△有為輕輕一笑。

有為：跟我交朋友，不正是為了解決問題？

　　△酒店業者開啟後車廂，將旅行袋交給有為。

業者：那就拜託你了，洪董對這件case非常重視。

　　△有為則將一包文件袋交給業者。

有為：那你最好今晚就把這些送去給他老人家安安心。

　　△此時警車鳴笛，警察們持槍擁上前。

警察：警察，手舉高趴下！

有為：幹什麼？我是檢察官！

<u>曉其OS：學長，請你配合。</u>

△有為回頭看，是一臉嚴肅的曉其。

△警察上前，拉開旅行袋，裡面是滿滿的現鈔。

△曉其則拆開有為遞給業者的文件袋。

曉其：振邦建設土地開發的資料。還有買賣糾紛傳喚的證人名單。你把檢察官的
　　　尊嚴放在哪？

△曉其邊說，INS閃回　地檢署辦公室　曉其在有為桌上看到那些文件。

曉其：我就覺得奇怪，明明都不是你的案子，為什麼會出現在你桌上？直到你出
　　　現在包廂，而且那棟大樓也是振邦，酒店他也有入股，內神通外鬼。
　　　（INS大樓地基石畫面）你一直居中牽線，對不對？曉其質問業者，業者
　　　低下頭來。

有為：這全都是誤會，我完全可以解釋——

曉其：（打斷）學長。請你，慎審思考後再發言。

有為：我跟振邦建設的關係不是你想的那樣，這只是——

曉其：（再打斷）你明知我們今天會來，卻完全不把我們看在眼裡。你真的是膽
　　　子很大。

有為：學弟啊！

曉其：許有為先生。你涉及貪污治罪條列的圖利罪、刑法132條洩密罪。

△曉其示意，警察將兩人壓制上銬。

△酒店業者由警察引領進警車。

△曉其看著有為就要被押上車。

△兩人眼神互望。

△有為示意警察停下，回頭。

△有為觀察曉其，一笑。

有為：我提醒你，凡事適可而止。

曉其：你這個貪污現行犯沒資格對我說教。

△有為被嗆，怒。

有為：你他媽真的很討人厭，老做沒用的事，還自以為這就叫正義！今天就算不
　　　是我，也會有別人收錢。這最簡單的供需原則，我早就告訴過你了！

△曉其聽了，定定的看著有為。

曉其：就是因為這一路上都是你在教我，所以這個收錢的人，怎麼可以是你？

△有為一愣，看著曉其。

△曉其流露情緒。

曉其：你老叫我辦案適可而止，但是邊界在哪，你應該比我還清楚。

　　△見曉其認真地替自己惋惜，有為反而笑了出來。

　　△有為走近曉其，誠懇地說。

有為：你等著看，總有一天你會發現，沒有所謂絕對的正義。

曉其：這些話你自己收著。

　　△有為被押進警車。曉其頭也不回離去。

　　△角落，有人拍下這一切。

17. 內　雅慈家　夜

　　△雅慈床上。電話鈴聲響著。

　　△雅慈怒著掀開被，接聽。

雅慈：喂？嗯。什麼？檢察官逮捕自己人？（思索）當然不能報。絕對不能報。你就為了這點小事打給我？你自己沒有一點判斷力嗎？不准報。在明天的編輯會議也絕對不准提！

　　△雅慈掛線，又睡去。

18. 外　地檢署門口　晨

　　△曉其走回地檢署大門外。

　　△有人按喇叭，曉其回頭。

　　△是坤哥。笑著在計程車旁揮手招呼。

　　△曉其也開心招手。

19. 外　地檢署前馬路旁　晨

　　△曉其手中拿著一個保溫杯，皺眉喝著。坤哥的手扶在杯上，半強迫式地逼曉其喝。

坤哥：喝，快點快點，現場給我喝光。這加拿大直送的冷磨粉光蔘，我買了一打。

　　△曉其喝不了那麼快，被逼又覺好笑，喝到咳嗆。坤哥連忙拍背。

曉其：哪來的人蔘用冷磨的？你跟地下電臺訂的？又亂花錢。

　　△坤哥自己也拿出一個保溫杯，喝著。

坤哥：這划算又養身耶。這兩個禮拜沒看到你回家，到底都在幹嘛？我恁阿舅內！電話也嘸卡一聲。

曉其：之前都在打電動。昨天去上酒家。
　　　△坤哥知道沒那麼簡單，不屑哼了一聲。
坤哥：我知道，偵查不公開嘛，都沒有什麼可以透露的第一手消息喔？
曉其：第一手消息就是我偏偏抓到自己人。
　　　△坤哥看曉其神情轉沈重，放下手中的蔘茶。
坤哥：好啦，那些有的沒的你先別說。澡洗一洗衣服換一換。
　　　△坤哥朝後車箱一指。
　　　△曉其開後車箱，拿出一旅行袋的換洗衣物，和一箱泡麵。
坤哥：要記得睡覺，有聽到嘸？
　　　△曉其回頭對坤哥一笑，拿著補充的物資，走進地檢署。

20. 外　城中森林公園　晨
　　　△天空泛起魚肚白，鳥聲啁啾喚醒清晨。
　　　△一個女孩聽著隨身聽遛狗經過一處樹下。狗忽然躁動不安吠叫。
　　　△女孩安撫，狗卻繼續狂吠，拉著她到樹下。
　　　△女孩想把狗拉走，卻發現狗拖咬著草邊一只紅色的方形禮盒。
　　　△女孩安撫狗兒，不經意看見禮盒掀開的一角，嚇住了。
　　　△禮盒裡是一只女性斷手，手上的指甲油顏色就像公園裡盛開的花。

21. 外　道路雜景／曉其車上　晨
　　　△清晨空蕩冷清的市景。
　　　△曉其開車在路上，穿過高架路。
　　　△曉其的車筆直往前開，只有零星幾輛車與他錯身。

22. 外　城中森林公園　晨
　　　△曉其往公園入口走。
　　　△公園外停著數輛警車，入口皆拉著封鎖線由制服員警看守。
　　　△公園草地封鎖線內，有員警正詢問著目擊者，做著筆錄。
　　　△尚勇走出封鎖線外，等著其餘警察做蒐證筆錄。
　　　△大超小跑步帶著報紙和包子來，交給尚勇。
大超：吃早餐啦，勇哥。
　　　△尚勇攤開。裡面還捲了一份小報。

尚勇：我沒叫你買這個。

大超：人家銷量不好促銷啦。

　　　△尚勇覺得多餘，把小報拿給大超。

尚勇：這你自己看。我跟你說，下次包子多買幾個取暖，不然你一大早等檢仔到場等到冷死。

　　　△尚勇看著頭條寫著「松延市長：安心城市，不分晝夜，治安無死角」的報紙，嘲笑。

尚勇：光看這些標題會覺得松延市的治安真的很好，好得都沒有女生的小手會不見。

　　　△大超模仿尚勇模樣，攤開小報。

大超：勇哥勇哥，郭檢耶，這太邱了吧，弄自己人（學長），他這樣是白目，還是……，還是……

　　　△民立早報上的頭條：松延市地檢署檢察官許有為遭逮捕，治平專案掃黑掃到自家人。搭配曉其在旁指揮押解有為的照片。

尚勇：就是兩種可能，一個是真的白目，另一個真正的特別白目。我告訴你，龜毛其，總有一天會被人蓋布袋啦！你等著看吧

曉其OS：林尚勇小隊長，蓋布袋屬強制罪，拘役三十天。

　　　△尚勇一凜，回望。

　　　△曉其不知何時出現在尚勇背後。

　　　△大超也一驚，臉色鐵青。

曉其：如果你有動手打我，再加個傷害罪。事先預謀加重其刑。你又是個警察，明知故犯我們檢方不會對你太客氣喔。

　　　△尚勇立刻堆笑。

尚勇：長官，我怎麼敢。你別釘我就好了。

曉其：斷掌在哪？

　　　△尚勇立刻收斂笑容，一路領著曉其走到三道封鎖線裡最裡面的一道封鎖線。

　　　△樹下，曉其蹲著，檢視慘白斷掌。

尚勇：檢座你怎麼一直在輪值？像這種小案子你根本不需要親自跑一趟，一看就知道是欠債啦，不就是那些感情債啊、賭債的。

　　　△曉其仔細凝視，回過頭，看尚勇。

曉其：為什麼用禮盒裝？又為什麼在公園？知道原因嗎？

　　△尚勇大超互望，無言。

曉其：警犬有沒有聞到什麼？

大超：有在聞了，但目前沒什麼發現。

曉其：這附近監視器有沒有調來看？

尚勇：沒幾隻，都很遠……而且到處都是樹，有什麼好照的。

曉其：民眾呢？有沒有盤問過？

尚勇：這裡是公園，不特定人士我怎麼查？

曉其：那我問你那個穿吊帶褲的女生是誰？

尚勇：目擊證人啊。

曉其：那他發現斷掌的時候在做什麼？

大超：她說她在遛狗。

曉其：那就對了，我剛親耳聽到她說每天早上五點半會帶狗來公園，這不就是特
　　　定地點的固定時間會有固定行為模式。你們也太混，你們在抱怨叫檢察官
　　　來之前就應該先問清楚。

　　△曉其站起。

曉其：去各個醫院查一下看有沒有女性斷掌的就醫紀錄，今天下班以前把報告寫
　　　好給我，還有明天早上四點半開始訪問來公園的民眾。

　　△尚勇一臉哀怨。

尚勇：是。

　　△曉其交代完畢，這才注意到大超手中的小報上，有關於自己的報導。

　　△另一頭封鎖線外，TNB記者陳和平正對著鏡頭報導。

和平：記者所在的位置是松延市北區的城中森林公園，警方今天上午接獲民眾報
　　　案在公園內的樹下發現了一只女性斷掌……

23. 外　地檢署門口　日

　　△一群記者圍堵採訪著地檢署**檢察長，廖啟陽（五十五歲）**。

　　△啟陽神情緊繃，捏著手帕邊擦汗邊聽記者提問。

記者甲：檢察長對於許有為在掃蕩中被逮捕有什麼看法？

記者乙：請問這樣會不會影響到部長掃黑的決心和規劃？

記者丙：許有為的行為貴署知情嗎？

啟陽：謝謝各位，所有的問題將會由襄閱統一回應，一定給大家最完善的答覆。

　　△曉其開車至，見記者眾多，改將車子開進車道。

24. 內　地檢署辦公室　日

　　△辦公室裡，眾檢都在。

　　△曉其在位子上看著斷掌現場照片，邊看，邊打開泡好的泡麵，觀察雞蛋熟
　　　度，決定再燜一下。

檢座甲：到底是誰把有為被抓的消息洩漏出去的？明明檢察長都去打點過了。

檢座乙：沒有哪個電視臺敢直接跟我們撕破臉啦。只有民立這種小報敢報。

檢座甲：我越想越覺得，一定是有人要弄檢察長。讓他面子掛不住。

檢座乙：那會是誰？

　　△曉其聽至此，不覺抬起頭。

　　△眾人也不約而同地看向曉其，又互望，沉默片刻，爆笑出聲。

檢座甲：最好他有這本事啦！

　　△眾哄笑。

　　△曉其並不在乎眾人明目張膽視他如無物的議論。

　　△曉其打開泡麵蓋，見蛋的熟度正好，喜，正要舉箸開吃。

　　△檢察長啟陽走進辦公室。

啟陽：郭曉其，來一下。

　　△曉其放下泡麵，走了兩步，又回頭，穿上西裝外套。

25. 內　地檢署檢察長辦公室　日

　　△啟陽坐著，曉其站著。

啟陽：考慮到你跟有為的關係，我知道你辦他也不好受，我把這案子後續改簽給
　　　其他檢察官，你有意見嗎？

曉其：沒有。

　　△啟陽看著面無表情的曉其，想了想。

啟陽：我一定要先聲明，許有為涉及不法，你抓他，我和所有長官絕對支持你。
　　　這樣你懂我意思嗎？只是，這件事關起門來私下稟公辦理就好了，究竟是
　　　誰洩密的，你有想法嗎？

曉其：我想不出來。

啟陽：唉。我猜也是。知道我為什麼叫你來嗎？

曉其：因為我是松檢唯一一個沒有在經營派系或人脈的檢察官。我沒背景，不足
　　　為懼，卻也是現在這種情況下唯一值得你信任的人。你想叫我查出究竟是
　　　誰爆料的。想知道這個人未來是否還會對你不利。

啟陽：一點就通。當初大家對任用你有點疑慮，但事實證明，你確實有兩下子。好了，去忙吧，查出來是誰之後，記得只向我報告就好。

曉其：我沒有答應你要查。新聞自由不是犯罪事件。

　　△啟陽聽了，表情瞬間凝結，皺眉苦思一下。

啟陽：那好，從今天起，你手裡所有在調查的案子都停下來，我要你負責統籌掃黑編制的任務。

曉其：檢察長。

啟陽：過去大家之所以容忍你的不合群，是因為你的師父有為很欣賞你，逢人就一直替你說話。你知道我意思吧。

　　△曉其為難。

曉其：檢察長，請不要停下我的案子。我答應過很多受害者家屬，要替他們查出案件真相。

啟陽：那你就幫我這個忙。洩密的人如果涉及不法情事，也很可能會影響後續的辦案調查。

曉其：知道了。我會去查。

26. 內　TNB新聞棚／副控室　日

　　△育修坐在攝影棚內，播報。

徐主播：曾經承辦過多起重大社會案件的松延地檢署檢察官許有為，在治平專案掃蕩中遭到當場逮捕。法官以許有為涉嫌包庇振邦建設土地開發案，並有串證、滅證、逃亡之虞，裁定將他收押禁見。

　　△副控室裡，製作人、導播、工程師與編輯都看著螢幕中的主播。

製作人：下一個畫面再切一次許有為被壓制上銬的畫面。

導播：阿哲，上帶1-3。

　　△工程師操作。

　　△電視畫面：有為被上銬的畫面。

徐主播VO：掃黑掃到自家人，松延市的地檢署究竟出了什麼問題？

製作人：然後跳立院，上標「地檢出包！法務部長答詢真難堪」。

導播：切素材A2，上讀稿機。

　　△工程師與編輯熟練的執行命令。

27. 內　TNB節目部辦公室　日

△小路快步到影印機旁等資料印出，一同事正靠在旁邊抬頭看電視。

△一排無聲電視牆，各臺跑馬燈或子母畫面報導著檢察官郭曉其在掃黑行動中逮捕自家人的消息。

△資料印出，小路拿起。

同事甲：今天慘了，大獨家竟然是由民立早報這冷門紙媒搶先報導。

△小路側聽著，不動聲色。

△同事乙焦急奔來。

同事乙：警衛說雅慈姐今天穿豹紋裝、高跟鞋，還擦上了紅色指甲油。

同事丙：母豹來了。漏獨家，她一定很火大，皮繃緊了。

△小路聽了，在別人看不到時，轉進角落深呼吸，鎮定情緒。

28. 內　TNB雅慈辦公室連樓梯連會議室外　日

△雅慈辦公室門打開，頂著高聳髮型，身穿豹紋套裝，擦著紅色指甲油，足蹬高跟鞋的主播**姚雅慈（四十歲）**走出。

△雅慈氣場強大，眾人紛紛恭敬招呼「雅慈姐」、迅速歸位忙碌。

△小路有備而來，跟到雅慈身邊。

△雅慈正要說話，小路就俐落遞給她節目要用的資料

小路：今天的來賓通告一切沒問題。（遞咖啡）你要的黑咖啡也煮好了。

△雅慈停步，把咖啡隨手丟進垃圾筒，四顧無人，對小路發怒。

雅慈：你以為這樣我就會放過你？我今天凌晨不是跟你說了，不准報，結果你不但報了，還跑去找一個什麼銷量只有六百份的民立早報？真的要把我給氣死。

△雅慈手機響，是啟陽來電，雅慈給小路看。

△雅慈接電話，聲線立變，溫柔爽朗。

雅慈：檢察長～沒事。別擔心。好，我會查。嗯，那總長那邊就麻煩你了。

△雅慈掛線，狠瞪了小路一眼。

雅慈：給我一個理由不把你fire掉。

小路：雅慈姐，對不起。但我只是想做我認為對的事。我早就覺得我們的檢察體系出了問題，身為媒體人，我有責任要把害群之馬給揪出來。

△雅慈冷笑。

雅慈：先擔心你這個月的薪水吧。

　　△二人來到會議室門口，小路伸手開門，讓雅慈先進去。

29. 內　TNB節目部會議室　日

　　△雅慈點燃一根菸，翹起腿，一頁頁的翻看桌上的文件。

　　△滿室與會人員都承受著雅慈散發出來的高壓，低頭偷瞄，不敢吭聲。

永坤OS：沒有時間浪費了，快快快！！

　　△節目部經理**梁永坤（四十八歲）**，邊拍手邊走進來，滿臉不悅，拉開椅子坐下。

雅慈：人都還沒到齊，要直接開始嗎？

　　△永坤一愣，看看四周，又抬頭看看時鐘。

永坤：陳和平呢？

　　△同時，和平跟建和匆匆進門，向大家鞠躬。

和平：不好意思，耽誤大家時間。

雅慈：以後不準時的人就別進來了。

　　△雅慈夾著菸，輕蔑的看著和平。

　　△和平再次向大家欠身道歉。

　　△建和找了一個角落的位置坐下。

和平：抱歉抱歉！我保證絕不再犯！

　　△和平略顯緊張興奮。

和平：跟大家報告，我們剛拍到城中森林公園的斷掌案。

　　△永坤與眾人立刻好奇。

永坤：拍到什麼？

　　△和平看向建和。

和平：建和！我們剛剛拍的東西給我！

　　△製作助理**胡建和（二十九歲）**，拿出包包裡的V8交給和平。

　　△和平播放V8內容給永坤看。遞給永坤。

　　△永坤把眼鏡抬起，瞇著眼看V8裡的內容。

和平：我們在公園拍到一隻女人的斷手，塗了指甲油。還裝在一個禮盒裡面。你不覺得這題目很精彩嗎。

　　△和平打量著永坤的神情。

　　△永坤看著，不置可否。

　　△小路看向雅慈。雅慈一臉漠然的開口——

雅慈：請問我們什麼時候要開始討論？

　　　△永坤把V8放到一邊。

永坤：所以說大家都知道了，地檢署自己人抓自己人，所有電視臺都漏了這個大獨家。我們起步晚了，接下來一定要扳回來。

雅慈：直接說結論，今晚call in最前線我約了檢查總長，他會親自現身說法，內容是檢察體系如何自正門風。

　　　△小路錯愕。

永坤：好，不愧是我們王牌主播！所以說所以說，題目可以再，利一點嗎？

雅慈：當然會從自家人內鬥去討論派系問題。

永坤：讚！這一定有搞頭！

雅慈：當然，沒問題的話我就回去繼續準備了。

　　　△此時，和平舉起手。

和平：我有個想法，如果我們出奇招呢？掃黑已經報太多天了，觀眾累了，想看不一樣的，至少我是這樣。如果我們從雅慈姐的節目就開始主打斷掌案呢？

　　　△雅慈聽了，輕蔑的看了和平一眼。

永坤：這樣吧，我們今晚焦點就是檢察總長破天荒上節目，看雅慈的了，和平你那斷掌案就留在你的節目，看看能不能爭取不同觀眾群的收視，好了，散會！

　　　△眾人陸續離。

　　　△小路看雅慈與永坤談笑，思索。

30. 內　地檢署辦公室　日

　　　△曉其手機、座機均因各家媒體打來狂響。曉其接起，略聽，不說話，又掛掉，最後索性拔掉線、關機。

書記官：郭檢，萬一錯過重要電話怎麼辦？

曉其：想找我的人自然找得到我。

　　　△曉其播放，看著逮捕有為蒐證錄影帶的V8畫面，比對報紙畫面對照鏡頭拍攝的角落，很快地鎖定了小路。

　　　△曉其定格，用蒐證錄影帶畫面角落拍到的小路。

　　　△INS，曉其在酒店大門看到拿著TNB麥克風的小路。

　　　△曉其開始比對登記在署內的記者清單。找到了小路的資料和記者證的大頭

照，名字寫著：路妍真。

　　△曉其將小路的資料用手抄寫下來。

　　△曉其看看時間，拿起桌上斷掌案資料放進公事包包並揹起，走到書記官身旁。

曉其：幫我打給高德分局林尚勇，叫他去法醫那找我。對了，你手機借我。檢察長回來的時候記得通知我。

　　△書記官拿出手機，曉其接過。

31. 內　解剖室　日

　　△法醫偕同曉其、尚勇相驗冰存的斷掌。

　　△曉其凝重盯著斷掌，斷掌的食指上有一顆痣。

法醫：從手掌的切割邊緣判斷這應該是死後才被切下的。

尚勇：是兇殺案。

　　△曉其不語，盯著斷掌拇指的痕跡。

曉其：這上面寫拇指脫臼，是什麼情況造成的？

法醫：可能是被害者試著掙脫什麼。被害者的虎口到食指邊緣有傷痕，從傷口邊緣和方向的一致性來看，比較整齊的痕跡，我們也不排除是工具造成。

尚勇：什麼工具？

法醫：有很多可能性，重點這一定不是普通打鬥導致。

　　△曉其看著報告上「拇指脫臼」一詞，再把視線移到斷掌相關部位。

曉其：就你印象，近年有發現遺體的案件裡面，有類似的拇指脫臼情形嗎？

　　△法醫一愣，臉色稍微不悅，尚勇見狀，連忙幫腔。

尚勇：人家一年要驗多少具遺體，怎麼記得啦。

曉其：希望您可以努力回想。

　　△曉其態度堅持，尚勇嘆了口氣，與法醫對視，無奈。

　　△法醫於是坐下，努力回想。

　　△片刻，法醫開口──

法醫：你說的拇指脫臼，有啦，應該只有一案，兩三年前還是三四年前。

32. 外／內　檳榔攤／TNB攝影棚　夜

雅慈OS：總長，我身邊的朋友都說，這幾天雷厲風行的掃黑行動，讓他們覺得更加安全了。尤其是松延市宣示要打造出一個黑夜跟白天一樣令人安心的

城市。不過好像昨晚的掃黑行動，抓到了自家人？

△城市空景

△紅色廂型車轉進暗巷裡，方向盤上，凶手的手指輕敲像是在盤算什麼。

△紅色廂型車緩緩行駛在無人的巷弄內。

△空蕩無人的巷口檳榔攤，招牌在黑夜中發出顯眼的亮光。

△攤位裡，一臺小電視播放著雅慈的節目。

總長OS：沒錯，這更能說明我們掃黑的決心，我們不分貴賤，全部都一視同仁

雅慈OS：謝謝總長，但據說這次逮捕許有為的檢察官郭曉其是他的學弟，從一進地檢署就跟著他在學習，那這一場茶壺內的風暴是不是在某些程度上也凸顯出了松延地檢署存在著內部矛盾？我們都知道許有為檢察官偵破過不少重大刑案，難免樹大招風，那這次的逮捕行動是大義滅親，還是剷除異己？

△檳榔西施把電視當成背景音，哼著歌輕快地包著檳榔。

△紅色廂型車經過檳榔攤窗前，女子抬頭看了一眼車沒停，不以為意轉身去開冰箱拿東西。

△紅色廂型車緩緩倒車停在檳榔攤前，女子轉頭看見車窗搖下一半，伸出一隻手拿著空菸盒敲敲車門示意。

△女子偏頭想看駕駛座，卻看不見暗處的駕駛。她俐落地拿香菸走出檳榔攤，靠向廂型車車門。

女子：來，你的菸。

△女子正要把菸遞進車內，駕駛座上男子緩緩轉過頭，那是一張沒有表情的白色面具，女子嚇一跳後退，腳上高跟鞋拐了一下跌坐在地。

△小電視還在播著雅慈節目。

總長：無論如何，我只能再度重申，希望社會大眾能夠相信我們，一切依法辦理，為的就是為松延市民，打造一個最安全最和平的首善之都。

△戴著面具的男子看著小電視裡總長的畫面，冷笑了一聲，發車離開。

△女子驚魂未定坐在地上，看著廂型車緩緩駛進陰暗之中遠去。

△回棚內，「call in最前線」錄影現場，雅慈與**檢察總長，伍樹德，（六十二歲）**對談。

雅慈：謝謝總長。不過話又說回來，這幾年，我們的檢察體系倒是起訴了不少令人聞風喪膽的罪犯，就讓我們來回顧一下這些年松延地檢署所偵破的重大刑案——

△雅慈帶觀眾新聞畫面看到掃黑成果。

△小路在攝影機旁拿著Rundown確認。

△雅慈cue，副控，畫面放出許多功績。

△一樁樁照片，偵破的刑案，其中包括田村義案。

△小路看見，難受，轉頭離去。

△下場曉其VO先in──

33. 內　地檢署辦公室　夜

曉其VO：田村義案，一九九五年三月，田村義見江雨萍獨自夜歸，向其搭訕，田村義稱兩人合意拍攝裸露照片並發生性行為。

　　△辦公室內，其他人都下班了，曉其搬了一箱檔案回到座位，箱子上寫著田村義案，曉其打開箱子拿出卷宗。

　　△曉其拿起卷宗內田村義的檔案照以及雨萍屍體被擺拍的數張拍立得照。

　　△拍立得照中的雨萍擺著各種姿勢，皆表情驚恐。

曉其VO：後因江雨萍反悔以報警威脅堅持索取報酬，田村義憤然囚禁江雨萍數日，而後將之殺害。

　　△埋屍現場鑑識照：雨萍衣物破爛，面部朝下。

曉其VO：被害者右舌骨骨折，頸部瘀傷，為勒頸致死，下體顯然遭到清洗。

　　△曉其繼續研究卷宗，文件上記載著江雨萍的背景。

曉其VO：江雨萍。南屏人，商業設計科畢業後，北上求職，在廣告公司擔任平面設計。生前與室友在高德區的公寓頂樓租屋。被害者多處瘀傷、擦傷、拇指脫臼、下腿防禦傷。

　　△曉其看見到雨萍案上面報案人為：路妍真

　　△曉其在自己包包中拿出本來要交給啟陽的小路資料比對。

34. 內　TNB剪接室　夜

　　△小路獨自播放和平報導的舊日新聞專題帶子。

　　△畫面中，田村義被警方罩住安全帽帶回犯案現場模擬，民眾包圍。被害人江雨萍的照片以子母畫面呈現在新聞一角。

和平VO：這起殺人案中，田村義殘忍殺害江雨萍之後為了掩人耳目，把江雨萍遺體帶到地處較為偏僻的老家棄屍，直到在檢警調查中起出他指甲縫中的血跡反應，這才自白坦承犯案，表示不滿桃色交易糾紛，種下殺機。警方

今天將他帶回現場模擬犯案過程。記者目前就在田村義的老家外。由於遺體面目遭到破壞，行凶手段相當殘忍，受害者家屬和不少民眾均相當氣憤。

△小路按停了畫面。翻看著自己的《都會失蹤女子專題》企劃資料夾。

△企劃第一頁寫著：獻給雨萍，以及所有北上打拼卻下落不明的女孩們。

△小路從中拿起一張自己與雨萍的合照，雙眼有些晶瑩。

△片刻，小路又拿起一張雨萍的生活照。

△照片裡，撐著可愛花傘的雨萍笑著。

35. 內　地檢署辦公室　夜

△曉其找出田村義案的證物袋。

△袋中，曉其拿出一捲錄音帶，放進隨身聽，戴起耳機，快轉，播放。

小路VO：（哽咽）對，沒錯，江雨萍是我室友。

警察VO：路妍真小姐，請你看一下筆錄，沒問題的話簽名。

小路VO：你這裡寫錯了，我最後一次看到她，不是她出門，是我出門上班前。你們，不對啦，你們為什麼這樣寫？我從來沒有說過雨萍缺錢。我是說她不靠爸媽自力更生。你們為什麼不照我說的寫呢？這樣的筆錄我才不要簽名。

△曉其再按快轉，再播放。

小路VO：（哭著）檢察官怎麼會認為那是合意性交？拜託你們，你們要查清楚，雨萍絕對不可能答應那個田村義拍什麼裸照，她已經死得很可憐了，我求求你們還她清白，拜託你們。

△曉其邊聽，邊重看田村義案資料。

△曉其看著小路資料上的大頭照，思索著

36. 內　TNB走廊販賣機前　夜

△小路沉著臉將十元投入販賣機。飲料卻沒掉到取物口。

△她懊惱地拍著販賣機，卻瞥見轉角處有個人影匆忙垂下手，但小路還是注意到了那人手上的V8。

△小路納悶。

小路：建和？你在拍什麼啊？

△建和放下手中的V8，臉上分布的燙傷疤痕清晰可辨。他走近販賣機，試

　　　　　圖幫忙取出卡住的零錢。

建和：嗯……我幫妳。

　　　△此時，和平吹著口哨，把玩著手上的十元硬幣，從辦公室轉出走向販賣
　　　　　機，遠遠就看到小路跟建和。

　　　△建和使勁轉動退幣口，沒有效果，自覺尷尬，於是又用力拍打販賣機。

　　　△小路也跟著尷尬起來，制止建和。

小路：沒關係不用了，我自己可以搞定。謝謝你。

　　　△建和低頭帶著V8快步離開，迎面擦撞到和平。

建和：啊！和平哥！對不起！

和平：沒事！又沒有要趕新聞！慢慢走啦！

　　　△小路吁了口氣。

　　　△和平笑著搖搖頭。

和平：碰到女生就這麼緊張，還老跟我說想轉去做攝影記者，你看他這種個性是
　　　　要怎麼去跟人家搶畫面？

　　　△小路苦笑了一下，沒有多說話，掏口袋找零錢，卻發現沒錢了，一陣尷
　　　　　尬。和平會意。

和平：這臺機器不聽話的時候，要對它用點心。

　　　△和平先是拍打販賣機的某個位置，跟著又在另一個位置用力的敲了三下，
　　　　　然後再去轉動退幣鈕，卡住的硬幣果真掉了出來。

　　　△小路取出硬幣再次投錢，成功的獲得了飲料。

小路：謝謝。

　　　△和平也跟著投了一罐飲料，邊動作邊跟小路聊天。

和平：還好嗎？終於成功邀到總長上雅慈姐的節目，怎麼看起來卻不太開心。

　　　△小路有點意外，搪塞。

小路：呃，沒事啦，雅慈姐對這次漏獨家滿生氣的，所以我就比較緊繃一點。

和平：我剛來TNB時，也是在她的團隊裡。我只能說，承受得起她那一關，就
　　　　不會有別的事情難得倒你，在她身上你可以學到很多東西的，別認輸！

　　　△和平充滿朝氣一笑，離。

　　　△小路目送和平離去。

37. 內　高德分局辦公室　日

　　　△高德分局外觀。

　　△辦公桌上放置著斷掌相驗照片、江雨萍案死者手部照片、手銬、鎖鏈鉤等
　　　刑具、工業用束線帶、各種SM道具。

　　△尚勇的拇指上已經被大超繫上束帶，尚勇正凝神觀察。

　　△大超放了根菸在尚勇嘴裡，幫忙點燃，一邊閒談。

大超：學長，龜毛其現在黑得發亮，你還要幫他喔？

尚勇：在局裡不要亂叫龜毛其，我快退了沒差，你亂講話被人抓到，就等著被電
　　　得亮晶晶。我跟你講，做人失敗不等於做事失敗，他再惹人厭也是個認真
　　　的檢座啦，算我退休前倒楣又遇到他，沒辦法爽爽走人就是了。

大超：喔，好啦。可是田村義人在服刑，又出現特徵相同的被害人，好巧。

尚勇：巧什麼巧，沒有那麼剛好的啦。我當警察三十年，拇指脫臼就這兩件。

　　　△尚勇動了動，觀察手上的痕跡。

尚勇：欸你綁這樣不對。這樣拉是線性傷痕，型態不一樣。

大超：瞭改。

　　　△大超伸出手指，在另一隻手掌做出抄寫的動作。

　　　△尚勇看著大超，一臉無奈。

尚勇：假鬼假怪，先剪啦！

大超：喔，歹勢。

　　　△尚勇舉起手，大超用剪刀剪掉束帶。

　　　△曉其走進辦公室。

曉其：測出來是哪種工具造成傷口了嗎？

　　　△尚勇看大超。

尚勇：跟檢座報告啊。

　　　△大超腦袋瞬間卡住，語塞。

　　　△尚勇搖頭，自己指著包括束線帶、拇指銬、手銬等三四樣刑具。

尚勇：只剩下這幾種在測。束帶摩擦範圍幅度較大，但要造成報告上的那種拇指
　　　脫臼，應該是更堅硬的東西。

　　　△曉其走動巡視著桌上工具。拿起拇指銬，端詳著外觀。

曉其：這個呢？大小看起來滿接近的。

尚勇：這叫拇指銬，很少見。

　　　△尚勇拿起拇指銬，不熟練地操作。

曉其：你會用吧？

大超：我來我來。彩虹頻道有看過。

尚勇：我怎麼沒看過？

大超：那你就是看太少。

　　△大超接過，熟練的銬住尚勇。

尚勇：沒試過還真不知道你這麼變態。

　　△曉其突然看向大超。

曉其：搔他癢。

大超：蛤？

曉其：快點！

　　△大超一驚，聽話去搔尚勇的癢。

尚勇：幹嘛？幹嘛？

　　△尚勇被搔得左右掙扎。

曉其：好了，打開。

　　△大超再次打開。

　　△曉其舉起尚勇其雙手。

　　△大超與尚勇同時目瞪口呆，曉其舉起照片。

　　△尚勇的手，出現與江雨萍、斷掌同樣形狀的紅腫。

38. 內　尚勇車上　日

　　△尚勇開車，副駕駛座的曉其拿著照片與拇指銬，仔細觀察，思索。

曉其：如果這兩個案子真的有關連，表示凶手經過計畫，那麼他放置斷掌後的下一步會是什麼？

　　△尚勇心不在焉沒回應，一直在看手機。

曉其：專心開車。

尚勇：歹勢啦，我在等一個電話。（電話響，立接）喂？老師嗎？彤妹真的沒去上課？是我不好。一定一定，我會好好跟她談談。（掛線）郭檢歹勢，女兒的事啦，唉。叛逆期，不好好讀書，一天到晚蹺課打工。

曉其：你再邊開車邊接聽電話，我就要告發你了。

　　△尚勇悶，自討沒趣，乾脆沉默。

　　△曉其手機響。

啟陽VO：洩密者查得如何了？

曉其：還在調查中。好的。

　　△曉其掛線。思索。

曉其：你對路妍真這個人了解多少？

　　　△尚勇一愣。

尚勇：對吶，田村義案，死者江雨萍是她的好朋友。那個路小姐，是我們分局的麻煩人物啦，這兩三年來，她三不五時就會到分局來問東問西，每次都向我們抱怨松延市的檢警無能。

曉其：她覺得我們哪裡做得不好？

尚勇：她不滿之前承辦的檢察官相信田村義的證詞，因為這樣就等於讓大家認她朋友江雨萍是個妓女。

　　　△曉其思索。

　　　△尚勇仍看著手機，煩惱。

39. 外　麵攤　夜

　　　△尚勇獨自在巷口麵攤吃著麵。

　　　△一個穿著運動外套與短褲的女孩，**林羽彤（十七歲）**，邊講手機從旁路過。

彤妹：（對彼端）真的？那我們約明天過去看！

　　　△彤妹經過尚勇身邊時，尚勇開口──

尚勇：林羽彤你要去哪裡？

　　　△彤妹稍微佇足。

尚勇：你在跟誰講電話？都九點多了還出門，是要去哪裡混？

　　　△彤妹聽到尚勇的問題，不耐煩，直接掛掉手機，繼續往前走。

　　　△尚勇放下筷子，跟上去，一把拉住彤妹。

尚勇：你沒聽到我跟你講話嗎？

　　　△彤妹一把甩開尚勇的手，尚勇又抓上去，卻扯掉了手機吊飾。

　　　△尚勇愣，彤妹不悅，搶回吊飾，看見老闆也看這邊。

彤妹：聽到了，整條巷子都聽到了好不好？

　　　△彤妹把臉轉開，不讓老闆看見。

　　　△尚勇看著彤妹，發現她臉上畫著濃妝。

尚勇：為什麼要畫這麼濃的妝？

　　　△彤妹繼續邁開腳步往巷子口走，尚勇跟上。

尚勇：你去什麼不三不四的地方需要畫這麼濃的妝？是不是又要去打工？我沒給你生活費嗎？老師打來說你學校都沒去！你還未成年耶！

△彤妹再度停下。

彤妹：你可以不要這樣逼問我嗎？我不是你那些犯人耶！

尚勇：那你跟我說啊？你到底去哪裡？跟誰混？

　　　△尚勇依舊逼問，彤妹無可奈何，情緒上來——

彤妹：你沒說錯啊，我就是去打工賺錢，我要賺錢開店！

尚勇：你還在講開店？你開店能養活自己嗎？

彤妹：又要說我太天真太幼稚嗎？反正我賺夠錢就會搬出去。

　　　△尚勇第一次聽到彤妹要搬出去，錯愕。

尚勇：（大聲）誰准你搬出去！少在外面給我丟臉！現在給我回家！回家！

　　　△尚勇突然大聲說話，巷內的鄰人探頭。

　　　△彤妹感受著別人的眼光。

彤妹：你就是這樣……好啊，來啊，繼續罵啊，再罵啊！

　　　△尚勇介意，停住。

　　　△彤妹看看周遭，慘然一笑。

彤妹：我寧願丟臉丟到死，也不想再跟你住在一起。

　　　△彤妹扭頭就走。

　　　△尚勇怔怔站在原地。

40. 外　電視臺外／咖啡店　夜

　　　△小路走出電視臺外。

　　　△路上，小路感到有人跟著她，故意走了一小段，走進了一間咖啡店。

　　　△曉其跟了進去。

　　　△小路卻突然由側邊出現在他面前。

　　　△時間過程。兩人對坐，小路喝咖啡，曉其則拿起聖代，挖著吃。

小路：郭曉其檢察官，請問你跟蹤我做什麼？

曉其：不是跟蹤你。我還來不及叫你，你就先發現我了。

　　　△曉其沒有放下聖代，邊吃邊說。

曉其：我知道你就是把我逮捕許有為的事爆料給民立早報的人。至於原因，我相
　　　信和你朋友江雨萍的案子有關。你對松延地檢署不滿，認為我們沒有查清
　　　楚真相就草率結案。

小路：對，是我向小報揭發的，因為大眾必須知道你們這些執法者的真面目。

　　　△曉其聽著，看著小路。

小路：沒錯，我就是白目。我在媒體工作。我很了解為了我的前途，我必須和檢
　　　警打好關係。但是許有為做錯事了，不是嗎？雨萍案，你們也真的做錯
　　　了，不是嗎？儘管去跟你長官說，去向TNB投訴吧，大不了我不幹了。
　　　△小路準備起身離去，曉其卻拉住她。
曉其：等一下，你好像誤會我來的目的了。
　　　△小路愣。
　　　△曉其示意她坐下。
曉其：我同意你。我自己在體制裡，非常明白有很多事情需要被改變。我更同
　　　意，你朋友的案子沒那麼單純，這才是我來找你的目的。我想知道關於當
　　　年案件更多的細節。你可以跟我多聊聊你的朋友江雨萍嗎？
　　　△小路意外。

41. 內　地檢署檢察長辦公室　日
啟陽：什麼叫作查無不法？
曉其：就是字面上的意思。我已經調查過了，民立早報對本署逮捕許有為的報導
　　　不涉及任何不法情事，背後也沒有任何長官你該擔心的陰謀。
啟陽：那爆料的人究竟是誰？
曉其：既然不涉及不法，恕難奉告。
　　　△啟陽不滿，但拿曉其沒轍。

42. 內　曉其家　日
　　　△曉其疲累地回到家。
　　　△坤哥在沙發上睡著了。
　　　△曉其替坤哥蓋被。
　　　△一旁，家人的遺照，父，母，妹，排在櫃上。
　　　△他抬頭，看著家人的遺照。
　　　△一瞬閃過，三人死在血泊的模樣。以及血泊中，自己的倒影。
　　　△曉其忽難承受，離。
　　　△曉其房間，曉其無力的躺在床上，盯著天花板。

第一集，結束

第二集

序1　外　道路雜景　日
△九〇年代的城市，建築物新舊並陳的市容街景。
△一輛紅色廂型車緩緩行駛於道路中。
△後方可以看見河與高灘地，映照著日光。
△廂型車從起伏跌宕的高架橋引道往城裡開。

序2　外　廂型車外／內　日
△公園，小孩們追逐嬉戲，鞦韆盪得老高。
△路上燈柱漸次向後飛逝。
△廂型車等紅燈，三兩機車騎士在旁，沒有注意到廂型車任何異樣。
△鏡跳車內。有個女人手腳被綁，嘴被膠帶貼住，雙手拇指被銬住（此處尚看不明顯），她是**秦怡君（二十六歲）**。
△怡君掙扎著，忍痛爬起身，努力看向貼著深色隔熱紙的窗外。
△怡君發現機車騎士，想發出聲音求救。綠燈，機車紛紛騎走。

序3　外　南清宮內／外　日
△佛經音樂由遠而近，南清宮裡，滿頭白髮的主委**馬義男（七十四歲）**，正虔誠地擲筊，求籤。
△義男將籤詩放在桌上，跪在跪墊上對著神明深深一拜。
△義男：弟子一心誠拜請，祈求保佑我們怡君平安無災，貴人得助，早日歸來。
△此時，紅色廂型車靜靜轉進南清宮外，熄了火。
△車裡的怡君聽見佛經音樂聲，連忙將臉貼在玻璃上。
△怡君看見義男跪拜背影，透過膠帶悶聲呼救，使勁用頭撞車窗。
△此時，南清宮內的義男感受到屋外有動靜，回頭看。
△車內，怡君仍用力撞著車窗。

△義男走出宮門，朝廂型車前進。

△車突然發動。

△義男在一步之遙，只看到漆黑車窗反射自己的映影。

△車子加速，揚長駛離。

△從車窗可以看見南清宮慢慢遠離。

△怡君崩潰哭泣。

△義男看著廂型車開走，感到莫名，身旁有輛舊機車，後座焊了白鐵架，上面用鐵絲固定著三面看板，看板上就是秦怡君的照片以及字樣：

協尋孫女，必重酬

02-334-2168

或洽堤埔　南清宮

進片頭「模仿犯」

1. 內　地檢署偵訊室　日

△桌上有一碗泡麵。

△曉其看時間，打開，吃起。

△江雨萍案凶手，**田村義（三十歲）**。被法警帶進來。

△田村義看見曉其在吃泡麵，一愣。

曉其：今天找你來，不是傳你當證人，也不是嫌疑人。只是找你聊聊天。（對法警）麻煩幫他解開手銬。

△法警幫村義鬆開手銬，村義動了動手腕。

△曉其手勢示意村義等一下，把筷子放在麵杯裡，在公事包找卷宗。

曉其：田村義、田村義、田村義……找到了。

△村義坐下，一臉不屑的神情。

村義：我不知道這裡可以吃東西。

曉其：理論上是不行。但不違法，而且我餓了。

△村義笑。

村義：你們這些社會菁英都一樣，我懂你想幹嘛。你是檢察官，我是犯人，你就是想強調你可以的我不行，你比我強，我要敢不聽話你想怎麼搞我都可以。

曉其：我沒這想法。聽起來，比較像你對江雨萍做的事吧？告訴我你的犯案過程。

△村義聽曉其提到雨萍，一笑，雙手胸前交叉，往後一靠。

村義：這麼久了還有什麼好問的？

曉其：我找一下。有了，在這。

　　　△曉其翻看筆錄，找到，指著，唸出筆錄內容。

曉其：我在東區搭訕江雨萍，談好了到我家拍照兼打砲，事後她突然開口要錢，說不給就報警，告我性侵，我一時不爽，把她關在我那裡玩了一個禮拜，用拍立得拍了個爽，直到我膩了，就把她活活掐死，再帶回老家埋，後來又覺得還是逃不掉，就只好——（被打斷）

村義：夠了夠了。我知道我自己口供說了什麼。你想怎樣？

　　　△曉其一笑，由公事包拿出拇指銬，放在村義眼前。

　　　△村義看到拇指銬，眼神瞬間閃爍

　　　△曉其凝視村義，伸出拇指。

曉其：可以麻煩你幫我試試看嗎？

　　　△村義聽了，略顯生疏的打開，銬住曉其的一隻姆指。

曉其：我以為拇指銬對你應該不是這麼……陌生耶？

　　　△村義不語，正要銬上曉其的另一隻拇指。

曉其：OK了，我知道了。

　　　△曉其用鑰匙幫自己打開姆指銬。

曉其：這有讓你想到什麼嗎？

　　　△村義沒有抬頭，只是搖頭不語。

曉其：沒想到還是不想說？

村義：沒見過，不知道這什麼，不知道你什麼意思。

　　　△曉其不等村義說完，直接把斷掌特寫照以及雨萍的驗屍照放下。

曉其：這隻斷掌，跟江雨萍的手同樣都拇指脫臼，你覺得為什麼？

　　　△村義皺著眉，看著照片，雙腿微微併攏，手也不自覺的碰觸大腿，輕滑到膝蓋。

　　　△曉其注意著村義的舉止，一邊敘述。

曉其：你的筆錄沒有交代犯案車輛，憑你一個人也根本不可能在天亮前完成埋屍。雖然你對案情倒背如流，但那不是真相。你有共犯，而這個共犯還繼續在外面犯案。

　　　△曉其說完，依舊眼神犀利的看著村義。

曉其：一個人是善是惡，關鍵常常只在一個轉念。這是你的大好機會，幫我們破案，做點好事，改變你自己的命運。

　　△村義眼神游移，一瞬似乎不知所措，接著，他怒視曉其。

　　△曉其看著他，明白他不願配合。

曉其：如果你改變心意，想說出實話，隨時跟我聯絡，我叫郭曉其。

　　△曉其放下名片後離去。

　　△門口法警把一個牛皮紙袋交給曉其。

法警：郭檢，這是田村義的心理輔導日誌。

2. 內　地檢署辦公室連檢察長辦公室　日

　　△曉其剛走進辦公室就看見啟陽辦公室的門開著，啟陽從裡面叫住了他。

啟陽：郭曉其，你進來。

曉其：檢察長。

啟陽：為什麼借提田村義？你想替他翻案？

曉其：是為了斷掌案。我確認過，近五年只有田村義案的被害者和斷掌案有相同
　　　的器械性傷勢，若這兩個案子有關聯……

啟陽：（打斷）等一下，你小心你接下來想說的話。

　　△啟陽盯著曉其，神情緊張，曉其想了想，開口——

曉其：我想不到什麼婉轉的說法。如果田村義案真有共犯在逃，那麼城中森林公
　　　園刻意擺設的斷掌就是他的預告，表示最近很可能會有新的受害者出現。

　　△啟陽聽到，臉色垮了下來，咻了一聲。

啟陽：松延市怎麼可能有連續殺人案？最近立法院在審預算，這消息如果傳出去
　　　那還得了？我只提醒你一句，你查案歸查案，不准在這時候惹麻煩！

　　△曉其沈默。

啟陽：去做事吧。

　　△曉其出。

　　△曉其回到座位，旁邊的書記官拿了一個牛皮紙袋給他。

書記官：郭檢，這是法警剛送來田村義在受刑期間的紀錄。

　　△曉其接過坐下，打開紙袋，一份資料夾上面貼著：

　　△受刑人心理輔導日誌　姓名：田村義

　　△曉其打開資料夾，瀏覽。翻到最後一頁：

　　△治療師：胡允慧

　　△曉其臉色微微改變。

3. 外　允慧家／允慧家樓下　夜

　　△城市昏轉夜空鏡。

　　△允慧在家中專注寫作著博士論文。

　　△可以看見標頭「性加害者心理依附類型總述　博士班研究生　胡允慧撰」

　　△允慧在電腦上寫作著。一張統計圖表下方，打著字：本研究旨在了解性加害者犯行之成因並期冀找出降低再犯率之有效法則。

　　△書桌上疊放著許多文獻資料，允慧翻看著，全是與刑案，犯罪有關的書籍。

　　△此時她手機響，看，接。

允慧：郭曉其，我現在寫博士論文，如果你是要我免費幫你分析案子的話，你明年再打來。

　　△對跳，曉其在允慧家樓下，望著允慧家溫暖燈光，笑。

曉其：我在你家樓下了。

　　△曉其說完就掛線。

　　△允慧家，允慧愣，連忙整理家裡，對鏡略加整理自己的儀容。

　　△允慧準備妥當，這才按開樓下的門。

　　△片刻，曉其上樓。

允慧：很突然耶。

　　△曉其一笑，提起手中的一袋火鍋料。

曉其：妳弟在嗎？一起吃火鍋？

允慧：他電視臺下班都很晚了。

　　△曉其點頭。

曉其：那我們一起吃？

　　△時間過程，兩人煮著火鍋，邊涮肉邊聊。

允慧：你說田村義？對，他是我的輔導個案。

曉其：你對他有什麼看法？

　　△曉其邊問，邊吃。

允慧：你知道我不能透露輔導個案的任何資訊。

　　△曉其叼著筷子，從公事包中找出一份文件，打開，裡面是斷掌的照片與江雨萍案的照片，交給允慧。

　　△允慧也放下碗筷，接過，看了看，盯著曉其。

曉其：你看到了什麼？

允慧：相同的犯案模式。田村義案跟森林公園斷掌案的死者，都被上了拇指銬。

曉其：所以我借提田村義問話，但他什麼都不肯說。

允慧：你懷疑有在逃共犯。

曉其：如果真的被我料中，很可能會是連續殺人案。

　　　△允慧聽到連續殺人案，神情改變。

4. 內　監獄教室　日（回憶）

　　　△數月前，田村義以及允慧對坐，戒護人員坐在田村義後方稍近處。

　　　△允慧抄寫著筆記，田村義神情輕佻，東張西望。

允慧：今天差不多了，村義，你還有沒有什麼事情想要告訴我的？

村義：有啊，胡老師，你今天的唇膏顏色很美，我很想幫妳拍一張照片。

　　　△村義身體向前傾試圖靠近允慧，露出侵略性的眼神。

　　　△允慧只是毫不在意的笑笑。

允慧：謝謝你的稱讚。

　　　△村義聽了，眼神有點飄忽，仍不看允慧。

允慧：還沒問過你是怎麼喜歡上拍照的？

　　　△村義聽了，沉默。

　　　△允慧讀著他的表情。

允慧：你不想說沒關係。

　　　△村義思索著，頭卻逐漸低垂。

村義：十……十歲還是十二歲的時候。

　　　△允慧聽到，在筆記本上註記。

村義：我爸買了……相機，常常帶全……全家到處去玩。

允慧：所以，是爸爸教你拍照的嗎？

村義：不……相機很貴，他……不准我碰。等到他不……不用這臺相機了，我就
　　　開始拿……開始拿來拍照了。

允慧：那你都拍什麼？

　　　△田村義彷彿沒聽到允慧的問話，自顧自地說。

村義：爸爸把之前拍……拍的照片都剪……剪掉了。

　　　△允慧思索了一下，田村義的眼睛始終一直盯著地上。

允慧：照片裡面有什麼爸爸不想看到的東西？

村義：那個賤女人。

　　△允慧聽到，懂了。

允慧：媽媽離開你們？

村義：我一……一看就知道她要走，她還騙我說馬上就回來了……賤女人，說話
　　　　不算話……

　　△村義抬眼，痛苦地看著允慧。

村義：為什麼這樣對我？

　　△眼眶開始濕潤，與開場的樣子判若兩人。

5. 內　允慧家　夜

　　△曉其在洗碗，允慧則整理著冰箱。

允慧：我只能說，田村義在你借提時出現的那些張狂行為，是他自我保護的防衛
　　　　機制。直到第四次輔導他，我才看見他低自尊，社交退縮的那一面。

　　△曉其想了想。

曉其：所以很可能是有人教唆他頂罪？

允慧：你一定有你的判斷，我只提供意見。

　　△曉其洗完碗，手簡單擦乾，跑到廚房外。

　　△客廳，曉其從破舊的公事包中掏出筆記本，坐進沙發紀錄並思索。

　　△允慧看著曉其振筆疾書的動作，等待他停筆才開口。

允慧：除了田村義，你跑來找我，就沒有別的事想跟我聊了？最近好嗎？

　　△曉其仍看著筆記本，想了想才看允慧。

曉其：嗯？你說什麼？我最近啊，就老樣子。

允慧：有沒有好好吃飯，好好睡一覺？

曉其：別擔心，我會。

　　△允慧微笑，搖搖頭，看向曉其身旁的公事包。

允慧：你這公事包都這麼破舊了，怎麼不換一個。

曉其：你居然忘了？我們還在一起的那時候，你不是警告我（模仿允慧）：「這
　　　　可是我送你的，沒有經過我同意，不准你換包包！」超兇的。

　　△允慧笑了出來。

允慧：我哪有這樣？你無聊耶。記性都用在這種地方。

　　△兩人一起笑著，一瞬間，似乎回到昔日的輕鬆。

　　△曉其笑容漸歇，又看回筆記本，想到什麼案件相關的思緒，回復剛剛的出
　　　　神專注，沉思。

　　△允慧不打擾，替他將燈打開，轉身回自己位子上寫作論文。

6. 內　雅慈辦公室　日

　　△雅慈的個人辦公室，有張氣派的大辦公桌以及各種獎盃。

　　△小路敲門入，看著正在拿著小鏡子補妝的雅慈。

雅慈：什麼事？

小路：雅慈姐，我想知道，你那天凌晨是不是故意阻止我，算準了我一定會想辦
　　　法報導，這樣你就有理由邀總長上節目，又不至於傷害你和檢察署的關
　　　係？

雅慈：不算太笨嘛。我們敲他通告敲多少次了，他連回都不回，活該！

小路：但是你怎麼確定我不會把這條獨家給別的電視臺？

雅慈：你敢嗎？我知道你一定會找紙媒，而且你有朋友在民立早報。

小路：所以你那天表現得很生氣全都是裝出來的。

雅慈：別以為這改變了什麼，你要是再不受控就滾回家吃自己。

　　　△雅慈起身，拿了桌上的《都會失蹤女子專題》企劃案，丟給小路。

雅慈：拿回去再改。誰都知道你做這企劃無非是想重提江雨萍的案子，但我也說
　　　過，只有個人情感的切入點太普通了，觀眾是不會想看的。

小路：可是……

雅慈：不要老是把時間浪費在爭辯跟解釋，你要是有空，就多蒐集一些失蹤女子
　　　的案例。還有，畫點口紅吧。

　　　△雅慈說完，直接離開辦公室。

　　　△留下小路一臉不甘心，卻又啞口無言。

7. 外　南清宮外　日

　　△小路騎機車來到南清宮外，遠遠就看見馬義男拿著鐵鎚將機車後座的尋人
　　　看板牢牢固定。

　　△小路走過來，看了一眼看板上怡君的照片和訊息，呈上名片。

小路：馬伯伯您好，我是TNB記者路妍真。

　　　△義男看了小路一眼，沒拿名片。依舊把手上的釘子釘完。

義男：有什麼事情嗎？

小路：是這樣的，我們有個節目企劃叫做「都會失蹤女子專題」，想要報導在城
　　　市裡無故失蹤的女孩，讓大家知道她們的故事，一起關心她們的下落。

　　△義男聽了，沒有反應，踢開機車腳架，把車往旁邊牽。

　　△小路見狀，從包包拿出先前拿到的尋人傳單跟上去。

小路：我在路上看見過你發傳單，怡君的事，請務必讓我們幫忙。

　　△義男困惑回頭。

義男：你要怎麼幫忙？怡君不見這麼久，連警察都幫不上忙，我每週去問，他們
　　　也不是沒有在查，結果還是找不到。靠別人沒用啦，靠自己比較實在。

　　△義男牽到定點，用力將機車踩上腳架，機車發出匡噹聲響。

小路：馬伯伯，你每天都騎這臺機車去找怡君嗎？

　　△義男沒有回答，逕自往宮裡走。

小路：這種天氣騎車一定很辛苦，你會不會想試試別的辦法？

　　△小路見馬義男沒有停下腳步，追了上去。

小路：TNB是現在收視率最高的電視臺，每天晚上有三百萬人在看我們節目，
　　　三百萬人耶！如果裡面有一個人見過怡君，就多一個希望！

　　△義男駐足，思索。

　　△一陣風起，義男看見宮廟裡的月曆隨風翻飛，上頭滿是做了記號的每個怡
　　　君失蹤的日子。

8. 內　南清宮內　日

　　△影片：義男拿著一顆紅蛋在敲怡君的頭。

怡君VO：阿公不要啦，敲頭會變笨。

義男VO：心存善念，天遂人願。慈仁勤儉，福壽綿延……

　　△小路坐在南清宮內，手裡拿著一臺V8看著影片。

　　△V8影片：怡君正打開一個包裝精美的盒子。裡面是一個新女用皮夾。

怡君母VO：是阿公挑的喔！

　　△V8影片：義男拿一個平安符在鏡頭前晃，平安符上面寫著：

　　　南清宮

義男VO：這個平安符阿公已經替你過香爐，放在皮包裡面，土地公會保佑你身
　　　體健康，工作順利。

　　△V8影片：怡君收下平安符，有點遲疑的放進皮夾裡。

怡君VO：……謝謝阿公，謝謝媽媽。

義男VO：好了啦吃飯了不要錄了。

　　△影片結束，小路放下V8，馬義男拿著一個盒子過來坐下。

小路：你們感情這麼好，應該不像警察推測的，怡君有什麼原因刻意不回家？

義男：她小時候爸媽就離婚，所以從小就常被放在我這裡。她什麼都會跟我講，哪個男生喜歡她、她喜歡誰，連失戀幾次我都知道。

　　　△小路感同身受的點點頭，確認了一下桌上的錄音機有在轉動，一邊做著筆記。

義男：可能是爸媽感情差，她還是小孩就習慣察言觀色，長大之後也比同學早熟又懂事，幾乎都沒有讓我們操心過。

　　　△義男兀自看著盒子裡的照片，一張張放在小路眼前。

義男：這是她大學畢業的照片、這是高中表演彈吉他、這是四年級演公主……這兩年她開始去國中做實習老師，可能是比較忙吧，所以比較少來看我，但是他每個禮拜都會打電話給我，關心我好不好。

　　　△義男看著看著，感傷……

　　　△小路看看周圍。

小路：對了，怡君的媽媽呢？我也可以跟她聊一下嗎？還是她沒住這邊？

　　　△小路說完，義男沒有回應，深深吸了口氣。

義男：怡君不見之後沒幾天，淑琴就出車禍倒下了。現在還躺在醫院昏迷。

　　　△小路一愣，看向桌上的照片。

　　　△照片中，馬義男與怡君母女共享天倫之樂，眉開眼笑。

　　　△小路有點感觸，她誠摯地望向義男。

小路：怡君一定會回來的。我今天回去馬上就整理資料給主管看，節目排到檔期我第一時間跟你說，播出後一定會有好消息的！

　　　△義男看著小路認真的神情，輕輕點頭，也拿出一個平安符給小路。

義男：路小姐，謝謝你，我感覺得出你真的關心怡君。神明保庇你一切順利。

　　　△小路看著手中的平安符，一股使命感油然而生。

9. 內　TNB節目部辦公室　夜

　　　△辦公室，小路在座位上戴著耳機，快速聽打著義男錄音內容。

　　　△小路端著咖啡走回座位，再度戴上耳機，按下播放鍵繼續聽打。

義男VO：<u>八月二日，大概八點多，怡君原本要來看我，她打電話來說下班遇到朋友，想跟她們一起吃個飯，改天再來，就這樣沒了消息……</u>

　　　△深夜，只有小路座位的燈還亮著，座位上卻空著。

　　　△影印機吞吐著文件。

　　△小路等在旁要印稿件，瞥見有個人從遠處走來。

小路：和平哥？我以為你們都下班了？

　　△那人正是和平。

和平：專題資料有錯，我乾脆自己重新確認一次。又剩你還在加班？

　　△小路點點頭。

　　△和平瞥見小路放在影印機上方的《都會失蹤女子專題》企劃。

和平：你的提案又被雅慈姐退回來了？介意我看一眼嗎？

小路：你看吧。我今天又得到一些進展，多採訪到一個失蹤女子的家屬。我要好
　　　好寫，好好準備，這樣只要等雅慈姐一點頭，我馬上可以製播。

　　△和平拿起翻閱，翻到其中一頁是江雨萍拿花傘的生活照

和平：兩年了，你還在為了你朋友的事情奔走真不容易。

　　△小路有點洩氣地說著。

小路：就算所有的人都說這一切是白費力氣，但這是我唯一能為她做的事。

和平：她很幸運有你這樣的朋友。

　　△和平闔上企劃還給小路。

　　△和平取走影印機印好的文件，拍拍小路，離。

　　△小路打起精神，操作影印機。

　　△小路手機響，接起電話，意外。

10. 外　小路家外街道　夜

　　△曉其跟著小路走在雨萍家外街道。小路指著街口。

小路：雨萍以前加班晚回家都會坐計程車到這個路口下車。下班回來，就會把摩
　　　托車停在那個街口走回家。她其實很謹慎。我剛搬到這區的時候，她也會
　　　常提醒我要怎麼注意自身安全。如果加班晚了搭計程車回來，安全起見，
　　　一定要找個明亮一點的地方下車，不要停在家門口。

　　△兩人經過一條暗巷，剛巧有機車騎入，兩人停步，曉其觀察周圍環境。

曉其：生活單純，有穩定收入，這樣的人突然失蹤，一定有原因。她當時有交往
　　　對象嗎？

小路：廣告設計什麼都要做，她比記者還忙。連睡覺都沒時間。

　　△兩人繼續走，曉其觀察周圍環境。

曉其：她失蹤之前，你有注意到她行為的任何異狀嗎？

小路：那陣子雅慈姐剛丟一個專題給我，她們公司也接了大案子，我們兩個都忙

翻了。原本還說忙完要出來大吃一頓，還沒約成，她就失蹤了。

△小路遺憾說著。

△兩人來到小路家樓下門口。曉其檢視著小路家外環境，抬頭看，兩人住處是頂樓加蓋，街道周邊狹窄。

曉其：謝謝你帶我走一趟。我對雨萍的生活比較有概念了。

小路：不用客氣，從案發到現在，你是第一個願意好好聽我說的檢察官。

曉其：你不是說有資料想給我？

小路：雨萍過世後，所有新聞都說她……行為不檢點，我那時候很想替她做點什麼。所以就開始蒐集資料，想做一個新聞專題。

△小路邊說，從包包裡拿出一疊用牛皮紙袋裝的資料。

△曉其由資料袋拿出文件，上面寫著《都會失蹤女子專題》。

△曉其翻閱，裡面有好幾位失蹤女子的資料檔案。

曉其：這些都是和雨萍一樣北上工作，卻在松延市失蹤，毫無後續消息的白領女性？

小路：嗯。

△曉其認真翻看著。

小路：要從這些資料中查出和雨萍遇害有關的線索，或許像大海撈針，但我越研究，就越覺得自己有責任做好這個專題。至少，我想讓愛她們的人知道，這個世界上有人在乎她們的存在。

△曉其瀏覽專題資料。

曉其：要匯整這些訪談、田調，失蹤人口與犯罪的數據統計資料，算是滿大的工程。你整理得……還不錯。

△小路開心。

小路：真的嗎？這個專題被雅慈姐退稿十幾次了。我都在想我要不要辭職搬回老家算了。

曉其：都努力這麼久了，再堅持一下吧。

△小路像是獲得了一些鼓勵，輕輕的點點頭。

曉其：你創作這個專題的優勢，就是你跟這些女生一樣，都是一個人來松延市工作，你能同理她們的想法，也明白她們日常生活中會遇到的難關。

△小路輕聲地說著，帶著共感的恐懼。

△曉其注意到了。

△小路看著曉其篤定眼神，也點點頭。

曉其：除了這之外，還有沒有別的線索？

　　△小路指著樓上。

小路：她的私人物品我都還留著，我拿給你。

11. 內　小路家　夜

　　△昏暗的樓梯間，曉其跟在小路後面一步一步走上頂樓，曉其仔細觀察著周遭環境。

　　△打開租屋處的燈，曉其站在門邊看著硬是隔成二房的窘迫格局。

　　△小路發現客廳空間的椅子上披滿了外套。曉其沒有地方坐。

　　△小路趕緊抱起椅子上的外套。

　　△小路打開自己房間的燈，把外套丟進房間，房裡面是一張單人床和一個書桌兼梳妝臺，書櫃裡滿滿的書，窄小的衣櫃裡塞滿了各種分層收納。佈置溫馨。

　　△曉其看向屋內的另一個房門。

曉其：那是江雨萍的房間嗎？

　　△小路點頭，帶著曉其走到雨萍房間門口，打開燈，房裡已被收拾過的狀態，只有空櫃子、衣櫃、書桌、和床板。

小路：雨萍的東西在外面。

　　△小路走回客廳拿出兩個紙箱，曉其跟著來到客廳。

小路：這些都是她的東西，我請她家人留給我做紀念。

　　△曉其專心翻閱著紙箱內的物品，有雨萍工作的資料，也有雨萍參觀美術展的資料，還有好幾張人物插圖的成品和半成品。

　　△曉其拿起人物插圖，轉頭問小路──

曉其：這是她畫的嗎？

　　△小路點點頭，指著牆上的插畫成品。

小路：那些也是。

　　△小路看著牆上的人物插圖，想起了和雨萍一起生活的點滴。

　　△INS新建回憶：

　　△雨萍用髮夾固定一頭亂髮，埋首畫畫。

　　△此時，大門打開，隨著滂沱雨聲，被雨淋濕的小路狼狼進門。

　　△雨萍馬上丟下筆，跑過去幫小路接過手上的包包與袋子。

　　△小路脫鞋，雨萍幫小路把浴室門與燈都打開，小路衝進浴室。

　　△時間過程，小路沖好澡走出浴室，看見雨萍泡了熱呼呼的泡麵等著自己，正在幫小路擦乾包包與地板。

　　△小路從包包裡拿出保護得完好的新發行漫畫給雨萍，雨萍超興奮。

　　△擦乾的衣物掛在室內，她們一個裹著濕髮吃著泡麵，一個聚精會神看著漫畫，室內縈繞著一股暖意。

曉其OS：這是什麼？

　　△曉其的問話把小路拉回現時，小路眼眶紅了。

　　△曉其手上拿著Kink夜店的活動傳單，上面的資訊：

　　△三月十四日白色情人節，女客著白色衣物或配件，即可免費入場暢飲

　　△小路拭去眼角的眼淚，接過宣傳單看。

小路：這家是雨萍很喜歡的夜店。她常常加班到很晚，因為Kink能聽歌，她找到這家店的時候開心得跟什麼一樣。

曉其：三月十四日，檔案上面寫著江雨萍就是這天之後失聯的。

　　△小路一愣，望向傳單。

　　△曉其看著手中的傳單，思忖。

12. 外　田村義老家外　日／夜（想像）

　　△市郊丘陵區風光，風有點大。

　　△僻靜的茶園因二人的造訪而破壞了寧靜，附近狗吠不止。

尚勇：檔案上面說他拖屍體行經這一段，然後埋屍地點在那邊。

　　△尚勇帶著曉其繼續向前走。

　　△曉其看看前後距離以及周邊地形。

曉其：你看，這裡都是坡地，不管他運屍用的車輛是什麼，都不可能停近距離拖過來。

　　△尚勇跟著看了看周遭。

曉其：茶農四點就起床工作，他當年的筆錄說深夜路上無人才出發埋屍，扣除車程他只有三小時不到，加上拖行路程，他連把洞挖開的時間都不夠。

　　△尚勇也開始覺得事有蹊蹺。

尚勇：聽說他當天還指錯好幾次，不知道是晚上搞不清楚位置還是太緊張。

　　△曉其凝神觀察著周圍，思索著。

　　△INS想像畫面：

　　△深夜，村義一臉驚懼恐慌的用鏟子挖著洞，他偷偷抬眼。

　　△有個背影冷冷盯著村義，村義的眼神才剛碰觸到對方就趕緊別開。

大嬸OS：（大聲）你們是誰啊！在幹嘛？

　　△突然有人大聲質問，曉其回神，回現時——

　　△一個鄰居大嬸站在那裡，狐疑的看著二人。

　　△尚勇上前拿出證件。

尚勇：歹勢啦，刑警辦案。

大嬸：辦案？又要辦什麼案？

尚勇：以前這邊有出過殺人案，你應該記得吧？

大嬸：阿不是都關起來了，你們又回來幹嘛？我還以為有賊。

尚勇：那你很熱心捏，看到陌生人還會來幫忙鄰居看頭看尾。

　　△大嬸被誇，一臉得意，

　　△曉其忖度一下，走到大嬸旁。

尚勇：這我們檢察官啦。

大嬸：檢察官好。

曉其：妳認識田村義嗎？

大嬸：認識啊！從小看阿義長大的！

曉其：你對他的印象怎麼樣？

大嬸：就害羞害羞的啊，小時候都躲爸爸後面，長大遇到也都不看人。

　　△大嬸說完，曉其跟尚勇對看一眼。

曉其：有看過他都跟什麼朋友來往嗎？

大嬸：沒看過，他媽媽跑掉之後就每天看他在照相，照一些有的沒的。

曉其：他爸爸呢？平常是怎樣的人？

大嬸：喔，老田後來憂鬱到身體都壞掉啦，可憐啦。

　　△突然一陣風起，旁邊傳來碰撞聲，三人看去——

　　△一間荒廢平房的大門被風吹得開開闔闔。

大嬸：那就田村義老家，沒人住了。門怎麼沒鎖好？

　　△曉其與尚勇對視，頓感不妙。

曉其：這裡風這麼大，要是沒鎖好應該早就有人注意到了不是嗎？

　　△大嬸想了想。

大嬸：欸？那鎖不就這兩天才壞的？

　　△曉其尚勇互看一眼，往平房走去

13. 內　田村義老家內　日

　　△曉其與尚勇已經穿戴好手套鞋套，尚勇戒備著踏進門，曉其檢查著門鎖。

曉其：（小聲）有破壞痕跡，靠邊走，小心不要碰到任何東西。

　　△室內已經斷電，二人就著門口透進來的光線搜索。

　　△幾坪大的空間堆滿雜物、灰塵與蛛網覆蓋了大部分的空間。

　　△曉其彎低身子，看到地下有灰塵被新刮除的痕跡。

尚勇OS：（嚷）郭檢！

　　△走在前方的尚勇突然大喊，曉其轉身就快步進去。

　　△曉其經過客廳、走道，看見尚勇站在後面的廚房飯廳。

　　△飯桌上放著熟悉的紅色方形禮盒！

曉其：打給鑑識科！封現場！

　　△曉其不可置信地看著眼前的禮盒。

14. 內　鑑識科　日

　　△證物臺上，被擦得異常乾淨的女用皮夾（本集S8）、秦怡君的身分證以及禮盒一字排開。

　　△尚勇正在向大超交代工作。

尚勇：跟解剖室敲時間，然後聯繫秦怡君的家人過去看斷掌。

　　△大超在手掌心快速紀錄，點點頭，轉身出去。

　　△尚勇和曉其站在證物臺前，神色凝重。

曉其：這個人知道我們會去田村義老家，他在耍我們。田村義只是他的一步棋，他知道我們沒辦法從田村義身上查到什麼線索。

15. 內　解剖室　日

　　△馬義男瞇著眼，努力聚焦，仔細確認著冷凍的斷掌。

　　△片刻，馬義男轉頭看向旁邊的法醫、曉其與尚勇、大超，搖搖頭。

尚勇：不是？還是看不出來？

義男：不是，怡君手上沒有那顆痣，而且她小時候看我用蠟燭點香，好奇偷玩，手掌有一個燙傷的疤。

　　△義男隨即看向旁邊證物袋裡的皮夾。

義男：你們是認為，怡君被砍斷這個女生手的人抓走了？

曉其：只是推測你孫女可能跟此案有關。

　　△義男茫然。

義男：讓你們費心了。

曉其：我能不能看一下怡君的私人物品？也許可以找到一些線索。

16. 內　南清宮　日

　　△曉其與尚勇從箱子裡一項項檢查怡君的物品。

義男OS：<u>怡君不見之後，她媽媽也車禍昏迷，我繳不了兩份房租，所以就把怡</u>
<u>　　君的房子先退掉，她的東西我都先用紙箱裝回來了。</u>

　　△義男又抱了一箱出來。

　　△曉其慢慢檢視，箱子裡面有英文教科書數本、教師甄選題庫、還有個壓克
　　力鑰匙圈裡面裝著與媽媽、外公的合照。

　　△箱子裡面有怡君的包包，曉其拿出裡面的手帳本翻閱。

義男：你們慢慢看。

　　△義男自己拿了一個帆布袋，默默的從旁邊把毛巾、浴巾、脫鞋、麵包、水
　　杯等東西緩緩收進去。

　　△尚勇注意到義男的動作。

尚勇：馬先生等等要出門嗎？

義男：是啊，我白天開廟門，整理好就去發傳單，中午去醫院看淑琴，下午再發
　　傳單，晚上關廟門之後就再去陪淑琴。

尚勇：您都這歲數了，每天這樣真不容易。

義男：家人嘛。

　　△尚勇心有戚戚焉。

義男：我每天都向神明祈求怡君能回來、淑琴能醒來。但今天看到那個女孩子的
　　斷掌，這個社會上竟然有這麼的殘忍事發生，所以我更希望今後神明可以
　　保佑，讓罪惡停止下來，千萬不要讓它像病毒一樣，一個接一個的傳染下
　　去。

　　△曉其聽見，轉頭過去看向正恓恓面對神明的義男。

　　△此時，一張紙從曉其手中的手帳本裡掉出來。

　　△尚勇撿起，遞給曉其。

　　△義男也看到紙上的音符，是張英文曲譜。

義男：怡君有時候很喜歡哼哼唱唱。

　　△曉其卻注意到了上面的英文是天主教聖歌的曲譜。

　　△他看向義男。

　　△義男顯然不知道曲譜代表的意義。

　　△曉其仔細察看手帳本中的行事曆，發現各種行程的文字中，只有每週三都被畫上記號。

曉其：馬先生，你孫女每週三有什麼固定行程嗎？

　　△義男想了想。

義男：這我就不清楚了，檢察官有發現什麼線索嗎？

　　△尚勇在旁邊翻著箱子，也有所發現。

尚勇：檢座。

　　△尚勇遞了張照片給曉其，是怡君及男男女女與Kink招牌的合照。

　　△曉其看向尚勇。

曉其：江雨萍也去過這間夜店。

17. 外　Kink夜店外　夜

　　△尚勇、曉其至，大超已在門口等，三人一起走進夜店。

18. 內　Kink夜店　夜

　　△室內煙霧瀰漫，店內光線昏暗的空間，伴著震耳欲聾的電子音樂。

　　△尚勇湊近曉其耳邊說話。

尚勇：檢座，我先去問問經理。

　　△曉其點點頭，尚勇大超離。

　　△曉其繼續向前走，觀察著環境。

　　△人群忘情隨著音樂節奏擺動著身體。

　　△高聳的DJ臺上，嘉文放著歌，拿起擱在DJ臺邊上的菸，敲緊，點火，抽起菸來。

　　△臺下粉絲興奮沸騰。

　　△旋律節奏來到高潮。嘉文擱下菸，喝水，從容不迫跟上接歌點，翻碟換歌。在空中做了個打beat動作，群眾瞬間歡呼，氣氛更是熱烈沸騰。

　　△舞池中，子晴穿著性感，對著嘉文熱舞，頻頻放電。

　　△嘉文也毫不保留邊舞動邊對子晴釋放迷人微笑。

　　△尚勇與大超在角落向經理問話。

　　△曉其來到吧檯，酒保過來招呼。

酒保：要什麼？

　　△曉其出示證件，拿出怡君的生活照放在吧臺上。

曉其：我是松延地檢署檢察官。你對這個人有沒有印象？

　　△酒保看了照片一眼。

酒保：沒印象。

　　△曉其又拿出雨萍的照片。

曉其：那她呢？

　　△酒保看照片一眼。

酒保：前幾天也有人來問過她。不過我對她也沒印象。這裡每天晚上人都很多。

曉其：（起疑）還有別人來問過你？

小路OS：是我問的。

　　△曉其回頭，有人湊過來，放了五百元在吧臺上，是小路。

小路：給我們兩個一人一杯可樂，不用找了。

　　△小路對酒保微笑。

　　△酒保收下錢，也笑，離。

曉其：你怎麼在這？

小路：上次發現傳單之後，我就跑來打聽過了。沒人對雨萍有印象。但這是我唯一的線索了，我不想放棄。你呢？有新發現？

曉其：可以這麼說。

　　△小路環視著全場，有感觸。

小路：以前雨萍常找我來這，但我光錄影收工回家都沒力了。如果我以前肯花多一點時間陪她就好了。

　　△曉其看了看小路，酒保端來兩杯可樂。

　　△小路喝起可樂，曉其繼續觀察四周。

　　△曉其看見客席的角落一名戴帽子的男子（建和）看似拿著V8往這個方向拍攝。

　　△建和也發現了曉其的目光，很快的放下攝影機，轉身閃躲，沒想到與尚勇大超撞個正著。

尚勇：看路啊！

　　△尚勇邊罵邊看向建和，注意到他臉上的疤。

　　△大超也看了建和一眼。

　　△曉其看著建和方向，疑惑，同時間尚勇大超也拿著文件朝他走來。

尚勇：出勤紀錄，經理很配合，沒問搜索令就拿出來給我們看。

　　△大超先發現了曉其身邊的小路。

大超：小路。

小路：大超，你也來了。（對曉其）究竟有什麼新線索？跟雨萍有關嗎？（看見
　　尚勇）嗨勇哥，好久不見。

　　△尚勇這才看見小路。

尚勇：小路，你怎麼跑來這？

曉其：江雨萍的案子有麻煩她，只是碰巧在這裡遇到。你們認識？

小路：當然啊，跑社會線總是要去分局泡泡茶。

　　△此時音樂節奏變換，一陣歡呼，另一個女孩（彤妹）出現在舞臺上。

　　△彤妹與子晴一起盡情跳舞，動感又勾人，帶動周邊舞客嗨到頂點。

　　△有人上臺與彤妹較量，她毫不猶豫的迎戰；有人想揩油，彤妹也巧妙地躲
　　開，還送給對方一個微笑。

　　△尚勇卻變臉，逕自朝舞池走去。

大超：糟了。

小路：嗯？怎麼了？

　　△大超趕緊追進人群中。

　　△曉其納悶，不動聲色的觀察情況。

　　△尚勇穿越舞池，跑上臺一把抓住彤妹手腕！

尚勇：跟我回去！

彤妹：幹嘛啦！我不要！

　　△尚勇與彤妹在舞臺上拉扯，舞客全部停了下來，不知所措。

尚勇：回家，你不跟我走我就帶人把這裡抄掉！

　　△此時，子晴用力拉開尚勇，意圖把尚勇與彤妹分開。

子晴：放開喔！他說他不要跟你回去！

　　△尚勇甩開子晴的手，指著她的鼻子警告。

尚勇：妳幹什麼妳？

子晴：你想打女生嗎！

　　△周圍的人逐漸鼓譟，上臺去抓尚勇肩膀，想把尚勇拉下舞臺。

舞客A：阿伯！喇妹不是這樣的啦！

舞客B：早點回家睡啦！

　　△大超見狀也急忙上臺制止與舞客。

△尚勇一把以擒拿術將舞客拐倒。

△群眾驚呼，舞客與友人一擁而上包圍尚勇，七手八腳拉扯尚勇。

△兩個高頭大馬的夜店圍事也上前，正要出手抓尚勇。

△小路跟著曉其來到舞臺邊，曉其上臺試圖制止尚勇向舞客動手。

曉其：（怒斥）林尚勇你在幹什麼！住手！

△同時，彤妹與子晴趁亂跑進人群中。

△尚勇被曉其訓斥後試圖冷靜，卻看見彤妹的身影正往出口處跑。

尚勇：彤妹！

△尚勇連忙往彤妹方向追去。

△圍事上前要阻止尚勇，大超連忙出示警察證件阻止。

大超：警察辦案！好了！沒事沒事！

△曉其見情況得到控制，便往出口走去。小路跟上。

19. 外　Kink夜店外　夜

△尚勇沒追上彤妹，靠在牆邊氣喘吁吁。

△曉其與小路跟來。

小路：勇哥！你有沒有受傷？

尚勇：（喘）憑那些兔崽子？……我怎麼……可能受傷……

曉其：剛剛那個女孩，就是你女兒？

△大超從後方趕來，也氣喘吁吁。

大超：彤妹怎麼會在這。

△大超說到一半覺得不妙，住嘴。

尚勇：原來林羽彤就是每天混這裡！……老子上班查夜店，女兒逃家混夜店，我真的會中風！

小路：不要生氣啦，你女兒跳舞很厲害耶，她這是在當Dancer，有錢拿的。

△尚勇愣。

尚勇：什麼當Dancer？

小路：Dancer要負責炒熱現場氣氛，你女兒剛剛很厲害，所有人都看著她。

△曉其看尚勇臉色越來越差，打住小路。

曉其：她未成年。

小路：哦。我不知道。

曉其：今天大家都累了，早點回家休息吧。

　　△尚勇仍氣憤著。

20. 內　曉其家外／曉其家客廳　夜
　　△曉其停在家前，經過了停在門口騎樓下的坤哥計程車。
　　△曉其發現坤哥的車髒了，他放下包包拿起一旁的抹布幫坤哥擦車，曉其仔細擦拭坤哥的後照鏡。
　　△曉其疲憊進家門，坤哥從廚房的方向端著一碗宵夜匆匆走到客廳。
坤哥：終於回來啦，燙燙燙。
　　△坤哥將宵夜放在桌上，按遙控器打開電視。
　　△電視畫面：TNB電視臺播著《深夜社會檔案》，和平開場：
和平VO：深夜揭天光，社會要真相。《深夜社會檔案》繼續帶您關心社會角落的黑暗。各位觀眾朋友晚安，我是陳和平，你還記得嗎？
　　△曉其把包包順手擱下，然後攤坐在沙發上，瞄了一眼電視。
曉其：又是深夜社會檔案。
和平VO：三年前，「草崗之狼」這四個字震驚了社會。嫌犯主要鎖定了女大學生，犯下了強盜、竊盜、強姦、猥褻種種惡劣的犯行，短短三年間就犯下了三十四起案件，主要的犯案地區鎖定在協理大學的草崗一代，因此被稱為草崗之狼。
坤哥：關心社會就要看陳和平的節目啊。
　　△坤哥邊吃目不轉睛看著電視。
坤哥：你還沒吃飯齁，廚房還有魷魚羹。
　　△坤哥說完，發現曉其沒有回應，轉頭──
　　△曉其躺在沙發眼睛放空，不知在想什麼。一隻手搓揉著眉心，頭痛。
　　△坤哥拍了一下曉其大腿
　　△曉其回神。
曉其：幹嘛。
坤哥：下班就不要想了啦，讓腦袋休息一下，不然它會罷工喔。
曉其：怎麼可能不想，晚一天抓到人，就可能多一個人出事。犯罪跟病毒一樣，是會傳染的。
坤哥：你現在又變醫生了？醫生大人，你難道不知道過勞身體會壞掉嗎？你現在這樣是沒有事，哪天等你比較虛的時候，歹咪啊就會入侵你的身體。
　　△曉其站起來。

曉其：我回房間了。

坤哥：對啦，躺著就快睡，不要再想東想西了。

曉其：唔。

　　△曉其往裡面走，坤哥看著他的背影，搖頭。

21. 內　曉其房間　夜

　　△已換上居家服的曉其躺在床上，拿著秦怡君跟友人的合照，看著。

　　△曉其放下照片，關燈，但仍看著天花板，無法入睡。

22. 內　馬淑琴病房　夜

　　△馬義男坐在病床邊，一手拿著指甲刀，另一手抓著昏迷不醒的淑琴（怡君媽媽）的手。

　　△因老花，義男看不清楚，剪得十分吃力。

　　△即使如此，義男還是慢慢的，一點一點的剪下指甲，再用銼刀磨平。

　　△義男突然低聲驚呼。

　　∧淑琴的指尖滲出鮮血。

　　△義男趕緊站起，找到毛巾，緊壓著傷口處。

23. 外　南清宮／路口　日

　　△義男將傳單裝妥，騎著機車從南清宮出發。

　　△隨著機車騎遠，後面的尋人啟事看板也慢慢消失在巷尾。

　　△義男在路口發傳單。

義男：麻煩你，有看到這個女孩嗎？看到他的話請跟我聯絡。

　　△大部分的路人都搖手表示不拿。

　　△寒風刺骨，義男冷得打哆嗦，呵氣搓搓手，繼續發。

　　△有群人說說笑笑的經過，拿了張傳單。

義男：謝謝、謝謝。

　　△那群人走過沒幾步，把傳單揉了扔掉。

　　△義男看見了，快步走過去，撿起，把傳單攤平、再攤平。

　　△此時有人遞給他一個暖暖包。

　　△義男看，是小路，正對他溫暖微笑。

小路：給我一疊傳單吧，我去另一個路口幫你發。

　　△義男感動，點頭。

24. 內　地檢署辦公室連地檢署走廊　日
　　△尚勇打量曉其堆積如山的辦公桌。

尚勇：聽說地檢署的檢察官一個月要分到五六十案，我看你這座山少說也超過一
　　　百多，你一天是有七十二小時嗎？

　　△尚勇想把文件放在曉其桌面，看來看去不知道要放哪。

　　△曉其沒有心思回應尚勇的閒聊，穿上法袍，接過資料放在椅子上，往外。

曉其：我要去開庭，你先簡報，我待會看。

　　△曉其往外走，尚勇跟上。

　　△地檢署走廊上，尚勇邊走邊報告。

尚勇：鑑識科報告，田村義老家的鎖是用鐵撬撞開的。禮盒上沒有指紋，跟之前
　　　一樣。

　　△曉其思索，尚勇接著往下說。

尚勇：後來派人去K-I-N-K（不會唸）做的筆錄全部都是沒印象，江雨萍跟秦怡
　　　君失蹤那天有上班的員工，連離職的我都找出來了，也是沒人有印象。那
　　　種烏漆嘛黑的地方，要是我也不會有印象。

　　△曉其有點煩躁，深深吸了口氣調整心情。

曉其：他接連讓我們看到屍體與證物，是示威也是炫耀。他只是想讓我們知道，
　　　江雨萍、斷掌案還有秦怡君案都是他幹的。如果是這樣，他一定還不滿
　　　足，我們要想辦法猜出他的下一步。

25. 內　TNB節目部辦公室　夜
　　△小路在座位上加班，整理著節目資料，抬頭看著雅慈辦公室的燈，燈剛關
　　　掉，小路連忙跑上樓。

　　△小路在二樓樓梯口堵上要回家的雅慈。

小路：雅慈姐，明天的節目如果繼續討論交通黑暗期的話，我覺得我們可以邀請
　　　這幾個來賓，你看看如果沒問題的話，我明天早上就先跟他們敲時間？

　　△雅慈接過小路的資料來看。

　　△小路看到節目部的電視牆映出和平的節目剛開始。和平面對鏡頭，自信的
　　　開場。

和平VO：深夜揭天光，社會要真相。根據本節目掌握的最新線索，先前逮捕自

己人的正義檢察官郭曉其，目前正調查一起駭人聽聞的女子斷掌案……

　　△小路聽到郭曉其三個字，反射性地看了電視一眼。

和平VO：根據郭檢察官的調查，松延市疑似存在連續殺人犯？

　　△雅慈一愣，凝神觀看。

和平VO：我們的首善之都怎麼會出現連續殺人案呢？答案可能就在這家夜店裡。以下是本節目獨家拍攝到的檢察官調查夜店畫面。

　　△畫面上是偷拍視角：曉其正在指揮警察訊問酒保。

　　△雅慈驚訝，與小路眼神交會。

雅慈：連續殺人案？

　　△同時，電視臺內的電話也陸續此起彼落響起。

26. 內　南清宮　夜

　　△宮裡的電視也正播放著和平的節目。

和平VO：消息指出，凶手又以禮盒的形式挑釁地拋出了另一個受害者的皮夾，這是意圖挑戰檢警，還是想要故布疑雲？受害者又是以什麼樣的方式被對待？暫時我們不得而知……

　　△義男手拿著剛泡好的麥片，愣在電視前，手中杯子熱氣飄散。

　　△此時，電話鈴響。義男放下杯子，走到電話旁，接起。

凶手VO：（變聲）你就是馬義男先生吧。你身邊有別人嗎？

　　△義男神情一凜。

義男：你是誰？

　　△凶手旁白串入下場。

凶手VO：（變聲）如果你還想見到寶貝孫女，就乖乖照我說的做，記得你平常發傳單的地方嗎？

27. 外　路口商店　夜

　　△義男騎車匆匆趕到平常發傳單的路口，轉角賣票亭前的公共電話正兀自響著。

　　△義男趕緊上前，拿起話筒。

凶手VO：（變聲）馬宮主晚安。

義男：我到了，怡君呢？

凶手VO：（變聲）現在就想見到怡君那你也太心急了，你不懷疑我是惡作劇嗎？

義男：我不管，只要有一點可能，我都要救到怡君。

　　△彼端傳來一陣透過變聲器的笑聲。

　　△義男想了想，從口袋摸出筆與小筆記本，靠著話機開始快速抄寫。

凶手VO：（變聲）馬宮主真是性情中人，那我也得展現一下誠意。

怡君VO：放開我！

　　△義男神色大變。

義男：（嚷）怡君！

凶手VO：（變聲）孫女的聲音好聽吧？

義男：你到底想要什麼？你要多少錢我都會給你。

凶手VO：（變聲）可惜我不想要錢。

義男：那你要什麼？只要我能做到的我都會做！請你放了怡君！

凶手VO：（變聲）我要你把手伸到電話下面，把我給你的禮物拿出來。

　　△義男聽了，伸手去摸，拿出一個牛皮紙袋。

　　△紙袋裡裝著一束辮子。

　　△義男心疼，同時也燃起憤怒。

義男：到底要怎樣你才要讓怡君回家！

凶手VO：（變聲）很簡單，在這裡跪著扮狗叫扮到十二點，扮得夠逼真，我就讓你見怡君，你可別中途放棄啊。

　　△義男聽著電話，神情逐漸變得錯愕。

28. 外　路口　夜

　　△義男趴在地上，不停的在路上來回爬動，還發出狗叫聲。

　　△來往路人有的嘲笑，有的一臉嫌惡地閃避。

　　△義男隱忍著情緒，依舊扮演著狗。

　　△此時，一臺警車閃著燈駛來。

　　△兩名員警前去扶起義男，義男不停掙脫，又趴回地上。

29. 外連內　南清宮　夜

　　△大超把車停在南清宮前，轉頭看義男，一臉憤慨。

大超：沒有人會突然這樣的啦！馬伯伯，你有什麼問題要講啊！講出來我才能幫你啊！是不是有人威脅你還是怎樣？

　　△義男沒有回應，還陷在情緒裡。

　　△大超看向義男，他的褲子膝蓋處磨破了，手也帶著血痕。

　　△大超從憤慨轉為不忍，語氣也放軟了。

大超：好啦，馬伯伯，我知道您一定有苦衷所以不願意告訴我發生什麼事、為什
　　　麼要這麼做……沒關係！您先好好休息，我明天再過來看你。

　　△片刻，義男回神，兀自下車，往廟門走。

　　△大超想了想，下車，追上前去。

大超：我幫你開門，你家有醫藥箱嗎？我幫你處理一下傷口。

　　△大超幫義男推門，廟門內隱約傳來聲響。

　　△義男與大超對看，都一愣，快步往內。

　　△經過香爐時，可見裡面燃著香，而地上還有一串鑰匙。

　　△義男認出是怡君的鑰匙，彎腰撿起，懷抱希望地喊著。

義男：怡君？

　　△大超也跟著張望四周，不見人影。

　　△二人終於來到內廳，電視上播著怡君的慶生 V8（本集 S8）

　　△義男此時發現茶几上擺著一個紅色禮盒。

　　△大超趕緊拿出手機，撥號，收訊不良，焦急。

大超：馬伯伯，你等我一下，先不要動哦，我打個電話，等我一下！

　　△大超跑出去打電話。

　　△義男顫抖著雙手，打開禮盒。

　　△禮盒內是怡君的貼身衣物，最上面是一捲錄影帶。

　　△義男拿起遙控器切換電視輸入源，緩緩將錄影帶放進錄影機中。

　　△電視機光影閃動。

　　△義男睜睜看著螢幕，眼淚奪眶而出。

　　　　　　　　　　　　　　　　　　　　　　　　　　第二集，結束。

第三集

序1　內　南清宮外　日

怡君VO：你說什麼？……我……我不知道……可以放我回去嗎，這樣做是不對
　　　的——（被剪）

　　　△電視畫面：怡君臉上多了些傷痕，滿臉淚水，怡君舉起手擦眼淚，看見她
　　　　的手上被銬上拇指銬。

怡君VO：不要騙我，我知道你已經不可能放了我……？你那天載我到外公家，
　　　只是想要我，你根本不可能讓我回家——（被剪）

　　　△電視畫面：怡君更加狼狽不堪，卻低頭沉默。

　　　△電視畫面：怡君抬起頭，雙眼無神。

怡君VO：……不要再問我了。我沒什麼話想說的了。

　　　△曉其站在電視前，凝神看著凶手送來的錄影帶。

　　　△電視畫面：一個人影往怡君靠近，怡君沒有掙扎，眼神茫然。

　　　△電視畫面：一個背影掐住怡君脖子，她的腳反射性地掙扎踢動，踢倒了錄
　　　　影機，錄影機持續拍著，直到怡君毫無反應。錄影帶結束，曉其深深吸了
　　　　口氣，回頭看向周遭。

　　　△南清宮內外，佈滿警力。

　　　△供桌前，鑑識人員進行拍照，蒐證。除了動作的聲響，一片沉默。

　　　△尚勇面色鐵青地過來報告。

尚勇：剛剛去巡了一圈，也跟管區派出所確認過了，廟的周邊巷子都沒有裝監視
　　　器。

曉其：再去詢問附近居民，有沒有看到可疑人士或車輛。

大超：郭檢，這是馬主委在公共電話記錄凶手講話的全部內容。

　　　△大超拿著小筆記本過來，曉其接過來翻閱，尚勇也看向小筆記本。

　　　△大超咬牙切齒地低聲憤慨——

大超：打電話來威脅一個老人，讓他在外面學狗爬，爬到各家新聞都來拍了，這
　　　樣玩到底哪裡有趣了，王八蛋……

△曉其思索著大超的話，沒有回應。

△尚勇嘆了口氣，看看曉其跟大超。

尚勇：老子非他媽逮到這垃圾不可。

△尚勇說完，氣憤的往宮外走去，大超也跟著過去。

△曉其闔起筆記本，看向坐在二樓樓梯口的馬義男。

△悲痛不已的義男無力的靠坐在長板凳上，雙眼無神。

△室外傳來閃光燈閃爍的光芒，曉其順著看去。

△封鎖線外擠滿了媒體不停拍照與攝影。

△曉其看著媒體，思索。

進片頭「模仿犯」

1. 新聞畫面

△以下為電視中各家電視臺新聞畫面。別墅地下室的電視機播放。

△DTV新聞：引用《深夜社會檔案》偷拍曉其在Kink的畫面。

DTV主播：根據友臺節目《深夜社會檔案》指出，先前掃黑行動逮捕自家人的郭曉其檢察官親自率隊前往知名夜店搜索，這間夜店疑似和多名女性失蹤事件有關。整起案件從城中森林公園的斷掌開始，朝向殺人案的方向偵辦，因為早先在城中森林公園發現的女性斷掌與兩起失蹤案疑似跡證吻合，本案恐怕將成為歷年來第一起「連續殺人案」。

△YBS新聞：義男在鬧區，一身狼狽地被兩名員警架上車的畫面。

YBS主播：堤埔區南清宮負責人馬義男的外孫女秦怡君，日前遭到綁架，據傳，凶嫌要求馬義男至鬧區扮狗爬之後，依舊沒有釋放人質，並寄送殺害秦怡君過程的錄影帶到南清宮，手段十分冷血。

△TNB新聞，育修播報陳宏亮神情嚴肅走進松延市地檢署的畫面。

育修：本臺《深夜社會檔案》先前獨家披露了檢察官在松延市疑似調查連續殺人案的消息，引起各界高度關注。地檢署和警方原先不願多做回應，然而，稍早傳出，警方原先僅列為失蹤的女子秦怡君已不幸遇害。凶嫌以殘忍手段殺害年僅二十六歲的秦怡君，令人不寒而慄。外界也推測，先前發生的斷掌案，斷掌主人已經遇害。議長陳宏亮今天拜會松延市地檢署，代表選民關切治安情形，而檢察長廖啟陽也在今日出面說明有關秦怡君的案件……

△陳宏亮走出地檢署後被記者持續追問。

記者A：議長！檢方的調查有什麼進展嗎？

記者B：民眾人心惶惶，議長想怎麼處理？

記者C：檢方有鎖定的嫌疑目標嗎？

記者D：最近的被害者都是同一個凶手犯案嗎？同一個凶手犯案嗎？

陳宏亮：本市傳出了重大治安事件，我在這裡代表市民表達關心。我們尊重也支
　　　　持司法單位保障民眾安全的決心，相信檢警絕對會以最快的速度，讓民眾
　　　　早日回歸到安心的生活。

2. 內　專案小組辦公室／城中森林公園（憶）／小路租屋處內外（憶）／南清宮
　　（憶）　日／夜

　　△以下蒙太奇：

　　△偌大的牆上張貼了松延市地圖，有人在上面標示各案發地點。

　　△影印機不停動作，吐出一張張的資料。

　　△一張張加洗的照片被按照現場位置造冊。

　　△白板上：雨萍、怡君與斷掌的照片被排列在上。

　　△另一面牆上畫著時間軸，拉出人物與事件的概況。

　　△反射式投影片的燈光亮起。

　　△尚勇在臺前簡報，臺下曉其以及檢察長廖啟陽、高德分局長曹立雄還有檢
　　　警人員皆列席，神情嚴肅。

尚勇：這個月初，我們在城中森林公園發現裝有女性斷掌的禮盒，斷掌身分目前
　　　還在調查中。根據法醫的報告，斷掌是死後才被砍下，並且在拇指的部位
　　　有特殊的脫臼傷痕。

　　△投影片：城中森林公園發現斷掌的現場照、禮盒以及斷掌的照片。

　　△INS新拍回憶：城中森林公園，曉其一人獨自走在斷掌發現處，觀察著附
　　　近的環境。

尚勇：我們做了實驗，推測造成拇指脫臼的原因，是來自一種名為拇指銬的刑
　　　具。經過傷痕比對，發現兩年前田村義案的被害人江雨萍，也有相同拇指
　　　脫臼的情況。

　　△投影片：斷掌拇指脫臼照、江雨萍拇指脫臼照。

　　△臺下與會人員紛紛做筆記，啟陽揉著太陽穴，看了曉其一眼。

尚勇：江雨萍，廣告公司平面設計。凶手田村義殺人棄屍後就去自首並坦承犯
　　　行，所以當時很快就結案了，最近郭檢再度將他借提訊問，發現當時有許

多疑點尚待釐清。

△投影片：江雨萍的資料、生活照。

△INS新拍回憶：小路租屋處外，曉其看著周邊雜亂的違建。

△INS新拍回憶：小路租屋處內，曉其翻閱雨萍生前的人物插畫，抬頭，看到牆上也貼了幾張雨萍的畫。

△投影片：田村義資料照、雨萍受虐屍體被擺拍的拍立得照。

尚勇：在斷掌發現後不到一週，我們又在田村義的老家發現裝有秦怡君身份證和皮夾的禮盒。

△投影片：田村義老家發現的禮盒照、怡君皮夾及身份照。

尚勇：接下來，秦怡君，國中實習老師。平常騎機車通勤。機車最後被發現的地方是在租屋處附近停車格。

△投影片：秦怡君的資料、生活照。

△投影片：怡君租屋處附近監視器拍攝到她停車、牽車的翻拍照

△INS新拍回憶：南清宮外，曉其在自己車上，遙望著獨坐板凳上放空的義男。

尚勇：而稍早凶手同樣以禮盒的方式在南清宮放置錄影帶，從影帶中可以看出秦怡君也被拇指銬所控制，應該已經遇害，但目前還無法掌握遺體下落。

△投影片：南清宮現場禮盒照、錄影帶照、髮辮照。

△投影片：錄影帶怡君受虐翻拍照、掐死翻拍照。

△錄影帶中怡君的手部被拇指銬銬住的特寫翻拍照。

△曉其起身，走到尚勇旁邊，示意旁人推來白板。接手做出總結。

曉其：目前三名被害者之間是否有交集，凶手的作案方式與動機均有待突破。已知的是：江雨萍和秦怡君都是在下班後失去聯繫。且都於治安死角、出入複雜等地區承租便宜房屋，並且與親人聯絡頻率低。種種跡象顯示，這是有計畫犯罪。

△白板上有標示Kink以及受害者工作與租屋處的地圖。

曉其：目前掌握到江雨萍與秦怡君兩人唯一的共通行蹤，則是都去過Kink這間夜店。

△投影片：夜店Kink外觀照片。

曉其：接下來，各位將分成四大組，清查夜店、失蹤人口、受害者通聯紀錄以及相關區域監視器。

△警車出動前往Kink。

3. 內　Kink 夜店　夜

　　△ 警車出動前往 Kink。

　　△ 依舊熱鬧喧囂的夜店，狂放的音樂驟然停止——

　　△ 燈光大亮，舞客錯愕，紛紛抱怨。

尚勇：臨檢！請配合拿出證件查驗，謝謝。

　　△ 尚勇帶隊，大量警力湧入舞池。

　　△ 一個打扮前衛的紅衣男子，洪偉傑，顯然不滿，衝著尚勇喊——

偉傑：搞屁啊！警察很大嗎？

尚勇：警察很小，不配合的話你麻煩比較大。

　　△ 警察各自幫舞客查驗身分證，並與警局通話調查資料。

　　△ 負責查驗偉傑的員警收到資料，對尚勇報告。

　　△ 尚勇走向偉傑。

尚勇：妨害自由跟濫用藥物前科？麻煩你跟我們走一趟。

　　△ 偉傑正要表達不滿，兩個警察靠過來。

　　△ 尚勇直盯著偉傑，眼神銳利，往前一步，面露微笑。

尚勇：你確定要反抗？不要吧？讓我們用請的。

　　△ 偉傑不悅，但依舊配合，被員警帶上去。

　　△ 其他舞客有的沒事，有的也陸續被帶上去。

　　△ 尚勇在一旁盯場，大超忙完，晃過來，也盯著被帶走的男男女女。

大超：（笑）還好彤妹今天沒來，不然就麻煩——（愣）

　　△ 大超話才說一半，就被尚勇瞪得不敢繼續。

大超：我出去幫忙。

　　△ 大超趕緊開溜。

　　△ 尚勇拿出手機，撥號，等了片刻——

尚勇：（對彼端）喂？你到底在哪邊？都不回家在外面晃很容易出問題你知不知道？

4. 外　巷弄店面　夜

　　△ 巷弄店面，彤妹站在店門口講著手機。

彤妹：（對彼端）管我在哪邊！能有什麼問題？你是希望我發生什麼問題嗎？

　　△ 彤妹雖接了尚勇電話，但口氣很差，同時不住左顧右盼。

彤妹：（對彼端）不想跟你講了啦！

△彤妹不耐的掛上電話，還是在張望。

△此時，房東阿姨走出來。

阿姨：妹妹，你一直打電話，你朋友到底有沒有要來？你不能代表簽約嗎？

彤妹：（哀求）應該快來了啦，再等我十分鐘好不好？拜託？

△阿姨看看手錶，嘆了口氣，又走回店裡。

△彤妹又拿起手機，撥號，還是沒通，她留言。

彤妹：子晴，你到底在哪裡啦？再不來房東不租我們了啦！聽到留言趕快回電話給我！

△彤妹掛掉手機，一臉擔憂的看著前方。

5. 外　巷道　夜

△沒有開大燈的紅色廂型車緩緩行駛在暗巷中。

△車內，播放著跟夜店相同的歌曲，方向盤上，駕駛的手輕敲著。

△駕駛視角，擋風玻璃前可看見子晴獨自走在前方不遠處，子晴手機鈴響，她翻找包包。

△廂型車加速駛過子晴身邊，差一點撞上她。

子晴：欸，會不會開車啊！

△廂型車在子晴前方急停。

△車內排桿檔打倒退檔，駕駛踩下油門。

△廂型車急速後退，子晴驚訝。

△子晴的手機掉落地面，彤妹的來電持續響著。

△廂型車車門關上。

△車輪疾駛而去，車窗玻璃上，白色面具一閃而過。

6. 內　高德分局辦公室　夜

△數名夜店臨檢帶回的男女坐在警局內被問訊。

△大超在男子偉傑坐在那邊等，尚勇拿著一袋資料走來，坐下，打開看了看，翻面蓋上，然後出示怡君的照片。

尚勇：你認識她嗎？

△偉傑仔細看看照片。

偉傑：Sandy？

尚勇：認識還是不認識？

　　△偉傑態度輕蔑，眼神也很挑釁。

偉傑：我就叫她Sandy了你說認識還是不認識？

　　△尚勇立刻拍桌！

　　△尚勇的舉動驚動所有人，大超猛回頭，從另一桌過來，對偉傑──

大超：拜託，這是我們小隊長，不是你能開玩笑的，你配合點好嗎。

偉傑：我明明很配合。

尚勇：既然認識，請問你們認識多久，在酒吧都聊些什麼？

偉傑：有時候聊色的，有時候聊不色的，你想聽哪種？

　　△尚勇一把扯住偉傑的領子，拉過來。

尚勇：你都用這種態度對夜店的女生嗎？

偉傑：她們喜歡啊，你喜歡嗎？

尚勇：去你媽的！

　　△大超苦惱，連忙分開尚勇跟偉傑。

大超：勇哥，對這種小混混不要這麼認真啦。

　　△大超再轉頭對偉傑。

大超：你是哪裡有問題？皮在癢？

　　△大超指向桌上的怡君照片。

大超：回答這個就好！

偉傑：阿就我朋友認識她朋友，大家遇到喝一杯就各自開把，但這幾個女的根本
　　　就聖女，沒搞頭我們就散了。我可以抽菸嗎？

　　△偉傑說完，拿出香菸要抽。

　　△尚勇拍掉偉傑的菸。

尚勇：你猜你三十年來辦過多少你這種痞子？再騙啊！信不信三分鐘內我讓你哭
　　　出來。

　　△偉傑看著自己掉落地板的菸，也不悅。

偉傑：現在問案可以這樣硬來嗎？

尚勇：（斥）你走得出這裡再說！

　　△尚勇直接掄起拳頭。

大超：郭檢！

　　△大超突然開口，尚勇一愣，轉頭看向門邊，沒人，又看大超。

　　△大超苦笑。

大超：郭檢……隨時都會跑來，我們最好……不要弄到大小聲好嗎？

　　△尚勇無奈，嘆了口氣，鬆開拳頭，走出辦公室。

7. 內　TNB會議室　日

　　△雅慈、小路與其他夥伴對坐開會。

雅慈：這幾天陳和平的《深夜社會檔案》收視率很不錯嘛！我看很快就可以挑戰
　　　我們《call in最前線》的紀錄了。

　　△雅慈微笑地看著大家，卻散發出一種壓迫的氣場。

雅慈：我看你們可能是太久沒被刺激了。

　　△夥伴們都不敢說話。

雅慈：沒關係啊，有競爭才會有進步嘛。

　　△雅慈拿起煙盒點了一根菸，抽了一口。

雅慈：說說看接下來要怎麼提高我們的收視率？

　　△夥伴們感受到壓力，一時無語。

雅慈：開始啊。

夥伴A：交通黑暗期生意受影響的店家，我這邊——（被打斷）

雅慈：你好像還不在狀況內耶？

　　△夥伴A一愣，低頭不語。

夥伴B：我建議請資歷豐富的退休刑警來分析斷掌案的可能受害者，或是分享類
　　　似的辦案經驗。

　　△夥伴B說完，雅慈笑看著他。

雅慈：你們怎麼都忽略掉最關鍵的人？南清宮主委馬義男在鬧區扮狗出醜，所有
　　　開著電視的人都看到了吧？

　　△眾人聽了，都神色一變。

雅慈：他被歹徒這樣威脅，還收到孫女被殺害的錄影帶，觀眾是不是都更想要關
　　　心他呢？

　　△同事深表認同，小路暗自擔心。

雅慈：誰能聯絡到他？

　　△小路看同事們虎視眈眈，只好舉起手來。

小路：我認識他。

　　△雅慈看向小路，又吸了一口菸，吐出。

雅慈：晚上開錄時，我要當面採訪他。

　　△雅慈將菸頭熄在菸灰缸內，離開會議室。小路為難。

8. 外　南清宮外　日

　　△小路忐忑地走向南清宮，在宮外沒有看見馬義男。

　　△義男的機車停在旁邊，機車後架的尋人看板已經拆掉。

　　△小路無意識的碰了一下機車後架，內心難受。

記者OS：欸，不開口就是不開口耶！算他厲害。我香油錢白添了。

　　△小路睜開眼看去，友臺的記者和攝影師正走出來。

攝影：還好不是只有我們吃癟。只要沒人拿到獨家就交代的過去——

　　△二人走出，看到小路。

小路：堅哥。

記者：小路喔，不用浪費時間了。

攝影：你管人家，她也要跟我們一樣，在裡面待半小時，回去才能交差啊。

　　△小路笑笑，目送二人離去。

9. 內　南清宮　日

　　△小路正要走進宮裡，沒看到義男，納悶張望。

　　△忽然聽見宮廟一角傳來的物品散落聲。

　　△小路看見傳單散落一地，義男從地上爬起來，收拾傳單放進紙箱。

　　△小路快步進去，蹲下幫義男收拾傳單。

　　△小路幫著義男把印好的一疊疊傳單從桌上搬下來，整理到紙箱裡。

小路：馬伯伯，對不起到現在才來看你……你還好嗎？

　　△馬義男眼匡泛紅，苦笑的點點頭。

小路：馬伯伯……對不起我食言了，我沒有用媒體的力量讓怡君回家……

　　△小路終於說出口，眼眶也泛紅。

義男：這怎麼能怪你呢？我知道你是真的想幫忙，我很感謝，你會有福報的。

　　△義男的體貼讓小路更難受，什麼回應都說不出口。

　　△義男拿起了一張紙箱裡的傳單，上面的內容已改成：

　　請讓怡君回家，入土為安。

義男：我昨天又去請影印店印了這個，字會不會太小？

　　△小路接過來看。

小路：不會。

　　△義男點點頭。

義男：路小姐，你願意跟著我在那麼冷的天氣一起發傳單，我知道你是真的關心

怡君、關心我。你和其他來看熱鬧的記者不一樣。

　　△小路心虛歉疚。瞥見義男的手上仍有未痊癒的傷痕。

小路：其實記者都一樣，電視臺想要的都差不多。

義男：我看過很多人，從你眼神我知道我可以相信你。我想拜託你一件事。

　　△小路連忙點頭。

小路：您儘管說。

義男：你能不能讓我上電視？

　　△小路一愣。

義男：我知道這個請求很冒昧。我記得你之前說你們的節目最多人看。凶手說不定也會看……你能讓我上節目去拜託他，把怡君送回家嗎？

　　△小路看著誠心請託的義男，內心更糾結。

10. 內　TNB雅慈辦公室　日

　　△雅慈在座位上抽著菸，另一手拿著鑲金鋼筆在筆記本上記錄想法。

　　△門外傳來兩聲敲門聲，沒等雅慈回應就推門進來，是小路。

小路：訪綱擬好了。

　　△小路一臉擔憂的放下訪綱，雅慈拿起來看。

雅慈：（讀出來）警方受理怡君失蹤案的處理進度，是否在您的預期內？

　　△雅慈看了小路一眼，再繼續閱讀。

雅慈：怡君媽媽是在什麼時候入院的？您的其餘家人是否關心過此案？

　　△雅慈深深吁了口氣，捻熄菸。

雅慈：算了我自己來。你去忙吧。

　　△雅慈拿起筆，在小路的訪綱上畫了幾畫，開始寫。

　　△小路鼓起勇氣建議。

小路：馬義男的訴求是希望孫女能夠回家，我們可以探討治安死角跟公共安全的問題避免類似的案件再次發生。

　　△雅慈擱筆，不耐煩看小路。

雅慈：要討論這些那我請他來幹嘛？他來就是被害者家屬現身說法。怎樣，你是怕我刺激到他，要我調整話題方向？

小路：馬義男只是一般民眾，他能應對的有限。

雅慈：這種事誰不知道，你是在教我當我主持人嗎？不要再讓我提醒你什麼叫分寸。

△小路為難，禮貌地點頭，離去。

11. 內　尚勇車上　夜

　　△尚勇的車行駛在道路上。

尚勇：大超這次難得聰明，查到秦怡君合照裡的那些朋友原來都是教友。

　　△曉其專注看著怡君在Kink門口的照片以及聖歌曲譜。

尚勇：我這種不會英文又不認識耶穌的，根本搞不懂那是聖歌的歌譜。

曉其：每週三怡君就是跟這些人去教會。

尚勇：他們祖孫感情這麼好的話，馬主委怎麼可能不知道孫女去教會？

曉其：就算是家人，也會有不能說、不想說的事情。

　　△尚勇一愣，沉默了一陣子。

尚勇：對啦，我跟我女兒也是這樣。

　　△尚勇表情沮喪，點起一根菸。

　　△曉其放下手中的照片，看向尚勇。

曉其：你女兒還沒回家嗎？

　　△尚勇眼睛直盯前方搖搖頭。

尚勇：為什麼她就是不懂我的話？我只是想要她閃開不對的路，好好念書找份好
　　　工作好對象，誰知道我又能保護她到什麼時候？

　　△尚勇開窗將菸蒂丟出窗外。

　　△曉其眼神有點飄忽，很小聲地說。

曉其：可能這就不是她要的。

　　△INS新拍回憶：高中曉其對著爸爸大吼，爸爸看著曉其，一言不發聽著。

　　△回現時，曉其的眼神有點閃爍。

　　△片刻，曉其才默默開口──

曉其：但她有一天會懂。

　　△車子駛近教會外。

12. 內　教會　夜

　　△尚勇車來到教會外，兩人下車。

　　△從門口就可以看到教堂裡唱詩班正在練唱。

　　△時間過。

　　△尚勇遞出秦怡君在Kink門口的照片到頌恩面前。

頌恩：我和怡君沒有認識很久，但是很聊得來，她跟我一樣，很多話在家裡不方
　　　便說，所以到教會來，大家一起聊天、一起唱歌，心情會放鬆很多。

尚勇：什麼話跟家裡不方便說？她跟家人感情不是很好嗎？

頌恩：她說爸媽離婚之後，媽媽情緒常常很低落，怡君要照顧媽媽情緒，其實很
　　　有壓力，這種話她就不會讓外公知道，不想讓外公煩惱。

　　　△尚勇聽了，皺起眉，思索。

曉其：你們都知道怡君家裡是開宮廟的？

女孩：嗯，所以她受洗的事不敢跟家裡說，怕她外公難過。她說在找到讓外公接
　　　受的說法之前，只能盡量少回去，以免要拿香拜拜。都用打電話問候代替。

　　　△曉其看了尚勇一眼，接下去問話。

曉其：你們平常有什麼休閒活動嗎？

頌恩：我們都很喜歡西洋流行樂。

曉其：是誰提議要去夜店的？

頌恩：就是怡君。

　　　△曉其尚勇對看一眼，意外。

　　　△曉其看著怡君在Kink門口的照片。

尚勇：你們在夜店的時候，怡君有被什麼人騷擾嗎？

頌恩：她沒有提過，我想是沒有。

　　　△曉其思索著。

尚勇：請你協助，把照片裡所有人的資訊與聯絡方式留下。我們會再訪查。

　　　△頌恩點頭，尚勇遞紙筆，頌恩開始書寫。

　　　△曉其與尚勇交換了眼神，各自思索。

13. 內　TNB攝影棚　夜

　　　△call in最前線節目已開始，雅慈、義男坐在佈景內。

　　　△義男正在對著鏡頭說話。

義男：為什麼是我們家？為什麼是怡君？為什麼要對一個這麼乖巧的女孩做出這
　　　種事？我想不出來。到底為什麼有人會做這種事？

　　　△小路站在攝影機後方，看著現場，神情不安。

　　　△義男的外表被造型打理過，看起來更有精神，但從他口中說的話卻透露出
　　　滿滿的無力感。

義男：怡君已經死了，我也照你的要求做了，我說話算話，你呢？

　　△義男直盯著鏡頭。

義男：我馬義男拜託你了。你也是個人，我相信你做得到讓怡君回家。

雅慈：馬主委的痛，我想我們電視機前的觀眾都能感同身受。如果你是馬主委剛
　　　剛提到的那個人，看到節目，也麻煩你慎重考慮，讓怡君回家好嗎？

　　　△雅慈十分專業的接話以後，看了一眼自己桌上的資料。

雅慈：馬主委，如果說我們三百多萬的收視觀眾，可能有任何幫怡君回家的線
　　　索，不知道您會不會想聽聽看呢？

　　　△義男腦袋彷彿受到衝擊，快速思索。

雅慈：馬主委？

　　　△義男聽見雅慈叫自己，轉頭過去。

義男：喔……是，如果有幫助的話，什麼都可以，麻煩大家幫幫忙，感恩。

　　　△雅慈面向鏡頭，做出了接聽call in的手勢。

雅慈：那麼就讓我們開始接聽觀眾來電，call in最前線。

　　　△小路看著雅慈，又看看義男，神情緊張。

雅慈：來自平潭的羅先生，請問你有什麼話想對馬主委說的嗎？

羅先生VO：<u>阿伯啊，你有看到警察一直去查夜店嗎？</u>

　　　△義男不明所以，點點頭。

羅先生VO：<u>夜店就是問題場所嘛！你孫女會跑去那種不三不四的地方，那她私
　　　底下是什麼樣子，其實你也很清楚啦，對不對？</u>

　　　△小路聽到call in的內容，看向義男，擔心。

　　　△雅慈犀利切入。

雅慈：馬主委，你可以直接回應羅先生的提問。

　　　△義男看看雅慈，表情凝重的望向鏡頭。

14. 內　麵店　夜

　　　△電視機裡是義男的特寫。

　　　△曉其看著。

　　　△尚勇挾著麵卻沒有入口，盯著電視畫面。

義男VO：<u>我們開宮廟的，不會升官，也不會賺大錢，小老百姓為神明服務不求
　　　什麼，就是希望眾生平安、家人平安，現在我孫女出了事，大家也不一定
　　　要同情我們，可是我至少可以說，她不是你們想的壞孩子。</u>

　　　△義男說的話，讓整間麵店的人都屏氣凝神聽著。

雅慈VO：我們知道怡君的爸爸是因為外遇才拋妻棄女，這會不會影響了怡君對
　　　男人的看法，讓她的男女關係變得比較複雜？
　　　△鏡頭前，義男因提問沉默了一會兒，這才緩緩吐露心聲。
義男VO：怡君不論去哪裡，跟誰做朋友，她永遠是我的寶貝。這點是不會變的。
　　　△尚勇看著電視，心有所感。
雅慈VO：馬主委沉痛的心情，相信大家都能感受得到。我們先進段廣告再繼續
　　　接聽call in。
　　　△廣告聲響起，麵店老闆與其他客人也都回神。
女客人：真可憐，孫女都被殺死了，還要被人家講閒話。
老闆：這種壞人要是不快點抓起來，大家連飯都不敢好好吃。
　　　△尚勇嘆氣。
尚勇：不簡單，上call in節目還能這麼冷靜、這麼堅強，真的不簡單。檢座，你
　　　有想到案情會變成這樣嗎？
曉其：變哪樣？
尚勇：不只是綁票、殺人棄屍，還鬧上call in節目讓觀眾都被影響。
　　　△曉其思忖著，沒有回答。
　　　△尚勇問完，逕自繼續吃麵。
女客人：老闆，幫我打包。
老闆：對啦，你們女孩子還是早點回家比較好，現在真的要小心一點。
　　　△各桌客人邊看電視邊私下議論交談著。
　　　△曉其看看電視，又看看被影響的眾客人。

15. 內　節目部樓梯間連雅慈辦公室　夜

　　　△雅慈剛下節目，邊講手機邊回辦公室的路上。
　　　△小路從後方追上來。
雅慈（對電話）：謝謝。也幫我跟廠商致意，我會乘勝追擊的。好，先這樣。
小路：你怎麼會忍心在節目上刺激一個老人家！他都已經失去家人了！
　　　△雅慈確認手機已掛線。
雅慈：你什麼態度？

　　　△小路氣憤。
小路：馬伯伯是信任我才會來上節目。你卻在錄影中不斷把矛頭對著他！

雅慈：路妍真，你是怪我破壞你們的交情，害你對不起馬義男？是你自己提出你有這條線。你把他的事當成私事處理，那是你的問題，做新聞不是做個人慈善。

　　△雅慈繼續走回辦公室，小路氣憤跟進。

小路：我不覺得為了收視率就要踩別人的傷口。

雅慈：馬義男這條線是你親手牽的，你不就是為了求表現嗎？而且他也得到他想要的，那麼多人 call in，就代表大家已經關心這個話題。你到底還有哪裡不滿足？

　　△雅慈說著拿起桌上的菸盒，準備抽菸。

小路：我們今天是在說一個人，不是在討論一個話題。在鏡頭前面的是一個有血有肉的人。

雅慈：沒有話題誰會在乎這個人？沒有話題，他有機會被看見嗎？誰會覺得他重要？

　　△二人對看片刻。

小路：我在乎的和你是不一樣。我以為我們需要最起碼的良心。

雅慈：你搞清楚，今天我才是節目製作人，不是你來教我做節目。沒反省好之前，不要再來找我。

　　△索性拿下自己脖子上的工作證，放在雅慈桌上。

小路：你的理性和專業曾經是我進入這行的目標。

　　△小路轉身離開。

　　△雅慈看著小路的背影，眼神有些許閃爍。

16. 外　高德分局門口　夜

　　△曉其背著包包走出分局就發現坤哥開著白色計程車在門口等他。

坤哥：緣投耶！要不要坐車？跳表喔！

17. 外　坤哥計程車上　夜

　　△坤哥開著車。

　　△曉其看著他。

曉其：這麼晚不回去，怎麼來接我？

坤哥：治安變這麼壞，我做家長的會擔心啊。

曉其：我都幾歲了。

坤哥：你幾歲對我哪有差？你今天又到這麼晚，透露一下，是不是有鎖定的犯人？

曉其：真的想知道，就載我回地檢署通宵查清楚。

坤哥：真是，跟你講這些多講的。

　　△曉其把椅背調整往後躺。

坤哥：這樣對啦，躺一下休息。

曉其：你是不是晚上沒客人？

　　△坤哥尷尬的神情

坤哥：對啦，你最會猜，最近晚上生意變差了，偶爾載到一兩個女生，他們上車就記車牌跟名字，跟她們聊兩句就緊張兮兮，以前哪有這種事，客人都最愛跟我聊天，女客人都打來車行指定我載耶。現在每個人不是你懷疑我就是我懷疑你，跑個車別人也把我當壞人，時代變了。

曉其：快點抓到凶手你晚上就不會接不到客人了。

　　△坤哥發現自己說多了，想轉移話題。

坤哥：這樣也好啦，我可以早點回家看電視。

曉其：你才待不住。

　　△遇到紅燈坤哥車停下，坤哥的口氣沉下。

坤哥：緣投仔，那些孩子被殺的父母真的很可憐，沒有人想要孩子那麼早離開自己，心會很痛的，我是還有你，拜託你要多照顧自己，飯要吃，覺要睡。

　　△曉其沒回應，坤哥轉頭一看發現曉其睡著了，坤哥笑了笑，慢慢的開車。

18. 內　曉其房間　夜

　　△曉其躺在床上熟睡，被手機吵醒。

　　△曉其伸手拿起手機，朦朧間看了一眼手機，接起。

　　△曉其翻身坐起。

19. 外　濱海公路　晨

　　△整個海岸線的天與地都壟罩於一片陰鬱濃密的藍。

　　△數臺警車在濱海公路飛馳。

20. 外　天主教墓園　晨

　　△天色漸亮，霧氣緩緩飄散，風聲、蟲鳴聲與細碎的腳步聲交錯。

　　△空氣中有股低沉的壓力。

　　△一名年輕女子頭頸低垂，被從腰部垂掛在十字架上，膚色慘白，顯然已斷氣，頭髮被剪去，南清宮的平安符掛在她的脖子上。

　　△曉其站在屍首旁邊，默默觀察著每一寸跡象。

　　△曉其注意到怡君的手背上有薄薄一層水霧，像是剛退冰。

　　△尚勇在不遠處偵訊著發現屍體的兩名清潔工。

　　△檢警默不作聲的封鎖現場、採證。

　　△此時，另一臺警車靠近，大超帶著義男下車走進現場。

　　△義男顫抖著，似乎用盡意志力才讓腳步一步步走向怡君面前。

　　△義男先伸手去觸碰怡君的頭，撫摸她的頭髮……

大超：馬伯伯……

　　△大超正要伸手阻止義男，一頓，轉頭看曉其。

　　△曉其點點頭，大超於是沒有繼續說話。

　　△義男緩緩的把平安符取下來，捏在手中。

義男：（微弱）不怕了……不怕囉……阿公帶妳回家了……

　　△義男濕了眼眶，慈愛的看著怡君的遺體。

　　△曉其看著悲痛的義男，內心難受不忍。

21. 內　小路家　日

　　△小路躺在床上講電話。

小路：（對彼端）爸，我工作真的很忙啦，我忙到一個段落再回去。升職？那要看主管，我不知道。會啦，我三餐都吃很好，對，我下午還會吃點心，晚上還吃消夜，你叫媽不要擔心。好啦，你們健康也要顧喔，掰掰。

　　△小路坐起，掛上電話，嘆氣。

　　△被轉靜音的電視新聞兀自播送，小路拿遙控器打開聲音。

　　△DTV主播面對鏡頭讀稿。

DTV：震撼社會的連續殺人案今天有最新發展，秦怡君的遺體被清潔工發現陳屍在北海岸一處天主教墓園裡，根據消息指出，凶嫌把遺體放置在十字架上，死狀十分悽慘，疑似生前遭到凌虐——（被轉臺）

　　△小路聽不下去，猛地翻身把電視轉臺。

YBS：我們來到松延第一殯儀館外SNG連線，為您採訪被害者的外公，南清宮南清宮主委馬義男先生。

　　△另一臺新聞播放著記者堵在殯儀館門口守候義男的畫面。

YBS：馬主委，怡君為什麼被棄屍在天主教墓園，請問您有頭緒嗎？

ENTV：警方有說明怡君生前遭受到哪些對待嗎？

DTV：請問您現在心情如何？還有什麼話想在鏡頭前對凶嫌說的嗎？

　　△畫面中的馬義男低著頭，無視記者往前默默上樓梯。

YBS：馬主委，怡君的遺體遭遇這麼殘暴的對待，你認為是你上電視造成的嗎？

　　△記者爭先恐後推擠，有人不小心撞到義男。

　　△義男踉蹌了一下，還是走進了殯儀館。

　　△小路緊緊握著遙控器，憤慨……

22. 外　街邊電器行　日

　　△街邊電視播放馬義男被媒體包圍攻擊無助的模樣，幾個民眾三兩成群圍觀議論紛紛。

民眾 A：這個人喔，你要說他可憐齁，也是活該啦。

民眾 B：連孫女都管不好還開宮廟，他一定自己也有問題啦。

民眾 C：不知道凶手是誰耶，怎麼這麼殘忍，好恐怖喔。

民眾 D：對啊對啊，我看我們最近還是盡量不要出門好了。

民眾 E：這看也知道是男朋友殺的，那孫女一定很不檢點啦。

民眾 F：不過聽說是連續殺人魔耶，該不會你就是凶手吧？

民眾 E：屁啦，我最好這麼有膽，這凶手很猛好不好。

民眾 G：幹嘛講得好像很崇拜凶手一樣？

　　△街角，一個穿著帽T的男子站在人群邊緣

　　△男子的視線透過人群盯著電視

　　△男子轉過身走向停在不遠處的紅色廂型車，他的手輕敲大腿，像在打節拍，隨著節拍，他悠悠地吹起了口哨

23. 內　殯儀館　日

　　△怡君牌位前，義男放了張摺疊桌，默默的坐在那裡摺紙蓮花。

　　△片刻，有個人兀自坐下，拿了一張紙也開始摺。

　　△義男稍稍抬眼看，注意到對方摺得很俐落。

　　△來人是小路，她摺了一會，醞釀話語，抬頭看義男。

小路：馬伯伯，有一件事我沒告訴你。其實之前來找你做報導，除了工作需要以外，還有一個私人的原因。

　　△義男手沒有停下來，靜靜的聽。

小路：我的好朋友也被殺害了，凶手雖然自首，卻編了天大的謊話污衊她。我一
　　　直不相信凶手的自白，更不希望凶手污衊她的那些話，被社會大眾拿來檢
　　　討她，我想讓這些消失在我們身邊的人能夠好好被記得……

義男：所以你才找上我。

　　　△小路看著義男。

小路：我把一切想得太簡單了，也沒有保護好你。對不起。

　　　△小路期待著義男回應，內心不安。

　　　△義男沒有回話，也沒有看小路，他默默摺完手中的蓮花，將剛剛好的數量
　　　用橡皮筋綁起，一瓣瓣的展開。

義男：是我自己拜託你讓我上電視的吧？

小路：是沒錯，但──（被打斷）

義男：我請他們把怡君還給我，怡君現在也回家了不是嗎？

　　　△義男看著小路，眼神溫柔而堅定。

義男：我們做宮廟為神明服務，每天都在幫人解籤，但是籤詩拿回家，總是得走
　　　自己的人生路。每個人都有自己要面對的問題，路小姐，不要太責怪自
　　　己，也不要太擔心我，有困難的時候，大家可以互相拉一把，但最難的
　　　關，一定是靠自己修行渡過的。

　　　△小路受觸動，再次拿起蓮花開始摺，掩飾內心的激動──

小路：我可以在這邊陪你摺蓮花吧？

　　　△此時，尚勇和曉其走過來。

尚勇：小路，你怎麼在這邊？

　　　△小路看到二人，一愣，正在思考要怎麼回答。

義男：我請他來陪我摺蓮花，路小姐跟怡君也有緣，請她送怡君一程。

尚勇：馬主委，我們也想上個香，向秦小姐致意。

義男：有心了。

　　　△義男起身，去拿香。

　　　△曉其與尚勇祭拜完，義男答禮後，看了看曉其。

　　　△曉其禮貌性頷首致意。

曉其：請節哀。

　　　△義男緩緩的開口。

義男：郭檢，我一直想不通，想請問你，為什麼他要把怡君掛在那裡？

　　△曉其聽了，不假思索地開口——

曉其：您外孫女去年八月在萬福教會受洗了，她還參加了教會的唱詩班。與她相
　　　熟的教友說，怡君很在意你的感受，所以一直還不敢告訴你。我推測凶手
　　　可能知道這些事，所以才刻意將屍體放在教會墓園。

　　△義男愕然。

　　△看到義男的反應，小路跟尚勇都看向曉其。

小路：（小聲）郭曉其，一定要這麼直接說嗎？

尚勇：（小聲）我不是提醒過你這件事有點敏感？

曉其：對受害者家屬來說，這整件事裡唯一不殘酷的就只有真相了。無從得知的
　　　那些，才是未來的日子裡每天要面對的真正折磨。

　　△曉其的篤定，令兩人一愣。

　　△義男聽了，感慨，點點頭，回頭繼續折起紙蓮花。

義男：善良就是替別人設身處地著想，我們怡君從小就是這麼體貼大人。其實她
　　　不用怕跟我講，比起信什麼宗教，心存善念更重要。

　　△義男看向怡君的牌位，感傷。

　　△殯儀館外，陽光刺眼，一陣風把翠綠的樹梢吹得沙沙作響。

24. 內　曉其車　日

　　△曉其開車載小路，小路感慨的看著窗外。

小路：我因為失蹤女子專題去找馬伯伯搜集秦怡君的資料，沒想到專題還沒能完
　　　成，怡君就……

曉其：秦怡君與馬義男信仰不同，所以被棄屍在十字架上。這是被害者不會輕易
　　　透露給陌生人的資訊，目標一開始是怎麼取得受害者信任的呢？

小路：我也不知道。要是知道不就破案了。

曉其：心情不好，被炒魷魚了？

小路：你怎麼知道。

曉其：你是讓我順路載你回去。不是回電視臺。

小路：你猜錯了。是我炒了我自己。

　　△曉其分神看了小路一眼。

曉其：工作沒了你怎麼打算？

小路：還可以撐一陣子。

曉其：哦。

△車內氣氛陷入沈默。

△小路注意到曉其一手搓揉著眉心。

小路：你怎麼了？還好嗎？

曉其：沒事，熬夜頭痛。

△曉其轉頭看了小路一眼，擠出笑容。

△小路覺得尷尬，看見車上錄音帶播放器有一捲錄音帶，順手推入。

△〈Rain & Tears〉旋律從音響中流瀉。

（註：Aphrodite's Child的〈Rain & Tears〉。視劇組需要調整）

小路：這音樂好不像你的品味。

曉其：你又知道我的品味了。

小路：這不會是你聽的吧，前女友留下來的？

曉其：聽歌就聽歌，話那麼多。

小路：嘿嘿，我判斷力也不差吧？

曉其：為什麼是前女友，不是現任？

小路：你每天二十四小時都忙工作，開口閉口都是死人和案件，哪個女生能忍受
　　　這種相處方式。

△曉其嘆氣，一笑。方向盤轉彎。

小路：她音樂品味不錯，可惜看人的眼光很差。換成是我，我才不要跟你這種工
　　　作狂約會。

曉其：浪費人家的人生不好啊。常常讓她等。她能忍受這樣的我。但我忍受不了
　　　這樣的自己。我不值得她這麼做。

小路：我只是開玩笑的啦，你還是有很多優點的好嗎？

△曉其看了小路一眼。

小路：至少你改變了我對檢察官的看法

△小路說完有些不好意思，偷偷瞄了曉其一眼。

△曉其專注的開車，再次搓揉了一下眉心。

△車內歌聲持續。

25.　內　解剖室　日

△驗屍臺上，怡君的遺體平躺，放置在透明屍袋裡。

△曉其與尚勇聽著法醫說明。

法醫：死者生前曾遭到性侵，死亡時間推估六到八天，顯然有被冰存。你們發現

　　　　她時，她剛從冰櫃裡被帶出來不久，所以沒有腐敗得太嚴重。

曉其：馬主委收到的髮辮是死者的嗎？

法醫：是死者的。應該在冰存前就已經被預先剪下。

　　　△法醫拉開了屍袋頭部的區域。

　　　△怡君兩側眼角，畫著紅色淚滴符號。

曉其：這是用什麼畫的？

法醫：看材質混合了蜂蠟和杏仁油，應該是口紅。

　　　△曉其想到什麼，立刻從公事包拿出雨萍的資料，抽出雨萍驗屍照。

　　　△特寫：雨萍驗屍照，雙眼底下也有模糊的紅色痕跡。

　　　△曉其轉身對尚勇——

曉其：跟鑑識科說，這支口紅的色號、廠牌、經銷商，所有細節我都要。

26. 內　別墅地下室　夜

　　　△看不清周邊環境的陰暗室內，一臺攝影機架在腳架上。

　　　△透過攝影機畫面可看見這是個髒亂的浴室一角，浴缸裡有什麼東西蜷縮在
　　　　角落抽動著。

　　　△男人的手調整攝影機鏡頭慢慢zoom in，我們漸漸看清浴缸裡是一個背對
　　　　鏡頭縮著身體的裸體女子。

　　　△鏡頭zoom in到女子頭部，那是正在抽泣的子晴，她嘴裡喃喃哀求著

子晴：求求你……讓我穿上衣服……

男人OS：你不喜歡自己真實的樣子？

　　　△子晴不敢回頭，拼了命地想遮住自己的身體。

子晴：求你，給我衣服，不要讓我這樣……

　　　△子晴說著又哭起來，男子看著鏡頭裡的子晴半晌，語氣變得溫柔。

男人OS：我們來玩一個遊戲吧，告訴我一件你的祕密，我就讓你穿上一件衣服。

　　　△子晴看著鏡頭，不相信的表情。

　　　△男子丟出一件襯衣到浴缸裡。

男人OS：說吧，對著鏡頭說出妳不敢告訴別人的一切。

　　　△子晴伸手去拿那件襯衣擋在胸口，看向鏡頭怯怯地點點頭。

　　　△鏡轉，攝影機鏡頭裡，子晴已經穿好了衣服。

　　　△男人緩緩走到子晴身後，看不見他的臉。

　　　△男人伸手輕柔的撫摸子晴的頭部、髮絲，卻又突然間用力地將子晴的頭撞

向浴缸的邊緣。

△子晴鼻樑上出現被浴缸邊緣劃破的傷痕，鮮血從傷口流出，子晴驚恐。

△男人用手故意碰觸子晴的傷口，子晴痛地掉眼淚。

△男人把手上沾到的鮮血，戲謔的在子晴脖子塗上一圈血痕

男人OS：不要怕，我會讓你比現在更漂亮的。

27. 內　Kink夜店內　夜

△DJ臺，嘉文抽出一片CD，俐落的換片，對拍，播放。

△兩首膾炙人口的音樂被毫無破綻的接起，舞池裡的舞客尖叫沸騰。

△嘉文熱烈的搖擺，與舞客互動，氣氛來到高潮。

△熱鬧音樂裡，彤妹神情疲憊經過舞池，往吧臺走。

△夜店顧客熱絡地想跟彤妹擊掌招呼，彤妹無心理會。

△彤妹一路走到吧臺，酒保看到彤妹先遞了杯水。

酒保：喝什麼？

彤妹：有看到子晴嗎？

酒保：為什麼最近大家都來問我有沒有看到誰？我去把這裡（指眼睛）改成錄影
　　　機好了。

彤妹：有沒有看到啦！

酒保：沒。

彤妹：上次看到她是什麼時候？

酒保：上次看到妳的時候。

　　　△彤妹沒問到子晴下落，洩氣，喝了口水。

　　　△舞池傳來一陣歡呼，嘉文帥氣下臺，音樂轉為簡單旋律。

　　　△舞客也紛紛稍事休息。嘉文在眾人目光中走到吧臺，一派悠哉到彤妹身
　　　　邊，一旁的男男女女目光都圍繞著他，他習慣了不以為意。

嘉文：怎麼樣？臉這麼臭？

　　　△嘉文看向酒保，酒保比出投降手勢以示無辜。

嘉文：還在找那個放你鴿子的朋友？她沒打給你？

彤妹：嗯，好幾天了還是沒聯繫上，她不是那種會突然搞失蹤的人。

嘉文：那怎麼辦呢。來吧，我下班之前先陪你喝一杯。

　　　△彤妹看看酒保，又看看嘉文。

彤妹：我沒心情，遇到子晴馬上打給我，店裡有我電話。

△形妹說完，轉頭離開

△嘉文看著形妹離去的方向，接過酒保的酒。身旁立刻有女孩上前攀談搭訕，他仍是人群目光的焦點。

28. 內　專案小組　日
△曉其看了看白板上秦怡君及江雨萍眼角畫有紅色淚痕的照片。

△曉其翻開檔案夾裡夾著的人物插畫，拿起雨萍案的證物拍立得照片，注意到照片與人物插畫的姿勢有些許雷同。

△曉其的手機響，接起。

曉其：喂，允慧。

△曉其仔細聽著電話那一頭的資訊。

曉其：好，我到分局樓下等妳。

29. 內　高德分局外　日
△曉其才一走出分局的門，就看到小路從騎樓下走來。

△小路也看到了門口的曉其，遠遠便小跑步過來。

曉其：你怎麼會來？

△小路看到曉其，欣喜。從包包裡拿出一小瓶頭痛藥給曉其。

小路：上次你說熬夜頭痛，這是電視臺同事說很有效的頭痛藥，給你，希望吃了可以緩解。

△一臺計程車在分局門口停下，允慧下車便看到曉其和小路。

△曉其從小路手上接過頭痛藥。

曉其：謝了。

小路：你怎麼會剛好出來？

△曉其看到下車的允慧，微笑上前。

△小路跟著曉其的視線也轉頭看到允慧。

允慧：路上塞了一下，等很久嗎？

曉其：不會，謝謝妳還專程跑這一趟。

△允慧發現小路被晾在一邊，看了看曉其，曉其意會，向雙方介紹。

曉其：她是路妍真，之前跑社會線的記者。

△小路向允慧點點頭。

小路：你好。

曉其：他是松和大學附設醫院的心理師胡允慧。

　　△允慧對小路點頭微笑。

允慧：你好！

曉其：（對小路）你還有什麼事嗎？我跟她有事要談。

　　△小路意會。

小路：沒事！沒事！那我不打擾了，掰掰！

　　△小路揮手道別後便後往機車走，不時的回頭偷看允慧跟曉其。

　　△允慧也看向離去的小路，剛好跟小路對上眼，小路尷尬微笑。

允慧：（對曉其）你不是對記者都沒什麼好感嗎？

曉其：他是田村義案的報案人，受害者是她室友，所以我有透過她了解一些江雨萍的線索。

　　△允慧理解的點點頭，跟著拿出一份資料交給曉其。

允慧：這些資料是我看完新聞後覺得一定要整理給你的。這個凶手的思維很不尋常，他是不是從來沒有要求過贖金？

　　△曉其抬頭看允慧。

曉其：沒錯，他從放斷掌開始的一連串行為就是想要被注目、引起討論。而且他很有自信，好像都算準了我們的查案步驟。

允慧：過於放大自我、過度期待被重視、覺得世界繞著自己轉，這類似典型自戀型人格，我把特徵都寫在裡面了，你可以參考看看。

　　△曉其翻了翻允慧帶來的資料，整理思緒。

曉其：凶手故意強調平安符與十字架，代表他有花時間接觸、並且仔細了解過被害人秦怡君，所以……這是經過縝密計畫的預謀犯罪。

允慧：策畫、接觸、執行、展示，對凶手而言，這整件事就像是在創作。

　　△曉其快速想著。

曉其：所以說他用禮盒，不只是想引人注意而已，他希望大家欣賞他的作品。允慧：作品一定有作者簽名。你們要找的線索，就藏在他的犯案模式裡。

　　△曉其努力用思緒串連。

曉其：我對照了江雨萍畫的人物插畫以及當時的證物拍立得。她被拍下的姿勢，和她畫的人物姿勢很相似。這兩起案子都一樣，凶手用死者被展示的姿態，嘲弄她們的人生……

　　△曉其豁然開朗，拿手機撥號——

曉其（對彼端）：聯絡法醫，我要再去看一次斷掌。

30. 內　解剖室　日

　　△法醫仔細觀察斷掌之後，把放大鏡交給曉其。

　　△曉其也俯身仔細用放大鏡觀察。

法醫：有看到嗎？拇指、食指以及中指這三隻指頭的第一二個指節都有一些微小
　　　的汗疹痕跡。

　　△曉其仔細看法醫說的地方。

法醫：這比較像是長期戴著手套，悶著，不透氣所造成。

　　△曉其起身，看向自己的食指、拇指與中指思考。

31. 內　雜景／永新銀行　日

　　△特寫：行員們有的戴著指套正在點鈔。

<u>曉其VO：複驗斷掌發現，死者極有可能從事長期佩戴指套的行業。</u>

<u>尚勇VO：清查松延市所有的金融機構，確認出勤紀錄異常的年輕女性名單。</u>

　　△專案小組，地圖，全松延市銀行、郵局、信用合作社、農漁會被標上記號。

　　△大超、警察們等人進出數間不同的金融機構。

　　△農會，大超入內問經理話。

員警：我們要查案，麻煩配合一下，現場的負責人是哪位？

經理：我是經理，有什麼事嗎？

大超：請問你們近期有無故曠職或失聯的女性員工嗎？

經理：沒有。

　　△銀行外，刑警出入調查。

　　△曉其走進永新銀行，看見行員們有的戴著指套正在點鈔。

　　△尚勇在一張桌子前等著，曉其走去。

　　△尚勇把一張個人資料交給曉其，上面寫著：

　　△鄭嘉儀。

　　△鄭嘉儀的檔案留有兩手指紋。

尚勇：鄭嘉儀無故缺勤已經好幾週了，這是她的私人物品和員工建檔。經理說本
　　　來打算通知家屬，但是緊急聯絡人的號碼打不通，於是就消極處理。

　　△此時，經理帶著一個同事進來報到。

經理：這是跟她比較熟的同事，（對同事）跟警察先生說一下吧。

同事：也不算熟啦，我們座位在旁邊，她工作的時候很認真，大家都很喜歡她。
　　　但嘉儀她從不跟我們去玩！

32. 外／內　永新銀行外　（憶）

△嘉儀下班，從永新銀行外員工通道門走出，後面跟著幾個同事。

△同事們拍拍嘉儀，提出邀約，嘉儀苦笑，婉拒。

△同事們繼續談笑，嘉儀獨自離去。

<u>同事VO</u>：聽說她其實不想在銀行上班，下班後還有另外兼差。

33. 內　嘉儀租屋處外街道（想像）　夜

△捷運站。捷運從高架上方轟隆駛過。

△施工中的道路。嘉儀轉進黑暗的小巷，手裡抓著鑰匙。

△嘉儀獨自走路回家的身影，似乎聽見叫喚，回頭。

△嘉儀看見了身後的某人，一愣。

△曉其在嘉儀租屋處的同一條巷子駐足，思索著。

<u>育修VO</u>：連續殺人案出現重大進展，警方查出斷掌案受害者的身份。

34. 內　新聞畫面　夜

△新聞聲音串至本場。別墅地下室的電視機播放。

△電視機中，TNB徐主播在主播臺播報新聞，一旁是鄭嘉儀的生活照。

<u>徐主播VO</u>：斷掌的主人是失聯已久的銀行員鄭嘉儀，來自豐和市。當初從市立
　　敬篤商學院畢業，今年剛考上銀行員。

△銀行門口的畫面，轉至捷運站的畫面。

<u>徐主播VO</u>：鄭嘉儀平常搭港新線捷運通勤，在捷運站附近頂樓加蓋租屋，出站
　　的監視器是警方找到她失蹤前的最後的身影。

△監視器所拍到的嘉儀畫面。

△回主播臺畫面。

徐主播：目前警方還在釐清鄭嘉儀的失蹤與遇害情形，也在此呼籲如果有觀眾認
　　識被害人，或是掌握相關線索，請立刻與專案小組聯絡。

35. 外　尚勇家門口　晨

△清晨，路上無車。

△片刻，一臺送報機車路過，將一份報紙往公寓門口拋。

△尚勇的車停在公寓邊，引擎蓋上，放著紅色禮盒。

36. 內　分局辦公室／攝影棚　日

　　△一個女子，愷蒂，坐在辦公室，曉其詢問中。

曉其：你們是在哪裡認識的朋友？

愷蒂：我們是高中同學。

曉其：那你清楚鄭嘉儀的交友狀況嗎？

愷蒂：她老是跟我說不喜歡銀行的工作，要長期戴著指套，跟現在的同事也沒什
　　　麼話聊，只希望能趕快有機會去做專職模特兒。

　　△**INS 攝影棚**，穿著銀行制服的嘉儀走進試衣間，出來時換了一身便服。

　　△嘉儀從化妝包裡拿出遮瑕膏遮掩手上的汗疹。

　　△不遠處兩位工作人員對話。

工作人員A：欸，你有看到她的手嗎？

工作人員B：有啊，不知道長什麼東西。

工作人員A：知道要拍特寫也不好好保養，下次不要發她啦。

工作人員B：好。

　　△嘉儀聽見兩人對話，手上的遮瑕忍不住愈塗愈厚。

　　△燈光一閃的攝影棚裡，幾個工作人員圍繞著展示臺上刺眼奪目的鑽戒。

工作人員：來，手模來！

　　△嘉儀聽從指示上前，脫下手套，將自己的手放上展示臺，工作人員替她戴
　　　上鑽戒。

　　△攝影師上前拍攝，嘉儀的手像是商品一樣任由工作人員擺弄、展示，她看
　　　著自己美麗的手得意地露出笑容。

　　△回現時，**分局辦公室**。

愷蒂：至於她在這裡交了什麼樣的朋友，我也不是很清楚。

曉其：可能還是要麻煩你盡量回想一下，類似你們曾經做過什麼樣的事，認識過
　　　什麼樣的人，對我們案件都有很大的幫助。

　　△愷蒂仔細想了想，突然靈光閃現。

愷蒂：對了，我生日的時候跟秀依北上來找她，她帶我們去夜店玩，那天晚上我
　　　們玩得很嗨，喝好多酒。還有人跟她搭訕！

曉其：夜店叫什麼？

愷蒂：Kink。

　　△曉其頓了頓，繼續開口問。

曉其：你剛剛說有人跟她搭訕，知道是誰嗎？他們有交換聯絡方式嗎？

愷蒂：我不知道耶，我那個時候去洗手間了，回來的時候秀依跟我說的。

曉其：秀依？姓什麼？

愷蒂：許秀依。去日本讀書了。

曉其：（用筆記下）可以的話，麻煩設法聯絡她。

　　　△愷蒂打開手機，看著裡面的號碼。

　　　△曉其拿起分機撥號。

曉其（對彼端）：尚勇還沒進來嗎？我有事要交代他。

　　　△彼端說了些什麼，曉其色變。

37. 外　尚勇家門口　晨

　　　△尚勇車周遭已圍上封鎖線。

　　　△曉其戴著手套，拿著拍立得照片正在細看。

　　　△相片特寫：形妹雙手被反綁，嘴巴貼著膠帶。

　　　△尚勇氣憤推開封鎖線外攔阻他的警員，迎向曉其。

　　　△大超也從另一邊趕過來。

尚勇：我女兒被抓了，你讓他們攔我什麼意思！

　　　△曉其把照片交給一旁員警。

曉其：目標刻意挑釁，我需要確認你還能理性辦案。

尚勇：你以為你現在是要耍威風的時候？我從你還沒出生就開始做刑警，你敢把我
　　　排除在專案小組以外，我殺了凶手前先殺了你！

　　　△大超試圖阻止尚勇發飆，但無從下手。

曉其：你現在是專案小組成員，還是家屬？你好好思考，再回答我。

　　　△曉其離開封鎖線。

　　　△大超趕緊看向尚勇。

大超：勇哥，不要衝動啦……

　　　△尚勇力圖鎮靜，看見鑑識人員收走形妹拍立得照片等證物，滿滿心慌忐
　　　忑，追上曉其。

尚勇：檢座，檢座。剛才是我態度不佳冒犯。

　　　△尚勇用力朝曉其鞠躬。

尚勇：對不起。你說得非常有道理，我女兒被綁架了，一時心急。但我不會被情
　　　緒影響辦案，我是老經驗的刑警，我在案子裡會很有用的，請你讓我一起
　　　查下去，拜託！

　　△曉其看著尚勇，不放心。

　　△此時，大超手機響，接起，大超喊出──

大超：郭檢！勇哥！TNB電視臺接到自稱是凶手的來電！

38. 內　TNB會議室　日

　　△曉其和尚勇已在會議室等候，大超把建和帶進會議室。

　　△曉其看見建和，有點意外。

曉其：我知道你在電視臺上班，但沒想到你跟這件事情有關。是你接的電話？我那天在夜店看到的是你吧，就是你偷拍我們的？

建和：對不起。

尚勇：郭檢，你認識他？

　　△曉其沒理會尚勇的反應，繼續問建和。

曉其：凶手兩次打電話進來，都是你接的？

　　△建和點點頭，無意間瞥見尚勇，看到尚勇眼神兇惡盯著自己，趕緊別開目光。

　　△曉其察覺到建和的反應，看向尚勇。

曉其：記得你答應過我的事，如果你不能保持冷靜，你就退出。

　　△尚勇按捺，點點頭。

曉其：能夠描述一下細節嗎？過程、內容或是讓你印象深刻的地方。

　　△和平進，在建和身旁坐下，示意眾人繼續。

建和：除了使用變聲器之外，他就說要我們去Kink守著，還說如果我不信他，那是我們電視臺的損失，他要把消息提供給別人。所以，我才會去拍你們。

曉其：當時為什麼不報案？

建和：這個，呃，怎麼說呢……

　　△和平見建和困窘，得體又溫和的開口──

和平：抱歉插個話，這個問題我來回答好了。

　　△曉其把目光轉向和平。

和平：畢竟那時候跟現在不同，案情沒太多人注意，我們也怕會不會是惡作劇，不想搞得大驚小怪，所以我先讓建和去守在夜店先觀察，沒想到是真的，所以這次又接到電話我們就馬上報警了。

曉其：所以每次接到電話之後的判斷都是你做決定？

和平：是，我是節目製作人，建和的工作都是我派的，也都要向我回報。

曉其：他兩次都打到節目部辦公室，這支電話有對一般民眾開放嗎？

和平：有業務往來才會知道，不過從總機轉也可以轉得進來。

　　　△曉其提筆記錄後，看建和。

曉其：請敘述第二次的細節。

尚勇：說清楚一點，有可能兩次都你接到那麼巧嗎？

　　　△建和眼神閃爍氣怯。

曉其：沒事的，說吧。

建和：他就問我說，你有看到電視吧？喜歡我的哪個演員？

曉其：然後呢？

建和：然後他叫我幫他傳個話。

曉其：傳話給誰？

　　　△建和看向尚勇，不敢繼續。

　　　△和平拍拍建和。

和平：他很機警，在同事桌上找到錄音機對著聽筒錄了，但是只來得及錄到最後
　　　面幾句。

　　　△建和伸手要去操作手提音響播放，卻有點發抖，操作不好。

和平：別急。

　　　△和平幫他按下播放鍵。

凶手VO：（變聲）明晚九點的 call in 最前線，叫那個女兒不見的沒用老爸上電視
　　　道個歉吧，要是夠糗、夠窩囊，讓我心情變好的話，那就還有機會喔！

　　　△尚勇猛地拍桌，撲過去一把抓起建和。

尚勇：他媽的我真的忍不住了！你這個花臉，第一次查夜店你就在那，現在又接
　　　歹徒電話，你說啊，有可能那麼巧嗎？啊？操！我女兒到底在哪？

曉其：林尚勇。

　　　△曉其立刻起身阻止，擋在尚勇與建和之間。

　　　△和平也把建和稍稍向後拉遠。

曉其：（對尚勇）你怎麼回事？我最後一次警告你，保持中立，否則退出專案小
　　　組。

尚勇：情況不同了，郭曉其，你明明就認識這案子的重要關係人。你如果要弄
　　　我，我也可以投訴你，向你長官質疑你不中立，要死大家一起死。

　　　△曉其與尚勇對看，一觸即發。大超趕緊安撫尚勇。

大超：勇哥，你就當為了彤妹，把事情問清楚再說。

和平：我明白各位急於破案，也很同情林警官的遭遇，但我們家建和只是接到凶
　　　嫌電話、通知我報警，就要受到這種威脅，不好意思，身為主管，我不能
　　　冷眼旁觀。我知道你們對媒體觀感不好，或許認為我們很嗜血只顧追求收
　　　視率，做法上有瑕疵我可以道歉，但我們也只是想為社會多盡一份力而已。
　　　△和平堅定的說完，直盯著曉其與尚勇。

尚勇：媽的，有種做就不要躲在主管背後。
　　　△尚勇惡狠狠地伸手指著建和鼻子。

尚勇：我告訴你，要是我女兒有一點點傷，我保證讓你臉上的疤爬滿全身，不要
　　　以為只有你們會玩！
　　　△尚勇轉頭就離開會議室，大超馬上跟出去。
　　　△剩下曉其，他開始收拾桌上的筆記與資料。

曉其：問得差不多了，謝謝你們。麻煩告知主管，接下來為了偵辦會申請安排監
　　　聽你們電視臺。

和平：好的，我們會全力配合。

曉其：我同事比較不會控制他的情緒，不要太在意。

39. 外　TNB大門外／紅色廂型車內　日
　　　△彤妹嘴巴被膠帶封住，雙手被拇指銬銬著，倒在後廂
　　　△駕駛座傳來時下流行的歌曲，還有個人跟著在方向盤輕打拍子。
　　　△彤妹掙扎爬起，臉貼在隔熱紙意圖往外看。
　　　△遠方，尚勇火冒三丈的走出大樓，往這邊直直走來。
　　　△彤妹激動地去撞玻璃。
　　　△此時，大超追上尚勇，不知對尚勇說著什麼，尚勇怒轉身回話。
　　　△凶手發動車，猛踩油門，車衝了出去。
　　　△彤妹被慣性甩得重重撞在車窗，眼睜睜看著尚勇越來越遠。

第三集，結束。

第四集

序1　　內　地下室沖洗區　日
　　△彤妹嘴巴被膠布貼住，她朦朦朧朧睜眼，分不清楚自己在哪裡。
　　△彤妹打算爬起，卻忘記自己手腳被綁住，不慎滑倒，臉撞在地板。
　　△彤妹終於撐起身子，卻看見意識模糊的子晴躺在浴缸裡。
　　△口哨聲，由遠而近。

進片頭「模仿犯」

1. 內　專案小組　夜
　　△尚勇怔怔坐在座位上。
凶手VO：（變聲）明晚九點的call in最前線，叫那個女兒不見的沒用老爸上電視道個歉吧，要是夠糗、夠窩囊，讓我心情變好的話，那就還有機會喔！
　　△尚勇反覆按下倒帶，再回放——
凶手VO：（變聲）叫那個女兒不見的沒用老爸——
　　△尚勇又倒帶，大超為難的接近沉默燃燒怒火的尚勇……
大超：勇哥，不要放了啦，我要把帶子拿去——（被打斷）
　　△尚勇突然猛地把錄音機連電線扯下，高舉往地下砸——
　　△大超無措的看著錄音機應聲碎裂。
　　△曉其和分局長曹立雄正好走進來，看著地上的殘骸。
大超：局長好！局長不好意思！我剛剛手滑摔到錄音機，我會賠！
　　△立雄瞪大超一眼，大超閉嘴。
　　△曉其彎腰把錄音帶撿給大超，立雄走到尚勇身邊，拍拍他的肩膀。
立雄：阿勇啊。
　　△尚勇冷冷地轉頭看向立雄。
立雄：我跟檢察長、郭檢都談過了，歹徒就是故意衝著你來，你不要——
尚勇：不要什麼？我女兒在那垃圾手上，你叫我不要什麼？

曉其：你明知道配合他也不見得有用。反而讓他食髓知味。

立雄：是，你聽郭檢一句。我們都看著彤妹長大，弟兄一定會拚死幫你把彤妹救
　　　出來，算我拜託你，不要衝動。你怎麼會不知道，一個警察上電視配合綁
　　　匪，不就等於告訴整個社會治安垮了嗎？

　　　△尚勇盯著立雄，立雄焦急等候著尚勇回應。

立雄：難道你想被停職嗎？這樣你三十年就白做了啦。

　　　△尚勇不語，轉身往門口走。

立雄：阿勇！林尚勇！

　　　△尚勇離去，立雄嘆氣，大超無措。曉其跟了出去。

2. 外　分局天臺　夜

　　　△尚勇靠在圍牆邊，看著遠方抽菸。

　　　△曉其走到尚勇身邊。

尚勇：媽的，怎麼偏偏會發生在我身上？他已經殺了三個人，這種變態隨時都可
　　　以再多殺一個你知道嗎。

曉其：別慌，一定有什麼環節我們漏掉了，我們一起想辦法。

尚勇：你告訴我怎麼不慌？彤妹在他們手上。

　　　△尚勇欲離，曉其攔住。

曉其：我們不能跟他認輸。

尚勇：郭曉其，如果你當年有機會救你家人，你會不會做？

　　　△曉其愣住。

　　　△尚勇丟了菸，離。

3. 內　曉其老家（回憶）　夜

　　　△以下皆為主觀視線：

　　　△昏暗的室內，隱隱約約可以看見地上有什麼東西。

　　　△再往前，室內逐漸清晰……地上的物體形狀也漸漸明朗，是三具屍體，分
　　　別為一男一女與一個女童。

　　　△鏡頭轉為客觀，一個身穿高中制服的男生背影站在三具屍體的血泊之中。

　　　△高中時期的曉其顫抖著，表情驚恐……

4. 內　專案小組　晨

　　△曉其從沙發上驚醒，眼前是尚勇。

　　△曉其看了看旁邊的時鐘，六點。

曉其：你有沒有睡一下？

　　△尚勇點點頭，但模樣憔悴。他拉了椅子坐下，看曉其座位上亮著的電視畫
　　　面。

　　△電視畫面：尚勇車在停車格內，一臺紅車劃過鏡頭後，尚勇車的引擎蓋上
　　　多了禮盒。

　　△曉其自顧自的去弄泡麵，看著熱水蒸氣，發著呆。

　　△曉其回到座位。

曉其：我已經讓他們追查到了。這輛車六個月前就被報失竊。各級分局派出所都
　　　加入了協尋報廢車輛，也清查了全市報廢場。會有消息的。

　　△曉其看尚勇仍不發一語，打開卷宗繼續研究。

尚勇：我把自己女兒逼走了。

　　△曉其看了尚勇，擔憂。

5. 內　TNB 雅慈辦公室　日

　　△雅慈與永坤對坐，和平站著。

　　△永坤用眼鏡布慢慢擦著眼鏡，等待著雅慈反應。

　　△雅慈一臉鄙夷地把菸捻熄在菸灰缸裡。

雅慈：《call in 最前線》是我的節目，我的時段，輪不到一個罪犯來予取予求。

和平：雅慈姐，現在不是誰的時段的問題，這也是攸關人命的案子，我們還有時
　　　間考慮嗎？

雅慈：這是直播節目，凶手的情況不在我們掌握中，我們要怎麼控制。

　　△和平不語。

　　△永坤看到和平安靜了下來，有點急的戴上眼鏡，開口——

永坤：不是，人家都指名了，如果沒照他說的做，出了事我們負不起責任啊。

雅慈：凶手就是希望你這樣想，才能控制你。況且，檢警也不可能干涉我們電視
　　　臺的運作，我想，他們會阻止林警官上節目。

和平：一個愛女心切的爸爸，真的阻止得了嗎？

雅慈：別跟我說你這是在打同情牌。我用在馬義男身上成功，不代表這件事情適
　　　合比照辦理。

和平：我們不做，別臺也會做。

　　△雅慈冷冷瞥了和平一眼。

　　△永坤著急幫和平說話。

永坤：我知道和平的建議不是那麼完美，但情勢就像他說的，事情已經發生了。

　　△雅慈聽了，嗤之以鼻，連回應都不回應。

　　△永坤一臉為難，盡量緩頰。

永坤：不然這樣，和平，你先設法聯絡林警官，確定他要不要來。雅慈，如果他真的會來，我跟你借十分鐘，十分鐘就好，我讓和平在新聞棚處理。

　　△雅慈不悅。

雅慈：你們自己看著辦。反正我不會照他說的做。

6. 外　汽車報廢場　日

　　△鑑識小組已經蒐證完畢。

　　△警方在後車廂被掀開的紅色廂型車周圍拆下封鎖線。

　　△曉其聽取報告。尚勇也在旁。

鑑識人員：初步勘驗，車門、方向盤還有排檔桿都被擦拭過，但是後車箱的玻璃與橫桿都殘留血液反應。

　　△此時，大超快步走來。

大超：他們沒裝閉路電視，也沒登記報廢的人是誰。

曉其：便宜行事，難怪凶嫌會選擇這裡棄車。

　　△尚勇看鑑識小組整理好證物，眼尖從證物箱中取出一個證物袋。大超想阻止，來不及。

尚勇：這是彤妹手機上的吊飾。

　　△曉其接過證物袋，看著吊飾，上面似乎沾了血跡。

　　△尚勇伸手指向後車廂。

尚勇：他的隔熱紙外面看不進去，但是裡面看得出去。

　　△曉其知道尚勇的意思，神情嚴肅。

尚勇：我昨天在電視臺門口還看到過這臺車。他先是故意經過我家，放了禮盒，又故意經過我面前，讓我女兒眼睜睜看著我沒救她。

　　△大超聽到，回想了一下，瞪大眼，不可置信。

大超：就是那臺紅色的車嗎？操！！！

　　△尚勇怒極，加上心痛，反而笑了。

尚勇：他說的沒錯，我就是一個沒用的警察、沒用的爸爸。

曉其：他大費周章，就是要激你回應他。

尚勇：你有其他辦法嗎？有的話就快說，趕快幫我把女兒給救回來！

　　　△曉其為難。

尚勇：最聰明的郭曉其檢察官都沒辦法，我林尚勇還有得選嗎？

　　　△尚勇說完，看看曉其，看看大超，轉頭就走。

大超：勇哥……

　　　△曉其無言。

7. 內　專案小組辦公室　昏

　　　△曉其站在白板前，白板上已有許多關鍵字、現場照片與新聞截圖。

　　　△曉其又貼上了尚勇車被放禮盒的照片以及廂型車經過尚勇車監視器照片。

　　　△大超聽著手機，走進辦公室。

大超：郭檢，勇哥都不接。

　　　△曉其點點頭。

　　　△大超鬱悶地找了張椅子重重坐下。

　　　△曉其凝視著白板上斷掌的照片、義男學狗爬的新聞翻拍照以及怡君掛在十
　　　　字架上的陳屍照，最後看向剛放上的尚勇車被放置禮盒的照片，沉思。

曉其OS：這次他直接針對林尚勇，他的期待是什麼？他喜歡支配別人，要別人
　　　　順從他、重視他。如果林尚勇也順從他……

　　　△大超看著陷入沉默的曉其，不安，又站起。

大超：我再去找找看勇哥！

　　　△大超快步離開辦公室。

　　　△片刻，曉其看著手錶，內心煩躁。

8. 內　TNB新聞棚／副控室　夜

　　　△新聞棚內，尚勇一臉嚴肅的坐在和平身旁。

　　　△尚勇口袋的手機因來電而震動個不停，尚勇動手關機。

　　　△副控室，永坤站在導播身後，神情緊張。

導播：倒數五秒，四，三，二。

　　　△電視畫面：緊急插播動畫出現。

　　　△新聞棚內，攝影師把鏡頭對準主播臺。

△鏡頭下，和平一身筆挺西裝，神情嚴肅。

和平：各位好，歡迎收看TNB新聞臺，我是陳和平，在今天《call in最前線》最前線之前，為您插播一段特別直播。在我右手邊這位是松延市高德分局偵查隊小隊長，林尚勇警官。

△尚勇面無表情盯著鏡頭。

和平：連續殺人案沒有人能夠置身事外。就像林警官的女兒，也不幸被牽連，遭到綁架。所以林警官今天帶著沉重的心情，同時以執法者、還有心急如焚的父親兩種身分，有話想對各位觀眾說。

△和平看向尚勇。

△尚勇看著鏡頭，緊抿著嘴。

和平：林警官，請說。

9. 外　TNB大樓外　夜

△曉其衝下車，往電視臺內部跑。

△警衛看到，上前，曉其亮出證件，快步奔入——

10. 內　TNB新聞棚／副控室／副控外走廊／地下室／允慧辦公室／馬淑琴病房／曉其家／街道　夜

△新聞棚內，尚勇盯著鏡頭，心情複雜，緊張。

△副控室，永坤看著一言不發的尚勇，伸手去拿導播耳機。

永坤：陳和平，把他的嘴撬開啊！

△新聞棚內，和平從耳機聽到指示，開口——

和平：林警官，所有關心在乎這件事的觀眾朋友此刻都在電視機前，或許，您的女兒也在電視機前，你有什麼話要跟他說嗎？

△攝影機對準尚勇的神情。

△螢幕畫面上，尚勇語重心長對鏡頭說。

尚勇VO：彤妹，你在哪裡？有聽到嗎？

△副控外走廊，曉其看見副控室內正在on尚勇的畫面，上前開門。門卻鎖上了。

△副控室，助理導播開門。曉其迎面見到永坤。

曉其：不要拍了，全部關掉。

永坤：郭檢，這是現場直播，有什麼事我們錄完再聊。不然你找我聊。

曉其：這是社會案件，我要求立刻停止！

永坤：我們沒有違規，你無權阻止節目播出。

　　　△工作人員不間斷地操作控臺。

<u>尚勇VO：我有沒有跟你說不要亂跑？又不是都不讓你出門，我只是想說危險的地方不要去，妳就是聽不懂！每次都嫌我問東問西，我就不知道你都在幹嘛啊！對啦！我什麼都不知道……</u>

　　　△曉其看見副控室裡有一道門通往攝影棚，在眾人還沒來得及攔阻前，開門往棚內去。

永坤：把他攔住！通知棚內注意！

　　　△新聞棚內。曉其一路往尚勇方向走去。

　　　△工作人員紛紛錯愕，還沒搞清楚發生什麼事。

　　　△尚勇察覺自己情緒逐漸激動，試圖讓語氣平緩。

尚勇：你就是像我啦，衝動，講沒幾句就大小聲。可是我知道你還是好孩子，你媽走了，我又常常不在家，你會覺得家裡沒有溫暖，也很正常。

　　　△尚勇的語氣漸趨柔和。

尚勇：沒關係，爸爸這次不會再生氣了……

　　　△街上電視牆，小路也駐足看著電視……

　　　△允慧家，允慧看著電視。

　　　△馬淑琴病房，義男幫女兒擦著手臂，看著電視。

　　　△曉其家，坤哥看著電視，義憤填膺。

　　　△街上電視牆，小路也駐足看著電視……

　　　△鏡跳地下室，昏暗的室內，彤妹被扔在沙發上，被侵犯過的狼狽與傷痕，一個人影用推車把一架電視機直逼到她面前。

<u>尚勇VO：是我沒有多花時間了解你，爸爸對不起你。我是個爛爸爸，更不配做警察。</u>

　　　△彤妹氣力微弱，看著螢幕上的尚勇，哭了。

　　　△畫外發出嗤笑聲。

　　　△新聞棚內，尚勇看著鏡頭，深吸氣，下定決心——

尚勇：你要我來上電視，我來了。你要我承認我沒用，來，我講給你聽；我林尚勇，不配做警察、不配——（被打斷）

　　　△曉其不顧工作人員制止，用手遮住拍尚勇的攝影機，全場皆錯愕。

曉其：拍什麼！別拍了。

　　△副控室。永坤積極應變。

永坤：導播，攝影機全部調度過去，不管怎樣先對準檢察官的臉。

　　△新聞棚，曉其看攝影機紅燈還亮著，知道仍在錄影，放下手。

　　△他看向眾人及焦慌的尚勇，一瞬，下決心，對著鏡頭。

曉其：我知道你在看。我一定會抓到你。你玩完了。

　　△尚勇用力推開曉其。

尚勇：媽的，你想害死我女兒！

　　△尚勇氣不過，再一拳揍倒曉其。

　　△副控室，永坤著急到導播身旁。

永坤：直接進廣告！

　　△新聞棚，節目進廣告，更多人前往攔阻尚勇。

　　△尚勇仍指著曉其大罵——

尚勇：（斥）你知不知道你在做什麼？那是我女兒的命！

　　△曉其不想辯解，看著尚勇。

尚勇：（斥）彤妹要是有什麼萬一，我絕對不會放過你！

　　△尚勇甩開工作人員牽制，盛怒離去。

　　△和平過去，對曉其伸出手，拉起曉其。

　　△曉其抹掉被揍的血跡，在和平的目光下掉頭離去。

11. 內　檢察長辦公室　日

　　△臉上貼著OK繃的曉其看著TNB的新聞畫面。

育修VO：<u>來關心連續殺人案的最新發展，檢察官郭曉其在本臺的特別直播中，</u><u>為了女兒遭到綁架的高德分局小隊長林尚勇向歹徒喊話，這番作為是否形</u><u>同司法單位的宣戰？我們帶您一起重回現場——</u>（關掉）

　　△啟陽放下遙控器，直盯著曉其，沉默了片刻。

　　△曉其先開口——

曉其：歹徒的目的就是利用媒體玩弄受害者與家屬，要是讓林尚勇徹底遂了歹徒的心意，林羽彤的生還希望將會更加渺茫。

　　△啟陽默默拿出一個文件夾，用手指用力戳著上面的文件。

啟陽：你把自己攪進去就會比較好嗎？這裡是三十幾通抗議電話、傳真以及來自議員、議長的關切。裡面有多難看我已經懶得講了！你到底打算搞多少事出來給我收爛攤子？

曉其：我會負起全責。

啟陽：你住口，第一，申誡一隻。第二，再失控，專案小組就換人帶。

12. 內　高德分局內／外　日

　　△尚勇點著煙，焦躁的坐在位置上。

　　△分局長曹立雄拿著一份文件走進辦公室，同仁紛紛起立。

　　△立雄走到尚勇的座位邊，正思索著要如何開口。

　　△尚勇起身交出證件，放在分局長立雄面前。

立雄：林尚勇，你什麼意思？

尚勇：我做的事，我自己知道後果。

　　△立雄按住尚勇的證件。

立雄：形妹都出事了，我怎麼可能在這時候辦你？

　　△立雄把手中的假單在尚勇桌上。

立雄：老哥們了，你去休個長假就是。

　　△尚勇冷冷看著立雄。

　　△一旁的大超看著立雄與尚勇，欲言又止。

　　△片刻，尚勇拿起桌上的筆，簽了字。

尚勇：隨便，我自己家的事，不用給你們添麻煩。

大超：勇哥，局長不是那個意思啦。

　　△尚勇站了起來，轉身往外。

立雄：阿勇。

　　△尚勇駐足。

立雄：家私啦。

　　△尚勇掏出口袋的槍、手銬與證件放在桌上，往外走。

　　△大超情急，也跟著追出——

大超：勇哥！形妹的事交給我們，我們一定會幫忙找到她！我不睡覺、不下班也
　　　會在路上巡！我會把松延市翻過來！真的！你不要煩惱啦！

　　△尚勇微微動容，還是維持著語氣。

尚勇：知道了，各自盡力。

　　△尚勇說完，頭也不回的走出分局。

　　△一走出分局，尚勇就看到曉其在門口等著。

　　△尚勇不理會曉其，直接往停車處走。

△曉其追上，才剛靠近，尚勇轉身指著曉其——

尚勇：你不要再跟過來！我是真的會動手！

　　△曉其停步，只能眼睜睜看著尚勇上車，揚長而去。

13. 內　咖啡廳　日

　　△小路坐在咖啡廳內，看錶，不時往窗外張望。

和平OS：抱歉，分局門口大塞車，你等很久了吧。

　　△和平從外面匆忙進來。

小路：不會。和平哥今天為什麼找我？

　　△服務生上來點餐。

服務生：先生要喝點什麼嗎？

和平：黑咖啡加兩顆糖，熱的，謝謝。

　　△服務生離開。

和平：你找工作找得怎麼樣了？

　　△小路一愣，沒想到和平問得這麼直接。

小路：還在面試等消息。

　　△和平盯著小路思索。

和平：有興趣回鍋TNB，到我團隊來嗎？

　　△小路驚訝。

和平：你究竟想在工作中得到什麼？錢？尊重？還是自我實現？如果是錢，你有
　　　很多選擇。

小路：錢很重要。但不是我最大的考量。

和平：那你想要的是被尊重？你想在雅慈姐面前揚眉吐氣，證明你跟她起衝突的
　　　立場是對的？

小路：我和雅慈姐起衝突不是因為我自己。我已經見識過報導怎麼扭曲雨萍的
　　　死，我沒辦法再接受節目又把馬義男扭曲成另一個模樣。

和平：那你到其他電視臺去會比較好嗎？他們只會干預得更多。報社影響力逐年
　　　下降，那裡也不見得有你的舞臺。

　　△小路沉吟。

小路：我想要的只是用我的專業替那些不能為自己說話的人發聲。

和平：你關心人的出發點很好，每個人都是獨一無二的，她們應該被記住。你不
　　　是為了出名，才做失蹤女子專題。你關懷弱勢，渴望讓社會大眾和你一樣

了解這些女孩。你缺少的，是伸展空間和相信你的人。

　　△和平誠懇說著。小路被打動。

和平：給自己一個機會，好好想一想吧。

14. 外　麵攤　夜

　　△尚勇坐在摺疊桌，桌上都是啤酒瓶。

　　△尚勇又倒了半杯酒，酒瓶空了，他轉身對老闆比了加點的手勢，意外看見曉其。

曉其：（對老闆）給我一碗餛飩湯。

　　△曉其自己拉椅子坐在尚勇旁。

曉其：這個鑑識完成，先還給你。

　　△曉其拿出證物袋放在桌上，裡面是彤妹的吊飾。

　　△尚勇拿起證物袋，怔怔看著。

曉其：整個高德分局自願加班，從路口每支監視器畫面過濾廂型車在市內的行車動線。

　　△尚勇聽著。

曉其：車輛引擎號碼與行照對不起來，是改造贓車。

　　△尚勇放下證物袋──

尚勇：也就是一點進展都沒有。

　　△曉其側過臉去，有點歉然。

　　△尚勇態度軟化。

尚勇：你是故意激怒他的？

曉其：（點頭）我必須阻止你被他控制。

　　△老闆送來餛飩湯。

曉其：凶手喜歡先捉弄被害者家屬再殺人棄屍，看看馬義男，你要是滿足他，彤妹更危險。

　　△尚勇聽了，被說服，但仍眉頭緊皺。

尚勇：問題是我賭不起。

曉其：想救出她，你就更需要謹慎。

尚勇：只要你把彤妹找回來，你叫我做什麼都行。

　　△曉其有壓力。

15. 內　坤哥家客廳　夜

　　△客廳傳來室內電話鈴響，響了兩聲便進入電話答錄機的留言。

　　△答錄機：我是郭曉其，現在不在家，請留言。

<u>允慧VO</u>：曉其，我看到電視新聞了。你都好嗎？手機都打不通，我擔心你。如果想找人聊聊，或只是想有人一起吃飯，一定要跟我說。該休息的時候就休息，別忙壞了。

　　△曉其躺在沙發上，沒理會留言。

　　△他身旁是案件資料，形妹被綁的拍立得照片（放在證物袋裡）。

　　△曉其用力捏自己的眉心，深呼吸。

　　△強迫自己坐起身來，吞了顆頭痛藥，繼續翻看資料。

16. 內　TNB節目部辦公室　日

　　△雅慈在先前小路座位對面的位置，與組員討論資料。

雅慈：我說的是之前去日本研究犯罪心理的劉教授，有找到他的連絡方式嗎？

組員：有，他的研究助理說明天會回覆我們可不可以來上節目，這是他最近在日本發表的……

<u>和平OS：介紹一下我團隊的新partner！</u>

　　△和平帶著小路進，眾人驚訝。

　　△坐在角落的建和也意外的抬頭看看小路。

　　△小路尷尬的微笑，與眾人點頭致意。

　　△雅慈也轉頭看到了小路，兩人對視，雅慈只頓了不到一秒又恢復狀態，繼續和組員討論。

　　△經理永坤隨後走進來，看到小路。

永坤：（笑）回來了呀？回歸怎麼沒穿漂亮一點？

　　△小路沒有回應。

永坤：（轉向雅慈）和平那組最近想要多加人手，他說小路畢竟待過節目部，能即刻上手，我就答應他了。雅慈，你應該沒意見吧？

　　△雅慈一反平日犀利，語氣溫和。

雅慈：（微笑）怎麼會呢！小路，歡迎你回來。

　　△小路有些尷尬的點頭。

　　△永坤拍拍和平的肩膀。

永坤：林尚勇的特別直播收視很亮眼，但你的反應速度要加強一點，還好沒出什

麼差錯！不過你堅持促成這個直播是對的，別臺也一直跟我打聽我們怎麼有辦法把當事人弄上節目，不錯不錯！

和平：是經理，我會記住這次經驗的。

永坤：新血加入之後有什麼新想法嗎？

和平：我想採用新角度看待連續殺人案，聚焦被害者的生平，我覺得這對觀眾而言會有新鮮感。

和平：小路的「都會失蹤女子專題」將會成為我們《深夜社會檔案》的新單元。

　　　△小路意外。和平對她一笑。

　　　△雅慈也略訝異。

永坤：「都會失蹤女子專題」？結合連續殺人案，有搞頭！小路，你一個年輕女生運氣這麼好，要好好把握機會啊，別過兩年跑去結婚生小孩，那回鍋就浪費了。

　　　△小路忍住不悅，客套微笑。

17. 內　TNB茶水間　日

　　　△小路拿著杯子進來，正要倒水，發現旁邊有人，無意間瞥去，發現是正在沖咖啡的雅慈，小路一愣。

　　　△雅慈看出小路尷尬，伸手接過小路的杯子，倒了一杯給她。

　　　△小路受寵若驚。

雅慈：喝喝看。

　　　△小路恭敬喝了一口。

雅慈：你這企劃終於浮上檯面了。好好做。有這次的機會，你最好全力以赴。

　　　△小路有戒心。

小路：我會做到的。謝謝雅慈姐的指教。

雅慈：你自己剛才也聽到了，你有一丁點鬆懈，別人就會開始對你品頭論足。作為媒體人，不能一次只在乎一件事。想在這裡生存下去，就用能力堵住大家的嘴。

小路：你說的我都明白。我會把專題做好，證明給你看的。

雅慈：不用證明給我看，用收視率證明給所有人看吧。

　　　△雅慈拿起咖啡，正要離去，在門口停了一下，忖度片刻。

雅慈：還有，那個陳和平，做什麼事都特別有企圖心，你在他的團隊，自己多觀察。

　　△小路不解，雅慈逕自出去了。

18. 內　TNB節目部辦公室　夜

　　△小路獨自加班，翻著失蹤女子企劃，為雨萍的部分確認拍攝素材。

　　△雨萍的拍攝清單上寫著：老家、租屋環境、公司、彩色人物插畫。

　　△小路邊確認，邊在清單上打勾，在「彩色人物插畫」停下，沒打勾。

　　△小路拿起手機，找到曉其的電話。

　　△撥號聲，片刻，未接。

　　△小路改撥專案小組電話，片刻，接通。

小路：您好，請問郭檢在專案小組嗎？我是TNB路妍真，是郭檢給我這支電話
　　　的。哦，是大超啊，沒事，我想找他拿雨萍的畫，我工作上要用。他不在
　　　專案小組？你們也連絡不上他？

　　△小路掛電話，憂心，結束手中工作，離。

19. 內　曉其家　夜

　　△新聞畫面：曉其攔阻尚勇向凶手喊話。

YBS主播VO：<u>檢察官向凶手喊話至今，我們沒有看到下一步動靜，也並未出現</u>
　　　<u>可靠消息指向林羽彤的下落。究竟檢方這一步棋是否能發揮作用，連續殺</u>
　　　<u>人案的可怕悲劇還會再次上演嗎？</u>

　　△坤哥拿著一杯熱蔘茶，坐在沙發上看著電視

坤哥：（對樓上）郭曉其！你這樣跟凶手嗆聲，很危險欸！這種瘋子才不怕你們
　　　檢察官。

　　△此時，門敲響。

　　△坤哥轉頭，看到一個女孩站在門外，是小路，坤哥一愣。

坤哥：你找誰？

小路：伯父您好，我找郭曉其。

坤哥：你找郭……郭曉其！？請進請進！歡迎光臨！

　　△坤哥一邊歡迎小路，一邊整理沙發上亂丟的衣物。

坤哥：平常根本沒人來找他，會來找他的就只有記者，煩死人了

　　△曉其扣著襯衫走出。

曉其：小路！你怎麼跑來我家？

　　△坤哥看向曉其。

坤哥：你朋友？

曉其：算是吧，她是記者

　　　△小路感到有些不好意思。

小路：伯父您好。我是TNB的記者路妍真。（對曉其）大超說聯絡不到你，他們
　　　現在太忙了，所以我過來看看。

曉其：我只是回家拿個東西。

　　　△坤哥見兩人互動，態度瞬間緩和。

坤哥：原來是這樣，歹勢，誤會啦。很久沒有朋友來找他了。記者好，記者讚，
　　　歡迎光臨！（對曉其）人家特別來關心你耶！（對小路）我去倒茶。

　　　△坤哥興沖沖向廚房走去。

曉其：（對坤哥喊）不用了，我要去專案小組。（對小路）我送你，你等一下

　　　△曉其上樓。

　　　△小路獨自在客廳，看見了屋內曉其的家人照片。遠處聽到坤哥對曉其說
　　　　話。

　　　△曉其下樓。

坤哥：怎麼還要出門？

曉其：（對坤哥）你早點睡。

　　　△曉其說著和小路走向門口。小路禮貌回頭。

小路：伯父再見。

坤哥：不要再叫伯父了啦，叫坤哥就好。我是他舅舅。

　　　△小路訝，但曉其已打開家門。

　　　△坤哥笑笑的送兩人離去。

20. 內　曉其車上　夜

　　　△曉其無語駕著車，一手揉著眉心。順手拿起頭痛藥吞了一顆。

　　　△小路看在眼裡。

小路：藥有效嗎？

曉其：有，吃了好很多，謝謝！

　　　△小路微微點頭。

小路：你這麼晚還要回專案小組。

曉其：嗯。只是回家一趟，你們的反應太大了。

小路：你在電視上對凶手放話，我當然會怕他針對你啊。

小路：你跟勇哥還好嗎？

曉其：你說呢？

小路：我相信你選擇在節目上那樣做，一定有你的考量。

　　　△曉其沈默了一會。

曉其：萬一我的選擇是錯的呢？那可是一條年輕女孩子的命。

小路：欸，你不能老是什麼事都怪自己。你聽好，無論接下來發生什麼，都是凶
　　　手的錯，是那個變態要為他的行為負全責。

　　　△曉其沒有回話，小路感受到曉其的沈重，試著轉移話題。

小路：坤哥很年輕耶，人也很開朗。我本來還以為他是你爸。

　　　△曉其平淡地回答──

曉其：我爸媽都過世了。

　　　△小路愣了一會，轉頭看曉其。

小路：對不起。

曉其：有什麼好道歉的。

小路：他們……他們怎麼了？

曉其：他們被謀殺了，我妹妹也是。

　　　△車內又陷入沉默。

曉其：你現在應該是回家吧？

小路：哦？嗯。對了，忘了告訴你。我回TNB工作了。

曉其：那你現在要回家，還是要我送你去TNB？

小路：看你順路載我到哪裡，我都可以。

曉其：我還是送你回家吧。

　　　△曉其轉方向盤。

　　　△小路偷偷查看曉其的神情，曉其若無其事地繼續開車。

21. 醫院走廊連允慧辦公室　　日

　　　△允慧穿著心理師袍走在走廊上，同事來。

允慧：晚一點871房我過去評估。

　　　△同事點點頭，離。

　　　△允慧遠遠的就看見小路等在辦公室門口。

　　　△小路也看見了允慧，鼓起勇氣，迎上前。

小路：突然打擾不好意思，我是上次在高德分局門口的那個女生，記得嗎？

允慧：記得，進來說吧！

　　　△允慧推開辦公室的門。

　　　△門牌上寫著「臨床心理師辦公室」

　　　△溫暖乾淨的辦公室，室內擺放的盆栽更增添綠意。

　　　△書桌上，有胡允慧的名牌，周圍整齊疊放著許多文獻資料，以及允慧的博
　　　　士論文草稿。

允慧：請坐。

　　　△允慧看著小路，示意她坐下，然後走去倒了杯水給她。

　　　△小路思索著怎麼開口。

　　　△小路接過杯子，拿出名片，遞。

小路：謝謝。還沒有好好自我介紹，我是TNB記者路姸真。

允慧：你好，我是心理師胡允慧。你怎麼知道我在這裡？

小路：你上次說你是去專案小組幫忙，所以我就跟分局打聽了一下。

允慧：（看名片）我弟也在TNB工作，妳認識胡建和嗎？

小路：建和是你弟？我現在就是跟他在同一個節目工作啊！怎麼這麼巧！

允慧：看來六度分隔理論是真的，在城市裡生活，很容易有許多共同朋友。

　　　△允慧笑笑，主動提起──

允慧：你今天來是因為郭曉其吧？

小路：（意外）心理師好厲害，我什麼都還沒說你就猜到了。

允慧：如果妳是想來確認我跟他之間的關係，你大可放心。我們以前交往過，但
　　　那已經是好幾年前的事了。

　　　△小路沒想到允慧這麼直白的說出自己跟曉其的狀態，有些意外。

　　　△允慧微笑的看著小路。

允慧：我有猜到你的問題嗎？

　　　△小路有些靦腆。

小路：嗯……不是..。我來……其實是想要問你，他家發生了什麼事。

　　　△允慧意外。

小路：我在他家看見了他家人的遺照。我有試著問他，但他只說，他們被殺了。

　　　△允慧猶豫著。

允慧：妳為什麼想要知道這些？

小路：你放心。我不是來挖新聞的。

　　　△小路誠懇的看著允慧。

小路：郭曉其是我見過最在乎受害者家屬的檢察官，他幾乎他把所有的力氣都投入在辦案，好像根本沒有在休息，但看到他承受那麼大的壓力大到頭痛，我很想知道怎麼做才能幫到他。

　　△允慧感受到小路擔心的情緒。

允慧：你看起來真的很擔心他。

　　△小路沒有否認。

小路：所以，這跟他家發生的事有關嗎？

允慧：他家人被殺害的確對他有很大的影響，也是他選擇當檢察官的原因。

　　△允慧說著，思緒起伏，回憶著往事。

允慧：六年前，我參與過司法官的心理評估，郭曉其當時在面談的時候被長官質疑，怕他因為家人的遭遇沒辦法公正辦案。我就是從那時候開始認識他的。

　　△小路認真的聽著。

小路：他家人……到底發生了什麼事？

　　△允慧神情嚴肅，看了看小路，開口——

允慧：他十七歲的時候，父親的工廠積欠員工薪水……

22. 內　曉其家　夜

<u>允慧VO：員工闖進他家要錢，沒有得逞，憤而殺害了他的爸媽還有五歲的妹妹……曉其那天放學後比平常晚回家，也因此便成為了唯一留下來的人。（VO串以下畫面）</u>

　　△曉其在家中，擦拭父母妹妹遺照，玻璃上薄薄的積塵。

23. 內　麵攤／分局辦公室（憶）／夜店（憶）　昏

　　△大超殷勤的在尚勇面前放下幾盤小菜。

尚勇：有新進度嗎？

大超：沒有啊，還不就那樣。

　　△大超心虛的吃著小菜。

　　△尚勇盯著大超，眼神彷彿要把他刺穿。

　　△大超表情為難，放下筷子，欲言又止……

大超：好啦，斷掌案的受害者鄭嘉儀啊，她朋友真的從日本回來了。

　　△INS新拍回憶。時序為稍早日戲，分局辦公室。

　　△嘉儀的朋友愷蒂帶著秀依過來，大超問訊。

秀依：愷蒂去洗手間，我去點酒，回來看到嘉儀在跟一個長頭髮的男生聊天。

　　△INS新拍回憶。夜店──

　　△建和在DJ臺前喝酒，嘉儀靠過來與建和耳語。

　　△臺上的DJ嘉文看到嘉儀跟建和說話，對建和做了一個打beat的動作，建和笑，舉酒敬嘉文。嘉儀也跟著高舉手上酒瓶回敬嘉文。

　　△回現時，分局辦公室。

大超：那你知道他們聊了什麼？

秀依：那邊很吵，我沒有聽到。我只看到那個人動手推了嘉儀，後來我問嘉儀，他說那個人在電視臺上班，而且臉上有個很大的疤。

大超：電視臺？臉上有疤？為什麼會動手？不是他主動搭訕的嗎？

秀依：我只看到他推了嘉儀之後就匆匆離開了。

愷蒂：難怪我沒看到他。

大超：那你有問嘉儀為什麼嗎？

秀依：嘉儀說只是想看那個人臉上的疤，但那男生反應很大。

　　△再回現時，麵攤。

　　△尚勇重重放下桌上的杯子起身。

　　△大超錯愕。跟著起身。

大超：勇哥？

　　△尚勇扔了鈔票在桌上，頭也不回離去。

24. 內　允慧、建和家樓下　夜

　　△建和背著背包停好機車，往公寓樓下走，感覺有人盯著自己，回頭──

　　△此時，一隻手拉住建和背包把建和往後扯，建和猛回頭看見尚勇。

尚勇：我女兒呢？

建和：……你說什麼？

　　△建和害怕，用力甩背包想掙脫，尚勇用擒拿術把建和撞在牆上。

　　△建和掙扎想逃，尚勇抓住他，用膝蓋撞建和肚子。

　　△胃受到重擊，建和瞬間劇痛、屈著身子乾嘔。

尚勇：敢跑不敢解釋？

　　△尚勇抓著建和頭髮，把他的臉往牆上一撞，壓緊──

尚勇：你跟Kink不是很熟嗎，不是去偷拍？我都打聽過了，每個禮拜你都去

　　　　聽歌嘛！你跟鄭嘉儀搭訕過，還有人證說你動手推她。

　　　△建和聽到Kink，臉上表情微微變化，但尚勇背對，沒看見。

建和：我根本……根本不知道你說的是誰……

尚勇：你還裝！

　　　△尚勇再次抓起建和的頭要往牆摃——

__允慧OS：你幹嘛！__

　　　△尚勇動作一頓，回頭看去。

　　　△一個女人手裡提著一袋水果趕來，是允慧。

允慧：放開他！不然我要報警了。

尚勇：你沒看電視嗎？我就是警察，那個女兒被綁，被逼著向凶手道歉的沒用警察！

　　　△允慧真的拿出手機，尚勇把建和往地上扔。

尚勇：幫這種人說話以前，你最好問問他那些夜店失蹤的女孩子都到哪去了。

　　　△允慧此刻終於看清是尚勇，錯愕。

　　　△尚勇啐了一口口水在地，離去。

25. 內　允慧建和家／夜店（回憶）　夜

　　　△允慧把泡在臉盆熱水裡的毛巾拿起，擰乾對折，敷著建和受傷的臉。

允慧：你跟剛剛那個警察認識？

　　　△建和搖搖頭。

允慧：他剛才說夜店失蹤的女孩子，是怎麼回事？

　　　△建和避開允慧眼神，想起。

　　　△INS新拍回憶。夜店——

　　　△嘉儀靠近建和，好奇的眼神盯著建和傷疤，想靠近看。

　　　△建和一慌，伸手推了嘉儀一把。

　　　△回現時。

建和：我只是做我的工作……去夜店拍點素材，他和檢察官來電視臺問話那時候，就已經很不客氣了。

　　　△允慧想了想，兜起來。

允慧：去電視臺找你問話？為什麼找你問話？你說的檢察官是郭曉其嗎？

　　　△建和點點頭。

允慧：這麼嚴重的事你怎麼都沒告訴我？

建和：（心虛）你不用擔心我。

允慧：你都被打傷了，怎麼可以這樣就算了。我明天就去弄清楚是怎麼回事。

　　　△建和沒有回應。

　　　△允慧因此更是滿臉擔憂。

26. 內　專案小組　日

　　　△大超將一份案卷交給曉其。

大超：郭檢你看，TNB的胡建和果然有問題。

　　　△曉其打開，見到裡面是建和的檔案。

大超：他當時未成年所以紀錄銷掉了，花了不少時間才在少年犯資料庫找到。

　　　△曉其看著檔案，納悶。

曉其：誰叫你查他的？

　　　△大超遲疑，曉其一眼就看穿……

曉其：尚勇叫你查的？

　　　△大超尷尬承認。

大超：勇哥去電視臺之後就說這個人一定有前科，而且很可能是未成年所以找不
　　　到記錄，勇哥真的很神。加上昨天鄭嘉儀朋友的筆錄也說那晚有被胡建和
　　　搭訕，他的嫌疑很大！

　　　△曉其將案卷還給大超。

曉其：這是先射箭再畫靶。

　　　△大超為難。

大超：檢座，你先看一眼，我跟你保證這不是亂弄一通。

　　　△曉其遲疑，終於接過案卷，打開審閱，驚訝。

　　　△卷宗內是一個國中女孩的驗傷照，女孩窒息昏迷，臉部骨折、浮腫、上衣
　　　滿是血跡。

　　　△女子臉上竟然與怡君的屍體有一樣的紅色淚滴妝容。

大超：是不是？

曉其：這份資料我會納入考量，你去把相關人等資料都找出來。

大超：是。

　　　△大超欲走，曉其叫住。

曉其：我知道尚勇是你師父，但你要是再擅自跟尚勇透露案情進展，我就要公事
　　　公辦了。

△一個刑警，**楊文愷（四十五歲）**，來到曉其旁，敬禮。

文愷：高德分局第二偵查隊小隊長楊文愷報到，老闆叫我過來交接勇哥。

　　△曉其看看文愷，對大超示意。

曉其：帶小隊長去熟悉一下專案小組。

　　△大超帶著文愷轉身離開。

　　△曉其凝神翻看著大超給的建和資料，手機響起，曉其接聽。

27. 外　高德分局外　日

　　△曉其走出，見到允慧，察覺她和平常不同。

允慧：你們專案小組的林警官把建和當嫌犯，跟蹤他還打傷他，你知道嗎？

　　△曉其錯愕。

曉其：我不知道，建和還好嗎？

允慧：你要找的凶手是個控制狂，我弟弟就不是這樣的人。

曉其：警方查到建和在國中的時候，曾經對一個叫李筱琳的女孩施暴。我看了那
　　　個女孩的驗傷照，臉上有和連續殺人案死者一樣用口紅畫的標記。

　　△允慧嘆氣。

允慧：那件事跟建和無關！他那時候只有十五歲，警察一口咬定是他做的，把他
　　　逼到回家後有一個星期完全沒開口說過話。不管我怎麼問，建和就是不肯
　　　講。

　　△允慧看著曉其，露出請求的神情。

允慧：曉其，拜託，當年傷害李筱琳的人絕對不是建和，他更不可能殺人。

曉其：證據到哪裡，我就得查到哪裡。我還是會以關係人名義傳喚建和。林警官
　　　打傷建和的事，我會處理。

　　△允慧的眼神變得失望。

允慧：不用了，我們這次不會對林警官提出告訴，我會幫建和找律師，不會再讓
　　　他受傷害。

　　△允慧離。

　　△稍遠處，大超和文愷叼著菸走出來，幫對方點菸，大超轉頭，遠遠看到允
　　　慧和曉其。

28. 內　地下室沙發區／沖洗區／走道　夜

　　△地下室，一個男性背影剛穿上褲子，裸著上身，發出沉重的呼吸聲。

△男性隨手抹掉身上的汗，離開眼前的沙發區，而剛被他侵犯過的子晴正意
　識模糊的倒在沙發上。

△倒在地上的彤妹從沖洗區戒備著探出頭，確認男性離開的背影……

△沖洗區，傷痕累累的彤妹雙手仍被反銬，她用力舉起雙腿，纏繞著雙腿的
　膠布已經快要鬆開。彤妹利用洗手臺下方的水管以及牆角等位置用力磨。

△膠布終於斷開，彤妹再次確認沙發區沒威脅了，掙扎起身。

彤妹：（輕聲）子晴！

△沙發區，子晴緊閉雙眼，身體還在顫抖抽搐。

△彤妹悄悄靠近走道，觀察著環境。

△主觀視線：走道上一間房門半掩，裡面傳來微弱的聲響，像電視節目。

△彤妹快步回到沙發旁，俯身下去用手肘搖動子晴。

彤妹：（輕聲）子晴！

△子晴看著彤妹，但仍在害怕痛苦的情緒中。

△彤妹反手拉著虛弱的子晴快步走，子晴驚恐的猶疑著，亦步亦趨。

△房間依稀還可以聽見微弱聲音……

△彤妹無聲攙扶子晴靠近房間門口，安全通過。

△彤妹感到希望。

△子晴卻是愈來愈惶恐。

△二人接近往樓上的階梯口。

△子晴突然放聲大喊——

子晴：（哭喊）要去哪裡？我不要去！救我！讓我回家！！！我要回家！！！！！

△走道上猛地傳來開門聲，腳步聲伴隨著快速接近。

△彤妹趕緊要逃。

△凶手快速伸手把兩人拉回來，扔在地上。

△彤妹、子晴驚恐。

△凶手伸手往彤妹的脖子掐。子晴尖叫。

△凶手喘著氣，回頭——

△凶手是嘉文。

29. 內／外　尚勇車上／TNB攝影棚／TNB副控室／專案小組辦公室／松延公園　夜

△夜店對面，小發財車擺的宵夜攤，尚勇邊盯梢，邊從老闆手中接過涼水。

△小電視上正播著雅慈的節目。

　　△電視畫面，雅慈正在總結內容。

雅慈VO：今天我們邀請的專家，大膽剖析了凶手的心理與行凶動機。無論如何，這一連串囂張的行為，某種程度都反映了我們社會的潛在問題……

　　△鏡跳專案小組辦公室，曉其看著線索白板思索，一旁電視播放著雅慈的節目。

雅慈VO：連續殺人案發展至今，經過了斷掌、棄屍、綁架警眷、要求道歉等逐漸加劇的發展。接下來，我們會開放call in，請分享一下你對最近事件的看法，我們的社會到底出了什麼問題。

　　△曉其不經意看了眼電視，雅慈正對攝影機做出接聽call in手勢。

雅慈VO：我們接聽第一位觀眾的來電，您好，請問您是？

　　△電話那端沒有聲音。

雅慈VO：您在線上了喔，有什麼要跟我們分享的嗎？

凶手VO：（變聲）怎麼樣，我給你們製造很多樂趣吧。上次來的那位檢察官，我一直在等你的消息，你到底開始追蹤我了沒？

　　△電視畫面：雅慈訝異，但仍維持專業鎮定。

　　△宵夜攤，尚勇拿出手機撥號。

　　△專案小組，曉其接起手機。

曉其：我正在看，已經部署追蹤了！

　　△曉其看著電視，掛線後又立刻撥號。

　　△攝影棚，凶手的聲音彷彿迴盪棚內，氣氛凝重。

雅慈：既然你打進來了，我想代表在場專家和我們電視機前的觀眾問一個問題，從斷掌開始這些事件，如果都是你做的，你的訴求到底是什麼？

凶手VO：（變聲）你真的想知道？

　　△鏡跳副控室，大超拿著手機衝進副控室──

大超：是！郭檢，電信公司正在鎖定發話位置中，我跟他們連線。

　　△永坤也趕到。大超一邊播打電信公司、電話一邊看向永坤。

大超：訊號追蹤中，請姚主播儘量爭取時間！

凶手VO：（變聲）因為我比起你請來的那些名嘴更關心社會，關心家屬啊。

　　△攝影棚，凶手說著笑了起來。雅慈按捺情緒。

　　△副控室，永坤向導播使了個眼色，靠近導播控臺上的麥克風講話。

永坤：雅慈，警察在監聽追蹤了，盡量拖延時間。

　　△永坤神情緊張。

△攝影棚，雅慈轉換話題。

雅慈：今天這個所謂連續殺人案，大家都感受到你的與眾不同，但是我也很想知道，你選擇綁架警察的女兒，林羽彤的行動和前面你綁架控制的那些女孩子目的是一致的嗎？你一定有看專家來賓對你的分析吧，有話要說嗎？

凶手VO：（變聲）說說說，我只是要提醒你們，那個廢物警察的女兒還在我手上，我叫你道歉，你他媽跟女兒真情告白。那個郭曉其檢察官不是說要抓我？不是說我玩完了？很嗆嘛，你當遊戲是你說了算？

△專案小組，曉其聽見凶手對自己喊話。

凶手VO：（變聲）叫你們乖乖照做，一個個在那邊機機歪歪，不信我會再殺一個是吧？女人就跟流浪狗一樣，滿街隨便抓都有，要玩大家來玩！敢不敢？

△攝影棚，雅慈聽見仇女言論，臉上的專業表情逐漸消退，微慍。

雅慈：你說檢警沒有照你的指示你就會殺人，但我們知道秦怡君被發現的時候已經死亡多時，馬義男主委依照了你的指示，你有說話算話嗎？你也只是一個沒有原則的罪犯而已，那我們跟你講什麼道理呢。

△電話那端沉默了一下，突然大聲怒罵——

凶手VO：（變聲）賤女人！不要自作聰明！

△分局外，曉其快步走出，上車駛離。

△攝影棚，雅慈隱忍憤怒，對著鏡頭振振有詞。

雅慈：你的說法，都只是為了卸責給警方，誤導觀眾。但真正應該為死者負責的，還是犯下殘酷殺人罪行的你，不是嗎？

凶手VO：（變聲）賤貨，沒被我幹過，你自以為很邱是不是，你想要再死人我就殺給你看！

△雅慈越來越難掩飾怒氣。

△副控室，永坤透過導播臺上的麥克風跟雅慈喊話。

永坤：（對彼端）雅慈！不要跟他吵！

△攝影棚，雅慈對永坤的喝止恍若未聞。

雅慈：你一直打到電視臺，是不是想被關注，但又沒其他本事？你在平常生活裡是一個沒人在意的無名小卒吧？你只對女性下手，因為你也只有本事欺負弱小，說穿了，你不過是一個無能無用也無存在感的社會寄生蟲。

△電話彼端又沉默了一下，片刻，傳來森然的笑聲。

△整個攝影棚就這麼聽著凶手的笑聲，直到他開口——

<u>凶手VO</u>：（變聲）姚雅慈，你說得很過癮，夠了，我不會再打來這個爛節目讓你們賺收視率了，附上我的伴手禮，那個檢察官，快點帶著廢物爸爸去大象溜滑梯找女兒吧。掰掰！

△電話被切斷。

△副控室，大超掛下電話後立刻又撥出。

大超：郭檢！訊號追蹤到了！

△鏡跳公園，大象溜滑梯旁，一隻手掛掉手機，輕蔑的一笑，離開。

△夜店外，車上，尚勇疲倦地盯哨夜店門口，車內擺著無線電截聽著警用頻道。

<u>員警甲VO</u>：九洞兩收到收到，已經移交給交通了。

<u>員警乙VO</u>：指揮中心呼叫。疑似目標在節目中來電對被害人父親恐嚇。發話位置確認中。請主播爭取一點時間。

△尚勇一凜。坐直起來。

<u>員警丙VO</u>：三拐六收到。已告知電視臺處理。

<u>員警乙VO</u>：目標在通話內容中提及「大象的溜滑梯」，指揮中心請各轄區回報鄰近公園動態。重複，目標在通話內容中提及「大象的溜滑梯」，請各轄區回報公園動態……

△無線電繼續進行著。尚勇已發動車輛駛離原地。

30. 外　街頭連公園　夜

△曉其邊聽電話邊開車。

<u>大超VO</u>：目標發話位置靠近金陽街一段，他最後在電視上要我們去大象溜滑梯找人，這一帶最靠近的溜滑梯是在松延公園……

△曉其的車在路邊急煞，曉其拿著手機衝下車，連車門都沒關。

△尚勇開車趕往公園。

31. 外　公園／巷弄　夜

△曉其開車停至公園旁急忙下車。

△忽然有一人影從公園處跑出。

△曉其快步跟上追逐人影。

△人影發現曉其更加快腳步隱沒入轉角，曉其繼續追。

△曉其追接近人影，突然一臺車開來，阻擋於曉其與人影之間。

　　△車上的人是尚勇。

曉其：林尚勇！

　　△人影跌了一下又隨即起身逃跑。

　　△尚勇下車，他立馬追逐人影，曉其在後趕上。

　　△尚勇與人影只差一步距離，此時三人追逐到靠近溜滑梯處。

　　△尚勇注意到溜滑梯頂處有一白色似人形物體，他腳步漸漸停下，慢慢走向
　　　溜滑梯。

　　△曉其繼續直追人影。

　　△人影跑出巷口，一輛警車快速開來，人影趴倒在車上。

　　△溜滑梯上披掛著白布的不明物體，似乎有聲音發出來，是手機的鬧鈴聲。

　　△尚勇臉色發白，緩緩向前，一步步的走上溜滑梯。

　　　　　　　　　　　　　　　　　　　　　　　　　　　　第四集，結束。

第五集

序　外　公園／大象溜滑梯　日
　　△尚勇在公園四處奔跑張望，慌亂尋找彤妹。
尚勇：彤妹？彤妹？
　　△尚勇看見一個小女孩獨自玩著遊樂設施，他匆匆跑了過去。
尚勇：彤妹！
　　△女孩回頭，尚勇發現自己認錯人。
尚勇：抱歉，我認錯人……
　　△尚勇在公園到處尋找張望，最後終於看見彤妹蜷縮在溜滑梯底下哭。
　　△尚勇跑向彤妹。
彤妹：爸爸為什麼把我丟在這裡？……我以為你不要我了，以為我再也見不到你
　　　了……嗚嗚……
尚勇：對不起，爸爸抓壞人忘了時間。
　　△彤妹哭著用小手搥尚勇，尚勇不捨地把彤妹抱進懷裡。
　　△彤妹在尚勇肩膀上大哭。
尚勇：對不起對不起，都是爸爸的錯，爸爸跟彤妹道歉，爸爸壞壞。
　　△尚勇用手拍打自己臉頰道歉，彤妹連忙握住尚勇的手。
尚勇：爸爸以後都跟彤妹在一起，一直牽著手，保護彤妹好嗎？
　　△彤妹吸吸鼻子止住哭，尚勇擦掉彤妹臉上的淚痕。
尚勇：不哭了，爸爸買冰淇淋，彤妹不生氣了。
　　△彤妹點點頭，終於破涕為笑。
彤妹：要很多很多口味！
　　△尚勇摸摸彤妹的頭笑出來，牽著彤妹的手走遠。
尚勇OS：好，所有的口味我們都買—
　　△鏡轉，溜滑梯上，彤妹開心吃著疊了各種顏色的把噗，尚勇拿著紙巾替彤
　　　妹擦嘴。
彤妹：爸爸也吃一口……

△形妹遞把噗餵尚勇，尚勇微笑吃了一口，父女倆有說有笑地分食。

進片頭「模仿犯」

1. 外　公園／大象溜滑梯　夜
△續前集，人影撞在引擎蓋上。
△曉其從後方趕來，一把將人影翻過來，掀開他的帽子。
△大超衝下車，舉槍。

大超：（斥）手舉高！蹲下！
△男子瞬間不敢動。其餘警力也紛紛包圍上來。
△男子嚇得高舉雙手跪下。

男子：我投降！對不起！對不起！

曉其：你在公園幹什麼？
△帽子男從懷中拿出一張報紙。

男子：今天下午有人塞給我一千塊，要我晚上十點把這張放在溜滑梯，但突然你
　　　跑過來，我緊張就開始跑。
△曉其一看，是自己嗆凶手上新聞的頭版，有自己的照片。

曉其：大超，接手。問清楚誰雇他的。沒有我同意，誰都不能把他帶走。
△曉其跑回大象溜滑梯，看到尚勇正沿著樓梯一步步向上走……
△溜滑梯上，染上血跡的人形白布裡不斷傳出手機鬧鈴聲。
△尚勇顫抖著，緩緩揭開白布。
△從下往上，屍體跪坐著的雙腿爬滿乾涸的血液，拇指銬扣住的雙手中被塞
　　　進手機，鬧鈴聲持續鳴叫。
△曉其滿身塵土，看著尚勇的動作。等待接受結果。
△警方人員紛紛趕至，將溜滑梯包圍住。
△尚勇認出形妹手機，將白布完全掀開，一個人頭突然落下。
△人頭從樓梯滾下，落在地上。
△尚勇與曉其看去——
△那不是形妹的人頭。
△尚勇鬆了一口氣，卻再也無力支撐身體，癱軟一坐，痛哭。
△無頭屍身跪坐著，鬧鈴聲仍然在鳴叫。

2. 外　公園　夜

△ 遠遠可看見封鎖線已拉起，記者圍在封鎖線外拍照，試圖訪問管理秩序的警察。

△ 文愷與大超正跟曉其報告。

文愷：死者是女性，身分還沒確定，雙手完好，不是斷掌的主人鄭嘉儀，遺體頭顱可以看到臉上也用口紅畫了淚滴。

大超：手機確認是彤妹的手機，已經與遺體一同送驗。

文愷：我去指揮清查附近住戶還有商家，看有沒有人目擊到凶手。

△ 文愷轉身離，大超看向頹坐警車旁地上低垂著頭的尚勇。

△ 大超上前低聲跟曉其報告。

大超：郭檢，我剛剛問了那個在公園抓到的人，結果……

△ 警車旁，尚勇看見大超跟曉其說了些什麼。

△ 曉其沉重，點點頭。

△ 曉其走到警車旁，看著尚勇。

△ 尚勇手裡握著整包菸和打火機，顫抖。

尚勇：我在夜店見過她，她是彤妹的朋友。

曉其：好，我會派人去查她的身份。

△ 尚勇依舊不停顫抖。

尚勇：你有追到剛剛那個人嗎？

△ 曉其遲疑了一下。

曉其：他下午被人雇來放這個。

△ 曉其遞出自己的剪報。

△ 尚勇看了，立刻抬頭看曉其。

曉其：他說，給他錢的人戴著墨鏡和口罩，身材中等。沒什麼可用的線索。

尚勇：所以這一切，他早就計劃好了……那現在我們該怎麼辦？彤妹到底會在哪裡？

△ 尚勇六神無主，抬頭望向曉其，憔悴絕望。

△ 曉其無從回答，亦難受。

3. 外連內　嘉文租屋處　夜

△ 建和著急的按著門鈴。

△ 過了一會，嘉文打開門。

　　△嘉文穿著汗衫，手裡拿著把鐵撬，看到建和臉上帶著傷，詫異。

嘉文：誰他媽又欺負你？

建和：有警察來找我。

　　△建和一臉緊張，嘉文一副不在乎模樣。

嘉文：進來再說。

　　△開放格局，冰箱、廚房一應俱全，電視正播放著新聞。

<u>育修VO</u>：<u>死者陳屍在公園溜滑梯上，身首分離，可見歹徒手段相當殘忍。現在</u>
　　　　<u>這些女性失蹤遇害的原因成了大眾熱議的焦點，根據了解，她們最後被人</u>
　　　　<u>注意到的地點都是知名夜店，私下的生活也引起了許多討論。本市家長聯</u>
　　　　<u>合會也特別公開呼籲，女孩要避免穿著暴露，出入複雜場所，懂得潔身自</u>
　　　　<u>愛，保護自己……</u>

　　△建和邊走進門，邊猶疑的看看新聞畫面，又看看嘉文。

　　△牆壁上有座被拆了一部份的櫥櫃，地上有一落落的CD與黑膠。

　　△嘉文重重關上了其中一面櫃子的門，轉身向建和。

嘉文：你說警察來找你，他們還打你喔？

建和：就新聞鬧很大那個警察啊，他說我去Kink聽歌的時候，失蹤的女生也都
　　　去了，所以懷疑我跟他女兒失蹤有關。

嘉文：這樣就可以打人？如果我是你就告死他。

建和：重點不是告不告他，我問你，你今天晚上人在哪？

　　△嘉文看著建和，思索片刻。

嘉文：你管我。

建和：我是說真的啦！

　　△嘉文動了動眉毛，輕描淡寫的回答。

嘉文：就在家啊，要拆櫃子換新的。

　　△嘉文拿起手上的鐵撬，指著原先的櫃子。

嘉文：音樂收藏太多都壓到變形了。

　　△建和跟著看看櫃子，又看嘉文。

建和：真的？

嘉文：愛信不信隨便你。到底沒事跑來找我問這些幹嘛？

建和：其實，那個凶手打到電視臺來，兩次都是我接的。

　　△電視播出凶手call in的聲音。

<u>凶手VO</u>：（變聲）說說說，我只是要提醒你們，那個廢物警察的女兒還在我手

上，我叫你道歉，你他媽跟女兒真情告白。那個郭曉其檢察官不是說要抓我？不是說我玩完了？很嗆嘛，你當遊戲是你說了算？

△建和說完，觀察著嘉文的反應。

△嘉文卻只是一臉無關緊要。

嘉文：這麼剛好喔。

△建和對於接下來要說的話有點忐忑，強鼓起勇氣。

建和：他講話口氣給我一種熟悉感⋯⋯

△嘉文關了電視。

嘉文：你今天到底發什麼神經？

建和：我就只是覺得怪怪的，想當面問你，那些女生失蹤跟你沒有關係吧？

△嘉文一臉莫名，把鐵撬扔開，嘆了口氣。

嘉文：真的是發神經。你看看這個房間，那些女人能藏哪？

△嘉文一個個打開房間裡的壁櫥，隨意翻動掛在沙發上的衣服。

嘉文：你看啊，要藏哪？你愛搜自己慢慢搜。

建和：所以不是你？

△嘉文回望建和認真的眼神，伸手勾他肩膀，表情認真。

嘉文：不是我。

建和：不是就好，那我走了。

△建和終於略有放鬆，轉頭就要往外走。

建和：抱歉，剛剛一衝動就跑過來。

嘉文：喂。

△建和駐足，嘉文跟了過去，陪他一起走到門口。

嘉文：你幹嘛神經兮兮的，那些女人的死活干你屁事啊？

建和：沒有啦，我現在放心了。

嘉文：如果你真的懷疑我，直接去跟警察說，不用來問我了好不好。

建和：不行！

△建和突然嚴肅的看著嘉文。

建和：我不想懷疑你，認識這麼久，只要你當面跟我說清楚，我當然相信你。

嘉文：那如果真的是我呢？

△建和一愣，盯著嘉文仔細思考。

建和：我想先知道你為什麼要這麼做，再陪你去自首。

△嘉文一愣，笑笑，把建和推出門，關上。

△嘉文微微動容，但他搖搖頭，回復原本的神情。

4. 新聞畫面（外　殯儀館外／松延公園／TNB新聞棚　日）

△DTV新聞畫面：被記者包圍的子晴家人抱著遺照由警察護送離開。

<u>DTV主播VO</u>：<u>凶手昨晚在友臺的直播節目被主播姚雅慈激怒，憤而宣示殺人，警方隨即在松延公園找到最新的受害者遺體，專案小組確認死者身份是今年20歲的袁姓女子。</u>

△YBS新聞畫面：大象溜滑梯畫面。

<u>YBS主播VO</u>：<u>受害者生前在松延市東區的服飾店打工。家人表示袁姓女子平時甚少與家中聯絡，最後一次來電為四十多天前……</u>

△TNB新聞畫面：育修播報中搭配公園溜滑梯圍起封鎖線畫面（時序為本集S2）。

<u>育修VO</u>：<u>袁姓女子的父母認屍時當場崩潰，接受採訪時表示，他們一向對獨立自主的女兒很放心，認為她在松延市發展得很好，沒有想到女兒被發現時竟然已成為一具冰冷的遺體。</u>

5. 內　允慧家　夜

△續上場，電視畫面是育修以及身旁秀出的淚痕模擬圖：女孩的眼角下有紅色淚痕。

<u>育修VO</u>：<u>根據可靠消息指出，袁姓女子的眼睛下方畫有紅色淚痕的記號，與先前秦姓女子一案相同，遺體身上更有多處遭到凌虐與侵犯的痕跡。歹徒針對女性被害人慘無人道的冷血作為，使得松延市居民對女性的人身安全擔憂升到最高點。</u>

△允慧端出一鍋豐盛火鍋到桌上。

△建和拿碗先幫允慧盛好菜。接著才盛起自己的份。

允慧：慢慢吃。

△允慧拿起遙控器關了電視。卻看建和沒動筷。

允慧：傷口還很痛？

△建和注意到姊姊憂心的表情。

建和：沒事啦，他也只是心急想找女兒。

△允慧憂心放下碗筷，認真地看著建和。

允慧：你是這樣想，但不是每個人都是這樣。建和，我不希望你跟連續殺人案扯

上任何關係，所以我想好好跟你說清楚一件事。

建和：什麼？

允慧：曉其跟我說警方查到李筱琳那個案子（建和反應）她臉上有跟這次連續殺
　　　人案被害者一樣的口紅妝。

　　△建和聽了，愣住，猶豫。

允慧：建和，那天究竟發生了什麼事？

建和：我昏倒醒來，就看到她已經躺在地上了。其他的我全都不記得了。

允慧：除了李筱琳，那天沒有其他人在現場嗎？

　　△建和一瞬間眼神遲疑了。腦袋裡閃過當時的聲音──

國中嘉文VO：怎麼啦？在玩什麼？讓我也參一咖？

　　△允慧注意到了建和的反應。

建和：沒有。

　　△建和說完，沉默的低下頭，不再回應。

6. 內　校園一角（憶）／警局（憶）　夜

　　△國中建和的頭被壓入水中，連眼睛都來不及閉上。

　　△校園一角，國中建和被兩個男生（德慶、昭翰）緊壓入水，不停掙扎。

　　△李筱琳與另一名女生（芳欣），兩人看著建和，一臉興奮。

筱琳：看他可以撐多久？咦？你們剛剛有讓他先吸一口氣嗎？

　　△國中建和被埋在水中，逐漸窒息，眼神失焦。

　　△壓著國中建和頭的德慶與昭翰發現建和身體開始癱軟，對看一眼。

芳欣：他不行了嗎？

　　△德慶猛地把國中建和拉出水面，看到他意識模糊，虛脫。

德慶：幹，玩出事了。

筱琳：還沒啦！哪那麼容易死。

　　△德慶與昭翰無意久留，先後離開。芳欣也嚇壞跟著跑了。

筱琳：欸你們！遜耶！

　　△筱琳蹲下，甩了建和幾巴掌。

筱琳：不要裝死，起來喔你！

國中嘉文VO：怎麼啦？在玩什麼？讓我也參一咖？

　　△國中建和朦朧間似乎看到人影晃動，昏迷。

　　△警局，制服警員將李筱琳的照片放在桌上，照片中的筱琳臉上都是傷，失

去意識，雙眼的下方被塗上紅色的淚痕。

警員：把人弄到半死不活了，你還不認？你說，為什麼要畫這樣？

　　△國中建和無辜地搖搖頭，刑警怒拍桌，甩了另一張照片在桌上。

警員：臉部骨折、窒息昏迷，你下手這麼重，還去畫人家的臉，你到底有什麼毛病！

　　△國中建和睜睜看著桌面上的驗傷照，不敢置信。

　　△警員更加兇狠的給了國中建和一巴掌。

警員：不講話，很跩啊？你不要以為你未成年我就不會動你！年紀小小就這麼殘忍！

　　△國中建和臉上帶著紅腫，雙眼仍直視照片，不停顫抖，眼淚開始往下掉。

　　△下一場，機車引擎聲先in——

7. 外　道路連橋梁／國中操場（憶）　夜

　　△建和騎著機車奔馳在道路上，似要逃離背後的過去。

　　△片刻，建和車速減慢，他把車停在橋上，表情痛苦。

　　△建和往下看著漆黑一片的河流，連續幾個深呼吸，掙扎……

　　△片刻，建和下定決心，拿出手機撥號。

　　△電話接通。

彼端VO：生命線你好！

建和：你好，我叫胡建和。不是，我沒有想自殺。是我……懷疑我的好朋友可能殺了人……我不知道該怎麼辦？我不知道要跟誰說……其實也還沒到要報警的程度，我只是想搞清楚一些心裡的疑問……

　　△INS新拍回憶：國中建和被猛地推向牆邊。

建和VO：他是我最好的朋友、小時候常常在我被欺負的時候幫我……

　　△四五個同學圍著國中建和拉住國中建和衣服，揪他頭髮。

德慶：臉爛掉很跩嗎？借摸一下你的疤會死喔？

　　△此時，國中嘉文手握竹掃把，快步過來，朝著學生們用力猛揮。

　　△學生們紛紛驚叫閃躲。

昭翰：（慌）沈嘉文你發什麼神經！

　　△國中嘉文笑著看眾人，沒有回應，又朝著他們繼續揮。

　　△有人的手臂被竹掃把末端掃到，瞬間出現數道血痕。

德慶：幹！瘋子！

△學生們後退，快步離開，國中嘉文把竹掃把朝他們扔過去。

△一個女生，芳欣，躲避不及，被竹掃把擊中，踉蹌摔倒。

△國中嘉文於是一個跨步坐在芳欣身上，揪起她頭髮，甩了一巴掌。

國中嘉文：敢欺負人就不要跑啊？

△芳欣驚嚇，劇烈掙扎！

芳欣：不要！拜託！不要這樣！

△國中嘉文看到劇烈掙扎的芳欣，突然眼神變得兇狠，雙手掐住芳欣的脖子，發力。

△芳欣痛苦掙扎，國中嘉文越掐越緊，呼吸也變得急促，他眼中的芳欣不知何時變成一個女童（編按：幻想姊姊，由身形與小嘉文相似，穿本集S22洋裝），國中嘉文更加用力。

△此時，國中建和從後方一把拉住國中嘉文——

國中建和：嘉文！她會死啦！

△國中建和阻止了國中嘉文，芳欣劇烈咳嗽，連滾帶爬的逃跑。

△國中嘉文仍失神跪坐在地。

△國中建和察覺有異，蹲下查看，發現國中嘉文怔怔看著地上。

國中建和：你怎麼了，還好嗎？

△國中嘉文好一下子才讓呼吸平緩，緩緩開口——

國中嘉文：胡建和，我問你喔。

國中建和：什麼？

△國中嘉文仍看著地上。

國中嘉文：你相信有鬼嗎？

△國中建和聽了，一愣，背脊發涼。

國中建和：沒……沒有吧。

△國中嘉文這才轉回來看國中建和。

國中嘉文：有喔。

△國中嘉文面無表情的說。

國中嘉文：我姊啊，她到現在還是常常來找我……有時候瞪我，有時候笑我……有時候，她就站在那邊看。

△看著國中嘉文認真的眼神，國中建和只能同情的回望他。

國中建和：是不是……你媽又對你怎麼了？

△國中嘉文毫不回應。

8. 內　地下室沖洗區　夜
　　△陰暗的燈光下，形妹倒在一片黏膩汙穢中，意識漸漸清醒。

嘉文OS：（吼）滾！走開！
　　△動彈不得的形妹聽見咆哮聲，往隔簾外看去。
　　△一個模糊的身影，歪歪斜斜的朝著這個方向時而低吼，時而高嚷的走來。

嘉文OS：（吼）這是我的身體！我才是沈嘉文！
　　△形妹的恐懼隨著聲音由遠而近，逐漸加深。
　　△外面安靜了片刻。
　　△突然，嘉文整個人跌進隔簾裡，猛地湊在形妹身旁。
　　△形妹嚇得失聲叫出。
　　△臉上塗了口紅淚滴的嘉文手握酒瓶，蜷縮在形妹背後，也微微發抖，瞪大
　　　眼朝著隔簾外大罵。

嘉文：操！沈嘉雯！走開！不要再跟著我了！
　　△從嘉文的視線看去，隱約出現了姊姊幻影。
　　△嘉文用力把酒瓶砸出去！酒瓶碎裂。

嘉文：（低聲）走開……不要過來……
　　△隨著嘉文的喃喃自語與喘息聲，形妹怯怯地轉頭看嘉文，也跟著他的目光
　　　看出去。
　　△隔簾外什麼東西都沒有。

9. 內　Kink夜店　夜
　　△營業中的夜店，男男女女隨音樂熱舞，氣氛正嗨。
　　△音樂聲中，舞池中突然傳來一陣喧嘩。
　　△醉醺醺的尚勇正在舞池中推開舞客。

尚勇：（嚷）滾！不要攔我！
　　△夜店經理急匆匆趕過來拉住尚勇往一旁。

經理：（苦笑）林警官，你們前前後後也來很多次了，你知道我們每次都很配合
　　　不是嗎？

尚勇：（冷冷）那就讓我進去。
　　△尚勇繼續往內走，經理又擋住。

尚勇：你們是不是心裡有鬼，所以不敢讓我進去？

經理：要是真有問題早被你們查出來了不是嗎？不然，至少給我看看搜索令？

△尚勇懶得多說，直接把經理一把推開，大步向前走到舞池邊緣。

△經理也因此不再客氣，示意兩名圍事過來。

△圍事與尚勇拉扯，尚勇出拳打倒了一個。

△舞池中熱舞的男女都驚叫錯愕，停下舞步紛紛退開。

△酒保遠遠看著，趕緊打電話報警。

△DJ臺上，居高臨下的嘉文看到了尚勇與圍事激烈打鬥，微笑。

△嘉文換了首更熱鬧的歌，拿起手邊的酒喝了一口，看著尚勇，邊笑邊隨音樂搖擺，舉手打beat。

10. 外　夜店外　夜

△警車停在路邊，警燈一下下閃動，照到尚勇垂頭喪氣的臉。

△尚勇獨坐在階梯上，曉其走近尚勇，坐在他身邊。

△尚勇發現曉其，連看他的力氣也沒有。

尚勇：（無力）我知道你要說什麼。不要衝動，不要冒險，不要知法犯法。

△曉其看著尚勇，一頭亂髮，班白的鬍渣以及滿臉的傷。

曉其：我跟夜店經理談過了，他不提告，沒事了，和解書簽一簽回家吧。

△尚勇動也不動。

△曉其站起，拍拍他。

曉其：走吧，回去處理一下傷口。

尚勇：回去？回去哪裡？每天回去打開燈，每個角落我都想到彤妹。

△尚勇忍不住落淚。

尚勇：她在客廳第一次自己站起來，在浴室上大號突然就叫了爸爸。她國小一年級，我難得有空在家，幫他房間刷油漆，她高興的說要幫我按摩……她力氣那麼小，按在我身上根本沒感覺。

△曉其第一次見到如此悲痛的尚勇，不知怎麼回應。

尚勇：可是我看著她的小手，想像這雙手會長大，想像有一天我會在牽著這雙手走進她的婚禮，那一天，我覺得自己很幸福，我第一次覺得人生有意義。郭曉其，我求你，想辦法讓彤妹回來可以嗎？

△曉其完全無法回應，只能看著尚勇。

△尚勇用手抹掉臉上的淚水，轉身一步步離開。

△曉其怔怔看著尚勇無力的背影。

11. 外／內　曉其家客廳連門外／TNB節目部辦公室　夜

<u>和平VO</u>：相信所有觀眾都非常關切連續殺人案的案情與發展，所以本節目也針對大家日益關心的治安問題而發展出了全新的專題報導。

<u>和平VO</u>：看似華麗又五光十色的城市，究竟吞噬了多少人的夢想與希望？接下來由記者路妍真為各位帶來「都會失蹤女子專題」報導。

　　△在沙發上打著瞌睡的坤哥，震了一下醒來。坤哥朦朧地張望四周。發現身上蓋著一件毯子，旁邊沙發上有曉其的公事包跟外套，他看向門邊，門虛掩著。

　　△畫面跳轉，小路一身套裝，專業的開場。

<u>小路VO</u>：根據戶政司統計，每年有數千人從故鄉移居到松延市，其中有43%是女性，她們嚮往都市生活，勇敢追求夢想與更好的工作機會。

　　△坤哥看到小路，訝。

<u>小路VO</u>：然而從某天開始，有些人突然音訊全無，成為失蹤人口，甚至遇上危險，遭到殺害。外界徹底檢討這些女性的私生活，給她們貼上貪玩不檢點的標籤，然而，真相究竟是什麼？她們究竟發生了什麼事呢？讓我們帶各位看看這些故事。

　　△坤哥聽到外面有聲音，往門外走去。一出去，看見曉其正在幫自己擦車。

坤哥：你什麼時候回來的？你進來啦！你那個朋友在電視上耶！上次那個小路。

　　△曉其沒有回應，使勁擦著車。

　　△坤哥發現曉其始終不語，臉色也凝結著。

坤哥：你這樣擦，舅媽的漆都要掉了啦。你一個檢察官，搞得自己好像服務業，服務業也要休息嘛

　　△曉其依舊沒有反應，拿起水桶向車子潑水，坤哥嘆氣，揮揮手進門了。

　　△此時，曉其手機響起。曉其猶豫片刻，伸手接聽。

<u>小路VO</u>：你在忙嗎？

　　△以下對跳曉其家外與TNB節目部。

　　△TNB節目部。小路在辦公桌前握著筆，用頭夾著電話。

<u>曉其VO</u>：沒有。

　　△曉其沉默，小路逕自把話接了下去。

小路：你有看到電視嗎，我終於讓失蹤女子專題播出了，都要謝謝你給我的鼓勵。

　　△曉其勉強打起精神。

曉其：恭喜你做到了。你讓社會大眾知道，那些受害者被殺不是因為她們做錯了
　　　什麼。
　　　△TNB節目部。小路聽出曉其無精打采，放下筆，認真拿起話筒說。
小路：你今天早下班嗎？
曉其：沒有，勇哥剛剛喝醉到Kink想找彤妹，我把他帶出來。
小路：希望彤妹沒事，如果我是被害者，當我知道有人為了我，不顧自己，只想
　　　用盡一切趕快抓到凶手，那麼我真的會很感激他，郭曉其檢察官，你很努
　　　力了。
　　　△曉其感慨。
曉其：是嗎？我怎麼覺得還不夠，謝謝你，我先去忙。

12. 內　TNB雅慈辦公室／節目部辦公室　夜
　　　△雅慈埋首文件中，一旁的電視開著。
小路VO：透過這些片段，我們希望還原這些失蹤女性在城市裡努力生存過的痕
　　　跡。不管是秦怡君、江雨萍或節目中提到的其他失蹤女性，她們和我們所
　　　有人一樣，期待實現自己的夢想，也期待成為親友眼中的驕傲。
　　　△電視機畫面：小路正做著結語。
　　　△片尾字幕：
　　　記者路妍真撰稿、製作。
　　　△畫面回到和平，和平誠懇做出結論。
和平VO：滿懷希望前往城市追尋未來的女孩們，最終以悲劇方式離開人生舞
　　　臺，徒留遺憾。我們今天帶著和受害者家屬們站在一起的心情，來到節目
　　　的尾聲。深夜社會檔案，我們明天見。
　　　△雅慈的手機響起連續幾次簡訊聲。
　　　△雅慈深呼吸，闔上文件，看了眼手機，臉色變得柔和，微笑，回覆訊息，
　　　關起電視。
　　　△節目部辦公室，雅慈揹著包包走下樓梯，看見前方還有燈光，是還在加班
　　　的小路，雅慈走去。
雅慈：還在忙啊。
　　　△小路原先低著頭猛寫，聽見雅慈聲音，一愣，猛地站起。
小路：雅慈姐？妳怎麼也忙到現在？
　　　△小路看著雅慈，連忙又回應雅慈的問題。

小路：剛看完首播，很多筆記想要趁沒忘趕快記下來。

　　　△雅慈淺淺微笑。

雅慈：呈現出來之後還不錯，用詞可以再精煉一點。

　　　△小路喜出望外，笑了。

小路：謝謝，我會修正。

雅慈：早點休息。

　　　△雅慈說完，正欲離。

小路：雅慈姐。

　　　△雅慈停步。

小路：妳那天在節目上指責凶手，後來很多人寄信又打電話來攻擊妳……妳還好嗎？

雅慈：做一個三百萬人收看的節目，怎麼可能沒人對你有意見。有一天妳也要學著消化這樣的狀況。

　　　△雅慈淡淡地說完，離開。

　　　△小路思索著雅慈說的話，轉頭看向自己的筆記。

　　　△筆記上還貼著雨萍的照片。

13. 內　小路租屋處　夜／日（憶）

　　　△小路下計程車，走路回家。

　　　△小路走進家門，打開燈。

　　　△眼前的房間突然又變回當年雨萍還在的擺設──

雨萍OS：<u>我做了沙拉在冰箱，你記得喔！</u>

　　　△以下為新拍回憶與現實交錯：

　　　△白天，雨萍揹著大背包從房間跑出來，從衣帽架拿起帽子戴上。

雨萍：陽臺的門要記得關緊，每次你出去晾衣服都忘了關，都是我去檢查關好的。

　　　△雨萍走到玄關，拍拍小路的肩膀。

　　　△小路怔怔看著雨萍，眼眶逐漸紅了。

雨萍：看你這什麼臉？一個禮拜就回來了啦，等我的禮物！

　　　△雨萍穿上鞋，對小路一笑。

雨萍：不要太想我喔！掰掰。

　　　△雨萍輕巧的走出家門。

△回現時，小路仍怔怔看著空無一人的房間，已回到如今的擺設。

小路：掰掰。

14. 外　街道　夜

△尚勇六神無主的走在街道上。

△路上有下班趕著回家的行人，也有正要出門玩樂的青年。

△尚勇愴然頹唐的身影，顯得孤寂落寞。

15. 內　南清宮內　夜

△義男騎著機車回到寶慶宮，把車停好。

△義男提著重重的大帆布袋走進，吃力的往茶桌一放。

△義男靠坐在椅子扶手上，喘了喘，打開帆布袋。

△先拿出帆布袋裡的便當盒與水壺，放在洗碗槽。

△再拿出塑膠袋包著的淑琴髒衣服，丟進洗衣籃。

△義男折起帆布袋，放到茶几下方，吃力的站起。

△義男往房間走，邊捏著肩膀，順便撕下痠痛藥膏。

△房間燈打開，義男坐在板凳上，背影看起來有點落寞。

△義男的眼前有張摺疊桌，怡君的靈位與骨灰都放在上面。

△義男看著眼前一切，沉思。

16. 內　專案小組　日

△文愷投影，雨萍、怡君、子晴屍檢照，臉上被畫上淚滴圖案。再對照另外一張口紅證物照。

文愷：鑑識科化驗比對的結果，秦怡君與袁子晴屍體臉上的紅色痕跡是來自同一款口紅。確認是ECHO品牌的產品，色號999，一九五三年經典款。

△文愷關掉投影，開燈。

△坐在後方打瞌睡的大超被燈光驚醒，一臉倦容。

△文愷不滿。

文愷：下班不休息一直在外面轉，你以為這樣就找得到人嗎？

大超：對不起，我只是希望能趕快幫勇哥找到彤妹而已。

△曉其聽見，不忍苛責。

曉其：我們都很想找到彤妹，但時間有限，力氣得用在對的地方。（對文愷）松

延公園周邊都盤查過了嗎？
文愷：附近住戶跟商家都問過了，大部分的人當晚都在看姚雅慈的節目。沒人出
　　　來公園。
曉其：目標打從一開始就挑中 TNB 下手，似乎不只是因為 TNB 收視率最高那麼
　　　單純。
大超：所以說胡建和涉嫌的可能性無法排除啊。他接到凶手兩次電話耶！而且我
　　　去查過了，袁子晴被棄屍當天他也沒有去上班。哪有那麼巧的？
　　　△大超拿出李筱琳案的資料。
大超：而且他國中弄的這個李筱琳，臉上留下的紅色痕跡明明就跟這幾個被害人
　　　一樣啊！
　　　△曉其思索片刻。
曉其：那已經是十幾年前的事了，沒了解清楚之前不能妄下定論，聯繫李筱琳的
　　　療養院，我們去一趟。
大超：是。
　　　△大超拿起電話要播。
　　　△曉其繼續交辦文愷工作。
曉其：去查一下胡建和近半年通聯和出勤紀錄，看看跟彤妹和幾個被害人有沒有
　　　關聯。
文愷：是
　　　△片刻，大超神色凝重的掛掉電話。
大超：郭檢，李筱琳自殺了！
　　　△眾人錯愕。

17. 內　療養院走廊連筱琳房間　日

　　　△位於偏僻郊區的療養院，被自然環境所包圍。
　　　△走廊上可看見幾名精神病人，曉其跟著大超來到某個房間。
大超：你要的探訪紀錄他們等等會拿來。
　　　△李筱琳的遺物已經一項項被放在書桌上，曉其前去檢視。
大超：主任說她一直都很安靜，算是狀態特別好的院生。
　　　△曉其翻閱著筱琳的繪畫本，一些簡單的色塊。
大超：但最近她變得有點浮躁，院方注意到之後有請諮商師排時間過來，沒想到
　　　還沒等到諮商師來，她就先出事了。

曉其：待了這麼久都好好的，為什麼最近狀態會開始浮躁，具體的時間軸，記得
　　　整理好。

　　　△曉其繼續翻看手上的繪畫本，一愣。

　　　△一整頁密密麻麻的用蠟筆畫的紅色線條。

　　　△曉其又翻了翻，好幾頁一樣的紅色線條還交雜著「恨」、「死」之類的字。

　　　△大超轉身環視四周。

大超：院方說她的私人物品跟環境都整理過了，只有這些東西。

　　　△曉其放下繪畫本，觀察室內環境。

　　　△看著床腳邊緣斑駁的痕跡，曉其走近，蹲下在床邊。

曉其：她在這裡住了十多年。這床板看上去從來沒換過。甚至更久了。

大超：當警察最難過的就是常常得看到這些對自己無能為力的可憐人。

　　　△曉其注意到床包過小，勉強地鋪在床墊上，輕輕掀起一角，看床墊周圍也
　　　　有使用痕跡。大超也跟著看過去。

曉其：床墊掀起來看看。

　　　△大超與曉其合力把搬起床墊靠在牆邊，突然發現什麼。

　　　△床板上用麥克筆密密麻麻寫著字。

　　　△上前仔細看，上面寫滿了：

　　　沈嘉文

18. 外　曉其車上　日

　　　△曉其開著車往市郊道路。

　　　△紅燈。

　　　△曉其翻看放在副駕座的李筱琳探訪紀錄。

　　　△每隔幾行，就會出現胡建和的名字。

　　　△曉其皺眉思索。

　　　△手機響起，曉其接聽——

文愷VO：<u>郭檢，從胡建和跟李筱琳的資料去比對，他們的國中同學確實有個人
　　　叫做沈嘉文。</u>

曉其（對彼端）：給我他的地址。

　　　△綠燈，曉其車駛離。

19. 外連內　嘉文老家　日

△曉其下車，先觀察了一下周遭環境，地處僻靜，人跡罕至。

△電鈴聲響，曉其來到嘉文老家門口，按電鈴。

△院子裡的植栽疏於照顧，導致有的枯黃有的繁雜，也有的盛開。

△曉其坐在嘉文家客廳，環顧四週，美觀而整潔。電視櫃上擺著母女子合照，和幾張孩童盛裝的照片。

△嘉文母親優雅地泡茶，端一杯給曉其，曉其沒有喝，道謝後放下。

嘉文母：請問找嘉雯有什麼事嗎？

曉其：我們之前在工作上認識，有點業務想跟他談合作。

嘉文母：這樣啊，但是嘉雯開始上班之後就搬出去了，住在市區。你要他的聯絡方式嗎？我抄給你。

曉其：麻煩了。

△嘉文母拿出便條紙，書寫。

曉其：再請問一下，那你記不記得，嘉文有一個叫胡建和的朋友？

△嘉文母停筆，撕下便條，折起交給曉其，思考片刻。

嘉文母：姓胡的朋友？我不清楚，我女兒跟誰交朋友我不清楚。

△曉其聽到女兒二字，神情微變。

△嘉文母一邊拿起杯子，喝了一口茶，跟著把茶杯放下。

△曉其注意到茶杯杯緣的口紅印，同時也發現了嘉文母旁邊的小茶几上放著一條熟悉的口紅（本集S16專案小組文愷報告的口紅型號）。

曉其：女兒？女兒跟你住一起嗎？

△嘉文母搖頭。

嘉文母：剛剛說過啦！嘉雯開始上班之後就搬出去了，住在市區。

△嘉文母對曉其深長的微笑，直視他，不說話。

曉其：打擾了，謝謝你給我嘉文的連絡方式。

△曉其起身欲離。

嘉文母：別急著走呀，難得有人陪我聊天。你再坐會兒，我去切水果。

△嘉文母逕自往後走，穿過隔簾。

嘉文母OS：客人來沒有招待，怎麼可以呢！（斥）沒有規矩！

曉其：沈媽媽不用麻煩了！

△嘉文母沒有回應，曉其聽見隔簾後方傳來水聲。

△曉其打開嘉文母寫的紙條，裡面只有一團凌亂的線條。

△曉其起身往廚房看去，陰暗髒亂，地板黏膩，明顯許久沒有清理。

△廚房內，嘉文母開著水龍頭發愣，髒汙的流理臺上根本沒有水果。

曉其：沈媽媽，真的不用麻煩了！我先回去了！

△嘉文母仍是開著水龍頭發愣，絲毫不理會曉其。

△曉其覺得詭異，打算自行離開。

△經過樓梯口，曉其思考片刻，望向廚房方向，水龍頭水聲仍是持續著，

△曉其決定上樓一探究竟。

20.內　嘉文老家樓梯間／嘉文房間　日

△曉其走上通往二樓的階梯。

△一上樓便是一條狹窄的長廊，曉其一步步往長廊走去。

△曉其先是經過了嘉文母的房間，跟著又經過了堆滿大型雜物的房間。

△曉其來到了長廊底部，是一間看似舊書房的空間。

△書房內有著一張躺椅和一些看起來屬於嘉文的物品。

△曉其觀察著，突然發現角落有一落物體。

△曉其靠近仔細觀看，發現是放置斷掌與怡君皮夾同樣款式的禮盒。

△INS：田村義老家的禮盒、尚勇車引擎蓋上的禮盒。

△曉其不可置信的看著禮盒，曉其側耳，樓下水聲持續。

△曉其再往前，隱約聽到莫名的聲音。

△曉其往回要走下樓梯，隱約聽到莫名的聲音，這才發現原來樓梯後還有一道門。

△曉其打開那扇門，裡面是一個女孩式布置的房間，擺放了許多同種類娃娃。

△每個娃娃都狀似直盯著曉其看。

△房間有臺未關的電視正播放著影片。

△以下為錄影帶畫面：年輕的嘉文母正幫一個約八歲的短髮男孩打扮。

小嘉文VO：我不要，我又不是女生。

嘉文母VO：乖寶貝，聽話，媽媽幫你扮成小仙女過生日。

△男孩退了幾步，更能看到全身，嘉文母替男孩穿上可愛小洋裝，戴上蝴蝶翅膀、皇冠。

△小嘉文含著淚，抗拒。

小嘉文VO：我不要，拜託，媽媽，我不要這樣啦。

△嘉文母恍若未聞，替小嘉文擦口紅。

△小嘉文撇過臉，口紅畫歪，一道鮮紅抹在臉上。

嘉文母VO：<u>沈嘉雯！</u>

△小嘉文要逃跑，被嘉文母一把抓回來，小嘉文倒地，劇烈掙扎。

△嘉文母怒極，動手壓制，好不容易才掐住小嘉文脖子。

嘉文母VO：<u>我把你打扮得那麼美，你為什麼不要？你就是愛裝模作樣！</u>

△小嘉文不敢反抗，瑟瑟發抖，褲底明顯尿濕。

嘉文母OS：<u>嘉雯啊？你回來啦？</u>

△嘉文母的聲音由遠而近。

嘉文母OS：<u>嘉雯？</u>

△曉其趕緊躲進隔壁房間。

△嘉文母上樓走進嘉文房間，看到影片播放著。

△錄影帶繼續播放：嘉文母拿著蛋糕，對著癱軟在地板的男孩唱——

嘉文母VO：<u>祝你生日快樂～祝你生日快樂～</u>

△嘉文母怔怔看著螢幕，也跟著唱起生日快樂歌。

△曉其趁隙從門口閃出去。

21. 內　專案小組　日

△大超將文件拿給曉其。

大超：地址登記的所有人叫趙佩芬。

△大超指著戶籍謄本。

大超：她的丈夫沈世忠十幾年前就過世了，兩人生有一男一女，長女名叫沈嘉雯，但兩個月大就早夭了。因為死者除戶，不在戶口名簿上，要調出原始戶籍資料才查到。

曉其：沈嘉雯？所以他們是刻意給兒子取了和死掉的女兒同音的名字。

△曉其翻頁，是嘉文母親病歷。

大超：趙佩芬生下女兒之後就患了產後憂鬱症，女兒早夭讓她病情更加惡化，時常精神崩潰，有多次進出醫院紀錄。

△大超對曉其挑眉。

大超：我跟附近鄰居打聽了一下，有人傳說小孩是她自己弄死的。

△曉其忖度了一下，示意大超繼續報告。

△下一張檔案裡是沈嘉文的照片。

大超：兒子沈嘉文，無前科紀錄。

　　△曉其拿起沈嘉文的照片訝異。

曉其：這不是Kink的DJ嗎？但之前勇哥拿回來的員工資料，根本就沒有沈嘉文
　　　這個名字？

　　△大超也意外。

曉其：每個被害人都去過Kink難道就是跟沈嘉文有關？

　　△曉其看著手上的資料，快速組織了一下。

曉其：文愷，分兩組，一組馬上連絡胡建和過來問訊，一組搜索沈嘉文老家、租
　　　屋處還有夜店，把人帶來。

22. 內　分局偵訊室外／內　日

　　△曉其走進偵訊室前，觀察了一下裡面的建和。

　　△建和等在裡面，看起來十分難受。

　　△桌上有錄音機，一旁有錄影設備。

　　△片刻，曉其開門進入，見到建和就先開口問──

曉其：為什麼不讓律師陪同？

建和：我什麼都沒做，請律師只是浪費錢，我不需要。開始問吧。

曉其：今天把你找來的原因主要是因為這個。

　　△曉其拿出建和到李筱琳療養院的探訪記錄。

　　△建和看著紀錄，抬頭看曉其，一臉困惑。

曉其：這是李筱琳在療養院的探訪紀錄。為什麼這幾年要一直去看她？

建和：不是我傷害她的。

曉其：我是問你，你為什麼要去看她？

建和：她那時候的樣子真的很慘，我沒辦法忘記。所以……當完兵之後我就開始
　　　斷斷續續過去看一下，希望她可以好起來。

　　△建和一臉誠懇。

　　△曉其點頭，翻看資料。

曉其：根據筆錄，國中那時候，你聲稱自己比李筱琳還先昏倒是吧。

建和：對。

曉其：所以你不知道李筱琳後來發生了怎麼事。

建和：不知道。

曉其：按照你的說法，有其他人在你昏迷時對李筱琳下手。

建和：可能吧，這些我姊沒有跟你說過嗎？

曉其：沒有。

　　　△建和輕嘆。

曉其：沈嘉文是誰？

　　　△建和突然一愣，神情開始緊張。

建和：誰？

　　　△曉其把李筱琳的床板照片放下。

曉其：上面的名字，你認識這個人嗎？

　　　△建和猶豫了一下，拿起照片看，又放回。

建和：……不認識。不熟。

　　　△曉其無奈。開啟錄音和錄影設備。

　　　△曉其拿出畢業紀念冊影本。

曉其：你說你不認識沈嘉文，但你們是國中同班同學。不是嗎？

　　　△建和瞬間表情凍結。

　　　△曉其又抽出一疊照片，放在建和眼前。

　　　△順著建和的目光，可以看到都是受害者被畫上紅色淚痕的照片。

　　　△建和一愣，怔怔看著照片。

　　　△曉其觀察了一下建和，又放下李筱琳的照片，開口——

曉其：這些照片的特徵十分雷同，十多年來的刑事案件，沒有發生過一樣的巧
　　　合，所以我們推斷你當年這案子十分關鍵。

　　　△曉其刻意停頓，看著建和，完全不說話。

　　　△片刻，建和才從喉嚨擠出聲音。

建和：嗯。

曉其：不瞞你說我們現在已經去抓沈嘉文了，我不知道你為什麼袒護他，但如果
　　　你什麼都不說，不但幫不了他，也會對你越來越不利。

　　　△曉其嚴肅盯著建和。

曉其：建和，你頻繁的去他的夜店，又告訴我們你接了兩通凶手電話，跑來偷拍
　　　我們搜索，要我相信你跟他不熟，真的辦不到。說實話吧。

　　　△建和看著曉其，緊抿著嘴，絲毫不肯鬆口。

23. 內　分局偵訊室連走廊　日

　　　△曉其剛吃完頭痛藥，收起藥瓶，從偵訊室走出。

　　△遠遠的就看到樓梯口允慧不顧一名員警攔阻，追上來。

允慧：你告訴我，為什麼建和是嫌疑人？

　　△允慧情緒有點激動。

曉其：他不肯配合。

允慧：不能怪他呀，他不相信檢警。當年他被逼供當成犯人，回家後一個星期都
　　　沒說過話。我不希望他再受到這種傷害。

曉其：有我在，我會很客觀，不會再讓那樣的事情發生。但我也需要釐清他和案
　　　情之間的關聯。

　　△允慧怒。

允慧：抓不到沈嘉文，你們就用這種方式逼他。我真的沒有想到你會這樣做。

曉其：我已經勸過他了，他卻執意要隱瞞，我只能秉公辦理。他刻意淡化自己跟
　　　沈嘉文的連結，什麼都不說，影響到我們的偵辦，這也讓我無法排除他和
　　　沈嘉文有串供或勾結的可能。

允慧：你不要用這套官腔說法來跟我解釋。你明明就認識他這個人。

　　△此時，建和由員警帶著，從偵訊室走出。

　　△允慧上前迎接建和。建和看見曉其，停步。

曉其：我還有點事要忙。

　　△曉其離。

　　△允慧上前，抱住弟弟。

　　△建和卻一臉面無表情，看著長廊盡頭。

24. 內　嘉文老家／嘉文租屋處／嘉文停車處／專案小組　日

　　△大超帶隊搜索嘉文老家。

　　△禮盒、口紅以及S20的慶生錄影帶都被起出放入證物袋。

新聞VO：連續殺人案調查多時，檢警終於鎖定嫌犯。

　　△嘉文租屋處被文愷帶隊搜索中。

　　△文愷查獲一批錄影帶，有的封面就是色情暴力，有的只貼上標籤。

新聞VO：並於今日兵分多路，同步出動，展開大規模搜索。

　　△夜店門口，嘉文停車處，警方搜索嘉文車。

　　△鑑識人員從後車廂夾起一絲毛髮。

新聞VO：而多次遭搜索的知名夜店Kink，也傳出有工作人員涉案。

　　△專案小組，曉其播放著嘉文家中搜出的生日錄影帶。

△曉其倒帶，反覆播放，思索。

25. 內　偵訊室／監看室　日

　　△嘉文一副無所謂的樣子坐在偵訊室。自顧自的點起了菸來抽。

　　△曉其進，在嘉文對面坐下。嘉文感興趣地看著曉其。

嘉文：（笑）我在電視上看過你。

曉其：那我就不自我介紹了，你有權在律師抵達前保持沉默。

嘉文：沒差啊，反正我又沒做什麼。

　　△曉其在桌面上放了怡君、嘉儀、子晴的生活照。

曉其：請問你認識這些女性嗎？

　　△嘉文拿起照片看，一張張的扔回桌上。

嘉文：這個身材不錯，這個鼻子有點大，這個一般般。

　　△嘉文看曉其。

嘉文：怎麼樣？你喜歡哪一個？

　　△監看室內，大超眼神憤怒，卻極力壓抑。

曉其：這些是連續殺人案的受害者，他們生前都曾經出入Kink。根據你的薪資
　　　紀錄以及其他證詞指出，他們前往Kink的日期，和你排班的日期全數重
　　　疊，我想請問你，是否曾經有在夜店與他們接觸？

嘉文：我真的不記得，檢察官，每晚都很多人想跟我接觸。這樣說好了，你上新
　　　聞的時候那麼多記者堵你麥，你記得幾個？

　　△嘉文一派輕鬆。

　　△曉其也早知如此，他看著嘉文，收起照片，翻開資料。

　　△曉其拿出江雨萍的照片，放在嘉文眼前。

曉其：認識她嗎？

嘉文：沒看過。

　　△嘉文把江雨萍的照片掀起，下面是田村義的收監照。

　　△曉其這次沒有問話，他觀察著嘉文的反應。

　　△嘉文看到田村義，不屑。吸了一大口菸，把菸往曉其的臉上吹。

嘉文：檢察官，你找我來就是為了看照片？

　　△曉其收起照片，曉其拿出嘉文家起出的錄影帶。

曉其：這些錄影帶，是你的嗎？

嘉文：是啊，你看了嗎？

曉其：內容大多涉及極度色情與暴力行為，與受害者遭虐模式十分雷同。

嘉文：那你去抓導演啊，又不是我拍的。

曉其：為什麼你專門挑選有性虐待成分的片子看？

嘉文：普通的看多了，越看越無聊。

曉其：請問你是否購買以及使用過拇指銬？

嘉文：有吧，不太記得了。我玩具很多，借你回家玩啊，用完洗乾淨再還我。

　　△嘉文越來越自信，越來越瞪大眼盯著曉其不放。

　　△曉其再拿出化驗報告。

曉其：從你車上搜出的毛髮，化驗後發現來自受害者袁子晴，你可以說明嗎？

　　△嘉文看也不看報告，仍盯著曉其，憋笑。

嘉文：有沒有認真搜啊你們，我保證在我後座留下毛髮的不只她一個人。

　　△曉其見嘉文情緒高漲，拿出禮盒。

曉其：有看過這個禮盒嗎？

嘉文：電視上常常看啊，不就到處有的公版禮盒。

　　△曉其掀開禮盒。

　　△嘉文的笑容瞬間僵了。

　　△曉其從裡面緩緩拿出一件小洋裝（S20錄影帶中），攤開。

　　△嘉文的神色完全無法控制的訝異，曉其看在眼裡。

曉其：這是在你老家找到的。

　　△嘉文怔怔看著洋裝，腦袋一片空白。

曉其：假設有個孩子，他一直希望媽媽注意到他。

　　△曉其拿出裝在證物袋裡的口紅與指甲油。

曉其：但他媽媽卻徹底否定他的存在，甚至連名字都是跟別人借來的。

　　△曉其拿出斷掌照、怡君、雨萍與子晴的淚滴照，一一出示給嘉文看，再跟
　　　著口紅一起放進禮盒。

嘉文：你在幹嘛？你到底在幹嘛？

曉其：媽媽一再強迫他、裝扮他，但是，這個孩子從小就討厭自己是替代品。

　　△嘉文聽到替代品三個字，微微顫抖。

　　△曉其注意到了。

曉其：他決定把這些憤怒發洩到其他女性身上，彷彿殺了她們就可以釋放他自
　　　己，拿回主導權。

嘉文：（氣音）我才是沈嘉文。

　　△門外隱約傳來敲門聲。

　　△曉其看著嘉文的反應，斟酌著時機。

　　△嘉文的眼神一瞬間往房間角落飄忽，曉其開口——

曉其：他真的再也不是誰的替代品了嗎？

　　△嘉文瞬間發怒。

嘉文：你裝模作樣個屁！我的身體是我的！我怎麼可能是替代品！我要讓那些女
　　　人知道——

　　△此時，偵訊室的門突然被打開。

　　△曉其和嘉文都一愣。

　　△一個員警帶著律師走進來。

　　△監看室內，大超意外。

員警：抱歉郭檢，我們剛剛一直在敲門，你沒好像沒聽到，可是律師他說……

　　△律師逕自接話。

律師：嘉文，冷靜，有我在。你不用回答任何不利於你的問題。

　　△曉其錯愕，看向嘉文。

　　△嘉文雖依舊一臉惱怒，卻已經回復理智。

26.內　麵店　夜

　　△本場尚勇聲音先入。

尚勇：律師就這樣把人帶走了？

　　△尚勇瞪著大超。大超感到壓力，低頭懊惱。

大超：事情就是這樣。差一點沈嘉文就要說了。

尚勇：所以偵調沒有進展。

大超：那間店背後是議長罩的，我們也在懷疑背後是不是有關係。上次我們去
　　　Kink跟經理拿的員工名單，上面竟然沒有沈嘉文這個人。欸勇哥，你吃
　　　啊，要抽菸吃飽再一起抽啦。

　　△尚勇靜靜捻熄香菸，忖度著。

大超：那沈嘉文，一副小白臉樣，我看他只敢欺負女人啦，哪天我找幾個弟兄私
　　　下給他來頓硬的，保證他屁滾尿流不敢含扣全招出來。

　　△尚勇看著大超，清楚而有力的說——

尚勇：講過多少次，你的年代跟我不同了，你不應該這樣做。

　　△大超一愣，陪笑。

大超：不是啦，我只是講講氣話。

尚勇：講話小心點，你不知道會被誰聽到。

大超：抄收！

　　△大超用手掌跟手指做出寫筆記的動作，再把筆記塞進腦袋裡。

　　△尚勇看了大超一眼，又點了一根菸，深深吸了一口。

尚勇：超欸。

大超：是。

尚勇：你也不菜了，做事要再認真一點。真的去買一本筆記本。拜託你，好好思考，努力做事知道嗎？

大超：我會啦！

　　△尚勇又點了了一根菸，思忖著。

　　△大超津津有味吃著麵。

27. 外　暗處　夜

　　△窄巷內，尚勇低調拿出兩疊錢交給一名男子。

　　△男子從懷裡掏出一個紙袋交給尚勇。

　　△尚勇檢視紙袋內容物。

　　△紙袋內裝的是一把槍還有彈匣，尚勇拿槍，拉動上膛桿，確認槍枝狀態。

28. 外　高德分局外／尚勇車上／夜店外　夜

　　△曉其走出分局，看到小路靠在自己的車旁等候。

　　△小路看到曉其，立刻上前，開門見山。

小路：聽說嫌犯請的律師來頭很大，以前專辦經濟犯罪，還曾經擔任過高院檢察長。你壓力很大吧。

　　△曉其皺著眉，消化了一下情緒才說出。

曉其：你消息也來得太快了。

小路：你們調查出沈嘉文背後的靠山是誰了嗎？這麼貴的律師不是誰都能請得起。

曉其：他背後是誰不重要，我一定會查到底。

小路：事情已經鬧得這麼大了，有些地方你們用搜索票反而不好查。我們合作吧，把人救回來最要緊。

　　△曉其正猶豫，此時，手機響。

曉其：稍等。
　　　△曉其接通
　　　△以下對跳分局與尚勇所在的夜店外。
曉其：喂？
　　　△尚勇坐在車上，車停在Kink對面。
尚勇：郭曉其，雖然之前我跟你一點都不熟，但這一個多月來，我認為你應該是
　　　可以信任的人，我應該沒有看錯。
曉其：什麼意思？你在說什麼？
　　　△尚勇的眼神有點晶瑩。
尚勇：形妹出生的時候，我隔了兩天才回家，她媽媽生病離開的時候，我也不
　　　在。因為我覺得，我家就這兩三個人，但我每辦一件案子，幫到的不只兩
　　　三個人，警察不用上電視，沒有人知道是我辦的，但是我自己知道。
　　　△曉其聽著，感覺不妙。
曉其：林尚勇，你突然講這些做什麼，我不懂？
尚勇：剩幾個月就要退休了，偏偏這時候遇到這種事，這一定是註定好的。
曉其：你在幹嘛！人在哪？
　　　△小路在旁聽著也著急。
尚勇：你幹這行也夠久了，你明白不是我們在辦案子，是案子自己會找人辦。接
　　　下來，就靠你了。
曉其：我不想聽這些，你不要那麼多廢話，告訴我你人到底在哪裡？
　　　△尚勇凝視著Kink門口。
尚勇：我會把事情處理好。我全部錢都放家裡了，幫我照顧形妹，我要把那個垃
　　　圾斃了。
曉其：林尚勇，你不要做傻事！
　　　△尚勇掛了電話。
　　　△對街，嘉文走出Kink，上車，發動。
　　　△嘉文駛離，尚勇也尾隨在後。

29.外　道路／尚勇車／嘉文車　夜

　　　△市區道路，尚勇叼著菸，開車緊跟嘉文。
　　　△嘉文的車子裡也播放著震天響的音樂。嘉文變換車道駛進隧道。
　　　△嘉文注意到後車似乎緊跟著自己。

△嘉文打了方向盤，轉了幾個彎，嘉文發現後車還在。
△嘉文在車裡興奮的邊搖擺邊用力在方向盤上打beat。
△嘉文打方向燈轉彎，往郊區駛去。
△尚勇心無旁鶩，緊跟著。

30. 外　夜店外連內　夜
△曉其車猛然停下，曉其與小路衝下車，往夜店狂奔。
△曉其快步穿過人群，引發一陣嘩然。
△曉其一路來到DJ臺，DJ臺空無一人。
△曉其轉頭往吧檯衝，卻發現舞池中有個疑似嘉文的背影正離去。
△曉其一把抓住那人肩膀，將他轉過來──
△那人並不是沈嘉文
△曉其放開手，往外衝。小路跟上。

31. 外　郊區廢墟外　夜
△嘉文的車停在一處廢墟前。
△嘉文熄火，甩著鑰匙下車走進廢墟。
△片刻，尚勇的車來到。
△尚勇直接打空檔熄火，關上大燈，滑行進廢墟前空地。
△尚勇悄悄下車，拿出槍，解保險，跟上。

32. 內　廢墟一樓／地下室　夜
△尚勇警戒，進入廢墟一樓。
△屋內殘破、積水、蔓草叢生、滿地垃圾，一片漆黑。
△寂靜，尚勇拿出手電筒，持槍仔細巡查屋內各角落。
△尚勇看到通往地下室的樓梯。
△尚勇盯著漆黑的樓梯謹慎地，一步步走下去。
△地下室被隔成幾個房間。
△尚勇逐一檢視，但房間卻都空盪盪地，一無所獲。不是這裡。
△尚勇返回一樓，才剛走上來，嘉文拿著一根鐵棒偷襲尚勇。
△嘉文瘋狂痛毆，尚勇緊握著槍，護住頭。
△片刻，嘉文拋開鐵棒，正要用拳頭繼續。

△一聲槍響。

△子彈打在旁邊梁柱上，冒出火星。

△嘉文一愣，尚勇搶上，用槍托橫擊嘉文，另一手抓住他衣服，扯回來，一
　拳又一拳的對著嘉文的頭、身體招呼。

△嘉文被打得毫無招架之力，倒地。

△尚勇氣喘吁吁的蹲下，聽見嘉文喃喃自語。

嘉文：（小聲）你女兒在……

△尚勇聽不清楚，靠過去。

△嘉文卻笑了出來。

嘉文：你女兒在我褲襠裡。

△尚勇發怒，把槍口抵住嘉文臉頰。

嘉文：開啊！殺了我看你怎麼找人！

△尚勇一把拉起嘉文，在他臉旁連續扣下扳機，開了好幾槍。

△嘉文冷冷直盯著尚勇。

嘉文：看來你很想找到人嘛。

尚勇：告訴我她在哪裡！

△嘉文瞬間伸手握住尚勇持槍的手，翻身。

△尚勇被推倒，嘉文起腳踹尚勇，尚勇舉臂護住自己。

△嘉文踢到槍，尚勇的槍因此被踢開，掉到了地下室。

△尚勇馬上起身，嘉文也衝過去，給了尚勇一拳。

△尚勇被揍，忍著一手擒住嘉文，一手握住嘉文脖子。

嘉文：又是這招！我喜歡這招！

△嘉文也伸手掐尚勇脖子。

△尚勇舉腳踢嘉文肚子，嘉文發狠，撲過去。

△尚勇一個不穩，往地下室摔落。

△地下室傳來沉重的悶響。

△嘉文氣喘吁吁走到與地下室高低落差處的邊緣，靜靜地看著漆黑的下方，
　愣了一會。

33. 內　別墅外　夜

△偏遠的郊區，一排樹木恰好地遮掩住一條車道與盡頭的建築。

△嘉文開車進來，停在一棟歐式裝潢的老別墅外。

△嘉文下車，忍耐著疼痛，走進別墅。

34. 內　別墅一樓　夜
△嘉文打開燈，別墅內有一番優雅別緻的氣息。
△家具陳舊卻不破敗，華美大方的待在剛好的位置，沒有使用痕跡。
△混合著憤怒與焦躁的嘉文反而與這裡形成強烈對比。
△嘉文從櫥櫃中翻出一瓶洋酒與紗布，走到落地式的衣冠鏡前。
△嘉文打開酒瓶灑在手上，喝一口，又用酒去倒臉上的傷口。
△酒把傷口周圍凝結的血塊都沖開。
△嘉文吃痛，嘶了一聲。
△嘉文再次灌酒，走到一扇門前，打開，裡面是漆黑往下的樓梯。

35. 內　地下室　夜
△嘉文走下來，這裡正是囚禁彤妹的地下室，打開燈。
△彤妹靠著牆，低垂著頭。
△嘉文抓起彤妹頭髮，彤妹驚嚇，嘉文把她推倒，開始侵犯彤妹。

36. 內　廢墟地下室　夜
△尚勇躺在血泊裡，沒有反應。

第五集，結束。

第六集

序1　內連外　嘉文車上／嘉文老家外　日
△嘉文車停放在嘉文老家外，閃著雙黃燈。
△一個打扮時髦穿著性感的女孩張明美在車上東摸西摸，無聊。
△片刻，張明美打開門，下車，往嘉文老家沒關上的門走進。

序2　內　嘉文老家一樓連嘉文房間　日
△明美好奇的左顧右盼，找不到嘉文，於是往二樓走去。
△一走上樓梯明美就顯露出嫌惡神情。
△明美跨過堆積如山的禮盒，往內走，發現有個房間的門半掩，明美好奇堆開走進。
△顯然是女孩房間，明美看向櫃子裡的大量娃娃，哆嗦。
△明美隨手擺弄房間裡的裝飾，看見衣架上掛著一件小洋裝（第五集S25）。
△明美拿起洋裝檢查，翻看，走到鏡子前，突然一愣。
△從鏡子裡可以看見嘉文不知何時站在房門口。
明美：這洋裝也太色了吧！你看這脖子這邊，小孩可以穿這種嗎？好沒品喔！
△嘉文看著明美，原本怔然的眼神逐漸轉變。
△明美沒發現嘉文的異樣，還在看洋裝。
明美：我覺得這蕾絲有點廉價，顏色也好怪，欸沈嘉文，這東西幹嘛留到現在啊？留給我們未來的女兒穿嗎？拜託不要喔！
△嘉文眼中，鏡子裡的人變成了面目模糊，穿著洋裝的姊姊幻影。
嘉文：（喃喃）沈嘉雯……妳為什麼不放過我？
△鏡中倒影，明美沒發現背後嘉文默默接近……
△明美察覺的時候，嘉文已經站在自己身後，一驚，猛地轉頭。
△嘉文的手已經掐上明美的脖子。
△從姊姊幻影被狠狠掐住脖子的背影，可以看見嘉文憤怒扭曲的神情。
△畫面黑。

進片頭「模仿犯」

1. 外　廢墟外　夜

　　△救護車與警車閃著光芒。

　　△幾個大學生正在一旁被轄區員警問話。

員警：為什麼跑來這邊夜遊？

學生A：……啊就這邊很有名啊，聽很多朋友說這裡是松延市有名的鬼屋……所以……

　　△曉其車至，曉其與小路匆匆下車。

　　△救護人員抬著擔架走出來，曉其與小路快步過去。

　　△文愷與大超也抵達，下了車，大超直奔擔架。

　　△擔架上的尚勇渾身是血，昏迷不醒。

　　△曉其看著尚勇的樣子，內咎與自責湧上。

大超：（嚷）勇哥！

　　△大超睜大眼，淚水滴落。

大超：（哽咽）你不是叫我小心！你不是叫我不要亂來！你為什麼自己弄成這樣！

　　△尚勇被抬上救護車。一名員警也上了救護車。

小路：我也去，我是傷患的朋友。

　　△小路爬上救護車，大超手足無措，看向小路。

大超：有什麼狀況隨時跟我說！

　　△小路點點頭，救護車關門離開。

　　△大超含著淚，進入現場工作。

　　△曉其走向文愷。

曉其：現場蒐證了嗎？

文愷：鑑識會帶照明來，五分鐘內就到了。

曉其：你跟報案的學生確認清楚細節，我先下去。

　　△曉其說完，打開手電筒走進工地。

2. 內　廢墟地下室　夜

　　△曉其走下樓，從口袋掏出藥罐，吞了顆藥。

　　△曉其繼續一步步謹慎的前進。

　　△突然，曉其腳下突然傳來異樣的觸感與聲響，他踩到尚勇的血泊。

△INS第四集S3，高中曉其目睹家人的血泊。

△回現時，曉其隱忍著不適，盡量平穩心情，繼續前進。

△曉其拿著手電筒，照向尚勇原本倒臥的地方檢查。

△片刻，曉其往更深處去，手電筒照到一個黑色物體。

△曉其來到物體前方，是尚勇買的黑槍。

△曉其看著槍，思索。這時警力陸續移動要下來。

△片刻，曉其彎腰把槍撿起。

3. 內　廢墟一樓　夜

△曉其走上來，鑑識小組已架起照明，來來往往檢查現場。

△文愷走過來。

文愷：學生說沒有聽到槍聲，但現場目前有找到二發空彈殼，鑑識還在持續搜索中，尚未發現槍枝。不過看子彈口徑，很有可能是拿黑星開的，黑星在外面一堆走私，追蹤來源有難度。

△曉其思索片刻。

曉其：想辦法把沈嘉文找出來。

文愷：好。

△曉其發現自己的鞋子與褲角沾到了血漬。

4. 內　手術室外　夜

△回憶畫面：

△高中的曉其正失神坐在走廊椅子上。

△白色的球鞋上沾染了家人的血漬。

<u>小路OS：他們說勇哥胸腔內出血很嚴重，好像還有顱內出血⋯⋯</u>

△曉其聞聲，緩緩回神，沉默看向小路。

△二人無語。

△手術室打開，一個護士拿著裝有尚勇手錶的夾鏈袋。

△小路過去。

護士：這是患者的手錶，剛才沒來得及交給警方，再麻煩你們。

小路：謝謝。

△護士離開，小路發現曉其再度失神。

小路：郭曉其？

　　△曉其仍沒有反應。

　　△小路更靠近曉其，輕拍他。

小路：郭曉其？你還好嗎？要不要坐下來休息？

　　△曉其回神，緩緩看小路。

曉其：怎麼了？

　　△曉其看向小路手上的夾鏈袋，小路交給曉其。

　　△夾鏈袋裡面，尚勇的錶沾著乾涸的血，錶面裂開，指針也停了。

　　△曉其看著錶，神情哀傷。

　　△小路看著曉其，心疼。

　　△此時，曉其的手機響起，曉其接起。

曉其：好，我馬上回去。

5. 內　分局辦公室　夜

　　△曉其匆匆趕至，看到文愷露出異樣的神情，欲言又止。

　　△兩個男人站在辦公室等著曉其，其中一個是松延市議會的議長，陳宏亮。

　　△宏亮對曉其伸出手。

宏亮：郭檢您好，陳宏亮。

　　△曉其無視宏亮的手，看向另一人，是先前來過的律師。

曉其：你的當事人呢？

宏亮：（笑，放下手）郭檢果然特立獨行。

　　△律師將幾張照片與文書還給曉其。

　　△照片是路口監視器拍到的嘉文車與尚勇車截圖。

宏亮：吳律師，我問你，這些監視器影片頂多只能證明沈嘉文與林警官開車經過同一個路段吧？

　　△律師點點頭。

　　△宏亮直直盯著曉其，還是保持著笑。

宏亮：你們三番兩次臨檢我投資的夜店，我都想說尊重司法調查，吩咐經理配合，但是你有查出什麼來嗎？沒有嘛。現在好了，證據不足還動不動傳喚我員工來偵訊，我配合也有個限度。

　　△宏亮稍作停頓，語調卻有點提高。

宏亮：還是說郭檢，你們動我，該不會是基於某種政治考量吧？

　　△曉其看著眼前的二人。

曉其：我要查的人是沈嘉文……

宏亮：不早了。沒事大家早點回去睡覺。

　　　△宏亮打斷曉其回應，稍微欠身致意就跟律師往外走。

大超：（咬牙）媽的，連議長都伸一腳進來喇，案子要怎麼辦下去？

　　　△周遭員警都一臉憤慨。

　　　△曉其看著手上的文件與照片，思索片刻，交給文愷。

曉其：專案小組集合。

6. 內　專案小組　夜

　　　△白板上已經有曉其重新整理的事件重點：

曉其：民意代表為了各種關係施壓這很常見，但是沈嘉文如果真的是連續殺人案
　　　的凶手，陳宏亮一個議長沒道理護著這顆不定時炸彈惹火上身。加上先前
　　　沈嘉文明明就沒有出現在夜店的員工名單上，現在要調查他，陳宏亮卻跳
　　　出來找麻煩，他們之間一定是有把柄、利益往來或是不為人知的關係。

　　　△曉其在白板補上陳宏亮的名字：

曉其：A組，調出議長陳宏亮所有名下產業清單，跟事件發生地點交互比對。

　　　△曉其繼續寫白板：

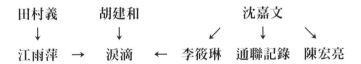

曉其：文愷你帶 B 組把沈嘉文所有聯絡過的號碼都整理出來，依照撥打頻率排
　　　列，查清楚號碼主人是誰。以上，各組作業。

　　　△A 組埋頭整理資料、文愷帶 B 組離開辦公室。

　　　△眾人挾著為尚勇的不平，氣勢高漲。

7.內　允慧建和家　夜

　　　△允慧聽見聲響從房裡出來，看見建和在客廳剛收拾好衣物正要揹起。

允慧：你剛回來，又要出去了？

建和：唔。

允慧：要去哪裡？

建和：公司。

允慧：為什麼？

　　　△建和看向允慧，眼神裡有點不耐煩。

建和：最近臺裡事情很多，我乾脆睡辦公室專心處理。

　　　△允慧看出建和在搪塞。

允慧：電視臺哪天不忙，你們不是都有輪值嗎？為什麼一定要弄得這麼累？

　　　△建和有點遲疑，允慧觀察著。

允慧：警察這幾天還有找你麻煩嗎？

　　　△建和心煩意亂，索性把袋子重重放下。

建和：我自己的事我自己會處理。

允慧：你不願意跟曉其把事情說清楚，可以跟我說啊，我們一起想辦法。

建和：讓我暫時安靜一下，可以嗎？

　　　△允慧著急上前。

允慧：是不是有誰在威脅你？還是你在幫誰隱瞞什麼？

建和：我都快三十歲了，你講話不要把我當小孩，我沒有自主判斷力嗎？

允慧：你不要這樣誤解我好不好？我只是為你好！

建和：為我好？你要不要聽聽看自己說了哪些話。你是跟他們談好條件跑來套我
　　　話的是不是？

允慧：你在說什麼？你在生什麼氣？我不是一直在幫你嗎？我只是不想看你去坐
　　　牢……

　　　△建和打斷允慧，越說越激動。

建和：算了吧，你根本不信任我。當年李筱琳的事發生之後，你就轉去念心理

系，說什麼要幫助我走出來，其實你只是把我當個案在分析！

允慧：怎麼可能！我研究犯罪心理只是因為——（被打斷）

建和：你不要不承認了！你只是想裝成一個好姊姊。如果你相信我，你怎麼可能
　　　什麼都搶著替我做主。我在哪裡工作、住哪裡、交什麼朋友，你都有意
　　　見！這不叫關心，這叫做控制！

　　　△允慧被刺激到，傷心錯愕。

允慧：原來你一直是這樣想的嗎？你為什麼都不說呢？

建和：你根本不用擔心我坐牢。你把我當犯人監視，我早就在坐牢了！

　　　△建和拋下這句話，拎起袋子，轉頭離開家。

8. 內／外　TNB節目部辦公室／大樓外　日

　　　△建和從座位往辦公室外走的過程中，接起手機。

建和（對彼端）：是，您說的是。是我的錯。

　　　△建和不得不途中停下來送聲道歉。

建和（對彼端）：不好意思！對不起，我不會再犯了！

　　　△端著杯子的小路經過建和身邊，聽見了。

　　　△片刻，建和掛上電話。

小路：你怎麼了？誰罵你啦？

建和：導播。

小路：出包啦？

　　　△建和看向小路，用微弱的聲音回答。

建和：沒有啦，就送錯帶子。

小路：我記得你一直都很細心啊，是不是最近太累了？

　　　△建和搖搖頭。

建和：沒事，我重新去送帶。

小路：嗯，加油喔！

　　　△小路往自己座位走，路過建和的座位。

　　　△小路瞥見建和的桌上還有幾捲帶子，小路一愣。

小路：欸建和。

　　　△建和已經默默走出辦公室。

　　　△小路看看建和座位，發現一角放著毛巾與牙刷、漱口杯。

　　　△小路看建和離開的方向。

9. 外　內　大樓外／別墅地下室　日

　　△建和找了個角落，張望四方，確定無人後撥電話。

建和（對彼端）：喂？是我，我問你，你跟連續殺人案到底有什麼關係？

　　△嘉文臉上帶包紮，一臉剛睡醒，從房間走出到走道，講著手機。

嘉文：你三天兩頭就問這個，你他媽有病？

建和：不是啊，現在警察已經開始在調查你。

　　△嘉文聽著彼端說話，臉上表情逐漸失去耐性，口氣惡劣。

嘉文：我就沒事啊，他們能拿我怎麼樣。

建和：你可以告訴我真相。

嘉文：你說夠沒？到底關你什麼事？上次問這次又問你煩不煩？

　　△嘉文舉起酒瓶，猛灌一大口酒。

建和：嘉文，不管發生什麼事，我都一定會幫你一起想辦法。

嘉文：是要說幾遍？你每次都說可以幫我，我到底為什麼要你幫？你又有什麼能
　　　力整天說要幫人？你他媽連保護自己不被欺負都做不到幫個屁。我拜託
　　　你，不要再整天講這些自我滿足的話了好嗎？

　　△嘉文說完，掛上電話，把電話往旁邊一拋，煩躁。

　　△片刻，嘉文把手邊的酒瓶也掃到地上。

嘉文：他媽的。

10. 內　加護病房內／醫院走廊　日

　　△尚勇躺在加護病房內，插著維生設備，仍昏迷不醒。

　　△曉其怔怔看著尚勇，不知已看了多久。

　　△片刻，曉其輕嘆，走出加護病房就看見小路。

　　△小路見到曉其，二人對看。

　　△鏡跳醫院走廊，小路與曉其坐在椅子上。

曉其：我們已經在調查陳宏亮名下還有沒有跟Kink一樣涉及案情的地點。

小路：議長周邊的人物關係呢？

　　△曉其一心想著案情。

曉其：如果陳宏亮他能夠用律師保住沈嘉文，那所有相關人證物證他一定都藏好
　　　了，傳喚偵訊這方面已經走不通。

　　△小路想了想。

小路：記者有記者的方法。

11. 內　散景蒙太奇（里長辦公室／芳溪高中辦公室／沈藥房）　日

　　△里長辦公室，牆上掛著陳宏亮與里長互相摟肩的合照。

　　△桌上有個洋酒禮盒，小路正在幫里長倒酒。

小路：今天真的謝謝里長的分享，讓我們的報導整個活了起來！

里長：不會啦，老人講故事而已，有幫助就好。

小路：當然有幫助呀！您跟著議長服務經驗這麼豐富，他的公益專題請教你果然是對的。

　　△里長眉開眼笑，一口喝乾了酒。

里長：來來來，我這裡還留著很多以前的資料跟照片，你要的捐助教育獎學金的都在這邊了，給你看有沒有再加分。

　　△里長放下一整疊護貝過的照片。

小路：這麼好！

　　△小路對里長笑笑，仔細看著照片，發現有個女性（趙佩芬）就站在他身後。

小路：議長夫人好漂亮喔。

里長：那不是夫人啦，夫人不到三十歲就過身了。

　　△里長邊倒著酒喝，邊隨口回答。

里長：啊你怎麼不喝？又還沒結婚，喝一點才懂事啦。

　　△小路尋思。

　　△芳溪高中辦公室，一名白髮老師給小路看一本畢業紀念冊，老師指著高中陳宏亮的大頭照

老師：這是高中的陳宏亮。

　　△老師指向孫翠華的大頭照。

老師：還有他太太，孫翠華。

小路：原來議長和議長夫人高中同班，他們那時感情就很好了嗎？

　　△老師指向翠華旁邊的佩芬的大頭照。

老師：議長那時的交往對象是趙佩芬，趙佩芬跟孫翠華整天都黏在一起，他們三人感情都滿好。但我也是後來看新聞才知道，陳宏亮娶了孫翠華，趙佩芬倒是嫁給鎮上開藥房的沈家。

　　△小路看向畢業紀念冊上趙佩芬和孫翠華的照片，快速記下筆記。

　　△沈藥房。

　　△一個大嬸找了錢給小路，小路收下一罐維他命。

△大嬸看看周圍，放低音量。

藥師：我先生他弟不想繼承藥房，說要自己做禮品行吧，聽說有個大戶固定採購讓他生意很好，只是他沒做幾年就先走了。

小路：啊……很年輕就走了喔？生病嗎？

藥師：不知道，我印象中他有時候心情很低落，有時候又暴怒，還聽說過他會打老婆小孩。搞不好有躁鬱症。

小路：那他老婆小孩怎麼辦？

　　△大嬸略帶不屑。

藥師：那種查某吼！厝邊隔壁大家都知道，早就有別人在養了啦！

　　△小路聽了，暗自忖度。

12. 內　專案小組　日

　　△文愷把通聯記錄圖表拿給曉其。

文愷：郭檢，沈嘉文這幾年的通聯紀錄整理出來了，並沒有江雨萍、秦怡君和鄭嘉儀的號碼。但有一個號碼在兩年多前的撥打頻率非常頻繁。

　　△曉其翻閱資料。

曉其：張明美？為什麼這個號碼兩年多沒打了，聯絡次數還是最多？

　　△文件裡面可以看到張明美的照片與資料。

文愷：剛剛也有試著打這個號碼，但現在已經是空號了。

　　△曉其思索片刻，放下手中的報告書。

曉其：馬上想辦法找到這個人所有可能的聯絡方式，或試著找到她的家人。

13. 內　分局辦公室　日

　　△明美的媽媽，王布荷披著絲綢披肩，隨意紮著頭髮，懶洋洋地看著坐在對面的曉其與大超。

　　△桌上有一箱證物，文愷拿著幾張相片看著。

　　△曉其手中拿著一張信紙，上面是女性的娟秀字跡，寫著：「媽，生活在爸爸的財富底下，我分不出來別人是真心的，還是為了錢才靠近我。所以我決定到一個沒人認識我的地方，看看外面的世界。我很好，加拿大的天氣也很好。別為我擔心。」

布荷：就這樣，她會寄信跟照片回來，說她在國外很好。所以你說她跟什麼案子有關聯，我怎麼知道為什麼？

　　△相片裡，一個青春洋溢的女孩對著鏡頭笑。

大超：你最後跟她通電話是什麼時候？

布荷：出國前，兩年多了吧。

曉其：兩年多都沒有講過一次電話？

布荷：越洋電話很貴，我跟她也沒什麼好講的。

　　△曉其默默觀察著布荷，她的披肩有磨損痕跡，角落些許脫線。

大超：那他有說到她什麼時候回來嗎？

布荷：她愛什麼時候回來就什麼時候回來，我也不指望她回來。

大超：為什麼？

布荷：她爸從小就把他慣壞了，留下一個難教的女兒，自己也跟女人跑了。她還
　　　在臺灣就不去學校，也不愛回家，難得看到人，旁邊都是些拐瓜劣棗的傢
　　　伙，除了惹麻煩還是惹麻煩。

　　△布荷看看眼前兩人，煩躁。

布荷：我知道你們在想什麼，怎麼會有媽媽這麼不關心自己的孩子。告訴你們，
　　　我養大她了，到現在每個月也都按時存錢到她戶頭，她就是不學好，就是
　　　不肯回家，是我的問題嗎？不好意思喔，我也有我自己的人生。

曉其：我們沒有批評您的意思，謝謝您配合調查，這些照片跟信封信紙請讓我們
　　　留下來建檔做個紀錄。

布荷：隨便啊，用完就扔了，別還我。

　　△大超拿出證物袋，收起信紙、信封與照片。

　　△布荷看著曉其與大超，一臉索然，突然開口——

布荷：對啦，我給你們一個重要線索。查她爸。去查她爸移民之後把錢都轉給哪
　　　些個狐狸精，查個徹底！

14. 內　TNB節目部　日

　　△允慧提著便當袋走進節目部，隨便找了個人問。

允慧：請問胡建和在嗎？我是他姐姐——

　　△正巧，工作人員在忙，隨手往內指了個區域就拿起電話通話。

　　△允慧只好自己往內走，一路看著辦公室的名牌確認座位。

和平OS：小姐你有什麼事嗎？

　　△允慧聞聲，回頭，和平笑咪咪的看著她。

允慧：您好，我只想來找我弟弟，他叫胡建和。

和平：你就是他傳說中很有氣質的姐姐？

　　△允慧意外。和平伸手跟允慧握手。

和平：您好，我是建和的主管陳和平。

同事們：哦～

　　△鄰近幾個同事聽到，紛紛鼓譟。

和平：幹嘛，上你們的班。

　　△同事們縮頭，都回到崗位繼續忙，和平對允慧尷尬笑笑。

和平：對不起，同仁做新聞壓力大，反應比較戲劇化一點，不用理會他們。

允慧：我有聽建和提過你！謝謝你的關照。不好意思打擾你們工作了。

和平：不會啦，新聞業是這樣的，沒空的人不會理你，會理你的人就是有空。

　　△和平看了看允慧手上的便當袋，有點遲疑。

和平：所以姊姊今天是……送便當來給建和呀？

允慧：是啊。多做了點菜，怕他常常吃外面……所以……

　　△和平想了想。

和平：但是建和請了好幾天的假。

　　△允慧意外。

允慧：那他有說請假要去哪，要做什麼嗎？

和平：沒有耶，他請假想幹嘛就幹嘛，我不過問的，怎麼他沒跟你說嗎？

　　△允慧錯愕。

　　△和平觀察著允慧，設法打圓場。

和平：這小子平常上班表現很不錯的，他不愛出風頭，但是學習、反省、找事做都不用人唸。你看他的座位就知道這人工作也很有條理。

　　△和平佇足，伸手指旁邊座位。

　　△允慧這才看到建和的座位，井井有條之外，旁邊有個相框，裡面是兩姊弟的合照，OA板上還用便利貼寫了很多工作事項與心得。

和平：你們沒住一起，姊弟感情還這麼好，真是讓人羨慕。

允慧：我弟會跟你們提起我？

和平：我還知道你是臨床心理師。他什麼事情都會跟我報告，我下次也會好好說他，多跟家人交流才是最重要的。

　　△允慧拿著便當袋，心緒複雜。

允慧：我該走了，不打擾了。

和平：沒有打擾，有空常來坐坐。

△允慧對和平連連致謝，離開辦公室。

△和平目送著允慧。

15. 內　嘉文租屋處　日

△建和放下一袋食物，看看周遭從被警方搜索後就沒整理的環境。

△嘉文坐在凌亂的沙發上，臉上貼著紗布，一臉低落頹唐。

建和：你吃點東西吧。

△嘉文看著建和，沒有回應。

△建和開始收拾地上的雜物。

嘉文：（微弱）別弄了，我沒差。（看建和還在動作）我說別弄了！

△建和動作一頓，忖度，放下手中的雜物，走到嘉文旁邊坐下。

△嘉文手上拆著一捆打結的音響線，拆不開，煩躁扔下。

建和：警察一天到晚找你麻煩，這種時候才需要有人幫忙，不是嗎。

嘉文：你懂個屁。我跟你不同，我哪需要把廢物警察放在眼裡。

△嘉文把建和推出去，門還沒關上時，建和攔住門說。

建和：雖然我們中間有段時間沒聯絡，但我沒忘記，小時候我被欺負，你拉過我一把。現在換我幫你了。

△嘉文抬起頭來，定定看著建和。

嘉文：我現在還不知道自己想怎樣。但我有事的時候，你會來嗎？

△建和真摯的回望嘉文。

建和：我一定會。

16. 外　高德分局外停車處　夜

△小路翻出包包裡的資料。

△資料先是幾張影印的剪報，上面印著：

陳宏亮高票當選卻痛失愛妻

小路：陳宏亮是政治世家，他跟門當戶對的孫翠華結婚，當選議員同時，孫翠華卻急病過世，這件事當年新聞很大。

△曉其邊聽小路說，邊拿出藥瓶，吃下頭痛藥。

曉其：你剛說到陳宏亮老婆過世，然後呢？

小路：別再把藥當糖果吃了，這給你。

△小路拿出在沈藥房買到的維他命。

曉其：你說下去。

　　△小路搖搖頭，繼續拿出剪報。

　　△另一張剪報：

陳宏亮議員成立憶翠基金會資助貧戶

小路：孫翠華的死，激起了民眾對陳宏亮的同情。她生前熱心公益，陳宏亮延續
　　　亡妻的遺願照顧弱勢，讓他每次都贏選舉。

　　△小路拿出幾張放大的照片以及畢業紀念冊影印的相片。

小路：這是我從陳宏亮前助理那邊拿到的資料，在陳宏亮妻子過世之後，陳宏亮
　　　有了別的女伴。

　　△小路指指畢業紀念冊影印的相片。

小路：他們高中老師說她就是陳宏亮高中時交往對象，趙佩芬。

曉其：沈嘉文的媽媽。

小路：孫翠華過世之後，陳宏亮開始帶著趙佩芬一起出席對外活動，一年多以
　　　後，沈嘉文出生了。

曉其：這有什麼關聯？你意思是沈嘉文可能是陳宏亮的兒子？

小路：（點點頭）我透過記帳士弄到了沈嘉文父親禮品行的帳本，他的客戶幾乎
　　　都與陳宏亮有關，他應該是用這個方式資助他們母子，沈嘉文伯母提到趙
　　　佩芬的時候很不屑，還說他們母子後來有別人在養了，沈嘉文的爸爸生前
　　　會對妻子和小孩動手應該也是這個原因……這是最合理的推測。

　　△曉其在筆記本上記錄著。

小路：你們今天去查張明美，有收穫嗎？

曉其：我只看見一個關心女兒，但不知道該怎麼做的媽媽。

小路：母女之間有代溝對吧。雨萍也是這樣……她爸媽要她嫁人，不准她學畫
　　　畫，所以她才離家。

　　△曉其有點感觸。

曉其：嗯，鄭嘉儀面對的是極度重男輕女的家庭，所以才會北上，拼命想考上會
　　　計師證明自己。彤妹失蹤前，也是在跟尚勇吵架。

小路：我有聽說。

曉其：彤妹不想讀大學，想跟袁子晴一起開店。尚勇卻覺得小孩子一定要讀大學
　　　才有前途。

曉其：人總是習慣把自己所擁有的一切視為理所當然，總要等到失去之後，才明
　　　白這世上沒有人該無條件的理解你和愛你，除非你也付出努力。等想通

　　了，也來不及挽回了。
　　△小路明白曉其指涉，心疼地看著他。
小路：都這時間了，要不要去吃點東西再回去工作？
曉其：不了，太多事要處理。（揮揮手中資料）謝謝你。
　　△小路笑笑，目送曉其離去。

17. 內　專案小組　夜

　　△牆上的日曆鐘顯示著深夜，專案小組內空無一人。
　　△曉其吞了顆藥。站在白板前，貼上張明美的照片，添上新的線索。

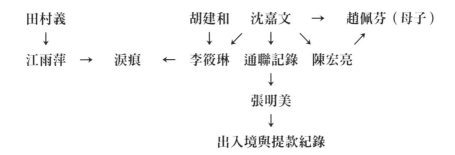

　　△曉其看向一旁受害者們的照片，凝視片刻江雨萍，看回田村義。
　　△曉其忖度。

18. 內　外　監獄會客室／曉其車上／安養院內／醫院外　日會客室內

　　△會客室內，曉其坐在沙發閱讀文件，旁邊有個科員陪著。
曉其：他的資料上就說他服刑兩年多來從來沒人探視過他，也沒有家人紀錄不是
　　　嗎？
科員：所以他突然有安養院通知，然後還想提出探病申請，我們也覺得很奇怪，
　　　規定上是無法讓他外出探病的。
　　△曉其點點頭，仔細翻閱著文件，思索。
　　△鏡跳曉其車上，串曉其與科員對談 VO。
曉其 VO：他平常行為怎麼樣？
　　△曉其的車往偏僻的山區開去。
科員 VO：行為很正常，沒有特別被扣分，只是被借提之後的這幾週有時候情緒

比較不穩定，但也沒什麼反常的舉止。只是，他在這之前，對於與人互動還有參與比賽獲取假釋積分等沒什麼興趣，好像他完全不想提早假釋一樣。

△鏡跳安養院內，曉其隨著看護走進房間。

看護：田伯伯剛剛吃完藥才睡著。

　　△曉其點頭道謝，看護離開，曉其看著床上氣色虛弱的田父。

19. 內　監獄教室　日

　　△曉其和村義對坐。

曉其：你父親病情已經穩定下來了。

　　△村義眼神透露出一絲寬慰。

　　△曉其開口——

曉其：你認識沈嘉文對吧。

　　△村義一愣。迅速反應，回復到先前被偵訊的神態。

村義：你想要聽我說認識，還是不認識？

　　△曉其注意到村義的反應。

　　△曉其把一份文件遞給村義。

曉其：你突然想申請探病，一定是發生了什麼會讓你擔心家人的變化。假設你在
　　　　這裡坐牢是受人脅迫，不如聽我的，轉作證人，坦承你知道的事情——

　　△田村義別開曉其眼光，似乎想到什麼，打了一個哆嗦，踡在椅子上。

　　△曉其察覺他的肢體變化，追擊。

曉其：我會想辦法讓你早點出去陪伴你爸爸，連續殺人案和你受到的威脅就可以
　　　　到此為止。

　　△村義，開始咬指甲，看起來焦慮猶豫。

村義：是嗎？

　　△曉其注意到跡象，不動聲色。

曉其：你還有機會救到其他人，我等你答案。

　　△村義看向桌上的文件，眼角不斷抽動。

　　△曉其凝視著村義的反應。

　　△下一場，曉其的聲音先in——

曉其VO：根據田村義的反應，我判斷他動搖的可能性很大。

20. 內　專案小組　日

　　△文愷與曉其正在白板前討論案情。

曉其：幫我密切注意監獄那邊的狀況，如果沒有回報，提醒我回去關切。

文愷：我會再追蹤。

　　△曉其在田村義的的照片旁邊紀錄下訪視日期，然後看向張明美的資料位置。

曉其：張明美這部分查得怎樣？

文愷：鑑識科說那些國外寄回來的信，郵戳都是假造的，我們也跟郵政查詢過了，根本就沒有那幾筆郵務紀錄。出入境管理局那邊說張明美沒有出境紀錄。

曉其：所有的證據快要連起來了。

　　△大超快步走進。

大超：張明美的提款紀錄拿回來了。

曉其：把提款機位置標到地圖上。

　　△大超聽命，馬不停蹄的到地圖前，對照著手上的筆記本一筆一筆貼上磁鐵（磁鐵、用筆畫圈或圖釘等記號方式可換）

　　△大超一邊標註，似乎注意到什麼——

大超：郭檢，你看這些位置！

　　△曉其看去，拿起筆圈了三個圈。

曉其：幾乎都是在沈嘉文老家、租屋處還有Kink附近領的錢。

　　△曉其組織了一下線索。

曉其：沒有出國，提款卡被冒用加上與家裡沒聯絡，張明美很可能已經遇害了。

21. 外　嘉文老家外　日

　　△一個女警陪著嘉文母（佩芬），正在安撫她。

女警：趙女士，這是檢察官開的搜索令，我們要針對重大刑案蒐集證據，請您配合，很快的，不要擔心喔。

　　△佩芬搞不清楚狀況，擔憂的看著警察進進出出。

　　△曉其站在院子，耐心等候著前方已經開挖了一段時間的警方。

　　△片刻，員警停下了鏟子，蹲下，用手撥土。

　　△大超趨近檢查，瞪大眼——

大超：郭檢！挖到了！

△曉其過去看。

△時間經過……

△土壤果然出現整副白骨以及分解的衣物碎片。

22. 內／外　嘉文租屋處／專案小組／工地／各地橋樑與要道　日

△嘉文租屋處，文愷帶隊攻堅破門而入。

△屋內一片狼藉，看得出倉皇收拾逃離的痕跡。

△文愷撥電話——

文愷：檢座，他跑了。

△專案小組，曉其幫通緝令蓋章，遞給大超。

曉其：通知各分局派出所，全面通緝沈嘉文。

△工地，陳宏亮站在一排貴賓中間正要剪綵。

△一個助理默默上來，向宏亮耳語。宏亮色變。

△專案小組內，曉其拿著一份清單向全部成員宣布。

曉其：清查陳宏亮與憶翠基金會名下所有物業，全副武裝，小心行動！

△大量警車從高德分局接連駛出。

△各地橋樑、主要道路都設了臨檢路障。

△下一場，育修播報新聞的聲音先 in——

育修VO：為您插播最新消息，連續殺人案有了重大突破！

23. 內　TNB 攝影棚／節目部　日

△攝影棚，育修在主播檯上即時播報。

育修：經過連日鍥而不捨的追查，檢警對夜店知名DJ沈嘉文發佈通緝令，並在他的老家挖出一具遺骨……

△YBS、公信電視臺主播播報畫面。

YBS主播：初步研判被害人已經死亡超過兩年，同時也為這起兇殘的連續殺人案添上了第四名受害者……

公信主播：而檢警也隨即向沈嘉文發佈了通緝令，盼能即刻將他逮捕到案。

△TNB節目部，各方消息湧入，整個電視臺忙得不可開交。

△小路從印表機拿出列印的資料，轉身快步小跑步到和平座位旁。和平正在順稿。

小路：和平哥。

　　△和平停下喃喃順稿。

和平：你說。

小路：檢警搜索陳宏亮名下所有物業，陳宏亮取消所有行程、目前無法聯繫上。

　　△和平快速想了想。

和平：找他的發言人，沒有的話就去他們黨團隨便抓人問，一定要挖到對陳宏亮
　　　的說法！

小路：好。

和平：還是沒看到建和？

小路：照理來說，他今天應該要進來的。

和平：打給他確認，把他叫回來！

　　△和平說著拿起手機也撥號。

　　△小路轉身回座位。同事們此起彼落接著電話。

　　△和平在座位上喃喃順稿，再度按出手機撥號。

　　△撥號聲響著。沒接通。

　　△小路跑回。

小路：打不通。對了和平哥，經理要我提醒你待命接通天棚，從下一個整點開始
　　　喔！

和平：把他叫回來你聽不懂人話嗎？

　　△和平突如其來的劇烈反應讓小路一驚。

　　△和平稍微緩和語氣。

和平：編輯臺的事我會注意。去把事情辦好。

　　△小路點點頭，回到自己座位。

24. 內　卡拉OK／三溫暖／專案小組　日

　　△卡拉OK裡，大批武裝員警走出，搖頭。

　　△飯店櫃臺，一個員警拿起手機，撥號。

　　△專案小組內，電話四起，留守員警紛紛接聽，曉其站在地圖前。

員警A：郭檢，卡拉OK跟三溫暖沒有發現。

員警B：活魚餐廳跟酒店沒有發現。

大超：夜店沒有發現。

　　△曉其把地圖上標示的圈都打了叉，文愷快步走來。

文愷：好幾個議員打來關切什麼時候要撤路障，市長秘書也打來問了。

　　△曉其看向地圖。

曉其：陳宏亮的全部產業都撲空了？

　　△文愷看著曉其，不做回應。

　　△曉其辦公桌的電話響起，大超幫忙接聽。

大超（對彼端）：專案小組您好，郭檢在……是，請稍等。

　　△大超按下保留鍵，神色緊張。

大超：郭檢，檢察長找。

　　△眾人都看向曉其，氣氛緊繃。

　　△曉其也糾結了片刻，咬牙——

曉其：叫他們等一下！現在不是放棄的時候！

　　△大超面露喜色，高聲回覆電話。

大超（對彼端）：報告檢察長！請再給我們一點時間！

　　△曉其皺著眉走到長桌前，一本一本翻開資料與相片集。

曉其：陳宏亮……憶翠基金會……張明美……

　　△曉其快速瀏覽陳宏亮的產業清單，放下。

　　△曉其再拿起張明美的照片與信，放下。

　　△曉其拿起張明美的屍骨照片，瞬間想起什麼——

　　△曉其再拿起小路找到的舊照片（S11孫翠華、趙佩芬照片），開口。

曉其：（喊）所有人！查趙佩芬的名下財產！

所有人：收到！

25. 外　道路　日

　　△大量警車出發，開在通往嘉文行凶別墅的道路上。

26. 外　別墅外　日

　　△夕陽金光下的山區，手機鈴聲大作。

　　△嘉文左肩揹著大行李袋，吃力的走到一臺破舊的二手車旁，一臉焦躁的把行李甩在地上，接起手機。

嘉文：（對彼端）到了你就過來，問什麼問！

　　△建和在機車上，在山路上東張西望。

　　△嘉文看到建和，大喊——

嘉文：瞎啦！這邊啦！

　　△建和聞聲，騎過來，停下機車，看到嘉文正把行李甩進後座。
　　△嘉文的跑車停在一邊。
　　△嘉文看到建和停在幾步以前，怒斥。
　　△建和趕緊上前。
嘉文：問屁啊。上車。
　　△嘉文邊說，邊打開車門。
建和：你不是說要我陪你去自首？
嘉文：快點上車！
　　△建和被吼，有點膽怯的往副駕駛座走去。
　　△走了兩步，建和又覺得不對，走回嘉文身旁。
建和：不是要自首？自首幹嘛帶行李？
　　△兩人拉扯。
嘉文：誰她媽跟你說我要自首！白癡啊你！
　　△建和推開嘉文。往駕駛座去。
嘉文：我不這樣說你怎麼會來？
建和：不要再錯下去了！
建和：沒有時間了，我來開車。
　　△嘉文撿起一顆石頭。往建和腦袋一揮。
　　△隨著建和倒下，嘉文在車子另一側看見姊姊幻影。

27.內／外　嘉文車上　昏

　　△車燈橫掃過蜿蜒山路，才看到嘉文的車狂飆而來。
　　△嘉文單手握著方向盤，另一隻手點菸猛吸。
　　△突然，連續幾臺警車在對向車道駛來，與嘉文車瞬間擦身而過。
　　△嘉文看見，神情更是緊張。
嘉文：操！
　　△嘉文裝沒事過去。建和聽見警車聲醒來。
　　△嘉文抽完了一根菸，把菸屁股往旁邊一扔，叼起另一根要點。
　　△建和掙扎著坐起。
建和：嘉文，不要再錯下去了，你跑不掉──（被打斷）
嘉文：閉嘴！我剛剛為什麼沒他媽把你打死！
建和：你先冷靜一點！

　　△嘉文越來越激動，手中的打火機怎麼點也點不著，頻頻分神低頭。

　　△嘉文還在嘗試點菸，建和的囉嗦讓他忍無可忍，把菸跟打火機都用力扔了，透過後照鏡怒瞪建和。

嘉文：胡建和我警告你——（愣）

　　△嘉文轉過去要說的時候，突然從後照鏡看見後座出現了姊姊幻影！

　　△建和跟著嘉文視線看向旁邊。

　　△幻影不見了，嘉文不安查看四周。

嘉文：操！沈嘉雯你夠了沒！

　　△嘉文丟菸蒂。

　　△建和聽到，起疑。

建和：你……你又看到你姊？

嘉文：（喃喃）沈嘉雯你不要再讓我看到你……

建和：嘉文，這樣很危險，我們先靠邊停。

　　△嘉文無視建和，喃喃自語和姐姐對話，繼續開車。

　　△此時，嘉文的手機響起。

建和：還有機會重新來過。我叫我姊幫你。

　　△建和想去抓手煞車，嘉文往後架建和拐子。

　　△此時，嘉文的手機再度響起。

　　△嘉文的眼中充滿恨意和殺意，重踩油門。

嘉文：（吼）沈嘉雯你給我出來！

　　△建和倒在後座上。

建和：拜託你停下來！我知道你不是這樣子的。我拜託你停車！

嘉文：（吼）不要管我！

　　△車子擦到一下山壁。嘉文扭回方向盤。

　　△姊姊幻影再度出現在路中央，盯著嘉文。

　　△車子急速往前，瞬間離女童幻影越來越近——

　　△嘉文腦中瞬間閃回數個兒時被媽媽妝扮的片段，哭泣的自己。

嘉文：（吼）你去死！

　　△手機鈴聲一直持續著。

　　△建和掙扎從後座往前，想攔阻嘉文。

　　△嘉文加速往幻影撞去，溢出淚水，對著眼前的幻影大吼。

嘉文：我才是沈嘉文，我才是沈嘉文！

　　△前方卻又是彎路，整臺車失速撞上護欄。

　　△一瞬間，嘉文失神露出微笑。（Slow）

　　△護欄被衝破，車子失速下墜。

28. 內　醫院辦公室　夜

　　△電話鈴聲響起，無人接聽。

　　△允慧桌上有個打開的筆記本，沒蓋上筆蓋的鋼筆也還在筆記本上。

　　△電腦開著，論文的文件檔，游標正閃爍。

　　△電話依舊響個不停。

　　△允慧忙碌中接聽電話臉色一變，眼淚滴落，激動不已。

29. 外　車禍現場　夜

　　△曉其抵達車禍現場，他下車後，後方警車與救難車紛紛趕上，閃光照在夜色中。

　　△橋下，曉其前往查看車禍現場。

　　△車禍現場煙霧瀰漫，嘉文車掉落在山壁間，劇烈變形，擋風玻璃全碎，車燈還兀自亮著。

　　△沈嘉文的屍體掛在樹叢間，身體被樹枝貫穿。

　　△從破碎的車窗望進去，建和的屍體夾在扭曲的鈑金與座位之間。

　　△曉其站在離現場幾公尺處，拿著手機，面如死灰的看向車內建和死不瞑目的遺體，就好像建和也看著他。

　　△曉其痛苦，轉身離開現場回到橋上，吞了顆藥，整理情緒。

　　△封鎖線外擠滿了不斷試圖拍照、探問的記者。

珮華：請問能不能先透露一下傷者的身分？車上還有其他人嗎？

記者A：有消息指出車上的人是被通緝的沈嘉文？警方這邊如何回應？

記者B：有發現被害者嗎？能再多透露現在情況嗎？

警察：退後！退後！

　　△大超快步來到曉其身旁，打開手中筆記本。

大超：郭檢，法醫那邊的初步結果出來了，他說沈嘉文沒繫安全帶，撞擊當下穿過擋風玻璃落在灌木叢中，頭部變形，身軀被刺穿。後座的胡建和頸椎斷裂，多處骨折，都是當場死亡。

　　△曉其聽了，第一時間沒有反應。

　　△遠方，閃光燈閃個不停。

　　△曉其回神，喉嚨有點沙啞，轉向身邊的大超。

曉其：……請吊車來，第一時間蒐證完畢後把整臺車吊回去地下停車場，指紋、
　　　鞋印、毛髮、泥土都仔細採樣。

大超：是。

　　△大超交代一旁刑警。

　　△此時，橋下作業區域傳來一陣喧嘩。

　　△曉其看去，文愷正快步跑來。

文愷：郭檢，形妹在後車廂！還有生命跡象！

　　△隨後形妹被救護人員擔架抬出來，曉其和大超急靠近查看形妹狀態。

大超：形妹！

　　△大超難過的喊著形妹，一起往救護車去。

　　△記者們騷動拍照。

珮華：被害者還有生命跡象嗎？那是林尚勇警官女兒林羽形嗎？

記者A：被害者身分有確認了嗎？

記者B：被害者生還嗎？凶手是否已經死亡？

　　△曉其看著形妹救護車離去，手裡緊緊握著藥瓶。

　　△下一場，新聞播報聲先in──

和平VO：各位觀眾朋友晚安，我是陳和平，不間斷為各位帶來最新消息。

30. 內　TNB攝影棚／副控室／節目部　夜

　　△和平坐在主播臺，專注播報即時新聞。

和平：繼續來關心連續殺人案的最新發展，日前在沈嘉文老家挖出白骨後，警方
　　　下達全面通緝，在各主要道路與橋樑設下路障展開圍捕，同一時間，更大
　　　規模搜索議長陳宏亮名下的二十多個產業，可惜卻無功而返。

　　△副控室，製作人從監聽耳麥對和平下指示。

導播：有快訊，直接幫你插下一則。

　　△有人邊講電話邊快速打字輸入讀稿機。

　　△攝影棚，和平看著讀稿機。

和平：接下來，為各位觀眾插播一則最新消息。

　　△和平不慌不忙的接續播報──

和平：雙溪產業道路發生一起死亡車禍，警消抵達現場展開鑑識，發現死者就是

遭通緝的連續殺人案嫌犯沈嘉文，他的車輛在南向二十三公里處衝破護
欄，跌下山崖、當場死亡……同時，車上還有另一名死者，身分為……

△突然，和平頓了一下，喉頭一陣哽咽。

△節目部，小路、永坤和幾名同事看著牆上電視機裡和平正在播報的畫面。

△電視畫面：和平調整了一下呼吸，壓抑住情緒反應，繼續開口——

和平VO：<u>另一名死者身分為現年二十九歲的胡建和。</u>

△小路一愣，摀著嘴，不可置信，辦公室內一陣浮躁，低聲討論建和為何在
車上。

和平VO：<u>而日前受到嫌犯拘禁的人質，也就是高德分局偵查隊林尚勇小隊長的
女兒，林姓女子，在後車廂被尋獲，仍有生命跡象，我們把畫面交給現場
連線記者珮華。</u>

△監看畫面裡，新聞畫面切換到現場，連線記者正背對封鎖線播報。

連線記者VO：<u>是的，主播。警方剛才已經出動機具，鋸開凶嫌後車廂，終於找
到失蹤多時的林羽彤，目前救護人員緊急將她送往最近的醫院。我們可以
看到車禍現場相當凌亂，其餘蒐證工作仍在進行中，最新消息，本臺將隨
時為您掌握……以上是SNG現場的報導，我們將鏡頭還給棚內主播。</u>

△攝影棚，淚水從和平眼中不停落下。

△副控室，導播發現和平的狀態，按下控制介面跟棚內的和平說話。

導播：和平！你OK嗎？

△攝影棚，和平輕輕拭去眼角的淚水，深吸一口氣，睜開眼對著鏡頭比了一
個OK的手勢，再度打起精神。

連線記者VO：<u>以上是SNG現場的報導，我們將鏡頭還給棚內主播。</u>

△節目部，小路與永坤以及同事繼續看著電視。

△電視畫面：和平紅著眼眶，依舊保持專業的播報。

和平VO：<u>連續殺人案發展至今，是否能隨著凶嫌車禍意外落幕，一切都還有待
檢警後續釐清。</u>

△永坤搖了搖頭，嘆氣。

永坤：陳和平一定很難過，他對建和那麼好，唉……

△永坤難過，略略側過身，低頭擦眼鏡。

△小路的眼角也漸漸泛淚……

31. 內　手術室外　夜

　　△醫師對著曉其與大超說明。

醫師：病患目前腦震盪昏迷，全身處骨折與挫傷，驗傷結果顯示曾被性侵，身上
　　　多處傷痕，推估可能有遭受長時間虐待。

曉其：拜託你們一定要把她救起來！

醫師：我們會盡力。

　　△醫師說完，對二人致意，走回手術室。

　　△大超掩不住情緒激動，眼眶都濕了。

大超：還好勇哥現在沒有看到彤妹，不然一定受不了。這對父女都被凶手害成這
　　　樣，媽的，死了活該。

　　△大超抹了抹眼角。

大超：我一定會更認真辦案，給勇哥一個交代。

　　△曉其壓抑著情緒。

32. 內　別墅地下室　日

　　△地下室此刻被打開所有照明，空間一覽無遺，彷彿一個大型中央廚房。

　　△牆壁角落、地上排水孔殘餘著無法刷洗掉的血垢殘跡。

　　△鑑識科人員小心翼翼地搜索、編號、拍照。

　　△曉其環視四方，看著破損的電視以及滿地的紗布與酒瓶。

　　△工作人員陸續把證物裝袋，放到一張工作長桌上。

　　△拇指銬、剁刀兩把、鐵鎚、帶血跡的鋸子、皮鞭、繩子以及好幾綑膠布。
　　　還有一個些許破損的無臉橡膠面具。

　　△曉其仔細檢視桌上的刑具。拿起橡膠面具，思索。

　　△大超邊說，邊一臉嫌惡地看著周圍陳設。

大超：這些被囚禁的女生一定很痛苦。

　　△曉其走進沖洗區，隔著簾幕看著外面移動的員警

　　△此時，樓上傳來吆喝聲——

<u>文愷OS：挖到遺體了！</u>

33. 內　別墅庭院　日

　　△嘉文的跑車與建和的機車還停放在那裡，鑑識人員包圍著搜查。

　　△庭院被挖開數個坑洞，員警們圍著其中一個洞。

△洞裡面有一具缺了右手掌的女性屍首。

第六集，結束。

第七集

序　外連內／內外　北區地檢署門口連大廳／太平間（憶）　日

　　△各家電視臺SNG車守候在外。

　　△記者正對著攝影機播報。

記者A：檢警發布對連續殺人案嫌犯沈嘉文的通緝，並且進行大規模搜索之後，昨日晚間傳出沈嘉文和另一名疑似共犯雙雙車禍身亡。檢警在嫌犯後車廂救出唯一一名倖存者，也就是先前遭到綁架的林羽彤。檢察總長伍樹德今天來到松延市地檢署，正在就整起案件調查情況親自進行回應。

　　△樹德、啟陽面前架滿了麥克風，曉其和幾名地檢署人力隨在一旁。

樹德：連續殺人案發生到現在，多虧司法單位同仁通力合作，不僅追緝到嫌犯的下落，也成功救出受害者，讓人感到相當欣慰。

　　△曉其回憶：太平間，白布揭，允慧垂淚，倒在曉其懷中。

記者C：可以說震驚社會的連續殺人案已經宣告結束了嗎？

樹德：我們的目標一直沒變，就是抓到凶手，給大眾交代。目前本案可望以最快速度偵結。

　　△曉其錯愕看了樹德一眼。旁邊記者迅速發問。

　　△樹德在啟陽陪同下準備離去。

　　△曉其看著長官的背影，按捺，與其餘眾人也跟著要離去。

　　△記者遞麥追問。

記者B：郭檢，外界對你有很多不滿與質疑，你對自己這次表現打幾分？

記者A：檢方不是偵訊過胡建和嗎？怎麼沒發現他是凶手？

記者A：這麼久都查不出真相，直到嫌犯發生車禍意外，受害者才幸運獲救，你要承認自己無能嗎？

　　△曉其回憶：閃回訊問建和、嘉文以及被害者遺體畫面。

　　△曉其回憶：允慧無力地走出太平間，曉其安慰哭泣著的允慧。

曉其：允慧，有件事要跟你說，接下來我們必須解剖建和的遺體。

　　△允慧一愣。

　　　△曉其：警方也會去搜索你們家。

允慧：你們現在真的把建和當凶手嗎？

　　　△曉其看著允慧沒有說話。

　　　△允慧大感意外，無法接受，轉過身，背對曉其遠離他幾步，越想，越發悲
　　　　從中來，抬起頭，試圖抑制眼淚掉下。

允慧：建和不可能殺人！

曉其：還有很多疑點必須釐清，（允慧反應）別這樣，允慧，我是檢察官，我不
　　　能隨便下結論。

　　　△曉其上前，允慧卻後退，眼神警戒著曉其。

允慧：郭曉其，我只問你一句，在你眼中，我弟到底是不是凶手？

　　　△曉其看著允慧，良久，嘆。

曉其：我不知道。

　　　△允慧掉淚，點點頭，表示她明白了曉其的意思，轉身，獨自離去。

　　　△曉其沒有追，就這麼看著允慧遠去。

　　　△回現時，曉其停下來回應。

曉其：我沒有結案的打算。全案還有許多地方有待釐清。

　　　△啟陽和樹德錯愕。記者們湧上詢問曉其。

記者C：你這樣是公開跟總長唱反調嗎？

記者B：凶手已經身亡，你遲遲不宣佈破案有什麼原因？

　　　△啟陽把曉其拉下，搶先代為回答。

啟陽：我們已經確認了凶嫌的行凶地點和凶嫌作案用的相關工具，以及相關錄影
　　　帶等證物。斷掌案受害者鄭嘉儀的遺體也在同一地點尋獲。近日就會完整
　　　向社會公布。謝謝各位。

　　　△檢方匆匆在媒體包圍下離場。

進片頭「模仿犯」

1. 內　地檢署大廳角落　日

　　　△眾人走到角落，樹德沉著臉，啟陽率先斥責曉其。

啟陽：你拿整個檢察體系當空氣啊！

曉其：我說的是事實。全案還沒調查完畢，我們拿什麼簽結？

樹德：讓整個司法體系的顏面掃地，你就能破案嗎？對社會大眾而言案情已經水

落石出了，被害者家屬也需要一個結論。

曉其：結論必須基於事實真相，而不是隨著充滿臆測與想像的媒體報導起舞。現
　　　有的證據甚至不足以判斷共犯，與其給受害者家屬虛假的信心，為什麼不
　　　告訴他們真相？這個社會沒有辦法面對現實嗎？

啟陽：你的回應只會讓大家的處境更加為難。

樹德：我和部長討論過，不能再拖了。（看啟陽）留幾個人整理資料，專案小組
　　　即刻解散。

曉其：再給我半個月。要結案，我結。

樹德：給你十天。

　　　△曉其點點頭，樹德偕啟陽離。

2. 內　允慧建和家連門口　日

　　　△警方搜索建和允慧住處。

　　　△允慧坐在餐桌邊，失神望著警方搜索建和房間。

　　　△允慧看著擦身而過的警察手中箱裡的建和遺物，傷心。

　　　△曉其走進屋內。

　　　△曉其低聲主動開口。

曉其：帶走了哪些物證，我會親自核對清單，調查完也會當面還給你。

　　　△允慧沒回話看著了一眼曉其，曉其低下頭來。

制警：郭檢，我們這裡搜索完畢了。

　　　△曉其點點頭。

　　　△搜索人員一一往門外離開。

　　　△允慧起身往建和房間裡走。

　　　△曉其看著允慧背影。

3. 內　禮儀公司靈堂　夜

　　　△簡單樸素的靈堂裡，允慧獨自在建和遺照前整理著香案。

　　　△外頭閃光燈起落，幾家媒體記者拍攝她。

　　　△靈堂外，保全守在門邊，幾家媒體的記者在外拍攝允慧。

記者：嫌犯之一的胡建和靈堂無人聞問，死者家屬拒絕受訪，持續冷處理外界對
　　　案情的關切。

　　　△此時，一陣騷動從後傳來，記者聞聲轉頭。

　　△只見子晴父高舉著子晴遺照，一路怒罵而來。

子晴父：（斥）還有天理嗎？人死了就算了嗎！我要為我女兒討回公道！

　　△允慧回頭，見子晴父與保全引發推擠，記者們紛紛爭先拍攝。

　　△此時，子晴母趁隙突破保全防線，長驅直入到靈堂內要砸建和靈位。

　　△允慧趕緊上前阻止。

允慧：等一下，不可以！

子晴母：這種人有什麼臉辦公祭！你縱容你弟，你給我道歉！

允慧：我相信他什麼都沒做。

　　△子晴母給了允慧一巴掌。

子晴母：虧你說得出來。我女兒的死你要怎麼說？你也是共犯！

　　△子晴母說著拿起雨傘就要打允慧，和平跑進來攔住子晴母。

子晴母：（嚷）你不要拉我！為什麼你們要幫殺人凶手？王八蛋！

　　△小路接著趕到，護著允慧，隔開子晴母。

　　△媒體擠上前搶拍。

小路：別拍了！

和平：各位，還家屬一個空間吧。

　　△和平小路阻止媒體包圍允慧。子晴母趁亂用雨傘將建和靈位掃到地上。

　　△保全前來維持秩序，將子晴母往外帶離。

　　△允慧上前，拿起建和靈位，卻已裂了一角。

　　△小路、和平幫著允慧把靈位放回原位。

小路：你還好嗎？

　　△允慧看著建和靈位，說不出話來。

　　△小路心疼。

和平：對不起，這麼晚才來看建和。

　　△允慧點香交給和平與小路，二人祭拜建和。

　　△和平對著建和遺照喃喃說話，恭敬拜祭，才把香插上。

　　△允慧欠身致意。

和平：小路，我們在這裡多陪建和一下吧。

小路：嗯。

　　△二人在建和靈前坐下。

　　△允慧也坐下，三人不再對話，靜靜並肩而坐。

4. 內　專案小組／尚勇病房／彤妹病房　夜

△曉其面前擺著建和住處搜來的證物箱，桌上放著建和的工作證。

△證物箱裡有十幾本建和的日記本和各式紙本資料，幾本新聞剪報簿，一疊疊節目錄製的流程表等等。

△他拿出一本日記，看，又再從箱子裡拿出一本翻看。

△過程中，曉其拿出藥片要吃，空了。頭痛無法集中精神，只得又翻回前面，重新再看。

△一隅，文愷、大超和其他警察整理著其餘證物資料。

文愷：目標都死了還不結案。你們以前跟他辦案，他也是這樣，搜到的什麼日記筆記便條紙，他全部都要親自看一遍？

大超：你才知道，不然龜毛其的這個名號怎麼來的？

△曉其專注看著建和的日記。

△建和拙拙的筆跡，簡短記錄著工作生活內容概要、記帳、待辦事項：

　　×月×日。聯繫受訪者，說話太小聲，要改進。和平鼓勵轉攝影。

　　×月×日。導播檢討。V8維修。換機油。

　　×月×日。姊打來問漏水修理。繳電費。

△曉其又翻了幾頁，闔上。

曉其：囚禁被害者的地下室，現場採證的情況整理出來了嗎？

△文愷、大超收斂，大超翻開筆記本。

大超：鞋印和指紋報告都出來了。地下室除了找到幾位被害人的指紋，另外還有多枚指紋，其中確定有吻合沈嘉文和田村義的，但卻沒有胡建和的。至於鞋印，鑑識那邊看過他的鞋子，說胡建和走路施力的重心跟別人不一樣，鞋印比較特別，地下室的鞋印裡面，也沒有相符的。

曉其：你們怎麼看？

文愷：會不會都是沈嘉文對外大張旗鼓犯案，胡建和負責收拾殘局，他盡可能避免自己留下痕跡？

曉其：凶手善於利用媒體嘲弄，這點也是胡建和被懷疑的重要因素。他每天都有十個小時以上待在電視臺，如果凶手真的是他，從他過去的工作中應該會有跡可循。造冊清查，胡建和進TNB以來參與過的所有工作。

文愷：是不是從……（思索）……九五年三月江雨萍失蹤後開始？

曉其：我是說全部。

文愷：全部？

△曉其直視文愷，文愷不可置信地轉身離開。

△大超跟上文愷。

大超：學長，感受到龜毛其的威力了吧。

文愷：他孤家寡人可以整天耗，我多久沒帶老婆小孩出去玩了。專案小組要是再不解散，我看我的婚姻先原地解散了。

大超：他是不近人情沒錯，可是跟他工作到現在我發現啊──

△大超的聲音串以下畫面。

△彤妹病房，醫師與護理師剛巡完，簽了表格之後離開。

<u>大超VO：我知道郭檢有點偏執，但我從跟他工作到現在發現，要是沒有郭檢的偏執，可能我們也沒辦法找出沈嘉文，也不可能把勇哥女兒救回來。</u>

△彤妹病房，彤妹渾身都是包紮，雙眼緊閉，似是做著惡夢。

△尚勇病房，尚勇平靜的躺著，維生設備的螢幕顯示穩定的數據。

△曉其至，探望尚勇。

<u>大超VO：勇哥也跟我說過，也許他討人厭，但他是個認真的檢座。</u>

△專案小組

大超：雖然他真的很龜毛，但我相信他。

大超：就當作是為了勇哥和他女兒，我們再拼一下吧。

△文愷不置可否，用手背拍拍大超胸前口袋。大超會意，由胸前口袋中拿菸遞給文愷，文愷接過，二人並肩離。

5. 內　TNB節目部　日

△節目部監看著不同新聞臺節目的電視，傳來YBS、公信電視臺的連續殺人案的追蹤報導。

<u>YBS主播VO：根據消息指出，凶嫌沈嘉文是議長陳宏亮的私生子，然而陳宏亮在警方對沈嘉文發佈通緝之後隨即安排赴美訪問的行程，出境至今一直無法取得聯繫，議長辦公室也大門深鎖，有最新消息本臺將持續為您鎖定。</u>

△允慧獨自在建和的座位，將建和的遺物收進紙箱。

<u>公信主播VO：與沈嘉文一同罹難的共犯，胡建和，我們收到獨家爆料，揭發驚人的內幕。消息指出，胡建和是TNB新聞臺的員工，因臉上有大片傷疤，導致個性異常自卑。欠缺社交能力的他，內心逐漸失常。</u>

△同事們站在走道上喝飲料議論，有人打量允慧。

△小路從自己座位站起，直直走到允慧身邊。

YBS主播VO：<u>他經常出入沈嘉文上班的夜店，每週三的淑女之夜，便是他們物</u>
　　<u>色目標的時機，有不少曾經去過該夜店的女性表示，對臉上有傷疤的胡建</u>
　　<u>和印象深刻，也對胡建和在夜店窺探女性的眼神和行為感到不舒服——</u>
　　（被切掉）

　　△小路抓起遙控器，關了電視，把遙控扔到一邊，開始幫允慧收拾。

小路：為了收視率，什麼話都編得出來，爛死了。

　　△允慧沒有回話。小路補充。

小路：我們每天跟建和從早一起工作到晚，他確實比較不擅長和大家相處。但他
　　是一個溫暖善良的人，認識他的人都很清楚的。

　　△允慧正好收到自己與建和的合照，感觸，一陣鼻酸。

允慧：謝謝。剩下的我自己來就好。

小路：警方早上已經把建和工作相關的資料都先收走了，所以剩下來的東西不
　　多。

　　△小路幫允慧把東西放進紙箱。同事A來催小路去採訪。

同事A：走了。有採訪。

　　∧小路隨同事A離。

6. 內　TNB走廊　日

　　△允慧抱著裝著建和遺物的紙箱往電梯口走。

　　△一路上，電視臺的員工都盯著她、打量她。

　　△允慧快步前進。

7. 外　TNB大樓外／計程車上　日

　　△允慧抱著紙箱走出大樓。門口閒聊的人紛紛注視她。外面有他臺媒體拍攝
　　追隨。停在大樓門口等載人的計程車司機、快遞送貨員分別打量她。

記者A：來到電視臺有想要公開對家屬道歉嗎？

記者B：有沒有什麼話要替弟弟表示？

記者C：截至目前為止都還沒有聽到你對受害者家屬的回應，什麼時候要跟家屬
　　說對不起？

記者D：講話好不好？

記者E：有沒有打算請求受害者家屬的原諒？

記者F：不說話是不是心虛？

記者 G：維護弟弟有想過受害者和家屬的心情嗎？

　　　△外面媒體圍上來，對著她一陣拍攝，允慧手忙腳亂想離開，沒人去扶她，記者們搶著拍她的紙箱。

　　　△一輛計程車停在門口。眾人紛紛讓開。

　　　△允慧倉皇要走。計程車後座車窗降下。

和平：先上車吧。

　　　△允慧認出他是和平。和平一身西裝筆挺。

　　　△和平開了車門。周圍混亂。允慧匆匆上車。

和平：大哥，麻煩往前開。

　　　△計程車駛離。

和平：還好嗎？我剛去採訪回來，沒想到會碰到妳和這種情況。

　　　△允慧讓情緒緩和了片刻才開口。

允慧：謝謝你。

和平：不用謝。這些日子來相信你也都看到了，電視臺為了競爭收視，落井下石的手段一家比一家狠。我這個當主管的都看不過去了，更何況是你對建和的心情。

允慧：我會盡量不讓自己受到影響。

和平：不是這樣的！

　　　△和平壓抑著有些憤慨的情緒。

和平：我們不能就這樣算了。所有人都在發表評論，但他們憑什麼去評斷一個他們根本就不了解的人？

　　　△允慧心酸。

和平：我們應該要說出來！不要讓這些人去欺負一個不可能再做任何回應的好人，這個社會不該是這樣運作的。

允慧：檢察總長都預告要簽結了，我不想再製造無謂的口水和衝突。

和平：事情需要被改變！

　　　△允慧意外。

和平：我每天和建和相處這麼長的時間，我了解他！我也相信他！

　　　△允慧有點感動的看著和平。

和平：你願意來上節目嗎？我們一起在觀眾面前，大聲告訴他們，建和是清白的。

　　　△允慧有些動搖。

8.內　專案小組　夜

　　△兩個刑警正在泡茶聊天，刑警A正在翻看八卦雜誌。

　　△大超搬了一個箱子進來放下，看到二位刑警，點頭打招呼。

大超：學長。

　　△刑警A把八卦雜誌推給大超。

刑警A：看，老闆又出名了。

　　△大超看到雜誌封面曉其在電視上對凶手放話的照片。

　　△雜誌標題：「無能檢查官！」

大超：報連續殺人案報到沒料了，連這種歷史都挖！

刑警A：那家的小莊很會寫啦。你給他一顆芭樂，他絕對給你一桶芭樂汁。

大超：第一次碰到郭檢的時候我就聽勇哥說過。親眼看到自己家人死掉的樣子，
　　　也難怪檢仔嫉惡如仇。

曉其：胡建和在TNB的工作日誌、參與專案資料都到齊了對吧？

　　△大超轉頭猛然一看曉其至，有點手足無措。

大超：郭檢……有，資料都整理好了……

　　△兩名刑警起身離。

　　△大超趕緊把箱子交給曉其。

大超：那，我先去忙囉。

　　△曉其看著眾警神色匆匆的離開，納悶。

　　△曉其瞥見茶几上的雜誌封面自己在電視上對凶手放話的照片，寫著「無能
　　　檢察官！連續殺人案，少女枉死，起底郭曉其全家滅門秘辛」，有點意
　　　外。

9.外／內　曉其家外／內　夜

　　△曉其背著公事包，抱著建和工作資料紙箱（連本集S8）走進家門口。

　　△客廳，坤哥氣呼呼的看完雜誌，把雜誌丟在桌上，曉其剛放下帶回來的紙
　　　箱。

曉其：你怎麼也有這雜誌？

坤哥：今天去車行大家都在講啊。你看了嗎？這些人真的太過份了！連以前的照
　　　片都挖出來！我們到底是有欠他們什麼？

　　△曉其從桌上拿起雜誌來看。

　　△內頁畫面：曉其家當年現場照、凶手重返現場模擬照。

△坤哥因為看了雜誌想起過往，悲從中來。

坤哥：我就這麼一個姊姊，我自己孤家寡人沒關係，看到你們一家幸福我也很高　　　興，你妹妹那時候這麼可愛，每次看到我就阿舅、阿舅的叫……這些人根　　　本就不知道我們的痛苦。

△曉其合起雜誌，放下。

曉其：報導就報導，過去的事情都過去了，去想它幹嘛。

△坤哥聽到曉其著麼說更是難受。

坤哥：過去怎麼過得去？傷好了疤還是在那裡。這十幾年來你不講，我也不敢　　　提，其實我們心裡都很難過，你一定比我更痛苦。

曉其：好了啦！不要再說了好不好。

坤哥：我看你這樣子過看不下去啦！你每天都只看著你的案件，生活上的事都不　　　在意，我們有多久沒有坐下來好好吃頓飯？這都不要緊，但我要是讓你把　　　身體搞壞，我沒辦法跟你爸媽交代。

△坤哥拿出兩瓶空藥瓶給曉其。

坤哥：這罐到底是在吃什麼的？上面英文寫什麼我看不懂，但我前幾天倒垃圾才　　　在垃圾桶看到一罐，今天又有！你這樣絕對是吃過量了。

曉其：我只是頭痛。爸媽都死了那麼久了，你也辛苦把我養大了，還有什麼要對　　　他們交代的？我現在只想趕快把我的工作做好，趕快破案，給受害者家屬　　　交代。

△坤哥情緒由擔憂轉憤怒。

坤哥：都是該死的阿宏，都是他殺了我們的家人，他判死刑死得痛快，留我們到　　　現在還在承受這種痛苦。

△曉其聽見坤哥這麼說卻反駁。

曉其：是我說的……是我跟他說家裡有錢……案發前幾天我跟爸爸吵架，我很氣　　　他，我明明知道家裡沒錢，但還是故意跟阿宏叔叔說家裡有，想要他去給　　　我爸難堪……

△曉其想起往事。

△INS回憶。

△兩名刑警押著上手銬，沒戴安全帽的凶手阿宏在曉其老家，模擬命案現場　　　經過，一名警察拍照紀錄。

△模擬結束，刑警將凶手帶出家門，才一出門鄰居及親友就上來追打

△年輕坤哥也氣憤衝上前打人。

<u>親友甲OS：人家供你吃供你住，讓你有工作，你恩將仇報！</u>

　　△阿宏雙手護著頭，要隨警方離開。高中曉其在旁看著。

親友乙：郭仔都還要把房子抵押才能還債了。你還跟他要錢，你是不是人！

　　△追打的人越來越多，刑警押解阿宏，經過高中曉其面前。

　　△阿宏看了高中曉其，突湊近，大吼。

阿宏：是你告訴我你爸把錢藏在家裡。都是你害的。

　　△坤哥跟上來暴怒拉開曉其。

坤哥：你跟他說什麼！你有資格跟他說話嗎！

　　△曉其木然看著阿宏在人群中被押解離去。

　　△回現時。

曉其：我沒有想到我這樣說，回家會看到爸爸媽媽、妹妹都躺在地上……怎麼叫
　　　也叫不醒……是我害死他們的……如果不是我亂說話，他們現在還會活得
　　　好好的，大家還會好好住在一起，我也不會失去他們，對不起……

　　△曉其難受的紅了眼眶，低著頭忍住眼淚，坤哥心疼，伸手摸摸曉其的頭，
　　　把曉其的頭靠在自己的肩膀上。

坤哥：傻孩子，這不是你的錯，活下來的人沒有比較好受，我們已經承受夠了，
　　　日子還是要好好過下去！好好過！

　　△坤哥拍拍曉其。

10. 內　TNB雅慈辦公室　日

　　△永坤拉開椅子，坐在雅慈面前，和平站著。

　　△雅慈看著永坤，等待他開口。

永坤：是這樣的，和平有個點子，我覺得很有搞頭，想請你也聽聽看。

　　△雅慈於是看向和平，仍一語不發。

和平：不知道雅慈姐怎麼看建和的事？我就說我自己吧，我不相信建和會犯下虐
　　　殺女孩子這種罪。我們至少要給他一點發聲的機會。連續殺人案發展到現
　　　在，各家製造的抹黑說法甚至到了影響了TNB，我忍無可忍了。

雅慈：所以？

和平：所以我邀請了胡建和的姊姊胡允慧，也希望雅慈姐能夠發揮您的人脈，約
　　　檢警相關的來賓讓他們對談，平衡視聽，或許──（被打斷）

雅慈：你想讓我再找總長上門？

　　△和平不好意思的抿嘴，繼續說。

和平：只有靠雅慈姐的力量，我們做的內容才足以超越他臺。

　　　△永坤點點頭，看雅慈，突然轉頭又看和平。

永坤：你剛剛跟我講我還沒想到，這節目要平衡視聽。你負責允慧。雅慈，你負責總長。我們一次集結深夜檔和夜間熱門時段的所有觀眾。

　　　△永坤說完，又看雅慈，等待回覆。

　　　△雅慈點燃香菸。

雅慈：我先說在前，如果胡允慧自己準備得不充分，或是論點站不住腳的話，被觀眾批評生吞活剝，我可幫不了她。還有你也是，不要砸了我節目的招牌。

　　　△和平誠懇看著雅慈。

和平：我相信這絕對是一場精彩的對談，我不會辜負雅慈姐對我的信賴。

　　　△雅慈聽著和平的滔滔不絕，不置可否，兀自抽著菸。

　　　△會議室上方的日光燈附近，煙霧瀰漫。

11. 內　TNB節目部　日

　　　△和平在自己座位讀著一封封傳真和信件。

　　　△小路快步走來，和平察覺，抬頭──

小路：你找了允慧姐上節目？

　　　△和平認真的轉向小路。

和平：我算了一下我們在車禍案之前收到的傳真和信件，一百八十三封。比往年任何時期的社會案件都要多。都是關於凶手的討論。

小路：我知道，我也讀過了。什麼亂七八糟的東西都有。有些人說他能理解凶手，還有的人提起自己朋友是凶手。

和平：最多的是說自己是凶手、一切罪行都是他幹的。

　　　△小路氣惱。

小路：就是因為這樣，如果找胡允慧上節目──

和平：這就是我邀請胡允慧的原因。建和就這樣離開了，他無法替自己辯駁，那我們總可以盡本分平衡視聽，讓社會大眾好好正視家屬的立場。

　　　△小路猶豫。和平看出。

和平：你是不是怕南清宮馬主委被批評的事情重演？

小路：當然。

和平：小路，從你做出《失蹤女子專題》這麼柔軟、有同理心的企劃，我就知道

　　你是個體貼的好人。不過，我想跟你分享兩個觀點。第一，你預設胡小姐無法承受壓力，可能是一廂情願的過度保護。

小路：我們本來就應該做最全面的設想。

和平：但她本人考慮過覺得可以，難道本人的主觀認定你也不接受嗎？

小路：但胡小姐不是媒體出身，她有可能像馬主委一樣，事先無法預期鏡頭帶給她的痛苦啊。

和平：我還沒說完。第二，我們的主旨是公平傳達建和家屬的心聲，這不僅關係著胡小姐的家務事，也可以刺激大眾注意到案子另一種可能性。你應該最懂。

小路：我懂你意思，但是，我總覺得，我也說不上來哪裡怪怪的。

和平：謝謝你，我明白你是想提醒我新聞的分寸。能把你帶回我的團隊真是太好了。你要是擔心胡小姐，多替她收集資料，其他的交給我。

　　△和平對小路投以肯定的微笑。

　　△小路也客氣地回以微笑。

　　△一名同事拿了資料進來找和平討論，小路離。

12. 內　專案小組／車上　夜／日

　　△日，車上，曉其等紅燈，抽起旁邊紙箱內一本建和日誌，繼續翻看。

　　△紅燈轉綠燈。曉其把建和日記放到副駕。繼續行駛。

　　△日，專案小組，曉其拿起一本建和日誌和手邊的建和工作清冊比對。

　　△桌上，建和的工作清冊堆成一疊，建和的日誌則堆成另一疊。

　　△曉其闔上手中一九九五年三到五月的清冊。

　　△曉其看向白板上的時間軸：

　　1995.3.14 江雨萍失蹤報案

　　1995.3.25 田村義自首

　　△曉其翻看建和日記，一九九五年三月十三日至二十七日部分，寫著：「實習派駐，南部採訪風災。忘了帶雨靴。」

　　△曉其在白板上畫出建和當時的時間軸，對不上，打了個大叉叉。

　　△一本本的日記與一本本的工作清冊被丟回紙箱。

曉其：建和似乎有不在場證明，但其他的？

13. 內　副控室／TNB 攝影棚　夜

△副控室，導播倒數，開場音樂響起，

△攝影棚，攝影機紛紛亮起紅色的錄影燈。

雅慈：歡迎收看《call in 最前線》，我是姚雅慈。

　　　△雅慈坐在主播臺，手裡握著筆，面對著攝影機，露出專業的微笑。一旁坐著樹德、允慧與和平。

雅慈：讓社會一度陷入恐慌的連續殺人案，日前因為凶嫌駕車自撞身亡，被綁在後車廂的人質順利獲救，凶嫌的作案地點、凶器、證物以及最後一個被害者的遺體隨之水落石出，整起事件看似終於落幕。然而，與凶嫌沈嘉文一同在車禍中身亡的胡建和，究竟在案件中扮演什麼樣的角色？眾說紛紜。今天我們邀請到與案件最相關的雙方現身說法。檢察總長伍樹德先生再次擔任我們的特別來賓！

樹德：各位觀眾好。

雅慈：接下來，是胡建和的姐姐，目前擔任臨床心理師的胡允慧小姐。

　　　△允慧不太習慣的看著螢幕，點點頭。

　　　△攝影棚外側，小路悄悄走來，擔憂的看著節目進行。

雅慈：最後，是本臺《深夜社會檔案》的主持人，同時也是胡建和工作上的直屬主管陳和平。

　　　△和平看向攝影機。

和平：大家晚安，大家好，我是陳和平。

雅慈：很感謝總長百忙之中抽空來上節目，我們先請總長跟大家說幾句話。

樹德：這是有史以來第一起連續殺人案，我首先要向社會大眾致歉，我們沒能在第一時間就阻止憾事，但也容我在此感謝檢警組成的專案小組，他們二個多月來不眠不休的偵辦，為我們找回了安全、平靜的社會。

雅慈：謝謝總長，檢警的辛勞大家都有目共睹。我們也知道，根據目前檢方公開的資料，胡建和被視為共同嫌疑人。胡允慧小姐，從我們接收到的資料上來看，你和你弟弟住在一起，你對他的了解有多少呢？

　　　△允慧深呼吸，鼓起勇氣。

允慧：我弟弟確實和沈嘉文認識，我們過去是鄰居，他們兩個國小國中都是同學，但就我所知，他們平時沒有交集。

雅慈：沒有交集？但就我們掌握的消息，胡建和經常出入 Kink 這家夜店，而且都是在沈嘉文有上班的日期。沈嘉文出車禍當天他也的確在車上，這又怎

麼解釋呢？

14. 內　專案小組　夜
△曉其專注的翻著建和的最後一本日記。
△突然，曉其意識到了什麼，翻回來，看見上面寫著：
　　×月×日。仍是不知道自己在幹嘛的一天。看前輩跑專題。索多瑪。
△曉其看著「索多瑪」三字，拿出建和的工作清冊比對，當天他整天都在支
　援行銷公關部協助臺慶活動。
曉其：索多瑪……
△曉其自行去證物架上找看索多瑪錄影帶，頭痛，他習慣地拿出頭痛藥片。
△吞藥喝水的同時，曉其發現專案小組的電視正播著雅慈的節目，而允慧居
　然在節目上。曉其拿起遙控器，將原本靜音的電視打開聲音。
△電視畫面中，允慧上電視節目正在談及建和。
允慧：以我對他的了解，出事那天，他一定是打算勸沈嘉文自首。
樹德：沈嘉文手段兇殘，你弟如果知道他是凶手，為什麼要瞞著我們？
雅慈：還有，檢警在後車廂發現了倖存的林雨彤，建和真的完全不知情嗎？
△允慧被逼問之下不禁激動哽咽。
允慧：姚主播，建和也是你的同事。他是怎麼樣的人，你們這些每天跟他一起工
　　　作的人應該最清楚。
△允慧看向雅慈。
允慧：我不相信只有我一個人記得他有多善良。
△允慧流下淚來。

15. 內　副控室／TNB攝影棚　夜
△允慧哭著。
△棚內眾人反應。
△小路難受。
△臺上，一時之間無人說話。
△和平直接起身，遞面紙給允慧。
雅慈：胡小姐，我和你一樣，只想釐清真相——
△和平作出手勢打斷雅慈。
△棚內各機的拍攝焦點瞬時聚在站在允慧身邊的和平身上。

和平：胡小姐的發言提醒了我，我們的訪談應該更理性、更小心。她不是凶手，我們不該把她當成箭靶，要不然就有點太利用人了。

　　△雅慈意外，看著允慧仰望和平的模樣，又看眾人反應，知道被和平設計了。

和平：我身為建和的主管，我要替他說一句，我認識的胡建和，真的具有超乎常人的善良與勇氣，我願意相信他。

　　△允慧感動。

和平：我想提出另一個可能性。就像總長剛剛說的，整起連續殺人案受害者眾多，一個人確實難以辦到。

　　△和平刻意頓了一拍，加強他接下來要說的話。

和平：但我認為，共犯另有其人。而且很可能，他才是在背後主導一切的人。

　　△允慧與樹德都轉頭看和平。

和平：沈嘉文只是他手中的一顆棋子，用來轉移檢警注意，好讓他躲在暗處，策畫下一次的犯罪。

　　△小路也錯愕，快速思索和平所說的話。

　　△雅慈感受和平想主導，臉色難看。

雅慈：剛才的說法只是你個人的觀點──（和平打斷）

和平：總長剛剛所說是依據檢方掌握的客觀事實，但案件中不清楚的地方還很多，各種可能都有。對吧？總長。

　　△和平看向總長，刻意把提問拋給他，總長只能順勢接球。

總長：沒錯。我們會研究每種可能性，全力偵辦，毋枉毋縱。

　　△和平滿意，看向雅慈。

　　△雅慈壓抑著內心不悅，用手中的筆輕敲桌面，示意副控室推進流程。

雅慈：好的，接下來我們先進一段廣告，廣告後會接聽幾位觀眾的call in。

　　△副控室，導播cue廣告。

　　△攝影棚，攝影師與工作人員稍作休息，低聲交談。

　　△化妝師快步上臺為雅慈補妝。

　　△和平走近允慧。

和平：辛苦了，你表現得很好。

　　△允慧繃緊的神經終於放鬆，氣力耗盡，虛弱一笑。

　　△和平的手按上允慧的肩。

和平：你臉色很蒼白，從昨天就沒睡好吧？趁這空檔讓自己休息一下。

△和平離開她身邊。

△雅慈看和平笑著到樹德面前致意，樹德與和平握手寒暄。

△雅慈靜靜看著眼前的畫面，若有所思。

16. 內　曉其車上　夜

△曉其開著車，手機響，曉其靠邊停車，接聽。

曉其（對彼端）：總長，是，有看到。陳和平對於連續殺人案另有在逃主謀的推
　　論，我也是第一次聽到。他是主播，很可能只是想藉這機會搶新聞焦點。

總長VO：這些媒體沸沸揚揚到現在已經夠了。記得你答應我的。就十天。

△曉其備感壓力。

△電話再響，曉其看號碼，接。

曉其：喂？索多瑪俱樂部。停業一年多了？好。

△曉其記下筆記，在索多瑪三字上反覆畫圈掛上電話，開車。

17. 內　允慧家　夜

△允慧已返家洗完澡擦著頭髮，邊看稍早節目重播裡的自己。

允慧VO：我希望電視機前的各位觀眾能繼續關注這個案子，我還是相信事實真
　　相會還我弟弟一個公道。

△允慧怔怔看著電視，突然門鈴聲響起，允慧戒備，遠離門邊。

曉其VO：允慧，是我。

△允慧鬆口氣，打開門，曉其站在門外。

允慧：什麼事？

曉其：我看到節目了。

△允慧苦笑。

允慧：我原本期待上節目能改變些什麼，看來我太傻了。那些人都已經認定建和
　　是殺人凶手，他為什麼在沈嘉文車上，到底發生什麼事，根本就不重要。

△曉其看到允慧微微顫抖著，於是伸出手，擁抱允慧。

△曉其輕撫允慧的頭，讓她靠在自己肩膀上。

△允慧略遲疑，頭靠上去又抬起，退後幾步離開曉其。

允慧：我沒事，謝謝你。

曉其：上面要我結案，我沒有答應。我沒有放棄，我知道你也不會。

△允慧看著曉其，不回應。

△兩人仍有距離。

18. 內　雅慈辦公室　日

　　△雅慈在自己的辦公室裡一手夾著菸，看著友臺節目作筆記。

YBS記者VO：接下來是本臺為連續殺人案所做的系列報導，殺人犯的別墅地下室以及租屋處起出大批色情錄影帶，據了解，這些錄影帶來自於地下商家「索多瑪俱樂部」，知情人士指出，商品都是從國外進口，內容重口味的程度足以讓一般人感到不適。店家已經於一年前遭到檢舉而自行解散。至於沈嘉文為何持有這麼多存貨，還有待調查。

　　△雅慈突然想起什麼，思索片刻，拿起分機撥號。

雅慈：（對彼端）幫我到片庫找一捲帶子……大概兩年多前，我上一個節目的北區色情氾濫專題……對，找到之後馬上送來。

　　△雅慈掛掉電話，若有所思。

19. 內　TNB節目部剪接室　日

　　△一個助理把帶子交給雅慈後離開。

　　△雅慈將錄影帶推入錄放影機，畫面中，和平站在一道門前。

和平：松延市光鮮亮麗的背後，色情產業同時也蓬勃發展，根據警方統計，目前松延市的八大行業已經超過一千家，業者手法推陳出新，特派記者陳和平現在就帶您直擊這家神秘的「索多瑪俱樂部」。

和平：畫面中可以看到，這家索多瑪俱樂部是以錄影帶出租店的形式隱身在舊街區的地下室，消費是採會員制，必須有熟客引薦，除了色情錄影帶租借和銷售，業者更大膽引進現場表演的做法，讓我帶您一探究竟。

　　△畫面中，燈光昏暗的詭譎空間，一個男子，錢家堂正在貨架上依序拿下幾支錄影帶。

家堂VO：你能想得到的種類，像是SM、不倫、人獸交的我們都有。如果想要看更刺激的表演，也可以幫你安排。

　　△此時，雅慈神情驟變，她按下暫停鍵。

　　△電視畫面：家堂背後，嘉文正抽著菸跟村義說話。

　　△雅慈看著電視，快速思考，在筆記本上紀錄。

　　△此時，雅慈的手機響起，雅慈調整語氣，接起。

雅慈（對彼端）：老師好，怎麼了嗎？

20. 內　雅慈車上　昏

　　△路邊，雅慈戴著墨鏡，對著校門口探頭看了一眼，邊講著手機。

雅慈（對彼端）：對，那間錄影帶店已經歇業了，我想找他們負責人或店員。

　　△一個國中男孩，**姚紹源（十四歲）**，遠遠從校門口走出來，雅慈看見了。

雅慈（對彼端）：那就麻煩你盡快了，好，先這樣。

　　△雅慈掛掉電話，把放在副駕駛座自己包包以及一個紙袋拿到後座要空出位置，沒想到紹源卻是開了後座的門上車。

　　△紹源上車後直接面向窗外，不說話。

　　△雅慈從照後鏡看了紹源一眼，放下手剎車，踩油門往前行駛。

　　△開了一小段路，仍是沈默。

　　△雅慈看著照後鏡裡的紹源，先開口——

雅慈：是怎樣？不會叫人啊？

　　△紹源看了一眼雅慈，賭氣的沈默著。

雅慈：每個月花那麼多錢讓你住校，你不好好讀書，幾歲了還要我這麼擔心！

紹源：有擔心嗎？妳把我丟到學校，不就是不想要每天管我嗎？

雅慈：我有不管你嗎？我都跟老師道歉多少次了，你這次又在老師的杯子裡面裝蝌蚪幹什麼？很好玩嗎？妳知道我花多少力氣才讓他們不要趕你出來，讓你可以繼續住校？

紹源：趕就趕啊，我為什麼不能回家。

雅慈：我不是不讓你回家，我們不是說好了，在學校專心唸書，考上第一志願之後就可以回來了？

　　△紹源轉頭，玩著電動車窗的按鈕。

雅慈：姚紹源！我說話你有在聽嗎？

　　△紹源這才懶洋洋的看向雅慈。

紹源：有啊。

雅慈：還說有，那你為什麼還這個態度，老師跟你說話你也是這樣嗎？

紹源：沒有啊。

　　△雅慈氣結，從照後鏡看著紹源。

雅慈：你今天是怎樣？

　　△紹源也回看雅慈，片刻，開口。

紹源：你自己說每個星期都會接我回家一次的。

　　△雅慈感受到兒子的失落，語氣緩和。

雅慈：我知道，但媽媽這兩週真的太忙了，你可以體諒我一下嗎？

　　　△紹源仍在生悶氣，沒有回話。

　　　△紅燈，雅慈停車，轉頭看著紹源。

雅慈：媽媽之後會說到做到，好嗎？

　　　△紹源仍覺得委屈的看向窗外。

雅慈：你要不要打開旁邊的紙袋看一下？

　　　△紹源瞄了一眼旁邊的紙袋，仍彆扭的沒有動作。

雅慈：打開看看嘛！

　　　△紹源伸手打開紙袋，發現裡面是一臺SONY WALKMAN，驚訝。

雅慈：生日快樂。媽媽雖然忙，但是我沒有忘記喔！

　　　△紹源欣喜，急著打開盒子來看。

　　　△綠燈，雅慈繼續開，看著照後鏡裡開心的紹源，微笑。

21. 內　專案小組　日

　　　△文愷在白板上面加上索多瑪的資料，並簡報——

文愷：索多瑪在一年前因為市府掃蕩色情產業已經歇業了，過濾相關名單之後還
　　　是跟胡建和連不上。

曉其：這間公司相關的經營者和員工資料有發現嗎？

　　　△文愷拿出一名男子的照片，貼上白板，寫下：

　　　錢家堂

文愷：找到一個。這個人是索多瑪的正職員工，錢家堂。有毒品還有妨害秩序前
　　　科，筆錄裡面可以看出他曾經多次在Kink跟人起過衝突。

曉其：Kink？他現在人在哪？有地址嗎？

文愷：他是外地人，有試著聯絡他的老家，目前還沒有聯繫上。

曉其：繼續追。

文愷：是。

　　　△此時，大超走近，報告。

大超：郭檢，南清宮的馬主委說要找你，我請他先在外面等。

　　　△曉其意外。

22. 內　專案小組走廊　日

　　　△曉其和大超一走出專案小組就看到義男等在走廊的長椅上，義男連忙起身

　　　　上前。

義男：郭檢，我真的越想越不對勁，所以才直接跑來拜訪您，不好意思。

曉其：別這麼說，你剛說有什麼覺得不對勁的地方？

義男：我上次在天橋那邊記下來凶手電話的內容，那個小本子我交給你們了。

曉其：我記得。（轉身對大超說）去把那本筆記找來。

大超：是。

　　　　△大超回專案小組內。

義男：我那天看到凶手打電話到節目就覺得奇怪，所以等重播趕快錄起來，反覆
　　　　一直看。我覺得打電話到節目的人跟那天打給我的人好像⋯⋯不太一樣？

　　　　△曉其聽了，被觸動記憶。

　　　　△義男仍設法表達得更清楚。

義男：我也不會講，可是口氣真的差很多。打給我的那個好像⋯⋯年紀比較大？
　　　　還是⋯⋯比較沉穩？我也說不上來。

　　　　△大超拿來馬義男的小筆記本，曉其接過來看。

　　　　△曉其看著上面雖因慌亂草草記下卻有條理的字跡。

曉其：我懂了，光看文字可能無法判斷語氣，這是很重要的訊息，謝謝主委。

義男：你們長官都宣布破案了，我這樣會不會讓你造成困擾？

曉其：當然不會，真相是一定要查清楚的。

　　　　△大超意外。

　　　　△曉其看著小冊子，凝神細思。

23. 內　TNB 雅慈辦公室內外　日

　　　　△小路心事重重快步走上樓梯。進雅慈辦公室。

　　　　△辦公室，雅慈正在用紙箱打包收拾個人物品。

　　　　△小路敲門入。

小路：雅慈姐。我以為你只是想休息幾天。

　　　　△雅慈整理中，抬起頭來。

雅慈：你進電視臺這麼久了，離職這種事情有什麼好大驚小怪。

　　　　△小路想了想，理直氣壯地說出。

小路：我不相信你會因為新聞報導角度和臺內意見不合就要走。

雅慈：檢警在公園溜滑梯發現袁子晴的時候，我就已經做出了決定。

　　　　△小路訝。雅慈神情認真。

小路：你認為她的死，你有責任？

雅慈：也許吧。我走之後，你一定要記得，真正新聞記者只有兩種。一種，是加害者的鏡子，如實揭露他們邪惡醜陋的嘴臉；另一種，是受害者的燈塔，照進沒有人關注的黑暗，讓世人知道有這些不幸的事正在發生。

小路：雅慈姐……

雅慈：你之前說的沒錯。我們的新聞是在討論一個人，不是在討論一個話題。在鏡頭前面的，是有血有肉的人，會傷心、會痛苦。他們需要客觀事實，引領他們未來方向。新聞是為了他們而存在的。

24. 外　TNB電視臺門口　日

△小路幫雅慈搬著紙箱，陪雅慈往停妥在大門口的雅慈車走。

小路：雅慈姐，你接下來要去哪？

雅慈：有個大富豪想打造全新的媒體集團，他準備到松延市來佈局，給了我很好的條件。我正好掌握了一個獨家，打算帶去當見面禮。

小路：雅慈姐，加油。

△小路把紙箱放進後座，看向雅慈，雅慈一笑。

雅慈：怎麼樣？等我過去穩定之後，你回來跟我吧。

小路：我不知道耶，和平哥算是滿支持我的。

雅慈：你怎麼看他？

△小路看向雅慈，思索了一下。

小路：他最近越來越忙了，除了有一次失控我被他嚇到，大多數時候他都滿照顧人的。

△雅慈沒說出心中真正的想法，上了車。

雅慈：週末你要忙到幾點？晚上一起吃飯？

△小路意外。

雅慈：有事啊？

小路：咦！？我……沒事！好！週末晚上見！

△小路目送雅慈上車離去。

25. 內　專案小組　夜

△入夜的專案小組，三三兩兩的人結束工作正要下班。

△曉其站在白板前思索。

△曉其視線從白板上有嘉文、建和、村義與家堂的照片，移到被害者們的照片上。

△曉其看向怡君照片，下接想像畫面──

△天主教墓園，一個背影把怡君屍首抱起掛在十字架，後方，嘉文將平安符掛上怡君的脖子。

△回現時，曉其看向嘉儀的照片與資料，下接想像畫面──

△嘉儀租屋處外（續第三集S32），嘉儀回頭，看見嘉文，一愣，驚喜。

△後方一雙手伸過來，用沾了乙醚的手帕迷昏嘉儀。

△回現時，曉其看向子晴的資料，下接想像畫面──

△大象溜滑梯，嘉文將手機放進子晴屍體手中，一個面目模糊的人將屍體蓋上白布。

△回現時。大超進來，看見曉其。

大超：郭檢。剛剛找到錢家堂的家人了，他只有一個阿姨，父母都在坐牢，阿姨平常跟他也沒聯絡，只有他一個手機號碼，但我們撥過去的時候已經是空號了，目前完全查不到錢家堂的消息。

曉其：好，知道了。

△曉其仍看著線索牆思考，大超觀察著，片刻才開口。

大超：局裡都在傳，你積極查錢家堂，是為了幫胡建和證明清白。

曉其：隨便他們說。

大超：郭檢，你不會為了結案，預設立場的，對不對？

曉其：我想查的，是馬義男提到的另一個打電話的人。是不是錢家堂，我不會妄下定論。

大超：那就好，勇哥醒來的時候，我想告訴他全部的真相。

△大超離去，曉其看回白板，繼續深思。

26. 內　曉其房連客廳／坤哥車上（憶）　夜

△曉其躺在床上，怔怔看著天花板，若有所思。

△片刻，曉其起身，坐定在書桌前，翻看義男的小冊子。

坤哥OS：還在忙？吃點宵夜吧？

△曉其回頭，看到坤哥從門外探頭進來。

△客廳。坤哥把買回來的燒仙草一杯拿給曉其，一杯留給自己。

坤哥：吃燒仙草退火啦。你猜你今天載到誰？

曉其：（漫不經心）明星喔？

坤哥：也差不多耶，主播啦！我每天晚上開電視看的節目主持人啦。

　　　△INS新拍回憶：坤哥停車，和平上了車，笑著對坤哥打招呼。

和平：你好，我是陳和平。

坤哥：哎呦，本人耶，你的節目我都有收看欸，怎麼有這個榮幸啦！

和平：你太客氣了！

坤哥：請問要去哪？

　　　△回現時，曉其看了坤哥一眼。

曉其：陳和平？

坤哥：嘿啊，他問很多你的事喔。

曉其：問我的事？他怎麼知道我們認識？

坤哥：我也很好奇，他就說是聽他同事講的，但我也不知道他說的那個同事是誰。我本來以為他是不是想挖新聞，但好像不是，他只有關心你身體好不好，辦案累不累。人很好咧。

曉其：你在哪載到他，也太巧了。

　　　△坤哥一邊說著，一邊開始翻找家裡。

坤哥：他打到車行指定叫我車的啦。他還關心你有沒有看到那個八卦雜誌，擔心你看到之後心情一定會很不好，但他要我跟你說，叫你一定要把雜誌看完，因為最後一頁會有驚喜。

坤哥：我記得那天把它收在……有，找到了。

　　　△坤哥找出雜誌拿給曉其。

　　　△曉其納悶的接過，直接翻到最後一頁，神色大變。

　　　△廣告頁印著和平與一本書：

　　　深度剖析、精準預測的話題之作！《你我眼中的連續殺人事件》即將發售！

　　　△坤哥瞥見，笑著指向廣告頁上的和平。

坤哥：原來是他要出書喔！他也懂連續殺人案？

　　　△曉其恍然。

　　　△INS回憶，和平播報斷掌新聞——

和平VO：<u>民眾報案在公園內的樹下發現了一只女性斷掌……</u>

　　　△INS回憶，和平代替建和回話——

和平VO：<u>我是節目製作人，建和的工作都是我派的。</u>

　　　△INS回憶，尚勇揍倒曉其後，和平俯身要拉曉其，被尚勇推開。和平眼神

　　示意攝影師。

　△INS回憶，和平對著鏡頭振振有詞──

和平：但我認為，共犯另有其人。而且很可能，他才是在背後主導一切的人。沈
　　　嘉文只是他手中的一顆棋子，用來轉移檢警注意，好讓他躲在暗處，策劃
　　　下一次的犯罪。

　△回現時，曉其悚然。

第七集，結束。

第八集

序　內　TNB會議室（憶）／別墅地下室沙發區連工作臺　夜

△過帶機旋轉的喀啦喀啦聲傳出，往下貫串——

△INS回憶，TNB會議室裡，曉其請建和敘述凶手第二次來電。

△和平在旁，冷眼凝視著建和被尚勇瞪得噤聲，發著抖轉述電話內容，內心暗自盤算著。

△以上過帶機運轉聲取代了現場音——

△別墅地下室沙發區，嘉文火冒三丈的與建和講電話。

△盤帶聲逐漸消退——

嘉文：（對彼端）李筱琳？李筱琳他媽誰啊？

△和平也坐在沙發上，他看了一眼角落昏迷不醒的彤妹，再看嘉文。

△嘉文焦躁地起身，繼續講電話。

嘉文：（對彼端）你每次都說可以幫我，我到底為什麼要你幫？

△沙發區，和平觀察嘉文的情緒。

嘉文：（對彼端）我拜託你，不要再整天講這些自我滿足的話了好嗎？

△和平站起，走到嘉文身邊。

△嘉文忿忿掛上電話，眼神迎向凝視自己的和平。

△嘉文無語，煩躁的走到水槽，把水龍頭擰到底，用力洗臉。

△水流傾瀉打在水槽內，發出嘩啦啦的巨響。

△和平站在嘉文身邊，看著，伸手一把將水龍頭關上。

△嘉文轉身過來看向和平。

和平：我說過，只要你把那警察女兒跟胡建和丟進同臺車裡，弄得像胡建和畏罪自殺，警方跟媒體自己會把全部的案子算在他頭上。

△水珠沿著嘉文的頭髮滴落。

和平：你覺得如何？

嘉文：為什麼都是你說了算，不要像我媽一樣，處處控制我。

和平：我只是給你建議，作主的還是你自己呀。

　　△和平對嘉文微笑。

和平：我也只是想提醒你，友情只會存在於相同層次的人之間，虛偽的友誼就像
　　　你的影子，當你在陽光下時，他會緊緊跟著，一旦你走到陰暗處，它會在
　　　哪？你跟他不一樣。

　　△彤妹在現場發出了聲響。兩人同時回頭看。

　　△彤妹恐懼。

　　△嘉文向彤妹處走去。

　　△彤妹不知何時醒來，見嘉文走來，不知所措。

　　△和平吹著口哨，拉上隔簾。

進片頭「模仿犯」

1. 內／外　專案小組／田村義老家　夜

新聞資料畫面：田村義老家外，大批媒體包圍中，警方押著被戴上手銬的村義重
　　　現事發現場。警方催促，村義低頭面如死灰，絕望開始挖土。

和平VO：<u>記者現在的位置是在凶手田村義的老家，書面上可以看到警方帶凶手</u>
　　　<u>田村義回現場模擬棄屍的過程，數度遭到受害者江雨萍的家屬包圍追打。</u>
　　　<u>警方表示田村義曾經當過送貨員，工作不穩定，經常自稱攝影師，以拍攝</u>
　　　<u>平面廣告為由接近女性。民眾對此紛紛表示不安，誰能想到純樸的郊區，</u>
　　　<u>治安竟然亮起了紅燈……</u>

　　△專案小組辦公室，曉其手拿遙控器，專注看著新聞資料畫面。突然按下了
　　　暫停鍵。

新聞資料畫面：可以隱約看到採訪記者中，和平拿著麥克風，狀似微笑看著村
　　　義。

　　△辦公室內燈火通明，小組成員忙進忙出，不停講著電話。

員警OS：抱歉吵醒您，有些事情想要請教。

　　△曉其在白板上整理關於和平的已知資訊：

　　1. 採訪田村義案現場重現新聞

　　2. 接獲凶嫌來電，派胡建和拍攝 Kink

　　3. 節目中首次拋出連續殺人案議題

　　4. 接獲凶嫌來電，協助林尚勇上節目

　　5. 主持林尚勇直播節目

6. 製播北區失蹤女子專題

7. 於 call in 最前線拋出另有真凶說法

8. 撰寫《你我眼中的連續殺人事件》

　　△每個時間點都陸續被警員貼上相應的照片或文件資料。

　　△大超拿著文件夾，一邊說明一邊派發內容資訊。

大超：上次去電視臺就查過他跟胡建和背景，這個人沒有前科，父親是水電師
　　　傅，母親是地政事務所秘書。兩個都過世了。

文愷：跟他老家的管區通完電話，他老家曾經發生過兩次不明火災，其中一次就
　　　讓他母親不幸喪生了。

曉其：他父親的死因呢？

文愷：據說是在家觸電。

曉其：都是非自然死亡。

　　△曉其尋思。

　　△大超翻看手中的筆記本，想了想，看向曉其。

大超：我在想，如果躲在沈嘉文背後的人真的是他，那會不會他爸媽的死，也都
　　　跟他有關。

曉其：但這樣不夠。我們沒有任何明確的證據能定罪他。我出去一趟，你們繼續
　　　把他的通聯記錄跟工作日程都弄清楚。

　　△曉其拿起外套，快步往外走。

2. 內　允慧家　夜

　　△允慧家樓下，窗外燈光空鏡。

　　△允慧穿著睡衣披著薄外套，在客廳與曉其低聲說話。

曉其：所以是陳和平先提出上節目這個想法的。

允慧：嗯，是他主動邀請我上節目，說要一起為建和澄清。怎麼了？

　　△曉其看著允慧憔悴神色，猶豫思索，終於下決心開口。

曉其：允慧，我認為陳和平涉嫌重大。

　　△允慧抬起頭來，震驚。

允慧：陳和平？

　　△允慧震驚，千頭萬緒，思潮起伏。

允慧：但他是建和的主管，所以他一直都……所以，建和接電話、林警官上電
　　　視、還有凶手打電話進直播節目都是他一手安排的？

曉其：我還沒掌握細節線索。這些手法安排和沈嘉文的個性有出入，但如果是陳
　　　和平，那就說得通了。

允慧：（思索）

曉其：他跟你形容過的一樣，渴望被關注。

　　　△曉其拿出和平的檔案。

　　　△允慧看著曉其，曉其點點頭表示可以，允慧先緩口氣恢復冷靜，翻閱。

　　　△允慧看，忖度。

允慧：這上面寫的他父母的死因一個是觸電導致的電擊死亡，一個是因為火災。
　　　時間點接近，看起來很可疑。

曉其：你果然也這麼想。

　　　△曉其看著專心的允慧。

允慧：你一開始問我田村義的案子，也跟他有關吧。

曉其：田村義很可能是頂罪，但只有他願意開口才有機會出現進展。我們會再想
　　　辦法。

　　　△曉其說著起身走動，想轉移沈重的氣氛。

　　　△允慧放下檔案看著他。

允慧：我弟是你的調查對象，你卻願意破例告訴我，為什麼？

　　　△曉其沒有看著允慧，也沒有正面回應，輕聲說。

曉其：我答應過你，要找出答案。

3. 外　雅慈家紹源房間連客廳　夜

　　　△紹源悠哉的趴在房間的床上一邊看漫畫一邊聽著隨身聽。

　　　△雅慈拿著一疊摺好的衣服走進紹源房間。

　　　△雅慈在紹源的床邊坐下，將衣服放進紹源的背包，然後拍拍紹源。

　　　△紹源拿下耳機。

雅慈：走啦，該送你回學校了。

　　　△紹源不情願的坐起身。

紹源：那我可以把隨身聽帶去學校聽嗎？

雅慈：不行！你就快期中考了，先好好念書，等考完回來再聽。

　　　△紹源落寞。雅慈試圖安撫。

雅慈：我工作接下來會休息一陣子，你期中考考好一點，考完我也幫你請假，我
　　　們可以去逛唱片行，也可以出去玩幾天。

△紹源笑了。

紹源：你說的喔！

　　△雅慈伸出小指頭，紹源開心的也湊上小指頭打勾勾。

　　△紹源的目光從雅慈的眼睛移開往頭上看，像是突然發現了什麼。

紹源：等等！不要動喔。

　　△雅慈動作一頓，紹源趨前，伸手向雅慈的頭髮。

　　△雅慈大概知道紹源在做什麼了，她近距離看著兒子的臉。

　　△紹源從雅慈頭上拔了根白頭髮下來。

　　△紹源怔怔看著手上的白髮，片刻，低聲說──

紹源：好啦，我會好好念書啦。

　　△雅慈看著孩子，眼角淚光晶瑩。

雅慈：下學期不要住校了，回來住吧，我每天送你上學。

紹源：（意外）真的嗎？

　　△雅慈微笑的點點頭。

紹源：喔耶！

雅慈：走吧！再晚就趕不上門禁時間了！

　　△紹源開心的抓起背包，推著雅慈離開房間。

　　△隨身聽安靜地被留在床上。

4. 外　TNB外　夜

　　△小路快步走出電視臺大樓。

　　△一個記者與一個攝影大哥正好提著機器要進門，隨口搭話。

攝影：你不是天天加班，今天這麼早？約會嗎？

小路：（笑）對啊，很有行情吧！

　　△記者與攝影大哥進了門，小路手機響起。

　　△小路拿出手機，接聽。

5. 內　雅慈車　夜

　　△雅慈開著車，手裡拿著手機通話中。

雅慈（對彼端）：小路啊，抱歉，我突然約到一個受訪對象，來不及去晚餐了，
　　　　你先吃吧，我碰完他再打給你。嗯，好，我們可以去上次慶功的酒吧喝一
　　　　杯。

　　△雅慈說完，放下手機，加速駛離。

6.內　停車場頂樓　夜
　　△錢家堂疾速快車而上。
　　△晚上的停車場，二樓以上就幾乎沒有車輛停放。
　　△雅慈的車循著旋轉坡道一圈圈往上，來到頂樓。
　　△雅慈車緩慢行駛，角落，突然有手電筒的光閃了閃。
　　△雅慈打方向盤，開過去。
　　△雅慈沒有熄滅大燈，下了車。
　　△黑暗中的人，錢家堂，他往旁移動閃開車燈照射，始終站在陰影裡，只能
　　　勉強看到身體，看不清面貌。
家堂：沒有警察吧？
雅慈：我們做新聞的，比你們想像的還要更加保護消息來源，否則就不用混了。
　　　△家堂仍猶豫著，雅慈嘆氣，補充——
雅慈：時間地點都照你說的，我半小時內好不容易趕來，這裡有沒有其他人你應
　　　該比我清楚。
　　　△家堂被說服，遞出一個信封，另一手伸出。
家堂：錢。
　　　△雅慈從包包拿出厚厚的信封，跟家堂交換。
　　　△家堂掏出鈔票，扔了信封開始數錢。
　　　△雅慈看看他，也拿出照片來看，一看，驚訝。
　　　△信封裡面是雅慈的照片。
　　　△雅慈趕緊抬頭看家堂，家堂從口袋拿出電擊棒按向雅慈的背。
　　　△雅慈瞬間痙攣。
　　　△家堂上前接住雅慈，摀住她的嘴，打開後座車門把雅慈甩進去。
　　　△接著，家堂拿出針劑，快速幫雅慈打了一針，關上車門。
　　　△家堂轉身，一臉恍惚倦態，用力吸了吸鼻水，對著黑暗處開口——
家堂：搞定了。
　　　△一個身影走出來，是和平。
　　　△和平走進車窗，看了看裡面的雅慈。
家堂：確認什麼啦，快點給我啦。
　　　△和平看了家堂一眼，拿出一包K粉交給家堂。

△家堂急忙搶過，靠著車子就想倒出一點K粉吸食。

△此時，和平從口袋掏出球棒，從後猛擊家堂。

△家堂劇痛反應不及，球棒再度襲來。

△連續重擊，家堂也昏厥倒地。

7. 外　Lucky Lion　夜

△小路坐在戶外座位，已無其他客人，店家也正打掃。

△小路看看錶，打開手機撥給雅慈。

△對方無人接聽。

△小路感到不安。

8. 內／外　和平老家工具間內／外　日

△字卡：1972

△工具間內，小和平（10歲）單手抓起一隻幼犬。

和平VO：我是誰？

△幼犬睜著惹人憐愛的大眼睛看著小和平。

△和平與幼犬對望。

和平VO：這是每個創作者都會問自己的問題——

△突然，小和平把幼犬硬塞進一口麻布袋裡。

和平VO：從小我就知道，我想帶給這世界驚喜。

△小和平動作粗魯，幼犬發出嗚咽聲。

△小和平把麻布袋口束緊，開始不斷亂摔、拿農具砸麻布袋，幼犬的哀號聲傳出，麻布袋也漸漸染紅。

△片刻，小和平解開麻布袋看進去，一臉發現新玩意的雀躍。

和平VO：我想透過我的作品，幫助大家認清最真實的自己。

△接著，小和平又捆上麻布袋，拿起煤油澆上，掏出火柴，點火。

△工具間外，天色已昏暗，小和平跑出，身後傳來淒厲的狗叫聲以及火焰熊熊聲。

△幾個大人神色驚恐地趕來。

鄰居：陳仔！你家工具間燒起來了啦！

和平爸：（慌）怎麼會沒事突然燒起來！

△和平爸趕緊往前去查看，設法搶救。

　　△和平媽一把抱住小和平，隨即檢查他的外觀。

和平媽：和平！你有沒有受傷？沒有嗎？有沒有哪裡痛？

　　△狗的哀嚎聲不斷傳來。

　　△小和平看著媽媽，眼淚突然一顆顆往下掉。

小和平：媽⋯⋯（喊）爸⋯⋯小黑還在裡面⋯⋯

　　△小和平喊完，哭得不能自已，抽抽噎噎地拉著媽媽。

　　△和平媽確認和平沒事，轉身也往火場去。

　　△小和平看著前方忙進忙出，一團混亂的火場，瞬間不哭了。

　　△還帶著淚痕的稚嫩臉龐，此時露出了微笑。

　　△小和平看著前方忙亂救火的眾人，掩藏不住笑意。

　　△火光照在小和平的臉上，他緩緩蹲下，欣賞著火場的五官與瞳孔都閃閃發
　　亮，看得入迷。

9. 內　索多瑪俱樂部（憶）　日

　　△字卡：1994

　　△和平聚精會神凝視著前方，瞳孔因室內斑斕的彩燈而閃著光芒。

和平VO：畢卡索說過，優秀的創作，始於模仿。

　　△皮鞭破風聲響，接著是女性愉悅的呻吟、喘息聲。

　　△一名女性在舞臺上被繩子束縛倒吊著，另一名男性拿著皮鞭抽打她。

　　△和平蹲在舞臺旁，無感的看著臺上的女性。

　　△一旁，幾名穿著火辣的服務生正來往為其他顧客送酒。

　　△快門聲響起，村義正拿著相機在和平身旁對臺上拍照。

　　△和平看了村義一眼，然後目光隨著村義回到後方沙發。

　　△後方，家堂攤在沙發上放空，桌上可見有K粉痕跡，以及凌亂酒杯。

　　△嘉文聚精會神把K菸敲實了，點火抽起。

　　△和平看眾人各有各的自在，回頭繼續看臺上。

　　△嘉文叼著菸過來蹲在和平身旁，把嘴裡的菸給和平抽。

和平VO：在索多瑪，我才開始慢慢認清，我是誰，我想要什麼，我想成為什麼
　　樣的人？

10. 外　某大樓外牆高空（憶）　日

　　△大樓外牆吊籠升起，穿上反光背心、繫上安全繩的和平俯瞰著底下。

和平VO：<u>充分了解自己之後，我開始學著把興趣與工作結合。我在攝影機背後</u>
　　　　<u>找到了我的熱情，以及屬於我的位置。</u>
　　　　△和平感受著緩緩上伸的體感，露出微笑。
　　　　△工人操作著吊籠，停止，看了和平一眼。
　　　　△和平掏出一疊厚厚的鈔票交給工人。
和平：謝謝，我會儘快。
　　　　△和平拿出攝影機，沿著被拉起的窗簾觀察。
　　　　△片刻，和平把鏡頭對準一道縫隙，輕輕挪動拍攝。
　　　　△攝影機螢幕：有個男人倒了杯酒，拿起電話話筒，酒杯湊到嘴邊，卻喝不
　　　　　下去，滿臉愁容的講電話，最後，男人掛上電話。
　　　　△和平操作攝影機，鏡頭推進。
　　　　△攝影機螢幕：男人苦笑之後，淒然的落下眼淚，痛哭。
　　　　△下一場，雅慈主播新聞聲音先in——
雅慈VO：<u>接下來我們看到這一位，就是吉辛集團的前董事長，被控侵吞投資人</u>
　　　　<u>十五億鉅款的莊吉忠。</u>

11. 內　TNB節目部（憶）　夜
　　　　△節目部電視播放著TNB新聞，是雅慈在主播臺播報晚間新聞的畫面。
雅慈VO：<u>他因為涉嫌侵占案被羈押了兩天，就獲得裁定以三百萬交保，交保之</u>
　　　　<u>後的動向一直為大家所關切。以下是本臺記者掌握到的獨家畫面。</u>
　　　　△主播畫面轉為剪輯過的新聞畫面。
　　　　△畫面：莊吉忠倒酒、喝酒、咧嘴一笑，標題寫著：
　　　　侵佔鉅款，藏匿私人豪宅
和平VO：<u>吉辛集團前董事長莊吉忠，令二十多萬名投資人血本無歸，逾期借款</u>
　　　　<u>與負債高達百億，在他以三百萬元交保後依舊吃香喝辣。畫面中我們可以</u>
　　　　<u>看見莊吉忠身處豪宅，暢飲美酒，毫無悔意。</u>
　　　　△永坤正一臉興奮的在和平身邊，指著整排的電視。
永坤：各家媒體全部都在用我們的畫面，看了真是舒服啊！年輕人，你怎麼拍到
　　　　的？
和平：我就拜託工人讓我搭上洗窗的吊籠，雅慈姐請我做的，拼了命也得拍到。
　　　　△和平說著也盯著永坤看，永坤不自在地笑著轉頭。
永坤：雅慈，你們家這誰很不錯啊！

△雅慈輕描淡寫回應。

雅慈：還可以吧。

永坤：幹嘛！做得好就該好好鼓勵人家呀。

雅慈：前幾天議會痛批市府放任色情氾濫，就在掃蕩前去做個專題吧。維持好水
　　　準。

　　　△和平喜形於色，猛點頭。

和平：是的雅慈姊，我一定不會讓你失望的。

12. 內　TNB電視臺剪接室（憶）　日

　　　△電視畫面：有個戴著口枷，穿著暴露的女子正被扯著頭髮滴蠟。

　　　△女子嬌喘與呻吟聲傳來。

　　　△和平操作剪輯臺，滿意地看著畫面。雅慈站在他身後看著。

和平：精彩吧？

雅慈：夠了。

　　　△和平轉頭，察覺雅慈臉色鐵青，連忙補充說明。

和平：他們都很配合的——

　　　△此時，畫面素材傳來一聲淒厲叫聲。

　　　△雅慈與和平都看向螢幕。畫面裡傳來和平的聲音。

和平VO：大哥不好意思，我剛剛沒拍清楚，可以再打一次嗎？

　　　△電視畫面：施虐者猛然一抽，受虐者顯然沒有預期，痛得哀嚎。

　　　△雅慈不可置信的轉頭看和平。

雅慈：帶子拿出來。

和平：多餘的都不要，我知道，我會再把聲音拉掉。

　　　△又一聲淒厲叫聲傳來。

　　　△電視畫面：受虐者掙脫，恐懼地躲到角落去，鏡頭卻一路跟拍，近距離拍
　　　　攝受虐者發抖、流淚，蜷縮的樣子。

雅慈：我說夠了！

　　　△和平錯愕，只得取出帶子，擱在桌上。雅慈冷眼看和平。

雅慈：你可以出去了。

和平：怎麼了嗎？普通的女性大家都看膩了，我想這專題一定能夠提振大家的精
　　　神。

雅慈：做專題，是要客觀的呈現事實，這是新聞的基本原理，你連這個都不懂？

　　△和平納悶，卻不退縮，走向雅慈。

和平：採訪中安排一下，讓拍攝的畫面更生動，這是每家記者都在做的事。而且
　　　如果我不指導他們，反而很假，是我教他們怎麼呈現更真實的一面。

　　△雅慈看著一臉漠然的和平，憤怒。

雅慈：連個記者的底線都沒有，你哪裡來的資格跟我談真假。

　　△雅慈轉身往外走，在門邊頓了頓。

雅慈：從今天開始，離開我的團隊。

　　△雅慈走了出去。

　　△和平把桌上的錄影帶抓起，一把抽出裡面的磁帶。

　　△片刻，和平壓抑怒氣，深呼吸後，將磁帶緩緩捲回。

13. 外　電器行（憶）　夜

　　△和平剛下班，心情低落的走在路上。

TNB馮育修主播VO：為您插播一則最新消息，違法吸金十五億，讓大量投資人
　　　求助無門的莊吉忠今日稍早驚傳墜樓身亡。

　　△和平一愣，駐足。

　　△和平緩緩看向路邊電器行堆疊的電視牆，主播正讀著快訊。

TNB馮育修主播VO：莊吉忠在日前被友臺披露他交保後仍然吃香喝辣毫無悔
　　　意，對此他始終沒有對外發出聲明，沒想到卻在今天驚傳死訊，究竟是因
　　　為先前的報導行蹤曝光導致被債務人尋仇，還是有其他內幕？目前有待檢
　　　警進一步的調查。

　　△和平怔怔看著電視畫面，再次引用自己拍的影片內容。

　　△越來越多的路人駐足。

　　△和平身處眾人之中，緩緩地笑出。

和平VO：這份工作帶給我最大的收穫，是我發現我可以定義真假。

14. 內　錄影帶店連索多瑪俱樂部（憶）　夜

　　△和平吹著口哨推門走進錄影帶店，店員家堂看了一眼和平，低頭做自己的
　　　事。

　　△和平在家堂面前放下幾張千元大鈔，轉身繞進櫃臺，走進暗門。

　　△室內，施虐者正在稍微高起的舞臺上綑綁受虐者。

　　△和平往沙發坐下，嘉文眼神空洞的看著前方舞臺，一臉索然無味。

△村義仍然拿著單眼相機在拍照。

△突然，嘉文拿起桌上的酒瓶就要往臺上扔！

△和平伸手攔下嘉文動作，把酒瓶放下，拍拍嘉文肩膀，他抽起一旁垃圾桶的透明塑膠袋，直接走上臺。

△和平突然奪過施虐者手中的鞭子，把施虐者推下臺，然後將塑膠袋朝受虐者的頭上套緊，受虐者大驚，不斷掙扎，和平更是使勁。

△臺下的觀眾都一陣錯愕，旁邊拍照的村義也嚇得放下相機。

<u>和平VO</u>：<u>看到這些人最真實的反應，多有趣啊。</u>

施虐者：放開她！

△此時，施虐者趕緊上臺阻止和平，和平絲毫沒有放手的意思，施虐者無計可施，只好也勒住和平的脖子。

△和平卻因此大笑。

△嘉文眼睛都亮了，也笑開，往臺上跑，去阻止施虐者。

△家堂與圍事衝進包廂中，看著一團混亂，上前。

嘉文：幫我！

△家堂看了看現場情形，也笑出，幫嘉文一起把施虐者與圍事拉開。

△施虐者終於鬆開手，和平也放開手中的塑膠袋，轉身，跟嘉文、家堂一起笑著往外跑。

<u>和平VO</u>：<u>我有個想法，你要加入嗎？</u>

△村義看著三人跑出，慌張地收拾相機，背上包包也跟出去。

15. 內／外　夜店（憶）　夜

△夜店，嘉文在DJ臺上放歌，臺下群眾熱情跳舞。

<u>和平VO</u>：<u>我們的舞臺不該是這個小地方。</u>

△嘉文跟著音樂節奏舉起手勢，眾人隨著他的手勢擺動、歡呼不斷。

△主觀視線：雨萍站在座位區與舞池的邊緣，微笑隨著音樂輕輕搖擺。

△視線來自和平，他坐在酒吧角落，與臺上的嘉文對望，眼神示意。

△嘉文順著和平眼光，看見雨萍，點點頭。

△嘉文舉酒，整間夜店的人也跟著歡呼舉酒暢飲。

△嘉文步下DJ臺，出現在舞池。

△群眾紛紛敬酒打招呼，嘉文無視周邊的眾人，走向雨萍。

<u>和平VO</u>：<u>找到獨特的演員，指導他。</u>

△雨萍意外，嘉文露出別具魅力的微笑，二人開始攀談。

△吧檯邊的和平看到這一幕，轉頭看向在座位區的家堂與村義，眼神示意後，家堂與村義悄悄離開夜店。

△雨萍揹著包包正要往樓梯走，有人輕拍她的肩膀。

△雨萍回頭，看見嘉文也揹著包包與自己同路。

△嘉文說了些什麼，雨萍笑了，二人並肩走上樓梯。

和平VO：留下最精彩的故事。

16. 內　別墅地下室（憶）　夜

△架有腳架的V8攝影機的觀景窗下，相機閃光燈閃過，雨萍衣衫不整，躺在中央廚房的料理臺上。被繩索綑綁，已經有多處傷痕，痛苦不堪，低聲求饒。和平、嘉文、村義、家堂四人的臉上都戴著無臉的橡膠面具。嘉文和家堂分別控制她的手腳，逼迫她拗成某種奇特的姿勢。

△和平從V8攝影機的觀景窗後走出到一旁。

△和平翻開翻著雨萍隨身的速寫畫本，裡面是雨萍畫的角色。

△和平選定了一張角色回眸的姿勢，翻開給嘉文看。

嘉文：這個好玩！（對家堂）脖子再微調一下。小心點，別把人弄死了。

△嘉文滿意，指示家堂擺弄雨萍的姿勢。

△家堂扭著雨萍的脖子，設法讓她的動作與畫相同。

△嘉文擺佈著雨萍的腿。

嘉文：田村義，幹嘛不拍了！

△村義因恐懼而顫抖，裹足不前。

△嘉文走向田村義。

嘉文：你應該要靠近一點吧？

△嘉文冷不防推了村義一把。

村義：沒底片了……我去換底片……

△嘉文不爽的一把抓下田村義臉上的面具，村義真實面目曝光在雨萍面前，村義驚恐，眾人訕笑。

△和平走到村義身邊，隨手拿了放在旁邊的拍立得，扔給村義。

△和平上前拍拍嘉文，安撫他。繼續翻開速寫本，示意眾人調整動作。

△雨萍掙扎。嘉文不耐，把拇指銬扔給家堂。讓家堂給她上拇指銬。

△雨萍掙扎中。嘉文貼近她的臉，嚇得雨萍不敢動彈。

△和平看向村義，村義動作僵硬的拍攝雨萍。

△相機吐出照片，掉落在地上。

△和平滿意。

17. 內　嘉文老家二樓（憶）　日

和平VO：至於舞臺下，誰在乎呢？就算沒有半個人發現我，我也會將自己先躲在沒有人看得見的地方，甚至在沒有必要閃躲的時候。

△和平凝視嘉文失神的雙眼。

△嘉文對著走廊盡頭沒有東西的角落。

嘉文：（喃喃）去死……沈嘉雯……

△和平知道嘉文有狀況，逕自往前，看到地板上張明美的屍體。

△和平看嘉文沒有回應，索性走過去給他一巴掌。

和平：出這點事你沈嘉文就不行了？

△嘉文受到衝擊回神，看著和平。

△和平這才哄著他。一邊伸手稍微用力拍著嘉文的臉。

和平：清醒點，你姊不在那裡。不要怕。

嘉文：我不是故意要掐死她的。我愛明美。

和平：明美知道的，別怕，你沒錯，你才是受害者。

△嘉文點點頭。和平伸手攬向嘉文的肩膀。

和平：放心，有我在，不就是處理屍體而已。起來。

△嘉文起身。

△和平滿意，又轉過去看張明美的屍體，注意到明美的臉被口紅畫了淚痕。

△和平伸出手指，沾了點張明美臉上的口紅，抹在自己相同位置上，然後對著牆上的鏡子照了一下。

和平：（笑）挺好看的。

18. 外／內　嘉文老家庭院／嘉文車上／山路　日

△嘉文老家庭院，和平與嘉文在明美臉上蓋了最後一抔土，放下鏟子。

△山路。風聲呼嘯。嘉文車疾駛。

△嘉文車上，和平坐在副駕駛座。嘉文彷彿要發洩內心憤怒般開著快車，風聲不斷灌入。

和平：前面左轉。

　　　　△嘉文於是打了方向盤，車子轉彎。

和平：放輕鬆，我們只要營造一個她還活著的假象就好了。這種人生是明美自己
　　　　選擇的。

　　　　△和平從張明美包包裡翻出明美的皮夾，找出身分證與提款卡。

　　　　△嘉文空出一隻手，叼起菸，有點不順暢的點燃。

　　　　△和平看了嘉文一眼。

　　　　△和平升起車窗，車上瞬間安靜許多，觀察嘉文神情也緩和下來。

和平：每天都有接近一百多人消失在別人的生活裡。你覺得社會上有幾個人對於
　　　　別人的不幸是真的同情？

　　　　△和平繼續翻找包包，從明美的手帳本裡翻出幾張大頭貼。

和平：新聞是假的，每個人都是假的，卻想要控制我們，讓我們活成他們想要的
　　　　樣子。這次換我們了。

　　　　△和平看向嘉文。

和平：怎麼樣？把主導權拿回來，以後別人怎麼討論我們，是我們說了算。我知
　　　　道你想成為特別的人，你要加入嗎？

　　　　△嘉文彈掉手上的菸，猛地踩下油門。

　　　　△嘉文的跑車奔馳在狹窄的山路上，對向出現一臺來車，嘉文直直朝他呼嘯
　　　　衝去，眼看就要撞上，嘉文卻順暢地扭動方向盤，疾駛離去。

　　　　△和平看向嘉文，嘴角上揚。

19. 內　別墅地下室工作臺　夜（憶）

　　　　△因吸毒而恍惚癲狂的嘉文正發狠掐著雨萍脖子。

村義：她會死！真的會死啦！拜託你住手——

　　　　△和平正在攝影機後紀錄著這一切。

村義：嘉文！她沒呼吸了啦！

　　　　△村義不停設法拉開嘉文，嘉文發狠揮手把村義撞倒，多踹了他一腳。

　　　　△村義被打，仍然起身上前去查看雨萍，幫停止呼吸的雨萍人工呼吸。

嘉文：你到底是怎樣？

　　　　△嘉文不悅，又打了村義幾拳，村義堅持上前幫雨萍做心肺復甦。

　　　　△嘉文看著村義的堅持。

嘉文：操，隨便你。

　　　　△嘉文往沙發一坐，旁邊是同樣嗑藥而精神恍惚的家堂，正看戲傻笑。

　　△此時，雨萍發出一聲急邊的深吸氣，醒了。

　　△村義鬆了口氣。

　　△和平離開攝影機，走到村義旁邊。

　　△和平看著經過連日摧殘，狼狽不堪的雨萍，轉頭問村義。

和平：你在幹嘛？

村義：她剛剛差點就死——（被打斷）

和平：活生生的時候你沒興趣，死了你倒是興致很高。

村義：我不是……

和平：早說嘛。

　　△和平上前，雙手摀住雨萍口鼻，直到她死去。

　　△村義不可置信地看著和平。

　　△旁邊的嘉文看著這一幕，放聲大笑。家堂不明就裡，也跟著笑了。

　　△和平把目光從雨萍轉向村義。

和平：我幫你服務啊，來吧。

20. 外　安養院　日（憶）

　　△擺放著點滴架跟輪椅的療養院偏僻一角，田村義焦慮地握著手機撥出了
　　110。

　　△電話接通，他掙扎著開了口。

田村義：……我……我想報案……

　　△田村義欲言又止，握著手機的指關節因為用力整個泛成了白色。

田村義：有一個女生……她……我們對她……我們—

　　△田村義話說到一半說不下去，他掙扎猶豫著怎麼往下說，眼角餘光突然看
　　見一架輪椅來到他身後。

　　△田村義慌忙轉身。

　　△身後竟是和平推著田父輪椅。

　　△手機從田村義手中滑落，他連忙撿起掛掉電話。

　　△和平一派輕鬆地看著田村義的心虛慌忙。

和平：我看你在忙，就幫你帶田伯伯出來走走了，你不會介意吧？

　　△田村義震驚地看著和平，說不出話來。

　　△和平微笑著走到田父面前，拿起脖子上的毛巾替田父擦嘴。

和平：田伯伯是中風吧？他不能講話也不能動是嗎？

田村義：你……你想做什麼？

　　　△和平轉頭看著田村義。

和平：你想過嗎？你如果被關了，誰來照顧田伯伯？

　　　△田村義意識到和平知道自己做了什麼，慌忙道歉。

田村義：對不起……我錯了，你放過我爸吧……跟他沒關係，是我的錯，我發誓
　　　　我不會說出去的，對不起……

　　　△和平輕輕拍了拍田村義像是安慰，臉上的微笑更深了。

和平：沒關係，你就去把一切說出來，你最擔心的田伯伯，我會替你好好照顧。

　　　△和平把毛巾重新放回田父脖子上替他理好毛巾，手卻漸漸地緊縮，像是要
　　　　掐緊田父的脖子。

　　　△田村義看著和平，明白了他話中的弦外之音。

21. 內　雅慈家客廳／雅慈家樓梯／雅慈家紹源房　夜

　　　△回現時。雅慈家客廳，傳來拖行的聲音。

　　　△和平拖著不省人事的雅慈經過客廳。

　　　△邊走邊看周圍環境，瞥了一眼桌上的水晶菸灰缸，和雅慈菸盒。

　　　△和平拖著雅慈上樓。

　　　△和平把雅慈拖進紹源的房間，鬆手任由雅慈倒在地上。

　　　△雅慈朦朧間醒來，看見V8正對著自己，驚疑不定。

　　　△和平進來，手上拿著菸灰缸。

雅慈：陳和平，你為什麼在這裡？你做什麼！放開我！

　　　△雅慈注意到雙手被拇指銬反扣。

雅慈：你跟沈嘉文他們是一起的。

　　　△和平盯著雅慈。

和平：雅慈姐的左臉比較上相。

　　　△V8鏡頭中，和平用力將雅慈的左臉面向鏡頭，雅慈眼神憤恨不屈服。

雅慈：大家會知道所有的真相。

和平：你錯了，真相是場說故事比賽，比誰說得快，比誰更有說服力，先講的人
　　　　先贏！

　　　△和平用力鬆手，把雅慈扔在一邊。

　　　△和平播放雅慈得獎的錄影帶

　　　△雅慈瞄向房門口，盤算逃生動線。

雅慈VO：但願有一天，沒有人會在他人受苦時只丟下一句話：這是你們的家務事，何必弄得那麼難看。謝謝評審給我這個獎項肯定，我也要把獎項獻給所有為生活全力以赴的女性。

　　△房間電視裡播放著雅慈在得到新聞大獎後被記者訪問時的得獎感言。

雅慈VO：我想藉這個機會呼籲大家，不要再稱呼我們為「女」主播，或女警察，女醫師，女法官。這種稱呼暗示著我們是職場中的特例，是需要被特別標記出來的弱者。（舉起獎杯）我今天在這，是因為我的專業，而不是我的性別。謝謝我的團隊，我們做到了，而且我們還會繼續往前走。謝謝！

　　△和平隨手拿起紹源書桌的親子合照走到雅慈面前。

和平：姚雅慈主播驚爆陳屍於兒子房間！為何口口聲聲支持女性自主、性別平權的她，卻要隱藏私生子的事實呢？

　　△和平湊近雅慈。

和平：為什麼啊？

　　△雅慈冷不防猛然撞向和平，和平沒有防備，向後倒，也撞倒V8。

　　△和平的後腦杓撞到牆壁，雅慈趁機往門口跑。

　　△雅慈逃到樓梯間，和平抓住雅慈頭髮兩人拉扯，雅慈跌落幾階樓梯。

　　△和平把雅慈拽回來，雅慈無力抵抗。

　　△和平把她扔到床上，拿起菸灰缸把玩，觀察她匍匐起身的模樣，和平靠近。雅慈感到害怕。

22. 內　停車場　夜

　　△夜班警衛持手電筒巡邏，照到遠處一輛車裡煙霧瀰漫。

　　△警衛警覺有異，加快腳步趕去查看。

　　△警衛來到車側，看見車後方的排氣管被接到車內。（註：錢家堂的車）

　　△車內一人（家堂）倒在駕駛座方向盤上。一旁副駕駛座隱約有著K粉、針筒和束帶。

警衛：先生！先生！

　　△警衛拍車窗，家堂沒有反應。

　　△警衛打開車門。家堂的屍體隨之往車門外滑落，大量濃煙竄出。懷中掉出一捲錄影帶。

　　△警衛大驚，趕緊拿起無線電跑去通報。

警衛：有人自殺，快報警！

　　△家堂倒在打開的車門邊，已然死亡。

23. 內　警衛室　夜

　　△文愷與大超走進警衛室，曉其正操作著錄放影機，播放錄影帶。

　　△錄影帶畫面：雜訊後，一個能劇面具，似笑非笑盯著鏡頭。畫面緩緩拉開，有個人穿著一襲黑衣，戴著能劇面具坐在黑色的布幕前。黑色布幕突然出現投影片：禮盒裡擦了指甲油的鄭嘉儀斷掌、十字架上掛著的怡君屍體、大象溜滑梯上頭顱尚未掉落的子晴屍體、以及被擺放在畫布上的雨萍屍體。

　　△能劇面具像是在每個屍體的現場，直盯著前方，令人不安。

　　△最後，投影片播放完畢，畫面中又只看到能劇面具。

Noh VO：（變聲）沈嘉文死了，你們一定感到很空虛，很想繼續幸災樂禍。我是Noh，我會如你們所願，創造新的舞臺，挑選新的主角。接下來就由你們來決定，我到底是善是惡，是正是邪，是神，還是惡魔。

24. 內　停車場　夜

　　△封鎖線已拉起，鑑識小組進進出出。

　　△曉其看著蒐證，思索。

曉其：陳和平失去沈嘉文這顆棋子之後，難道又操控了錢家堂替他殺人？

　　△大超掛掉電話，走到曉其身邊報告。

大超：轄區派出所的人去敲門了，目標不在家。同仁剛趕到電視臺，也不在。

曉其：電視臺周邊道路監視器、錢家堂最近的通聯定位都調出來，務必要找到人。

25. 內　雅慈家紹源房間　夜

　　△雅慈褲子口袋裡的手機聲響，和平伸進口袋拿出手機，雅慈想閃躲。

　　△和平給雅慈看手機畫面，是雅慈的兒子。

　　△雅慈眼淚泛出。和平接起電話，靠近雅慈臉龐，將手機舉在兩人中間。

紹源OS：媽，你明天來接我不要遲到喔。媽？你幹嘛不回我？

　　△和平故作張嘴要回話，雅慈更加緊張，和平見雅慈反應感到滿意，將電話掛掉。

和平：等你死了，我請你兒子上節目，效果一定很好。

　　△雅慈急回。

雅慈：我拜託你不要傷害他。

和平：被雅慈姐拜託，我怎麼承受得起。

　　△和平架回V8。

和平：他有小名嗎？你都怎麼叫他？他爸爸是誰？該不會是檢察總長？

　　△和平連環問話，雅慈沒有回話，和平從V8後方探出頭來。

和平：雅慈姐，是你告訴我這社會需要精彩的新聞，如果你不回答，要怎麼吸引
　　　觀眾呢。

　　△雅慈冷笑。

雅慈：我不配合，你就什麼也不是。沒有人想看你。沒有人對你感興趣。一直以
　　　來不都是這樣嗎？你除了沾別人的光之外，到底還擅長什麼？殺人？說
　　　謊？然後呢？

　　△雅慈停一拍，沒有畏懼而堅定的說。

雅慈：大家遲早會發現你就是個串場用的笑話，你一點也不重要。

　　△和平暴怒抓起菸灰缸重擊雅慈。

　　△雅慈倒地，血泉湧噴出，飛濺在雅慈與紹源的合照上。

　　△和平一次次持續用菸灰缸捶打雅慈的頭。

　　△合照上的血液越來越多，開始往下流淌滴落。

　　△好一陣子，和平終於喘著氣回神收手。

　　△雅慈從床尾滑坐到地，已經沒有氣息。

　　△和平盛怒稍斂，重新對焦，錄影。

　　△V8畫面：雅慈已倒在血泊中沒有反應。

　　△V8畫面：和平走到鏡頭前，緩過氣，用雅慈衣服擦拭菸灰缸。

和平：本臺知名主播姚雅慈，今天被人發現陳屍家中，死狀淒慘。記者陳和平現
　　　場報導。

　　△V8畫面：臉上沾著雅慈噴濺血跡的和平對鏡頭微笑。

26. 畫面淡出。外　停車場／路上　夜

　　△大超邊講手機邊在筆記本做紀錄。

　　△掛上電話，大超連忙向曉其報告。

大超：郭檢，電信公司查出錢家堂今天晚上撥打的兩通通話號碼一通是預付卡，

另一通是 TNB 主播姚雅慈的，聯絡地址登記的是紗圍街二段四十七號。

△曉其聽到姚雅慈三字，神色一凜。

曉其：立刻出發。

△曉其與大超以及其他警員迅速上車。

△車輛陸續衝出停車場。

△警笛聲大作，數輛警車奔馳在路上。

27. 外　雅慈家外　夜

△雅慈家門口已圍起封鎖線，警車車燈閃爍。

△若干鄰居聞聲靠近，不明所以的探頭看。

28. 內　雅慈家　夜

△曉其和文愷沿著角落，套著鞋套走入現場。

△地板有拖曳血跡。

△紹源房間。

△雅慈遺體倒在兒子的床上，血漬浸著隨身聽（同第八集S3）。

△文愷不忍卒睹，輕輕別過頭去。

△曉其盯著雅慈遺體，扼腕、懊悔。

曉其：來遲了⋯⋯

△法醫正在勘驗。

△曉其蹲下查看雅慈頭部。

法醫：死者頭部受到鈍器連續重擊，頭骨凹陷，應該是致命傷。詳細情況要看解
　　　剖。

△曉其看著雅慈眼角口紅畫下的淚痕。

曉其：目標選擇把屍體留在第一現場，和以前的作案手法不同，可能是因為沒有
　　　共犯了，獨自犯案的結果。

文愷：目標刻意留下記號指向先前的案件。錄影帶裡他戴著的面具，和我們在地
　　　下室找到的面具是一樣的。這項資訊我們沒對外公開過。

△曉其起身。

曉其：就怕別人忘了他的存在。

△大超走進來。

大超：附近住戶都沒注意到有動靜。

△曉其沉吟，回頭看了門口動線。

曉其：他越來越失控了。在他下一步動作以前，我們要比他更快。

29. 外　雅慈家外　晨

△封鎖線外擠滿媒體，閃光燈閃個不停。

△小路搭計程車驚慌失措的趕來，不顧一切的衝進封鎖線。

△員警擋住她。

員警：你不能進去。

小路：（慌）雅慈姐呢？

△曉其聞聲走出，對員警示意，員警讓開。

小路：雅慈姐她……

△曉其沒有回應，小路懂了，眼淚奪眶而出。

△曉其看著小路的淚水，不捨。

曉其：我們晚了一步。

△小路痛苦。

小路：都是我……都是我不好……我應該問她去哪裡……去見誰，都是我不好，都是我的錯！

曉其：不要急，你慢慢說。

小路：她本來和我約晚餐，然後臨時說去見個人會晚一點，要改約在酒吧，她沒說是誰，郭曉其，雅慈姐不是會爽約的人，要是我早點想到，如果我多問一些……

△小路驚慌失措滔滔不絕。

△小路內心的壓抑終於潰堤，大聲的哭了出來。

小路：（泣訴）如果我多問一些，我就有機會救她，她就不會死了！

△曉其輕拍小路。

曉其：我找輛警車先送你回去。你今天就請假，別去上班了。

△小路含淚，拿出手機，發著抖。

小路：我要打給和平哥跟他說。

曉其：不要打給他。

△曉其反射性的出聲，伸手按住手機。

△小路不解，看著曉其。

曉其：回家吧，你先好好休息就好。提高警覺，你是雅慈最後相約的人，如果凶

手擔心你知道什麼，可能找上你。

　　△小路吸著鼻子，點點頭。

小路：好……。

　　△下一場，新聞報導聲先 in——

主播VO：知名主播姚雅慈，今晨驚傳陳屍在松延市紗圍街的住處。

30. 內／外　地檢署外／電器行／電視牆／南清宮／醫院辦公室／小路家／專案小組　日

　　△**電器行**裡的電視牆全都播放著新聞畫面，主播播報著。

TNB馮育修主播VO：帶您關心讓人遺憾的最新消息，本臺資深主播姚雅慈在今天凌晨被發現陳屍家中。據了解，檢警疑似在昨夜接獲一捲錄影帶而趕往姚雅慈主播的住處進行調查，但抵達時發現姚主播已無生命跡象，目前檢警還在了解案情的諸多疑點，而各大電視臺也隨即收到了同一捲疑似由凶手寄出的錄影帶，以下是錄影帶的內容——

　　△每臺電視畫面此刻都變成Noh的樣子。（同本集S23的影帶內容，但血腥畫面已被電視臺用馬賽克處理。）

　　△路人早已在此圍觀，每個人都顯得惶恐。

　　△**電視牆**下也聚集了許多民眾觀看Noh的畫面。

　　△**南清宮**，義男看著電視，手裡的茶兀自冒著煙。

Noh VO：沈嘉文死了，你們一定感到很空虛，很想繼續幸災樂禍。

　　△**允慧辦公室**，允慧也看著電視。茶几上是自己與建和的合照（第七集S05）。

Noh VO：我是Noh，我會如你們所願，創造新的舞臺，挑選新的主角。

　　△允慧拿出空白筆記本，開始寫下她的分析：「病態人格，擅長說謊，愛好刺激，故意製造危險」。

　　△**小路家**，電視機也播放著Noh的報導。

Noh VO：接下來就由你們來決定，我到底是善是惡，是正是邪，是神，還是惡魔。

　　△小路不可置信，拿起包包，出門。

　　△地檢署外，各家電視臺記者跟著正要走進地檢署的啟陽。

DTV記者：請問姚雅慈的死是否真是寄錄影帶的Noh所為？

ENTV記者：Noh手中握有這麼多凶案現場素材，他才是沈嘉文案真正的在逃共

犯嗎？

啟陽：謝謝！謝謝！還在了解中！

　　△啟陽向媒體點頭迭聲道謝不願受訪。

YBS記者：日前檢察總長不是才宣布全案偵破？請問當時是否過於草率？

　　△媒體包圍住啟陽。

啟陽：好了，好了，讓我進去！

　　△啟陽疲於招架，連連擺手要眾人冷靜，但媒體已瘋狂。

　　△**專案小組**，大超拿著牛皮紙袋匆匆走進。

大超：郭檢！我直接從印刷廠拿到書了！

　　△曉其接過紙袋，從裡面拿出和平的書：《你我眼中的殺人事件》。

曉其：好，先去忙吧！

　　△大超離開，曉其快速翻閱，神情嚴肅。

　　△曉其手機響，是允慧。

　　△允慧辦公室，允慧低頭看向手中的筆記。

允慧（對彼端）：我昨晚想了很久，如果真的是陳和平，他會選擇進電視臺一定有他的原因，今天播出的錄影帶算是印證我的想法，他利用凶手與主播的雙重身分操弄人心，滿足他的支配欲。就像控制先前的受害者那樣，他想證明他可以操縱整個社會。

　　△專案小組，曉其拿著手機，聽著。

曉其：這或許也是一個突破口，他動作越多，露出破綻的機會也就越大。

允慧：但同時他的手法也越來越粗暴了，我擔心路小姐一直在他身邊工作會有危險。

　　△曉其神色凝重，擔心。

31. 內　TNB節目部　日

　　△ENTV新聞畫面：紹源學校的偷拍鏡頭，一路拉近，模糊看到紹源。

ENTV主播VO：消息指出，姚雅慈主播陳屍在她家的小孩房間，更是令社會震驚，原來姚雅慈主播早已未婚生子。據了解，姚主播的孩子目前中學二年級，在貴族學校寄宿。

　　△ENTV新聞畫面：雅慈與許多政商名流、演藝圈明星合照。

ENTV主播VO：究竟姚雅慈的私生子父親會是何人，本臺了解到，私生活相當神秘的姚雅慈與許多政商名流關係密切，以下為您揭開她不為人知的神秘

面紗。

永坤：（斥）是怎樣？報新聞不能好好說話嗎？

　　△永坤憤怒的指著整排電視。

永坤：大家都是同行啊，非得要這樣嗎？

　　△節目部同仁看著永坤怒氣沖沖。

　　△此時，小路至，紅著眼看著電視畫面。

永坤：不是要請假嗎？怎麼還是來了？

小路：（哽咽）可是我在家靜不下來啊……剛剛又看到凶手的錄影帶，覺得還是來看看能做點什麼。

永坤：那好吧。你也不要太勉強了。

　　△永坤邊說，拿下眼鏡擦拭，又抹了抹眼眶淚水，離。

和平OS：你還好嗎？

　　△小路聽見和平聲音，轉頭看去——

和平：事情發生得這麼突然，雅慈姊是妳的目標，也一直很照顧妳，妳一定很難受。

　　△小路聽到和平說的話，眼淚又滴了下來。

和平：我們都要為了她而堅強，我想這會是她希望看到的。

　　△和平深呼吸，拍拍小路肩膀，往自己座位離開。

　　△和平回到自己座位，抬頭再次看向辦公室內整排的電視，各家電臺都在報導雅慈的相關新聞。和平的嘴角細微的抽動。

第八集，結束。

第九集

序　內　監獄舍房　夜
　　△村義趴在用書本與棋盤疊起來的桌子凝神寫信。
　　△一張寫完，村義換上新的信紙，可以看到旁邊已經寫了好幾張紙。
　　△旁邊，有獄友用小電視看新聞。
　　△此時，門邊的小窗口打開。
　　△幾封信件被管理員放進來。
獄友：你的。
　　△一個獄友隨手把一封信拋在村義眼前棋盤桌上，擋住了信紙。
　　△村義停筆，拆開信封——
　　△信封裡有三張拍立得照片，都是田父或躺或坐在安養院的日常，但田村義
　　　卻異常不安。
和平VO：一連串的社會消息。首先來看，前日深夜在惠鄰停車場發現的男性遺
　　　體，身分確定為有毒品前科，三十歲的男子錢家堂。真正死因仍有待檢警
　　　釐清，目前檢警朝向他殺方向偵辦。
　　△村義突然神色一變，急忙爬到獄友身旁看新聞。
　　△電視畫面：錢家堂的資料照片。
　　△獄友嫌惡地看他一眼。
和平VO：我們了解到，錢家堂生前曾經和同一天驚傳遇害的姚雅慈主播有聯繫
　　　紀錄。而檢警在他車上發現的錄影帶，似乎與先前面具凶手Noh寄到各大
　　　電視臺的錄影帶內容雷同。命案之間疑點重重，究竟有什麼樣的重大關
　　　聯？本臺將持續為您更新。後續消息尚待檢警進一步調查……
　　△電視畫面：坐在主播臺的和平盯著鏡頭，就像盯著村義。
　　△村義止不住的劇烈顫抖。

進片頭「模仿犯」

1. 內　TNB會議室內／外　日

　　△電視停格畫面：《北區色情氾濫專題》的訪談內容，錢家堂正被訪問，身後不遠處，嘉文正在抽菸。

　　△會議室裡，永坤陪同製作助理接受曉其詢問。

曉其：你說姚主播出事前突然要你找這捲帶子出來，你知道為什麼嗎？

助理：雅……雅慈姐的要求沒人敢問為什麼。

　　△文愷與大超進來，與曉其交換眼神，曉其點點頭。

永坤：姚主播身兼節目製作人，經驗又很豐富，基本上她的任何工作判斷我們都尊重，不會特別過問。這些資料你們帶回去調查都不要緊。

曉其：她平常的生活狀態你們了解多少？

永坤：她都是一個人開車上下班。我跟她從無線電視臺一路到現在共事二十多年，但就連她的家人情況，我也是到出事了才知道。你說她有多低調多重隱私。

　　△永坤說著嘆息。

曉其：最後一個問題。

　　△曉其繼續播放錄影帶，到和平正在報導專題。曉其暫停，定格。

曉其：這個專題當初是他做的？

永坤：我印象中這是姚主播讓他去拍的。

　　△大超與文愷對看。

曉其：目前沒問題了，謝謝你們，請先回去忙吧。

永坤：有什麼需要再隨時告訴我們，為了雅慈，我什麼都配合。

　　△永坤說完，多看了一眼電視裡的畫面，帶著製作助理出去。

　　△曉其看大超，大超放下文件。

文愷：鑑識報告出來了，錢家堂的指紋也出現在沈嘉文地下室。基本上可以確定錢家堂是共犯之一。

大超：另外，錢家堂死前傍晚撥打了一支預付卡號碼，基地臺在這附近；沈嘉文出車禍前也打了另一個預付卡號碼，同一個基地臺。

　　△曉其了然於心的表情。看向文愷。

　　△大超急翻開筆記本對照了幾頁，恍然。

大超：當初凶手的廂型車故意經過電視臺挑釁勇哥，我們以為是跟蹤，甚至懷疑到胡建和頭上……現在想想完全就是他在電視臺裡玩的花招！

曉其：陳和平現在在哪裡？

△會議室外，小路從外採訪回來，遠遠看見曉其等人在會議室內，好奇。

△曉其率隊出，與小路擦肩而過。

△小路看見曉其嚴肅神色，緊張。

2. 內　書店廣場　日

△和平的簽書會，背板上印著他的大照片、書的封面與廣告詞：

《你我眼中的連續殺人案》

深夜新聞節目主持人陳和平，直擊殘酷刑案之反思

為社會發聲，深度剖析、精準預測！

不容錯過的話題之作

△現場大約十多人，一些路過的民眾好奇佇足。

△和平一襲休閒西裝，拿著自己的書。

和平：就像我書裡預測的，凶手又犯案了。

△人們紛紛將目光集中到和平身上。

和平：這本《你我眼中的連續殺人事件》是我從案件發生到現在，透過第一手的
　　　觀察、收集相關資料所做的完整紀錄。

△和平說著，好奇停下來的群眾也逐漸增加。

和平：我想把這本書，獻給時常激勵我的姚雅慈主播。

△和平滿臉哀戚，語帶哽咽的繼續——

和平：我剛進電視臺就跟著她採訪，她教會了我，怎麼樣去找到最好的報導角
　　　度……關鍵就在於我們下手的力道必須夠重、夠準確。很不幸的，就在這
　　　本書剛出版不久，她永遠離開了我們。

△全場隨著和平的情緒默然哀戚。

和平：相信在座也有許多她的忠實觀眾。失去了這一位走在時代最前線的女性，
　　　是我們整個社會的損失！從這個角度來看，我們都是受害者。

△和平環視眾人，語氣逐漸變得憤慨。

和平：身為受害者，我必須說一句，承辦連續殺人案的專案小組，拖沓、顢頇、
　　　不負責任！沈嘉文車禍身亡到現在，他們什麼也沒做，讓那個自稱Noh的
　　　凶手逍遙法外，害死了姚主播！

群眾：沒錯！

△臺下群眾發出附和聲。

和平：請大家支持這本書，支持我繼續說出真相！

△臺下群眾鼓掌。

△和平滿意，朝著不同方向高舉展示自己的書。

△有個工作人員走過來對和平說悄悄話。

△和平手上還拿著書，轉頭看見背板後方的準備區，文愷與幾名制服員警站在那邊，面無表情盯著和平。

3. 內　分局偵訊室內／外　日

△和平坐在偵訊室，看著自己的雙手，每根手指都修得乾淨整齊。

△偵訊室外，曉其透過單向鏡觀察著和平。

△偵訊室，和平好奇起身，走向單向鏡，敲著牆面。

△片刻，曉其開門進來。

△曉其與和平對望了兩秒，和平走近椅子，拉椅子坐下。

和平：有什麼我能幫上忙的嗎？

△曉其開啟桌上的錄音設備。

△曉其把錢家堂的資料照放到桌上，再看和平。

曉其：你認識他嗎？

△和平跟著看看相片。

和平：當然認識，他是錢家堂，我這幾天都在報導他。

曉其：所以你們的關聯僅止於此？

△和平點點頭。

△曉其拿出索多瑪報導翻拍照：和平訪問家堂，背後是嘉文。

△和平一愣。

和平：（喃喃）原來如此……

△曉其觀察著和平的反應。

和平：太久以前了，我真是忘了。

△和平好好看了照片片刻，抬頭，眼中又有些淚水打轉。

和平：這讓我又想起了雅慈姊，這是她給我的第一個專題。當初多虧她給我機會，讓我對這些社會案件格外有使命感。真的很不願意相信她就這麼離開了。

曉其：所以你承認，你早在三年前就認識了沈嘉文？

和平：誰？

△和平一臉疑惑，又看了看照片。

和平：哦，他們呀。我不認識，在他們犯下重案之前，我不認識。

曉其：所以你說這報導只是巧合？

和平：是吧，巧合不犯法吧？

曉其：你的書什麼時候寫的？

　　　△曉其放了一本《你我眼中的連續殺人事件》在桌上。

和平：我每天上班有空檔就寫一點，下班後除了睡覺也都在寫。人已經死了，我
　　　會盡量用報導讓他們起死回生。

曉其：你的書我大概看了一下，我覺得你不是要讓被害者起死回生，你比較像想
　　　讓凶手栩栩如生。

和平：聽起來郭檢對我的報導風格有點意見。我的確有自己的觀點，真相是鎖不
　　　住的，我們做新聞要是戰戰兢兢，那就是浪費大家的生命。

曉其：你在書中提到沈嘉文死後一定會出現共犯，並且斬釘截鐵認為胡建和不是
　　　共犯，但是出版日期距離他們車禍身亡不到二週，我查證過，三百多頁原
　　　稿加上打樣、校稿、裝訂、配送，似乎是不可能的事情。

和平：……但是我們就是辦到了，不是嗎？整個出版社，為了書中的價值與理念
　　　共同奮鬥，從編輯到印刷師傅拼命趕工，有些事獨自難以做到，但是集合
　　　大家的力量就可以對吧？

　　　△曉其對和平的挑釁不為所動。

曉其：你在書中把江雨萍案列為連續殺人案的第一案，但是檢警的公開資料從頭
　　　到尾都是以鄭嘉儀的斷掌案為第一案，你有什麼依據這麼寫？

和平：我沒有依據。這是我跑社會線產生的敏銳度。比如說，你難道不會對凶手
　　　在斷掌上為什麼塗指甲油感到好奇嗎？他在那隻不起眼的手上塗了紅色，
　　　是不是立刻讓整隻手變得很有精神呢？她整個黯淡無趣的人生，一下就亮
　　　起來了。（曉其打斷）

曉其：我問的是依據，不是你的心情臆測。這些空話你留到節目上說。

　　　△曉其毫不留情的再度打斷和平，兀自整理著桌上的資料。

　　　△和平也突然轉變了態度，眼神中的哀戚漸漸褪去。

和平：（低聲）連話都不讓我說完呀。

　　　△和平隱約透露出了不悅，忿忿的淺笑了笑，又恢復神情。

　　　△曉其注意到這瞬間的反應。

曉其：我問東你就答西，今天問到這裡。待會書記官撰寫完畢會讓你確認筆錄，
　　　確認無誤後請在筆錄上簽名，還要麻煩你稍等片刻。

和平：沒了？就這樣？郭檢，你還沒有問我關於Noh的看法耶？

　　△曉其邊收資料，邊漫不經心地說。

曉其：那沒什麼好說的，如果Noh是真凶，那他不過是隻紙老虎。找個充滿心理
　　　創傷的沈嘉文當替身，刺激他、利用他犯罪，然後躲在事件背後記錄這一
　　　切，操弄輿論。

　　△曉其直盯著和平。

曉其：真正的他是什麼樣子，也許我一點也不意外。

　　△和平也回盯曉其，片刻，再度露出無害笑容。

　　△曉其拿起資料往外走。

　　△和平看著曉其起身，神情變得憤怒。

　　△直到曉其走出偵訊室，和平深呼吸，森然的神情又開始和緩。

　　△偵訊室外，曉其在門邊佇足，聽見裡面隱約傳來口哨聲。

　　△曉其心下瞭然，離開。

4. 內　偵訊室外走廊　日

　　△大超出現。

大超：郭檢，你為什麼不羈押他？現在沒一項證據可以定他的罪，你至少讓我們
　　　把他家翻過來搜！

　　△面對大超憤慨，曉其冷靜。

曉其：不羈押原因有很多很多，現在一個個都聚集在分局外，你們自己去看吧。

　　△大超不解。

5. 外　高德分局外　日

　　△和平走出建築物，等在外面的記者一湧而上。

記者A：請問警方為何找您協助調查？

記者B：為什麼警方不是傳喚而是拘提？您和連續殺人案有關嗎？

記者C：警方這次的問訊跟你書裡的內容有關嗎？

記者D：你有什麼話想要對檢警說的嗎？

　　△和平緩下腳步，對著眾家記者的麥克風，深吸口氣——

和平：我出書只是想替大家發聲，沒想到會被司法機關打壓，請各位幫忙，和我
　　　一起監督檢警！

　　△和平走到路邊，媒體記者追了出去。

△曉其領著大超、文愷，站在門口，看著和平被記者包圍。

△曉其回望大超、文愷。

曉其：現在懂了嗎？就算我們在他家搜到了什麼，他也可以上電視喊冤，說我們
　　　栽贓他。在沒有百分之百成案的把握之前，不能隨便羈押他。

△大超文愷無奈的看著外面。

大超：臭俗辣，有種就不要躲在媒體後面。

△和平攔了臺計程車，回身。

和平：大家辛苦了。一起加油！

△和平說完，打開車門正要上車。

△突然，和平回頭往後看，與站在門口的曉其四目相交。

△二人瞬間眼神交鋒。

△和平微笑，上了車，關門，計程車駛去。

6. 內　TNB辦公室　夜

△職員們一邊收拾桌面準備開會一邊聊天。

△小路進辦公室，坐下，開始整理桌上文件。

職員A：欸，警察為什麼找和平哥問話啊？

職員B：該不會懷疑他跟凶手有關吧？

職員C：他是嫌犯嗎？

△此時和平與永坤走來，聽見，永坤介意。

永坤：很閒嗎？在背後議論自己同事啊？

△眾志忑，均收口。

△和平：經理，有些話講開反而好。（對眾）專案小組只是請我去幫忙，協
　　　助他們了解TNB主播的作息和工作上的一些細節，大家不用擔心。

永坤：希望他們到此為止，不要再跑來找麻煩。

△和平看向小路。

和平：你比較了解郭檢，他應該不會隨便冤枉我的，對吧？

△小路思索。

小路：郭檢會找你問話，一定只是想釐清真相。

和平：我也希望我跑這趟，對他想通案情有所幫助。

永坤：好了，既然大家都在這裡，我就宣布一下，我打算把2100的時段交給和
　　　平。我知道大家都為了雅慈的離開很難過，但節目還是得繼續。

　　△眾人反應。

　　△和平一愣，隨後堅定。

和平：謝謝經理，我會盡力做到最好。

永坤：你對第一集該做什麼題目有想法了嗎？

和平：第一集，當然要為雅慈姊做個紀念特輯，為她隆重、盛大的道別。

　　△小路在旁，看著和平與永坤的互動，忖度。

7. 內　分局外一角　日

　　△大超走到分局外一角空曠處透氣，剛點起打火機欲點煙。

　　△小路匆匆走來。

　　△大超看見她，想移動，卻被攔住。

小路：大超，你們找和平哥問了什麼？

　　△大超有點慌，熄了煙，把打火機收起來，邊說。

大超：例行公事，不重要啦。

小路：如果不重要，你們不可能特別去簽書會現場把他帶走。雅慈姐的案子跟他有關嗎？

　　△大超為難中，曉其由分局內走出看到大超和小路。

　　△大超看見曉其，彷彿看見救星。

　　△小路看見曉其急切地問。

小路：郭曉其！

曉其：小路，偵查中的案件，不方便透露。

　　△曉其不語，繼續往前走。

小路：你們想知道什麼？我可以幫忙。

　　△小路邊說，邊拉住曉其。

小路：我一定要做點什麼，這是我欠雅慈姐的。

　　△曉其停步，嚴肅看著小路。

曉其：做好你記者份內的事就好，不要插手我們查案。

　　△見曉其態度強硬，小路一愣，沉默。

　　△大超見場面尷尬，試著緩和氣氛。

大超：郭檢的意思是你放心，查案我們來就好了啦。

　　△大超邊講，邊向曉其示意，要他注意小路的情緒。

　　△曉其見小路低頭黯然模樣，嘆口氣，態度放緩。

曉其：任何跟這案子有關的可疑線索，我們都不會放過。事情還沒有結束，你自
　　　己平時也要提高警覺。

小路：嗯。

曉其：回去吧。

　　　△小路望著曉其，點點頭，離。

　　　△曉其大超望著小路離開。

　　　△曉其交代大超。

曉其：小路每天的上下班，出門和回家情況要掌握回報。

大超：是。

8. 內　醫院尚勇病房　夜

　　　△醫院外觀夜空鏡。

　　　△曉其看著擺在床頭的尚勇的錶。

曉其：幫你修好了，你自己注意時間，該起來就起來，別以為要退休了就可以一
　　　直偷懶。

　　　△尚勇仍無意識沉睡著。

　　　△曉其習慣地從口袋裡拿出頭痛藥，吃下一片。

曉其：彤妹很好。不用擔心。

9. 內　專案小組　日

　　　△曉其看著線索牆上陳和平的照片，文愷大超來報告。

文愷：郭檢，陳和平的節目帶跟Noh的錄影帶都寄出了，也跟加州鑑識中心確認
　　　過，收到第一時間最速件檢驗再寄回來，至少也要一個多月，如果聲紋比
　　　對相符，至少可以直接證明陳和平就是Noh。

大超：一個多月？光上個月就收到幾具屍體了還能等一個月嗎？

　　　△大超說完看到曉其和文愷都沒回話，馬上也自覺白目有些尷尬，但很快又
　　　想到還有沒報告的資訊。從口袋裡拿出一個小信封。

大超：對了郭檢，之前查胡建和的通聯紀錄時有發現，他曾經有打過電話去生命
　　　線諮詢，生命線那邊把當時的對話錄音寄來給我們了。

　　　△曉其接過信封打開，裡面是一捲錄音帶。

曉其：生命線？

10. 內　監獄教室　日

　　△允慧在戒護人員的陪同下與村義會面。

　　△村義面容消瘦，定定看著允慧。

允慧：村義，他們說你狀況不太好，怎麼了嗎？

　　△村義還是看著允慧，片刻，才緩緩開口。

村義：胡老師。我這輩子都在說謊。

　　△允慧看著村義反常的舉止，在桌上放下本來要開始紀錄的鋼筆和筆記本。

　　△村義盯著桌上的物品看。

村義：我假裝我是個攝影師。久了我自己也信了，躲在相機後面很安全，可以當作鏡頭前發生的所有事情都跟我無關。

　　△允慧敏銳察覺，小聲且溫柔地詢問

允慧：鏡頭前有什麼事情發生？

　　△允慧關心地看著村義的神情。村義沈浸在自己的世界裡。

村義：那個叫江雨萍的女孩子也說過，她離開家，只是想要父母理解她。我看著她死，然後騙自己說我不在意。

　　△村義內心掙扎，呼吸也逐漸急促。

　　△村義望向窗戶，他看著玻璃映照出的自己。

村義：「你活該」。活該被關在牢裡。你聽到她在喊救命，但你還是動也不動。你的無能本身就是一種邪惡。

　　△允慧聽見村義的話，認為時機成熟，她準備了一下說詞，開口──

允慧：村義，除了我，不知道你願不願意也向郭檢察官說出當年案情的真相？

　　△允慧看著村義，村義的眼神卻有些飄忽。

　　△村義仍茫然地看著前方。

允慧：村義？

　　△村義緩緩回神，對著允慧露出慘然一笑。

村義：胡老師，謝謝你願意聽我講話。每次看到你我就覺得我好多了。

　　△村義眼眶紅了。

村義：幫我跟爸爸說對不起。

　　△允慧一愣，瞬間沒能反應過來。

　　△村義猛地搶過桌上的鋼筆，刺向自己的頸動脈。

　　△戒護人員和允慧要阻止均來不及。

　　△慌亂中，允慧看到村義絕望的眼神……

　　△村義猛然拔出鋼筆，頸部鮮血也跟著泉湧。

　　△戒護人員衝上前，允慧跌坐在地，看著四濺的鮮血，昏厥。

11.內　監獄辦公室　日

　　△曉其站在辦公桌前，眉頭深鎖。

　　△曉其看向紙箱內，拿出幾本書翻了翻，其中一本書裡面夾著一個信封，裡面有三張拍立得照片。

　　△曉其看了看相片。

曉其：田村義沒有別的親人，他父親也早已重病沒有和人往來。照片是誰寄來的？

管理員A：署名跟地址是他父親的療養院。

　　△曉其再次仔細看向照片，起疑。

12.內　監獄醫療室　日

　　△曉其走進，看到允慧靠坐在病床上，眼神空洞。

　　△曉其到允慧身旁坐下，無語。

　　△允慧緩緩回神，看向曉其……

允慧：田村義怎麼了？

曉其：死了。

　　△允慧瞬間情緒潰堤，哭了起來。

曉其：我本來是打算來找田村義問話，告訴他我查到陳和平了。沒想到還是晚了一步……

　　△允慧掉淚

允慧：他的狀態已經在那麼邊緣，我竟然沒有發現。

　　△曉其心疼。

曉其：不，他早就準備好了。他的死不是你的錯。

　　△曉其拿出田父的拍立得照片給允慧看。

曉其：拍立得相片，在江雨萍、還有林羽彤的案子都出現過。

　　△允慧接過田父拍立得照片，伸手拭淚。

允慧：你的意思是，凶手透過這方法用村義的爸爸威脅他，導致他自殺？

曉其：很有可能。

　　△允慧情緒仍低落，曉其將照片收進筆記本中。

13. 內　曉其車上　夜

　　△入夜的城市，路上街燈亮了。

　　△曉其開車行駛在都市街道，車窗上反射了街燈與招牌。

　　△車內靜謐無聲。

　　△曉其在允慧家門外停下車，看著允慧把頭輕靠在車窗。

　　△曉其擔憂的看著允慧，伸手去握住了允慧的手。

　　△允慧家樓下，車子在允慧家樓下停下。

　　△允慧安靜的看著窗外。

曉其：有好點嗎？

　　△允慧知道曉其的擔憂，努力的擠出一絲微笑，點點頭。

　　△曉其從公事包拿出一捲錄音帶。

曉其：對了，這是要給你的。

　　△允慧接過錄音帶，怔怔看著。

14. 內　允慧家　夜

　　△特寫：錄音機內的錄音帶轉動。

<u>志工VO</u>：<u>生命線你好，你有什麼想跟我們聊聊的心事嗎？</u>

<u>建和VO</u>：<u>你好，我叫胡建和。喔，我沒有想自殺啦。是我……懷疑我的好朋友</u>
　　　　<u>可能殺了人……</u>

　　△允慧坐在沙發上，抱著抱枕，建和的聲音剛傳出，允慧就落下淚。

<u>志工VO</u>：<u>聽起來很嚴重，有什麼我們能協助你的地方嗎？</u>

<u>建和VO</u>：<u>我不知道該怎麼辦？我不知道要跟誰說……呃，其實也還沒到要報警</u>
　　　　<u>的程度，我只是想搞清楚一些心裡的疑問……</u>

　　△INS第五集S05。建和小心翼翼的避開嘴巴的傷口吃飯。

　　△INS回憶。建和不發一語的吃飯。

<u>建和VO</u>：<u>其實，我姐姐就是專業的心理師，但是她平常就要當好多人的情緒垃</u>
　　　　<u>圾桶，我真的不想造成她的負擔……</u>

　　△INS第六集S07。建和與允慧爭執，求允慧不要分析自己。

建和：……這不是關心、是控制！

允慧：胡建和，你一直都是這麼想的嗎？

　　△建和難過的搖搖頭，出門。

　　△INS第四集S25。允慧在幫建和處理傷口時，建和從包包拿出因被尚勇揍

而扭曲變形的一盒足球巧克力。

建和：今天出外景在雜貨店看到就幫你買了。

　　△回現時。

　　△允慧緊緊抓住抱枕，試著忍耐，眼淚仍不停滴落。

建和VO：她真的為我犧牲太多了……從小就是她一個人在照顧我，我到長大才意識到，明明她也還是個孩子，別的同學在玩、在逛街買衣服的時候她一直在做家事、準備三餐，還要負責跟親戚借錢，為經濟煩惱，卻一直堅強的不讓我知道……我希望她能過得輕鬆開心點，去做她喜歡的事情。

　　△允慧抬起頭，看到茶几上從TNB收回的自己與建和開心笑著的合照。

　　△允慧已經泣不成聲……

15. 內　彤妹病房內外連走道／護理站　夜

　　△走廊僻靜。女警駐守在彤妹病房門口。

　　△警員無線電來報。女警起身回覆暫離。

　　∧一人（和平，此處不破）戴帽經過彤妹病房前，輕聲吹著口哨。

　　△病房內，彤妹驚恐睜開眼睛。

　　△和平主觀視角：透過病房小窗看見彤妹看向自己、驚惶失措模樣。

　　△曉其至護理站，正向櫃檯的護理師詢問彤妹情況，忽見女警奔來。

女警：病患突然失控了！

　　△護理師立刻通報其餘值班人員。

　　△曉其奔往彤妹病房方向。

　　△彤妹病房內，曉其趕至病房見彤妹在病房又打又踢的掙扎，醫師、女護理師A與女警協力壓制她。

　　△另一名護理師B拿著針劑趕至。拉開彤妹的領口要給她注射鎮靜劑。

醫師：林小姐，我們現在要幫你打針喔！打針可以讓你比較緩和！

　　△注射後，彤妹這才緩和下來，閉上眼睛休息。

醫師：注意一下她的Vital sign（生命徵象）。

　　△女護理師離開。醫師轉向女警詢問。

醫師：為什麼她會突然這麼激動？有發生什麼事嗎？

女警：我不知道，我只是離開去洗把臉，回來她就變這樣了。

　　△曉其思忖片刻，開口——

曉其：你仔細想想，有沒有看到什麼可疑的人或是有什麼不對勁的地方？

　　△女警認真思考，突然想起。

女警：我在廁所裡，好像隱約聽到口哨聲？

　　△曉其尋思，轉問醫師。

曉其：林雨彤的情況會好轉嗎？

醫師：遭受重大創傷後，每個人恢復的狀況都不一樣，她如果又遭受到刺激，就更不明朗了，需要再觀察。

　　△曉其看著彤妹，思索。

曉其：我會再加派警力，半刻都不能讓她離開視線！

女警：是。

16. 內　TNB節目部／和平新辦公室內　日

　　△隔著玻璃的主觀視線，俯瞰著節目部的人員工作、進出忙碌。

　　△熟悉的口哨聲響起，因為靠離玻璃太近，玻璃稍稍起了霧。

　　△畫面拉開，是一臉悠然得意的和平正貼近玻璃往下看。

　　△和平就著霧氣，用西裝袖子擦了擦玻璃，又皺眉，退後檢查袖子。

　　△隨著口哨聲，和平在雅慈的前辦公室裡逡巡漫步。

　　△接著，和平一屁股坐進舒適的皮質沙發式辦公椅裡，感受柔軟。

　　△和平隨手摸了摸桌上的水晶大菸灰缸，又調整了一下桌子另一角裝著雅慈照片（和平助理階段與雅慈的合照）的相框角度，噗哧笑出，又繼續吹口哨。

17. 內　call in最前線攝影棚　夜

　　△音樂聲持續，一個變奏，同樣的旋律變得氣勢更輝煌。

　　△攝影棚也改變了各種細節，主持人與來賓的座位變成氣派沙發。

　　△燈光更華麗，裝飾更豐富。

FD／AD：倒數五秒，四，三，二。

　　△和平神清氣爽的坐在單人沙發，自信開場──

和平：歡迎收看今天的《call in最前線》，我是陳和平。各位觀眾朋友可能還不習慣在這時段看到我。我也和各位一樣，想念我們永遠的當家主播姚雅慈。

　　△永坤躂步到攝影機旁，看著畫面中的和平。

和平：今晚在進入我們的焦點話題之前，TNB新聞部特別製作了姚雅慈紀念特

輯，希望透過這半小時的內容，帶各位一起回顧在我們心中最知性、最美好、最有勇氣的她。

　　△永坤沉沉的嘆了一口氣。

和平VO：我們首先就來回顧她在節目上回應凶手，毫不畏懼的片段……

永坤：一樣的時段，一樣的棚，換了個人做感覺都不一樣了。

　　△永坤摘下眼鏡擦了擦，眼神有點閃爍。

18. 內　專案小組　夜

　　△專案小組也播放著《call in最前線》。

和平VO：你們一定很好奇，這個殺人魔心裡到底在想什麼？明明和死者無冤無仇，為什麼下得了手？

　　△電視畫面：和平正高舉自己的書。

和平VO：其實，殺人對他來說，是一種創作，而創作，是不需要動機的。

　　△曉其看著和平說著口沫橫飛狀，懶得多做反應。大超一臉想吐的樣子，揉掉手中的紙往電視機砸。

大超：不能把他的嘴封起來嗎？我看他從計畫在公園裡面扔斷掌開始，就處心積慮為了今天！

　　△文愷起身制止大超。

文愷：收斂點。檢座在。

大超：勇哥躺著還沒醒，彤妹又受到刺激，連話都說不好。每個家屬都來問，找到人了嗎？外面一天到晚罵我們辦事不力，領死人給的薪水。我能說什麼？查來查去都是通聯記錄跟監視器，監視器又不夠多支，永遠都是斷頭的線索！

文愷：抱怨有什麼用，你抱怨了就會有答案嗎？每個人都盡力了！

大超：是，我最沒資格說話，警察就該當啞巴。我們活該這麼窩囊！

　　△大超激動離。文愷看了眼曉其。

　　△曉其跟了出去。

19. 外　分局天臺　夜

　　△大超頹坐在一角，點菸抽了幾口，心煩意亂，又捻熄。

　　△曉其至，也坐下。

　　△大超注意到，收斂。

曉其：沒關係，檢警都是人，有情緒很正常。

　　△曉其吞下頭痛藥片。大超轉頭看曉其。

大超：我知道我是警察，講這個不對，但像陳和平這種敗類真的應該直接動私刑
　　讓他下地獄比較快，還走什麼法律程序。

曉其：如果有個世界沒有法律，每個人都能憑自己的心意殺人報仇，你認為最後
　　會怎麼樣？

　　△大超沮喪。

大超：有錢的人砸大錢請保鑣，弱勢的人永遠沒辦法討回來。我明白你想說什
　　麼，我知道法律很重要。

曉其：我們現在雖然暫時拿他沒辦法，但你一定要記得，法律的初衷，並不是為
　　了保護像他那種人而存在的。

　　△大超點點頭。

　　△曉其拍拍他。

曉其：喪氣話說夠了。振作起來。

20. 內　和平辦公室　夜

　　△本場小路聲音先入。

小路：和平哥？

　　△小路看和平不在，放下文件夾在和平桌上就要離開，餘光卻瞥見桌上擺著
　　一個菸盒。

　　△小路走近細看菸盒，正想拿起——

　　△INS雅慈拿起菸盒準備抽菸的回憶畫面

　　△回現時。

和平：你找我？

　　△小路嚇了一跳，不知和平什麼時候回到辦公室，強自鎮定。

小路：你不是讓我把下個專題的資料整理好，想給你看一眼。

和平：放著吧。

　　△和平走近辦公桌，注意到小路視線，故意拿起。

和平：怎麼了？看你一直看著這個菸盒？

　　△和平看小路眼神有點慌張，繼續問。

和平：哦！我知道了，是不是讓你想起雅慈姐了？

小路：和平哥，我不知道你也會抽菸。

　　△和平皮笑肉不笑地把菸盒遞向小路。

和平：你也要嗎？

　　△小路看著和平忽然有點害怕。

和平：雅慈姐為新聞奮鬥到最後一秒，甚至貢獻了她最後的新聞價值，真的是最
　　　稱職的謝幕。

　　△和平說著打量小路的神情。

　　△小路擠出一絲笑容，離。

　　△關上門後，小路才全身發抖。

21. 外　醫院外／曉其車上　夜

　　△允慧剛下班，走出醫院。

　　△看見一輛熟悉的車停在門口。允慧上前，敲了敲車窗。

允慧：你怎麼停在這裡？

　　△曉其注意到允慧，收起藥瓶，才要降下車窗。

　　△允慧看了看曉其，打開車門坐了進去。

22. 內　允慧家　夜

　　△允慧替曉其和自己都倒了杯水，放在餐桌。

允慧：這麼累怎麼不回家休息。

曉其：放心不下你。

　　△允慧看著曉其。

允慧：我聽了你給我的錄音帶。

　　△曉其看著允慧。

允慧：聽著錄音帶，就好像我弟還在我身邊，對我說：「姊，別生氣了，我擔心
　　　你」。我以為自己很了解建和，都是我在照顧他，沒想到他其實也很擔心
　　　我。

　　△曉其欣慰的淺笑。

　　△允慧思索，鼓起勇氣。

允慧：曉其。謝謝你做的一切。

　　△曉其拍拍允慧的手，允慧握住曉其的手。

允慧：我知道你不會讓我一個人的，對嗎？

　　△曉其看著她，知道允慧要講什麼，將手緩緩抽開。

曉其：我現在滿腦子都是怎麼抓到陳和平，沒辦法想別的。

　　△允慧的神情黯淡了片刻，又打起精神，笑笑。

允慧：不要緊。

　　△曉其走向大門。

曉其：保持聯絡，有任何不對勁的事就馬上打給我。

允慧：放心吧，我會好好的。

　　△曉其離開允慧家。

23. 外／內　允慧家樓下／曉其車上　夜

　　△曉其站在車外，仰望著允慧公寓溫暖的燈光。

　　△片刻曉其上車，發動車開走。

24. 外／內　別墅地下室（夢境）／電器行路邊／曉其車上／TNB辦公室　夜

　　△腳步踏在水中聲音先響起，接著，看到曉其一腳踏在血泊中。

　　△曉其一步步緩慢地向前……

　　△先看見形妹的屍體橫陳於眼前。

　　△接著是怡君、子晴、嘉儀與雨萍屍體，陸續出現在曉其腳邊。

　　△曉其環視滿地屍體，微微顫抖，內心沉痛。

　　△此時，前方傳來腳步聲，曉其看去──

　　△一個穿著和平的西裝，戴著Noh面具的人走出，停步。

　　△隔著一段距離，曉其與那人對望，眼神從痛苦轉為憤怒。

　　△回現時。曉其從駕駛座上驚醒。竟是在車上睡著了。

　　△一旁是電器行門口。一群人圍著看新聞。

　　△曉其降下車窗查看，臉色一變。

　　△電視畫面：能劇面具上投影出曉其上電視的模樣（同第四集），搭配變聲
　　器正在說話。

Noh：我會向你們證明，人性脆弱，是禁不起考驗的……好人根本不存在，誰都
　　可能成為殺人凶手！

　　△民眾看著Noh，不知所措的表情

　　△畫面切換成雅慈被害畫面

　　△Noh在鏡頭前發出輕蔑的笑聲，他慢慢靠近鏡頭

Noh：我最新的作品，你們滿意嗎？興奮嗎？可惜我們的檢警好像不這麼喜歡，

<u>他們還不相信我說的話。</u>

　　△面具上，投放出曉其的臉

Noh：<u>偉大正直的檢察官，你以為你自己不一樣嗎？（笑）我，可能比你以為的</u>
　　<u>更了解你……期待吧，遊戲就要開始，猜猜我下一個作品，會不會讓你按</u>
　　<u>下手上的殺人按鈕？</u>

　　△Noh盯著鏡頭像是看穿了螢幕盯著所有人，挑釁地問

Noh：<u>郭曉其，你確定自己真的是一個好人嗎？</u>

　　△Noh狂傲地大笑，按下手上的按鈕

主播VO：<u>以上是凶手Noh針對檢警發表的最新宣言，相關情況正在確認中，目</u>
　　<u>前檢警還未傳出回應。最新消息請鎖定本臺報導。</u>

　　△曉其手機響，是小路來電。

小路VO：<u>你看到新聞了嗎？他衝著你來，我很擔心你。</u>

　　△路人圍觀、議論著。

曉其：我沒事，你在哪裡？

小路VO：<u>我快下班了。</u>

曉其：你自己要注意安全，到家讓我知道。

小路VO：<u>我知道。</u>

　　△一個視線緊盯著小路的背影，看著她一舉一動。
　　△曉其掛線，立刻發動車子，邊撥打手機給坤哥。

25. 內　曉其家客廳　夜

　　△客廳裡，聽得見洗澡間洗浴的水聲。
　　△客廳沙發上，坤哥的手機響著沒人接。
　　△手機響到一段落停止。
　　△室內傳來室內電話的響聲。
　　△仍無人接聽。

26. 外　曉其車上　夜

　　△曉其開車疾駛。接聽電話。

文愷VO：<u>檢座，我們擔心Noh的目標是你或你的家人。確保你的安全狀況是我</u>
　　<u>們現在的第一要務。檢察長指示請你回到專案小組。</u>

曉其：我沒事，在路上。你們有聯絡到我舅舅嗎？

文愷VO：<u>我們已經派出轄區警力前往了。還沒有消息。</u>

曉其：（憂）我現在開回家，叫他們跟我在門口會合。

　　　△曉其掛線，打轉方向盤，著急再打給坤哥，仍然沒人接。

27. 外　小路家附近街道　夜

　　　△小路走路回家，街道冷清。

　　　△小路不安地握著手機繼續走著。

　　　△不知後方有一人窺探的身影掠過。

28. 外　小路家附近街道連巷子前　夜

　　　△小路加快腳步正要鑽進巷子裡。

　　　△後方的人影跟了上來。

　　　△小路猛然被人從後面一拍！

　　　△小路驚魂未定，見是大超。

29. 內　曉其家客廳　夜

　　　△坤哥剛洗完澡走回客廳。

　　　△見手機螢幕亮著。

　　　△有很多通曉其的未接來電。

　　　△坤哥納悶，正要回撥。

　　　△此時門鈴響，坤哥放下手機，起身去開門。

30. 內　允慧家　夜

　　　△門開，是允慧。

　　　△和平將允慧一把推了進去。

31. 內　曉其家　夜

　　　△坤哥開門看見兩名制服員警站在門口，同時曉其也開車到門前馬路邊

　　　△曉其一停車就衝到家門口。

　　　△坤哥看到一臉驚魂未定的曉其，把手機按掉。

坤哥：阿是發生什麼事了？怎麼警察也來了？我正在回電給你，這麼多通未接來電，很嚇人耶。

曉其：你為什麼不接電話？

坤哥：我剛剛在洗澡。到底怎麼了？

曉其：你沒事就好。

　　　△曉其終於稍微放鬆，喘息，手機響了。

曉其：喂？

　　　△曉其接聽，錯愕。

32. 外　允慧家樓下　夜

　　　△曉其下車，遠遠看到一群人圍觀。

　　　△警方已抵達，現場已封鎖。

　　　△曉其往前猛衝，推開眼前的每個人。

　　　△中庭地板上一具蓋了白布的遺體。

　　　△曉其跪在血泊中掀開一角白布，白布下是允慧。

　　　△曉其緊握雙拳，渾身不住顫抖乾嘔。

　　　△周圍騷亂一片，曉其愣看著允慧家公寓仍然亮著的溫暖燈光，這片燈光永遠遙不可及。

33. 外　和平家外空鏡　夜轉日

　　　△和平的口哨聲先in──

34. 外　和平家停車場　日

　　　△和平吹著口哨，甩著鑰匙往車子走，突然停步。

　　　△只見曉其憔悴，從他車輛旁邊起身。

和平：嚇我一跳，原來是郭檢。

　　　△曉其冷看他。

　　　△和平走近車子，打量曉其。

和平：你看起來狀態很差。是因為昨晚的新聞事件嗎？聽說身亡的胡允慧小姐是你前女友……

　　　△曉其不讓和平說完便把和平反手壓制在車上。

曉其：你為什麼要殺允慧？為什麼？

和平：什麼為什麼？

　　　△曉其揍了和平一拳。和平擋，一臉無辜。曉其又是一拳揮落。

曉其：你為什麼要殺她？為什麼一直殺死無辜的人？為什麼要針對我？

　　△曉其再度揮拳。和平閃避，逃躲。曉其追擊。（註：請動作指導依照現場動線設計）

　　△曉其追上和平，抓住他。曉其已瀕臨崩潰。

曉其：為什麼要殺允慧？為什麼要殺允慧？為什麼？

和平：好，好，我幫你想想，凶手為什麼要殺允慧，因為你最在乎她啊，她一定是因為這樣死的吧。

　　△曉其步步進逼，和平挪動身子往後退，掩不住得意繼續說著。

和平：為什麼你沒去救她？還是你沒趕上？好可惜喔。你知道新聞都在報導她頭部受到重擊，就算沒墜樓也回天乏術。

　　△曉其把和平逼到退無可退。和平靠在牆角，仍帶著笑意。

和平：不知道是用什麼東西敲到頭骨都碎了，她死前聽得見自己頭骨裂開的聲音嗎？

　　△曉其忍無可忍，從身後掏出已上膛的槍，對和平扣下扳機。

第九集，結束。

第十集

序1　內　地檢署啟陽辦公室（憶）　日

　　△六年前。

　　△當年的啟陽，正直視著曉其。

啟陽：郭曉其，你雖然通過特考和實習，但口試考官不會針對個人經歷提問，身
　　　為你的直屬上司，我有義務理解你的想法。

　　△曉其聽到，一愣。

啟陽：在你就任之後，如果再次遇見殺害你家人的凶手，你認為自己能不能秉持
　　　著公平原則，對他做出適當的裁決？

曉其：過去已經過去了，我會以受訓學習到的知識來論處。

啟陽：我不滿意你的答案。

　　△曉其不明所以，啟陽加重了語氣。

啟陽：要是這凶手也殘忍殺害無辜的生命，你依舊能維護司法公正嗎？

　　△曉其錯愕的看著啟陽，盡力吐出答案。

曉其：如果發生類似情形，我會自請迴避。

啟陽：我不是問你法規，我問你會怎麼判！

曉其：我會審視所有客觀事證，*毋枉毋縱*——（被打斷）

啟陽：我不要標準答案！

　　△曉其一愣。

　　△除了曉其與啟陽，周圍還有一個中老年男子，葉祥，以及當年的允慧，皆
　　　觀察著曉其的反應。

啟陽：我再問一次，一家三口，包含沒有反抗能力的孩童，你會怎麼做？

曉其：……我會依法辦案，秉公辦理！

啟陽：男性死者與凶手有財務糾紛，凶手闖入將其殺害，一併將家中妻女滅口。
　　　母親全身多處抵抗傷，顯示她為了保護孩子與凶手搏鬥——（被打斷）

曉其：我已經回答了！我會依法處置！

　　△曉其終於壓抑不住內心的激動，聲音也大了起來。

△啟陽冷靜下來，凝視曉其片刻，看向葉祥。
△葉祥點點頭，一旁的允慧不停紀錄。

序2　內／外　地檢署洗手間／中庭長椅（憶）　日
△曉其在洗手臺猛然用力把水拍打在臉上，試圖讓自己冷靜。
△片刻，曉其抬眼，瞪著鏡中的自己，深呼吸。
△鏡跳中庭，天空正飄著如霧般的細雨。
△曉其獨自坐在長椅上怔怔放空，隔壁有人坐下。
△曉其轉頭，看見允慧。

允慧：我是胡允慧，葉祥老師的研究生，就是剛剛——

曉其：我知道，你們是臨床心理師，來評估我的。
　　　△允慧觀察著曉其的神情。

允慧：你……好點了嗎？

曉其：沒什麼好不好的。
　　　△允慧低頭，不知該怎麼接話。
　　　△曉其知允慧是善意，有點後悔，想找話題跟她聊天。
　　　△曉其指著兩人長椅背上刻鑄的一行字：Ratio est legis anima.

曉其：這是拉丁文。「理性是法律的靈魂」。我很喜歡這句話，也一直自以為我
　　　夠理性，適合走法律。想不到剛剛在裡面被人質疑個幾句，就失控了。看
　　　來我入錯行了。

允慧：我的所學告訴我，人的心靈是很神奇的，無論受過什麼樣的傷，都有機會
　　　復原，還能運用受傷的經驗去幫助其他同類。

曉其：你的意思是，我們過去受過的創傷，反而能成為我們未來幫助別人的優勢？
　　　△允慧笑了，點點頭。

允慧：真不愧是司法官，一下子就明白我想說的。當生存危機來臨時，我們永遠
　　　有機會做出高尚的選擇，不必像野獸一樣屈服於本能，被恐懼或憤怒左右。
　　　△曉其怔看她的笑容。

曉其：但這需要練習吧？當不想要的情緒來了的時候，第一步該怎麼做？你，能
　　　教我嗎？
　　　△允慧想了想，低頭，從包包中拿出隨身聽，把耳機遞給曉其。
　　　△曉其拿著耳機，一時反應不過來。
　　　△允慧指指耳朵，曉其只好把耳機放進耳朵裡。

△允慧按下播放鍵，前奏旋律響起。

（註：Aphrodite's Child的〈Rain & Tears〉。視劇組需要調整）

　　△曉其聽著音樂，感到莫名，轉頭，看見允慧微笑看著自己，輕輕擺頭打拍子。

　　△曉其不知如何回應，別過頭去看前方庭院。

音樂："Rain and tears are the same, but in the sun, you've got to play the game..."

　　△矮樹、草坪上懸掛著晶瑩剔透的雨露凝珠

音樂："When you cry in winter time, you can't pretend it's nothing but the rain..."

　　△音樂持續，二人併肩坐在中庭。

<u>進片頭「模仿犯」</u>

1. 內　和平家停車場　日

　　△曉其靠在和平車後方，眼神茫然。

　　△和平倒臥在地，一動也不動。

　　△文愷與大超帶隊快步往內來到現場，救護人員也同時進來。

文愷：先封鎖現場。

　　△文愷與大超來到曉其面前。

大超：郭檢！

　　△曉其這才緩緩回神，看到眾人。

　　△文愷看見曉其指間乾涸的血跡。

　　△一旁，和平意識模糊的被抬上擔架。

　　△大超轉頭看和平，咬牙切齒。

文愷：大超，帶郭檢回去。

2. 外　地檢署外　日

　　△地檢署門口擠滿媒體，見啟陽下車要走入地檢署便蜂湧圍上。

　　△法警連忙為啟陽開路，架開媒體。

記者A：請問檢察長，我們如何因應執法人員失控的隱憂？

記者B：檢方先前拘提陳和平主播偵訊卻無保飭回，為何會演變成私刑？

記者C：郭曉其是否與陳和平有私下糾紛？這種行為是否涉及瀆職？

　　△啟陽不發一語，一步步往內走。

　　△坤哥抵達現場，隔著一段距離看媒體包圍啟陽，著急無法接近。

　　△記者繼續跟上啟陽發問。

記者D：案件拖延至今，檢方還有打算給被害者和家屬交代嗎？

記者E：專案小組後續該如何完成原本任務？

　　△啟陽在法警護衛下繼續向前走進地檢署。

　　△坤哥在人群中無所適從。

<u>小路OS：坤哥！</u>

　　△坤哥轉頭，看到匆匆趕至的小路。

3. 內　地檢署走廊　日

　　△小路與坤哥等在走廊，啟陽神情嚴肅地走出。

啟陽：（低聲）我其實不能見你們，有什麼事快說吧。

　　△坤哥上前，焦急的拉著啟陽的手臂。

坤哥：長官，我是曉其的舅舅，我看著他長大，全世界沒人比他還守規矩，沒人比他還想伸張正義！你知道嗎？他從考上到現在根本沒有下班過，永遠都在看證據想案件，我怎麼勸都沒用。他是好人，拜託你幫幫他！拜託！

　　△啟陽看著坤哥，掩飾動容，輕輕挪動身子，掙開坤哥的手。

啟陽：高層都震怒了，檢察官知法犯法，不管我想不想幫他，都應該要給社會一個交代。

坤哥：你這麼資深，這麼有經驗，一定有辦法幫他吧！我求求你！

　　△坤哥說著，雙膝一軟，正要跪地。

　　△啟陽早一步伸手拉住坤哥。

啟陽：郭曉其的處置是法院決定的，我真的幫不了忙。

　　△坤哥看著啟陽，眼裡的希望逐漸消散。

　　△小路看坤哥，心疼，轉向啟陽。

小路：他只是為了阻止陳和平繼續殺人，你們地檢署又有真的挺過他嗎？

　　△啟陽看向小路，不語。

坤哥：（斥）對啊！他一個人在拚的時候你們有幫他嗎？有嗎？他要不是為了破案，會變成這樣嗎？他是為了自己嗎？害死一個認真的年輕人，你們當官的心裡過得去嗎？

　　△啟陽看著怒氣沖沖的坤哥，隱忍著難受，片刻──

啟陽：我只能承諾你們，他會得到公正的審判。

4. 內　監獄辦公室／舍房通道／舍房／地檢署中庭（憶）　日／夜
　　△監獄辦公室，電視播放著新聞。

記者VO：郭曉其如今面臨多項罪名，遭停職查辦，恐將求處十年以上刑期。你
　　有什麼看法？

　　△電視畫面：和平病房內堆滿花籃與慰問鮮花。和平面對TNB記者採訪的
　　鏡頭。

和平VO：出書分析案情，怎麼能代表我就是凶手呢！？我們都是司法暴力底下
　　的倖存者！我絕對不會退縮，因為老百姓對檢警的同情心早就用完了！我
　　想問，為了證明胡建和的清白，我書中列舉的案情可能性，檢警有沒有積
　　極調查？什麼時候能抓到真凶？什麼時候我們社會能免於恐慌？郭曉其辦
　　不到，誰來給我們一個交代？

　　△電視聲傳到舍房通道，曉其臉色黯淡，穿著囚服，手抱生活用品，在管理
　　員帶領下一步步走到舍房門口，蹲下候命。

　　△曉其低著頭，面如死灰。

　　△監獄舍房。深夜，窗外大雨傾盆，其他收容人都已熟睡。

　　△曉其獨坐一隅，聽著滂沱雨聲，喉嚨裡低沉的傳出斷斷續續的旋律。

曉其：（低聲哼）When you cry in wintertime…You can't pretend…

　　△INS新拍回憶，地檢署中庭，本集序2後。

　　△〈Rain & Tears〉的音樂聲再起，曉其與允慧坐在長椅上。

　　△二人依舊靜謐共處。

　　△此時，允慧轉頭看曉其，曉其也凝視允慧。

　　△此時，允慧伸手拿下曉其靠自己這側的耳機，對他說——

允慧：你的過去絕對不是你的障礙，你所經歷的一切一定更能讓你當一個好司法
　　官。

　　△曉其看向允慧，正要開口——

允慧：先好好把歌聽完，什麼都不要想。

　　△允慧幫曉其再把耳機戴上。

　　△回現時。雨聲中，曉其失魂落魄的看著前方的虛空。

5. 內　監獄接見室　日
　　△曉其與小路對坐在隔板兩側，各自拿著聽筒。
　　△小路看著模樣憔悴的曉其。

小路：沒想到事情會變成這樣
　　　△曉其提醒小路。
曉其：陳和平那天在停車場的說法，就像是去過允慧的現場，你自己要小心。
　　　△曉其沉默──
小路：不用擔心，我會留意的
　　　△看到曉其的表情，小路有點難受，她壓抑住情緒，更是打起精神。
小路：對了，跟你說，勇哥醒了。
　　　△曉其訝異。
曉其：什麼時候醒的？他還好嗎？
小路：我去看他的時候還滿有精神的，如果他恢復得好，也能幫助彤妹病情穩
　　　定，或許就可以出來指證陳和平，所以你也快打起精神來，知道嗎！
　　　△小路端出笑臉，試圖鼓舞曉其。

6. 內　尚勇病房　日
　　　△彤妹不是很流暢的將碗裡的粥一口一口餵給坐在床邊的尚勇。
　　　△尚勇邊吃，眼角餘光看向彤妹，心疼。
尚勇：可以坐在一起吃飯，真好。
　　　△彤妹聽了，突然停住動作，眼淚流下來，看似想要表達什麼，但無法開
　　　口，放下碗，抱住尚勇就開始哭。
　　　△尚勇也緊緊抱著女兒，拍拍他。
尚勇：說不出來沒關係！不用急！之後會慢慢好的！
　　　△彤妹泣不成聲。
　　　△尚勇也深深感慨。
　　　△片刻，彤妹稍歇，啜泣。
尚勇：你哭歸哭，我還沒吃飽，要繼續餵耶。
　　　△彤妹鬆開手，看看尚勇。
　　　△尚勇微笑看著女兒，拍拍她的頭。
　　　△二人對望，彤妹也微微笑了。
　　　△門邊，大超不知何時已無聲開門，遠遠看著這一幕，含淚帶笑。

7. 外　醫院外　日
　　　△大超在自己嘴裡點燃菸，放進尚勇嘴裡。

△尚勇與菸久別重逢，痛快的深吸。滿意地吁了一口。

△此時，後面有醫院人員走來，大超趕緊把菸抽回來，情急之下用手捏熄，往口袋藏。

△尚勇與大超對看，醫院人員走過，二人沉默片刻，尚勇開口——

尚勇：聽說郭曉其把陳和平打成了豬頭三。

大超：你……你什麼時候知道的。

尚勇：本來等看你什麼時候願意開口跟我講，你還真的都不講。

大超：怕你剛恢復會爆血管啦。

尚勇：檢察官沒配槍，他槍哪來？

△尚勇看著大超，一臉嚴肅。

尚勇：之前我差點被沈嘉文弄死那地方，現場有找到槍嗎？

大超：什麼槍？

△大超錯愕。

尚勇：郭曉其這根木頭又臭又硬，不可能去弄黑槍。我那把槍肯定是他扛了。他救了我女兒，我失去理智的時候，他也沒袖手旁觀。我林尚勇這輩子都欠他。

8. 外　TNB電視臺大門外　日

△和平手持一堆麥克風，被各家媒體包圍拍攝。

和平：謝謝！謝謝大家的關心！我們新聞人要繼續一起努力，一起讓這個社會變得更好！大家辛苦了。

△和平把麥克風交還，英雄般地揮手。

△和平轉頭走入TNB大廳。

9. 內　TNB節目部辦公室　日

△和平走進辦公室，靠門邊的同事們看見，陸續驚喜的站起。

同事A：和平哥！你傷勢都好了嗎？

同事B：怎麼不多休息幾天？

和平：（笑）差不多了，我覺得回歸職場可以好得更快。

△永坤正好在辦公室一角與某同事說話，看到和平，也意外。

永坤：怎麼出院不說一聲，我派車去接你啊。

△永坤走向和平，給了和平一個擁抱。

△幾個同事也陸續湊了過來。

永坤：歷劫歸來，辛苦你了。

　　△和平看看周邊的同事與永坤，感觸片刻。

和平：逃出鬼門關，我才知道自己有多熱愛新聞工作，也很期待——（被打斷）

育修OS：真的熱愛就不要傷害自己電視臺的公信力。

　　△眾人聽見都一愣，看去。和平也疑惑。

　　△聲音來自育修。

育修：就事論事。TNB先是失去了雅慈，然後你又被檢警列為重大關係人，經
　　　歷這些風波，我認為電視臺的作法應該更謹慎一點。

　　△和平微笑看著育修發言，育修朝向永坤。

育修：經理，如果最後檢警查出陳和平有個萬一，整個TNB的節目都會失去公
　　　信力。我建議讓他休息到釐清案情，對大家都好。

永坤：我懂你的顧慮，但是和平這次是受害者啊。更別說其他臺早就巴著這個大
　　　好議題炒好幾天了。

　　△和平走到育修面前。

和平：馮哥，這件事情我是當事人中的當事人，發生什麼我自己最清楚。而觀眾
　　　們更是迫不及待等著我現身說法，我們做媒體的怎麼能辜負觀眾呢？

　　△和平轉身看看眾同仁。

和平：把真實帶給觀眾不就是我們的責任嗎？如果不能滿足大家對於求知的渴
　　　望，那我們在這裡工作還有什麼意義？

　　△和平語氣稍微強硬的說完，逕自邁開腳步上樓，留下育修佇立當場。

　　△永坤也楞住了片刻，才回神看看眾人，拍了幾下手。

永坤：好了好了好了！做事了。

　　△育修無奈離開，眾人也回到自己座位。

　　△小路在自己的座位，眼睜睜看著這一切。

10. 內　監獄大教室　日

　　△雨天。在室內放風，教室內播著電視，有些人在打撲克牌。

YBS主播VO：今天中午，連續殺人案凶手Noh再度以錄影帶方式發佈聳動言論。

　　△曉其走近電視。

　　△新聞畫面：Noh的面具正疊在允慧屍體的投影旁。

Noh VO：（變聲）喜歡我這次挑選的女主角嗎？想不想跟我一起創作？寄信給

我吧，告訴我，你認為誰根本不配活下去。

△周圍的受刑人也紛紛湊過來聽，受到 Noh 的吸引。

Noh VO：（變聲）比起我帶來的絕望，那些給你們虛假希望的人才叫邪惡。他們總是要你安份忍耐，自己卻為所欲為，是時候讓他們痛苦了，把你內心積壓已久的憤怒全發洩出來吧。

△曉其身後，一人（有為）注視著他。

△新聞畫面，一張紙卡寫著：

46-981 號郵政信箱

Noh VO：（變聲）我會統計你們的投票，獲得最高票的人，就是我下一捲錄影帶裡的主角。

△曉其盯著電視，憤怒。

有為：凶手這麼囂張，你卻坐在這邊乾瞪眼。

△曉其回頭，看到有為拉了椅子在自己身邊坐下。

有為：學弟，有些話，現在想和你說。當初我收振邦建設的錢，是為了取得對方信任，深入他們的利益結構，摸清楚有多少人牽扯在裡面再　網打盡。

△曉其聽了，尋思，仍存疑。

有為：那天振邦的人就在現場，我難道能跟你大白話說清楚嗎？

曉其：就算你說的是事實，沒有檢察長簽核，程序上就是違法，你的行為沒有正當性。

△有為用下巴指了指電視。

有為：那你告訴我，碰到陳和平這種角色，你堅守的正當性拿他有辦法嗎？

△曉其錯愕。

曉其：你怎麼知道是陳和平？

有為：一定是他啊，否則你不會這麼衝動。在這裡沒事幹，每天只能看新聞，從斷掌案看起，一個個受害者，卻什麼都無法幫你。

△有為有些落寞地低下頭。

曉其：要是是你，你會怎麼做？

△有為直盯著曉其。

有為：學弟，你確定你真的已經沒招了嗎？

△曉其無奈帶著悲傷盯著有為看，搖搖頭。

△有為嘆，起身欲離。

有為：別再自責，你盡力了。沒有人能做得比你更好了，知道嗎？

　　△曉其聽著，哽住。

　　△有為拍拍他，離。

11. 內　南清宮內　日

　　△電視畫面：Noh的影片剛播畢。

　　△和平站在電視機旁，按停了錄放影機，轉頭看坐在茶几前的馬義男。

和平：前檢方口口聲聲說凶手已死，結果真凶到今天還用這種方式威脅大眾，逍
　　　遙法外。那個郭曉其更是誇張，竟然對我動手還開槍！我們真的能夠相信
　　　檢察官嗎？

　　△義男聽到曉其的名字，沉吟了片刻，沒有回應和平。

　　△和平觀察著馬義男的反應，繼續說服。

和平：馬主委！如果你願意幫忙把所有被害者家屬凝聚在一起，我們就可以用這
　　　股力量在我的節目上去呼籲大家，一起監督檢警。

　　△義男忖度。

　　△和平看著義男，期待他的回應。

　　△義男認真的看向和平，開口——

義男：陳主播。我覺得這個凶手已經故意在煽動大家了，如果現在又讓受害家屬
　　　上節目，會不會只是讓老百姓越來越不相信警察？

　　△和平一愣，表情有點僵掉。

和平：馬主委，我想您誤會我的意思了，我只是想盡媒體的義務，去提醒大家⋯⋯

義男：我知道，你的書也是這樣說的，書裡面好像對所有發生的事情都很了解，
　　　有的事情連我身為怡君的阿公都不知道！

　　△義男堅毅的眼神直直看著和平。

義男：可是陳主播，這書看起來好像是故事書、是小說，我總覺得哪裡怪怪的，
　　　好像不太真實啊。

和平：那您覺得哪裡有問題？

義男：（笑）沒有啦，我也不懂，我只是覺得你要我們上節目讓所有人看到這些
　　　痛苦，看得那麼詳細，對生活有什麼幫助呢？我們上去罵，去發洩情緒，
　　　哭給大家看？真的有意義嗎？

　　△兩人眼神交鋒。義男盯著和平的雙眼。

　　△和平一直以來的笑容稍微消退，也無法回應。

義男：陳主播啊，我是外行人，不懂做節目，可是如果你願意聽我這個老人說的

話，我勸你再想一想，不要再用殺人案製造話題了，這樣不就是正中凶手的意嗎？

　　△和平沒想到義男會說出這樣的話，低頭笑了一下，然後向義男點點頭。

和平：馬主委真是有智慧，既然如此，那我也不勉強了。

　　△和平帶著玩味的表情站了起來，走出。

　　△義男看著和平的樣子，尋思。

12. 內　專案小組　日

　　△大超和其他幾名員警拖著好幾袋麻布袋進來，往角落堆。

大超：這是這三天寄到郵政信箱響應Noh投票的信，郵局統計大概八千多封。郵政信箱申請人查過了，他根本不知情，看來Noh是隨機亂寫的。

　　△一個員警開啟麻布袋時不慎翻倒，信與明信片因此散落在地。

啟陽：不用拆了，就堆那裡吧。我去聯絡媒體呼籲民眾不要寄了。

　　△此時，尚勇走了進來，專案小組各人看見都面露驚訝。

　　△人超一愣。

大超：勇哥！你來幹嘛？

　　△尚勇先對啟陽點頭，才看大超。

尚勇：銷假上班啊。

大超：醫生說你可以出院了嗎？

尚勇：我自己說可以了。

啟陽：林尚勇，你不要勉強自己。

尚勇：跑是沒有以前跑得快啦，但是砸爛那張破面具還可以。

啟陽：你要歸隊，就全力以赴。這個案子犧牲了太多人，我們一定要還所有受害者公道。也還你和你女兒一個公道。

尚勇：是，檢察長儘管吩咐。

　　△此時，文愷進來，在啟陽面前放下一封信。

文愷：胡允慧生前租屋處的管理員把她的信件交給派出所，在裡面發現了這個。

　　△文愷說到一半，發現尚勇在，看了一眼。

文愷：學長。

　　△尚勇對文愷點頭。

　　△啟陽打開信，文愷繼續說明。

文愷：寄件人是田村義，看來是經過獄方層層檢查之後到最近才寄出。

　　　△啟陽讀著信。

　　　△尚勇靠近大超，對他說悄悄話。

尚勇：（悄聲）等等印一份給我寄進去給郭曉其。

　　　△此時，啟陽面前電話響，啟陽接起，臉色一變。

13. 外／內　地下道／地檢署外／分局辦公室　日

　　　△地下道，尚勇與大超押著一個戴著Noh面具的歹徒走出。

　　　△門外，員警以及媒體嚴陣以待，快速拍照。

記者A：請問你為什麼要戴Noh的面具犯案？

記者B：你與Noh認識嗎？

歹徒：（嚷）老闆就是該死！我等不及投票結果了！

　　　△尚勇把歹徒帶上車。

　　　△尚勇摘下歹徒的Noh面具，面具底下是一名青年。

　　　△地檢署外。啟陽正要離開，被眾家媒體麥克風圍堵。

記者A：檢察長，你們查到Noh是誰了嗎？

記者B：你們要怎麼安撫民眾情緒？

記者C：檢警會怎麼處理被煽動的民眾？

記者D：Noh跟之前的連續殺人案有關嗎？

啟陽：請各位民眾不要隨惡勢力做出不理性的舉動。

　　　△電視臺新聞畫面，各家新聞臺播報Noh影片新聞。

YBS主播：接下來繼續帶您關心最近造成社會人心惶惶的面具殺人魔Noh的最新
　　　　消息：自從昨夜Noh的影片發佈後，後續效應開始發酵……

公信新聞主播：各地出現相當多的支持者，戴上Noh的面具，以Noh的名義犯下
　　　　許多罪行。

DTV主播：而松延市警方也派出大批警力進行追捕，這些嫌犯中甚至有人高喊
　　　　Noh所提倡的理念，顯然這已經形成一個新的社會治安問題。

　　　△分局辦公室。電話此起彼落響著，警員忙著接聽。

　　　△尚勇和大超押著剛才犯案的青年走回辦公室，看見一名工人打扮的男子被
　　　　銬在一旁，一名職員打扮的男子正被審訊，兩人身旁都放著自製的Noh面
　　　　具。

職員：（嚷）憤怒無罪！復仇無罪！

大超：這星期第五個了。

尚勇：一群沒腦袋的，根本不知道自己在做什麼。

　　△通報的電話仍響個不停，尚勇和大超互看一眼，凝重。

　　△各家新聞臺主播播報畫面。

TNB主播：Noh的真實身份究竟是誰，這眾多隱身在面具之後的嫌犯，是否又可
　　能藏著連續殺人案的真正凶手……

第一新聞主播：而Noh下一個鎖定的目標又會是誰，已經完全成為了全市目前最
　　關注的焦點。本臺也將持續追蹤這起近年來最嚴重治安事件的後續發展。

　　△下一場，和平的聲音先in──

和平：（高聲）我就說整個政府都失能了嘛！

14. 內　TNB攝影棚／副控室／監獄舍房　夜

　　△攝影棚。和平走到一名年邁的來賓高檢察官面前，語氣激動。

和平：高前檢察長，越來越多的人開始認同Noh，為什麼檢警還不肯自我檢討？
　　你們就是逃避問題嘛！

　　△小路拿著節目流程，一臉擔憂的看著眼前的狀況。

　　△高檢皺著眉，謹慎的看著和平。

高檢：我認為你這種言論相當不妥。媒體不適合一直報導他，這只會助長社會恐
　　慌。

和平：恐慌是誰造成的？不就是你們嗎？不就是因為你們不肯負起保護民眾的責
　　任，Noh才會出來喊話的嗎？不然你說，你覺得郭曉其檢察官會拿到幾
　　票？你自己又會拿到幾票？

　　△高檢搖搖頭，不願回應。

　　△副控室，永坤也在其中，一臉不可置信。

永坤：他怎麼出院後就有點不對勁，一直跟檢警作對？

　　△攝影棚。高檢面露不悅。

高檢：你這是在鼓勵凶手，我不會配合你炒作──（被打斷）

　　△和平突然用手指比出槍的手勢對著高檢的額頭！

和平：所以我被這樣對待！是對的嗎？是應該的嗎？

　　△高檢當場愣住。

　　△小路也愕然。

和平：說啊！你們司法體系訓練出來的菁英，就是這麼對我的。

　　△監獄舍房，小電視的畫面正在播放著和平的節目。

△電視畫面突然跳成廣告。

△畫面拉開，看著小電視的人是曉其。

△曉其拔下耳機，若有所思。

15. 內　監獄舍房／接見室　日

△舍房內，曉其拆開一封信，信封寫著：

　　寄件人：林尚勇

△曉其拿出信紙，閱讀。

△片刻，曉其的表情略有變化。

△此時，舍房的小窗被打開，

管理員：2517，會面。

△曉其放下閱讀到一半的信，站起。

△接見室，曉其由管理員帶出，見到已經坐在那裡的義男，意外。

△曉其坐下，拿起話筒就先開口——

曉其：我沒有辦法抓到凶手，對不起。

△義男看著曉其。

義男：郭檢，你不要對不起。

△曉其看著義男，五味雜陳。

△義男透徹曉其的痛苦，對曉其點點頭。

△曉其被義男說的話觸動。

義男：殺人凶手不是你，也不是我，要對不起的是那個凶手。

△義男眼神堅定。

義男：他不只殺了這些女孩子，連我們這些活著的人也慢慢地被自己的罪惡感殺死。

△曉其聽著義男的話，思考，他的眼神低垂，逐漸變得遙遠。

義男：但我們不能被打倒，我很難過，但還是要吃好、要睡好，因為我要親眼看到那個凶手被抓。

△曉其直直看向義男。

曉其：謝謝主委，我很怕來不及了。

義男：神明跟我們凡人做事方式不一樣，往往跟表面看到的相反。祂要收服一個人，一定會先讓那個人變強。因為自我膨脹的人，就很容易原形畢露。

△曉其看著義男，深深思索。

16. 內　看守所舍房　夜

△熄燈鐘聲響起，收容人們皆鋪好床躺下。

△曉其在一角讀著田村義的自白信，眾人看了他幾眼，關燈兀自睡去。

△片刻，曉其折起信，看著牆壁思考。

△INS S14，節目中，和平用手指比成槍狀指著高檢的額頭。

△INS回憶，和平被訊問後在高德分局外被記者簇擁訪問的樣子。

△INS回憶，和平一邊被揍，一邊笑的樣子。

△回現時。曉其從思索中回神，注意到眼前有一隊螞蟻正行進。

△曉其順著螞蟻隊伍，看見了蟻窩的洞口。

義男VO：老天爺跟我們凡人做事方式不一樣，往往跟表面看到的相反。祂要收一個人，一定會先讓那個人變強大。看起來一敗塗地的時候，就代表反敗為勝的機會來了。

△就著微弱的光線，曉其揉出一張衛生紙，將螞蟻洞堵上。

17. 內　監獄操場　日

△受刑人三五成隊。

△曉其在圍牆附近看著場上眾人。眼角餘光察覺身後幾個壯漢接近。

△曉其調整呼吸，點點頭，轉身——

△幾個壯漢動手攻擊曉其！

18. 內　TNB大辦公室　日

△小路正在講電話連絡採訪。

△小路：那我們就先約本週四大概……我看一下……下午兩點半好嗎？

△電視新聞的聲傳來——

主播VO：為您插播一則最新快訊——日前因攻擊陳和平主播，羈押於北區看守所的前檢察官郭曉其，昨夜驚傳在獄中遭同舍房收容人毆打至重傷。

△小路聽到，一愣，放下話筒，怔怔看向電視……

△辦公室眾人聽到新聞也紛紛放下工作，往電視方向走來。

△看著電視的員工們交頭接耳，議論紛紛。

△電視畫面：曉其意識模糊，戴氧氣罩從救護車上被抬下來推進醫院。

主播VO：消息指出，救護車趕到的時候，郭曉其一度失去意識。矯正司緊急通過保外就醫，經過漏夜急救後，已經恢復生命跡象的穩定。主治醫師指

　　　出，郭曉其脾臟破裂……

　　△小路緩緩掛上電話，難以相信眼前所見。

19. 內　病房　夜

　　△曉其已手術完，被腳鐐銬在病床上，閉目休養。

　　△啟陽站在曉其病床前，凝視著曉其的病容。

啟陽：記得你報到那天在我辦公室，我問了你什麼嗎？

　　△曉其聽見聲音，眼睛緩緩睜開。

啟陽：終究還是發生了。

　　△曉其發現是啟陽，睜眼。

曉其：檢察長。

　　△曉其勉強移動，打算從床上支起身。

啟陽：不用起來了，沒打算陪你多聊。我私人來看診，順便幫總長傳話。

　　△啟陽無奈地嘆氣。

啟陽：都到這個地步了，機會只有一次，你自己看著辦吧。

　　△啟陽說完，別有深意的與曉其對望。

　　△片刻，啟陽開門離去，曉其看著門口的方向思索。

20. 內　和平辦公室　日

　　△永坤至。和平剛接完電話。

和平：什麼事？

永坤：郭曉其打來說想上你的節目，這件事你考慮得怎樣？

　　△和平笑了出來。

和平：我之前不就說得很清楚，讓他來呀。

　　△和平一派輕鬆，卻發現永坤滿臉疑慮，頻頻推眼鏡。

和平：你有什麼疑慮嗎？

永坤：他把你當成第一嫌疑犯，現在突然跑來，你不覺得會出什麼問題嗎？

和平：能出什麼問題，難道你怕他拿槍來再開我一次啊？

　　△和平說完，用手上的筆敲了敲桌上的水晶菸灰缸。

　　△永坤也看了一眼菸灰缸。

　　△和平舒服地靠向椅背。

　　△永坤看著一臉無所畏懼的和平，再推了推眼鏡，不再多說。

21. 外／內　電視臺門口連大廳／攝影棚／副控室　夜

△門口大廳。戒護車停下，曉其與法警一下車就被各家媒體包圍搶拍。

記者Ａ：請問您今天帶病離開醫院來到電視臺的訴求？

記者Ｂ：有打算說明清楚跟陳和平的過節嗎？

記者Ｃ：對於閃躲服刑的指控你有什麼話想回應？

記者Ｄ：你看到陳和平第一句話要跟他說什麼？

記者Ｅ：身為前檢察官利用保外就醫上電視是濫權的表現嗎？

　　　　△曉其低頭不語，法警沉默將記者與曉其分開，走進大廳。

　　　　△曉其緩慢前行，一步步走進已經開啟的電梯內。

　　　　△電梯門關上。

　　　　△《call in最前線》攝影棚。曉其額頭上貼著紗布，在法警監視下進場，工作人員指引他入座。

　　　　△副控室裡，永坤看著手錶，神情緊張。

　　　　△攝影棚，和平神采飛揚的大步走入，到曉其身邊。

和平：郭檢，我還以為下次見面至少十年後，沒想到這麼快又見到你。

　　　　△曉其沉默與和平對看，眼神無聲交鋒。

　　　　△片刻，和平微笑。

　　　　△和平走到自己的位置。

　　　　△棚內、副控室，FD、AD分別讀秒。

FD／AD：五、四、三、二。

　　　　△攝影棚，和平專業的開場。

和平：各位晚安，歡迎收看《call in最前線》，我是陳和平，各位晚安。今晚是個非常特別的場合，相信大家也看見了，我們沒有其他來賓，只有這位「前」檢察官，郭曉其先生。

　　　　△曉其微微對攝影機點頭。

　　　　△副控室，AD依照導播指示，切換畫面到拍攝曉其的攝影機。

　　　　△此時，門打開，小路走了進來向永坤點頭示意。

　　　　△攝影棚，法警與電視臺人員都凝神看著現場。

和平：日前製作單位接到郭先生表達上節目的意願，各位觀眾朋友，他的訴求是什麼呢？現在，就讓郭前檢察官親來為我們解答。

　　　　△和平風度翩翩的看著曉其。

　　　　△曉其看了一眼和平，再看向鏡頭。

曉其：我想親口向社會大眾，還有陳和平先生致上最高的歉意。因為我個人錯誤
　　　的行為，破壞了人民對司法的信任……

　　　△曉其撐著身體，吃力站起，對鏡頭深深一鞠躬。

曉其：對不起。

　　　△和平等候著曉其的動作。

　　　△曉其緩緩坐下。

和平：您今天願意把姿態放得這麼低，觀眾們此時一定和我一樣關心，是什麼原
　　　因讓您的態度出現了一百八十度大轉變？

　　　△曉其沉吟片刻，對著鏡頭娓娓道來。

曉其：擔任檢察官這些年，同仁們和長官對我有很多意見，認為我只會埋頭辦
　　　案，說我是個頑石。

　　　△和平故作關心地看著曉其。

曉其：我一心想找出連續殺人案的凶手，到頭來我的發現我的方法錯了。我不該
　　　跨越了司法人員那條線，抱歉。

和平：感謝郭先生的真情告白，還有什麼想說的嗎？

　　　△和平看向曉其，曉其卻搖搖頭，看著地板，兀自低落。

　　　△和平更得意，對鏡頭笑開——

和平：我們讓郭檢調整一下心情、身體，先來接聽觀眾朋友的電話，如果你有話
　　　想跟郭檢說，歡迎馬上來電。

　　　△副控室，電話響起。

　　　△坐在控臺的小路戴著耳機接起電話，詢問對方稱呼。

　　　△接著，小路回頭看永坤，點了點頭。

　　　△攝影棚，和平看著讀稿機，開口——

和平：我們來接第一通電話，來自離島的許先生？許先生請說。

<u>彼端VO：（變聲）郭曉其，你太讓我失望了，我一直以為你會找到我。</u>

　　　△突如其來的變聲讓在場所有人都一愣，甚至有人低聲驚呼。

　　　△和平與曉其對看。

曉其：（低聲）是你安排的？

　　　△和平聽了，回復思緒，不理會曉其，端出得體的微笑。

和平：這位先生還準備了變聲器，真有誠意。郭前檢察官有話想回應嗎？

曉其：這是你為了節目效果所安排的假來電。

和平：各位觀眾，郭先生說的絕非事實，本節目一向沒有劇本，也不會作假。

<u>彼端VO：（變聲）我人就在這裡，你還在扯陳和平，判斷力真差，難怪會去坐牢。</u>

曉其：我不是來陪你們演戲的，如果你們繼續這樣，我就馬上走。

　　△曉其起身欲離開。

　　△和平觀察著曉其的舉止。

<u>彼端VO：（變聲）你如果現在離開攝影棚，你信不信我就會再殺一個證明給你看。</u>

　　△和平聽了，起身，站得比曉其離攝影機更近，試圖搶回話語權。

和平：那麼，真凶Noh先生，你怎麼證明自己是Noh？

<u>彼端VO：（變聲）陳和平，你偷我創意出書撈錢，這筆帳我晚點跟你算。</u>

　　△和平愣，瞥了曉其一眼，壓抑著憤怒，端出得體的微笑。

<u>彼端VO：（變聲）郭曉其，你不坐下，我再殺一個，你就繼續逃避現實，否認</u>
<u>　　我的存在吧。等我再殺個人給你看，你就會心服口服了。</u>

　　△曉其聽了，逐漸發怒，他緩緩扶著沙發扶手坐回。

　　△攝影師因此挪動機器，閃過和平讓自己可以拍到曉其。

　　△和平也坐回，看著這一幕，不悅。

　　△副控室，導播不可置信地看著攝影棚發生的一切。

導播：媽的，他真的是Noh？

　　△導播轉頭看永坤，永坤神情凝重，不發一語。

導播：經理，要切掉還是進廣告嗎？

　　△永坤摘下眼鏡，凝視螢幕，眼神中透露出銳利的決心。

永坤：不用，從現在開始怎麼切鏡頭我說了算。

　　△攝影棚內，和平嚴肅看著鏡頭。

和平：目前現場發生了難以預期的小插曲，Noh如果你沒辦法證明，我就掛電話
　　囉？

<u>彼端VO：（變聲）想要我證明，好，我就讓你成為我的作品，來，陳主播，看</u>
<u>　　一下鏡頭。告訴我，你最想做的事情是什麼？你最快樂的回憶是什麼？你</u>
<u>　　有沒有想對家人說的話？說出來，我考慮放你一條生路。</u>

和平：這位先生你有買我的書，你說的這些話都是引用我書裡對凶手的推測——
　　（被打斷）

<u>彼端VO：（變聲）你閉嘴，沒有我跟沈嘉文製造的完美犯罪，你一個字都沒得寫。</u>

　　△和平正想回話，卻被曉其搶先。

曉其：你真的知道自己在幹嘛嗎？你殺姚雅慈，是因為姚雅慈調查凶手；殺胡允
　　慧，也只是為了要針對我，對，你成功了，我很難過，接下來我要去坐牢

了，然後呢，這算什麼完美犯罪。你的殺人動機是格局小到不行的私人恩怨，根本不是影帶裡說的那麼偉大，一點也不特別。

　　△和平從容聽著，卻發現自己面前那臺攝影機狀態指示燈熄了。

　　△和平雙手調整眼鏡架，像戴上一層面具一樣，重新戴好眼鏡。

和平：這通電話可以cut了，惡作劇來電，這個人不可能是Noh。

　　△和平邊說邊觀察，亮燈的攝影機都朝著曉其，拍自己的紅燈沒亮。

　　△和平開始略微焦躁，不解，看向導播室。

曉其：你還敢提到沈嘉文，他已經死了，你不覺得沒有共犯的你很可悲嗎？在他死了以後，你的犯案手法改變了，不像以前有計畫，當你沒有共犯時，手法很粗糙就像一般的殺人洩憤，一點原創性也沒有。

　　△和平發話想搶回焦點，卻發現紅燈仍沒亮，導播還是沒切對著他的鏡頭。

　　△導播室，永坤看著和平的畫面。

　　△攝影棚，拍曉其的攝影機一直亮著紅燈。

曉其：你說你是Noh，好，我當你是，但像你這樣的罪犯，監獄裡一堆，你很普通，這麼說所有在場的人都可以是Noh，只要你有惡意，敢傷害人，你可以是Noh，我也可以是Noh，他也可以是，但Noh是誰也那麼重要嗎？只要時間一過，社會都會忘記，因為你對我來說一點也不重要。

　　△和平理智斷線。

和平：不重要？電視機前幾百萬人都在看我，你說我不重要？

　　△跳，眾人，各自反應，均有點不明情況。

　　△惟獨曉其看向和平，等待著。

　　△和平看著曉其。

和平：如果我不重要，那為什麼你要盯著我不放？說我沒有原創性？沈嘉文只是配合我劇本演出的角色！Noh是我創造的，要殺誰都是我決定的！如果我不特別，我能用胡允慧的死把逼到你抓狂嗎？我用姚雅慈的菸灰缸把她打個稀爛，那菸灰缸擺在我辦公室裡，電視臺每天人來人往，到現在都沒有人發現，這還不夠有創意？

　　△副控室，永坤聽見和平的自白，氣得一拳砸在桌上。

　　△小路忍耐著難過的情緒。

　　△攝影棚，和平張狂指著自己，直視鏡頭。

和平：這是我的創作！是我一個人辦到的！是我！是我！是我！是我！是我！

　　△和平一鼓作氣說完，眼神也變得凌厲冷酷。

△此時，尚勇帶隊走了進來。舉槍指向和平。

△現場一陣騷動。

△和平遭上銬，被押著，經過曉其身邊。

曉其：你就好好向警方證明你才是原創吧。

△和平憤怒欲襲擊曉其，被尚勇制住，狼狽地被帶離。

22. 內　監獄辦公室／和平辦公室／和平家連密室　夜／日

△電視畫面：和平狼狽的臉。

△嘴部特寫，一個人拿著安裝了變聲器的話筒。

有為：晚安，陳主播。

△畫面漸漸拉開，監獄辦公室，看到有為在啟陽、監所管理員、法警監督下，掛上了室內電話。

△有為往後坐在椅子上，轉頭看啟陽。

△啟陽也鬆了口氣，抹掉額頭上的汗，搖搖頭。

啟陽：總算撐過來了。

△啟陽拿出手機，下令——

啟陽（對彼端）：行動！

△啟陽放下手機，憶起。

△INS新拍回憶。

△同樣在看守所辦公室，啟陽讀著田村義的自白書。

△曉其看著啟陽。

曉其：田村義死了，就算留下自白信也無法作為直接證據證明陳和平殺人。如果你們要起訴陳和平，沒有命中要害，他在法庭上就會想辦法逃脫。

△啟陽放下田村義的自白書，沉吟。

啟陽：你上節目，就等於給陳和平攻擊你的充分理由。

△曉其無懼，看著啟陽。

啟陽：就賭一賭吧。

△曉其對啟陽的乾脆意外。

曉其：你這次不告誡我要小心上面的意見？

啟陽：什麼是對，什麼是錯，我心裡有底。如果上面要追責任，你放心，這個案子，已經不是只有你一個人站在第一線了。

△曉其抬起眼和啟陽相視，對他點點頭。

　　△和平辦公室，大超帶隊下，鑑識人員戴著手套，從和平公事包中取出菸灰
　　缸。

　　△和平家，文愷帶隊破門而入，簡約的陳設中有一套豪華得突兀的音響與投
　　影機；一名員警打開以櫥櫃掩飾的暗門，出現一個密室。

　　△文愷進入密室，裡面有一套剪輯設備、滿滿的 DV 帶、一臺拍立得相機，
　　各受害者的照片以及 Noh 的面具被掛在牆上。

　　△文愷撥手機回報──

文愷（對彼端）：檢察長，找到證物了。

23. 內　副控室／攝影棚　夜

　　△副控室，永坤透過畫面，看到尚勇拿出手銬，捉住和平手腕。

永坤：這禽獸……我竟然一手把他培養成主播。

　　△小路擦掉臉上的眼淚，怒視著畫面。

小路：終於可以替雨萍和雅慈姐討回公道了。

　　△攝影棚，尚勇對和平宣讀權利。

尚勇：陳和平，我以連續殺人、強制、違反性自主等罪嫌逕行逮捕，你可以保持
　　緘默，要聯絡律師就講。

　　△和平沒有理會尚勇，任由自己被上銬，他逕自環視現場。

　　△突然，和平衝著曉其大笑。

和平：你以為抓到我你就贏了？郭曉其，我沒有輸耶，你看有多少信寄到郵政信
　　箱？成千上萬啊！他們都是我的共犯，我激發了他們渴望黑暗、渴望暴行
　　的一面。未來的世界裡，只要有本事，每個手裡有攝影機與麥克風的人，
　　都可以玩弄社會。

　　△和平上前擁抱曉其，拍拍他的背。

和平：這個世界已經不是你看到的那樣，一切都還沒結束。

　　△曉其看著和平，淡淡說出──

曉其：我只求讓你認罪，把你交給司法審判。

和平：（笑）你想逃避我的質疑啊？接下來的世界會很有趣喔！

　　△曉其不願回應，看了尚勇一眼，尚勇使力把和平押出去。

　　△其餘電視臺人員也都跟著出去。

　　△瞬間靜下來的攝影棚，曉其深深吸了口氣，走向法警們。

24. 外　TNB電視臺大廳　夜

　　△曉其隨法警走出電梯。

　　△媒體爭相採訪，閃光燈四起。

記者A：親手將陳和平繩之以法有什麼感想？

記者B：是不是可以透露一點call in來電者的真實身份？

記者C：你會以此跟檢方交換假釋條件嗎？

記者D：事到如今你會後悔對他開槍嗎？

記者E：你還有什麼話想對陳和平說？

　　△但曉其神情平靜，向著警備車走去。

　　△尚勇等在警備車旁，看見曉其。

尚勇：你才幾歲，為了腦袋裡的正義感賠上接下來的人生，哎，龜毛其就是龜毛
　　　其。

曉其：你把田村義的信寄給我，不也是指望我繼續龜毛下去嗎。

　　△尚勇搖搖頭，微笑，片刻，擁抱曉其。

尚勇：（低聲）謝謝。

　　△曉其也拍拍尚勇，一切盡在不言中。

　　△過了一會，曉其邁開步伐準備上車。

　　△一個人影遠遠奔來，是小路。

小路OS：郭曉其！

　　△一旁，尚勇對法警示意，法警退開。小路一見曉其就紅了眼眶。

　　△小路忍不住用力擁抱曉其，流淚。

曉其：別哭了。照顧好自己。

　　△小路鬆開手，看著曉其。

小路：你照顧好你自己！我會常常去看你的。

　　△曉其舉起手來，幫小路抹去眼淚。

曉其：我走了。

　　△曉其深深看了小路一眼，正要上車。

　　△小路思索著什麼，終於下定決心，開口喊──

小路：郭曉其！你終於幫允慧姐出了一口氣。

　　△曉其回頭，勉強擠出一絲微笑，上車

25. 外　市區／警備車上／地檢署中庭（憶）　夜
　　△警備車經過捷運工地圍籬，施工燈信一閃一閃。
　　△曉其看著星星點點的城市燈光，表情看似放下一塊大石。
　　△朦朧中，曉其漸漸想起允慧。
　　△以下蒙太奇式快轉，INS本集序2兩人的初遇，無聲畫面。
　　△允慧在曉其身旁坐下。
　　△兩人交談。
　　△兩人並肩坐著，在中庭望雨。
　　△以下融進下著雨的中庭，魔幻寫實感。
　　△曉其發覺自己不是坐在警備車，而是和允慧坐在長椅上。
　　△允慧微笑，拿耳機給曉其，就像本集序2兩人初遇。
允慧：先把歌聽完，什麼也不要想。
　　△〈Rain ＆ Tears〉的樂音再次響起。
音樂："Rain and tears are the same, but in the sun, you've got to play the game..."
　　△曉其情緒釋放，痛哭。
　　△車一路往前開。畫面漸白，fade out。

26. 外／內　南清宮　日
　　△佛經梵音由遠而近，鳥聲啁啾。
　　△義男打掃著門口，看見植栽出了新芽。
　　△義男悉心把植栽旁也打掃乾淨。進了屋裡。
　　△義男推著坐輪椅的淑琴出，經過桌前時，帶到一只小十字架掛在怡君照片上。
　　△義男推著淑琴至植栽旁，讓淑琴也一起觀賞新芽。
　　△兩人的表情都柔和許多。
　　△宮內香煙在和煦日光下淡淡升起。
　　△桌上照片裡，怡君笑容依舊。

27. 內　服飾店　夜
　　△前衛與復古交錯的服飾店。
　　△彤妹正幫顧客結帳，自然談笑。
　　△尚勇提著食物走進門，正要離開的顧客看了尚勇一眼。

尚勇：（笑）感謝捧場，歡迎再來嘿。
　　　△尚勇走到櫃檯，看到彤妹正在記錄庫存。
尚勇：生意好到沒時間吃飯，這怎麼可以？
彤妹：順便減肥啊。
尚勇：該減肥的人是你老爸，你還差得遠了。
　　　△兩人自然的邊談笑邊各自忙，正要開飯，大超從店內擦著手晃出來。
　　　△大超看到櫃檯的小菜，直接捏了一片來吃。
　　　△尚勇一愣。
尚勇：你在這幹嘛？
大超：剛剛在附近逮一個煙毒犯，押他上車的時候突然屎在滾，還好有夾住。
　　　△大超自己拉了椅子坐下，拆開免洗筷。
　　　△尚勇狠狠敲了大超腦袋一記。
尚勇：抓完不用回去做筆錄嗎！你師父是誰？
　　　△大超吃痛，揉著頭。
大超：筆錄學弟會先做啦。師父啊，我中午就沒吃，給我塞兩口再走？
　　　△尚勇看向彤妹，彤妹憋著笑。
尚勇：出去拿兩隻啤酒進來當場地費。
　　　△大超直接開動，三人圍在一塊吃著熱騰騰的晚餐。
　　　△下一場，電視新聞播報聲先 in──
育修VO：經過長達數月的審判，陳和平所犯下的連續殺人案即將宣判。

28. 內／外　法院內／外　日

　　　△育修聲音串至本場──
育修VO：警方在陳和平辦公室起出的一枚菸灰缸，經鑑識發現殘留有姚雅慈與胡允慧的血液和皮膚組織反應，確認為殺害這兩名死者的凶器。Noh宣告殺人的錄影帶的聲紋比對結果，也確認與陳和平吻合。
　　　△法庭內，啟陽發問中。
　　　△彤妹站立作證。
　　　△義男握著怡君的平安符，神情嚴肅。
　　　△尚勇掛心看著彤妹。
　　　△曉其身旁有法警陪同，也看著彤妹作證。
　　　△和平神情從容。

啟陽：證人林羽彤，你說你被沈嘉文囚禁時，有另外一個人也在現場是嗎？

彤妹：是。

啟陽：那個人今天在現場嗎？

　　　△彤妹點點頭。朝向被告席的陳和平，看著他，抬起另一手指向陳和平。

彤妹：是他。

　　　△和平面不改色。

<u>育修VO</u>：此外，先前遭到沈嘉文綁架並在車禍意外中生還的被害人林羽彤，經由醫師確定健康狀況無虞，也在她父親林尚勇的陪同下出庭作證。證實陳和平參與在殺害袁子晴的計畫中，亦是整起連續殺人案的主謀。

　　　△彤妹離開證人席，回到尚勇身邊，尚勇緊緊握住女兒的手。

法警：全體起立。

　　　△眾人起立。

　　　△義男閉上眼睛，彷彿祈禱著。

　　　△尚勇、彤妹牽緊著手。

法官：被告陳和平犯下殺人、強制性交、損壞屍體及遺棄屍體罪行，罪證明確。判處無期徒刑，褫奪公權終身。全案確定。

　　　△曉其在法警陪同下，看著法官宣判。

　　　△法官落槌宣判。

　　　△和平站在被告席聽取判決，鎮定自若。

　　　△曉其看著和平。

　　　△法庭外，媒體與和平的支持者們切切等候和平。

　　　△幾十個民眾拿著能劇面具，高舉布條：

陳和平 無罪之罪

陳和平背負我們的恨

暴力也是天生權利

支持者：陳和平！無罪！陳和平！無罪！

　　　△和平戴著手銬被兩名法警押出，支持者爭相向前，與警方推擠。

　　　△和平隨法警慢慢走下階梯。

　　　△記者此起彼落的發問，鎂光燈瘋狂拍攝。

記者A：陳和平，你為什麼要殺那些女孩子？所有被害者都是你親手殺的嗎？

記者B：你有什麼話要對家屬說的嗎？

記者C：被判無期徒刑你接受嗎？你還會再上訴嗎？

記者D：對於這一切你有後悔嗎？

　　△和平突然得意的高舉雙手大喊。

和平：惡本無罪！

　　△支持者隨之瘋狂推擠向前。

法警：（斥）後面不要推了！

　　△人群中，一名穿帽Ｔ戴著能劇面具的人，好似藏了什麼在帽Ｔ外套裡，突
　　　然向和平衝去。

　　△和平表情變化。

　　△和平身邊的法警奮力擋開群眾，將能面具人拉開。

　　△人群中陸續傳來驚呼聲。

　　△能面具人手裡握著一把染血的尖刀。

　　△血從和平的肚子泉湧而出。

　　△和平略感疼痛困惑地摸肚子，滿手都是鮮血。

　　△周遭的群眾開始尖叫，情勢瞬間混亂。

　　△法警立刻壓制面具人，記者加倍推擠。

法警：（嚷）快叫救護車！

　　△其他警力努力不讓記者及群眾靠近和平。

法警：（斥）不要靠近！後面不要推了！

　　△和平卻異常興奮地看向記者群，將自己染血的模樣朝向每個鏡頭展示。

和平：拍我！拍到了嗎？

　　△曉其戴著手銬隨法警步下階梯，目睹眼前的混亂。

　　△媒體瘋狂拍照。

　　△多家新聞臺主播播報畫面。

DTV主播：先前在新聞節目上公開承認自己殺人的連續殺人案凶手陳和平，今日
　　　一審宣判後在法院外，意外遭到不明人士刺傷……

YBS主播：一名頭戴面具的男子從抗議人群中竄出，突然拿出短刀直接刺向陳和
　　　平的腹部，現在現場的狀況可以說是相當混亂……

TNB主播：陳和平現在發狂似的衝向各家媒體，似乎還有許多話想對社會大眾說。

　　△和平笑著用盡最後的力氣向鎂光燈展現，但卻因失血漸漸無力，倒地。

　　△一名法警連忙上前按住和平的傷口，卻已無力回天。

　　△新聞臺主播播報畫面。

公信新聞：我們看到鏡頭內，陳和平已經傷重倒下，表情看起來非常痛苦，而他

腹部的傷口還在不停地流著血。

DTV 主播：目前現場非常混亂，警方正試圖用人力先封鎖現場，陳和平受的傷
　　　到底多嚴重，會不會危及生命，記者將隨時為你掌握最新情況……

　　△曉其看著逐漸失去意識的和平，情緒複雜。

　　△鎂光燈與拍攝燈俯瞰，在和平的瞳仁反射耀眼光芒。

　　△和平斷了氣。

　　△下一場，小路聲音先 in——

小路 VO：連續殺人案以意想不到的收場落幕，接下來是另一個大家更關心的消
　　　息。

29. 內／外　攝影棚／TNB節目部／街道／電器行／小路家　日／夜

　　△攝影棚，小路穿著一身套裝，妝髮完整的對著鏡頭試播。

小路 VO：連續殺人案以意想不到的結局落幕後，近來新興的犯罪手法吸引了大
　　　眾的關注。刑事局破獲了網路金融詐騙集團，專門利用電子郵件鎖定經濟
　　　條件良好的女性，不但騙財也騙感情，短短一年就有一百三十六名受害
　　　者，而詐騙金額也突破了五億元。警方呼籲民眾提高警覺，切莫上當。我
　　　是路妍真，感謝您收看今天的TNB早安新聞，我們再會。

小路 VO：郭曉其，你好嗎？我開始上主播臺試播了，雖然在冷門時段就是了。

　　△節目部小路在自己座位上辦公。

　　△小路看電腦，打開搜尋引擎，輸入：

　　陳和平

　　△搜尋結果跳出了：

　　陳和平數學

　　陳和平皮膚科診所

小路 VO：你猜中了一半，現在已經沒人在討論陳和平了；但你沒猜到的是，世
　　　界因為網路，改變得好快。

　　△小路看著車窗外的捷運站與車燈流逝。

　　△計程車因紅燈停下，小路看見車外的電器行，每臺電視播放著新聞。

育修 VO：震驚社會最新型態的網路金融詐騙案，被害者紛紛現身，預估被騙金
　　　額高達兩億。松延市一名工程師廖先生，近半年求職失利，他將個人履歷
　　　表公布於國際獵人頭公司，不料卻遭歹徒利用，今年十一月間，廖姓受害
　　　者接到來自海外某石油公司的錄用通知，開價三十五萬元月薪，但要求廖

先生連續匯款四次申請費、保證金等高達 155 萬元，而後再也連絡不上該公司。

小路VO：有時候看著新聞，我會想起建和，想起雨萍，甚至想起沈嘉文。我們都很擅長貼標籤，但其實誰是好人，誰是壞人，以及犯罪背後的成因，那些長期累積著，沒有被人聽見的呼救，似乎根本不重要，等新聞落幕，也沒有人會回頭對當時的誤解說一聲抱歉。

△ 小路家，小路放下包包，整個人癱在床上，怔怔看著天花板。

30. 內／外　監獄舍房／舍房外走廊／接見室／工廠／運動場　日

△ 舍房。曉其讀著信，和同舍收容人吃著會客菜。

小路VO：網路發達了，誰都能在網路上創造新的身分，變成另一個人；說話不用負責任，敲鍵盤就可以散播謊言。我有點害怕，好像陳和平無所不在，越來越多人變得像他一樣，躲在暗處，用卑劣的手段傷害他人。

△ 睡前時間，獄友們有的看著清涼雜誌，有的戴耳機看電視。

△ 曉其提筆寫信。

曉其VO：小路，我看了你的節目，很溫暖，很替你開心。我曾經以為，只要消滅世界上的邪惡，就可以逃避自己心裡的黑暗，但最後我卻在整個過程中迷失了自己，記得允慧曾經跟我說過，我們永遠有機會做出高尚的選擇，不必像野獸一樣屈服於本能，被恐懼或憤怒所左右，世界也許變得不同，但我現在明白了，無論是我，還是這個世界，黑暗都不會消失，我們所能做的，是用更多的溫暖跟光去平衡。

△ 舍房外走廊，曉其出，在監所管理員看管下，蹲下面牆。

△ 曉其起立，隨管理員朝外去。

接見室，隔板另一頭是坤哥在等候。

△ 坤哥對曉其擠出笑容，拿起話筒。曉其也拿起話筒。

曉其：一切都好嗎？

坤哥：好。最近一堆女乘客指定叫我車。

曉其：那就好。

坤哥：是你被關不是我被關，怎麼是你在問候我

△ 曉其感受到坤哥的溫暖。

坤哥：至少你在裡面不用上班，可以好好睡覺吃飯了。

曉其VO：我們會被這些惡傷害，但我們也會痊癒。就像你跟我，或馬伯伯，只

<u>要我們這些從黑暗中走出來的人願意分享經驗，一定能幫助更多和我們一樣的人。</u>

△運動場，受刑人各自放風。

△曉其依舊獨自坐在一角發呆。

△此時，一顆籃球滾到曉其腳邊。

△打籃球的受刑人們互相推了一下，派出一人過來撿。

△曉其撿起籃球，遠遠的朝籃框投籃。

△球在空中劃出一道完美弧線，沒進。

△曉其笑出，其他受刑人也笑出，虧曉其遜。

31. 外　監獄外　日

△看守所大門打開，曉其走出。

<u>曉其VO：只要每個人都願意當彼此的陽光，這世界就不再需要黑夜。</u>

△坤哥和他的白色計程車在外等著。

△坤哥緊緊擁抱了曉其。

坤哥：回來就好、回來就好。

△坤哥鬆開手。曉其看著坤哥久未見的笑容。

坤哥：走啦，載你回去吃豬腳麵線。回家了。

曉其：舅媽還在，回去我再幫你好好洗一洗。

坤哥：當然在啊，不用麻煩你，我的七仔我自己來！

△曉其與坤哥各自開門，上車。

32. 外　山丘墓園　日

△山巒蒼翠環繞。

△曉其帶著花束走進墓園。四周綠草如茵。

△墓碑維持得很乾淨，上頭是允慧的照片。

△一旁則是建和的墓碑。

△曉其凝視著允慧的墳，鼓起勇氣開口。

曉其：允慧，建和。對不起。隔了這麼久，才來看你們。

△曉其把花束放到兩人墓碑前。

△曉其望著允慧照片。

△曉其眼中有淚。

　　△照片裡的允慧溫柔微笑著。

33. 內　曉其家　日
　　△坤哥穿著整齊從房間走出，看到曉其在廚房忙東忙西。

坤哥：你今天不是要開庭，在那弄什麼？

　　△曉其剛洗完手，轉身到餐桌放下兩個盤子。

曉其：我們兩個的早餐。

坤哥：巷口買不就好了。

曉其：自己做的材料比較安心啦。

　　△曉其擦乾手，走到鏡前替自己打領帶。

　　△坤哥看看曉其，十分滿意。

坤哥：你回鍋當律師是對的，整個人看起來神清氣爽，也比以前體面多了。人還
　　　是要有目標，做自己喜歡的事才會快樂。

　　△坤哥邊說，邊走到餐桌前坐下，愣住。

坤哥：這是什麼？

曉其：炒蛋配吐司。

　　△吐司上面放著乾硬焦黑的炒蛋。

坤哥：你是不是找不到醬油，拿我的機油來加？

　　△曉其打好領帶，放下捲起的袖子，轉過來。

曉其：他只是賣相不好，口味跟營養還是沒問題的。

坤哥：嘿啦，跟我一樣，注重內涵。

　　△坤哥把土司捲起來，開動。

　　△曉其進廚房走出，手裡拿著一個保溫杯，旋開蓋子。

　　△熱騰騰的水蒸氣從保溫杯裡飄散而出。

曉其：這就沒有賣相問題了。

　　△曉其把保溫杯推到坤哥臉前，坤哥配合的嗅了一口。

坤哥：這什麼？

曉其：野採花旗蔘，給你補氣。

　　△坤哥立刻迫不及待地喝了一口，有點燙到嘴。

曉其：欸，小心。

坤哥：呴呴～跟地下電臺賣的真的不一樣。

曉其：當然，這專賣店訂的。

　　△曉其邊說邊把蓋子旋緊，交給坤哥，坤哥按捺著一臉笑意。

曉其：愛喝的話每天幫你沖一杯。

　　△坤哥笑。

坤哥：緣投仔，會照顧人了。我總算出運了。

　　△坤哥啜飲著蔘茶，曉其笑看著他。

34. 外　法院前　日

　　△法院前，媒體搶佔位置。

　　△小路拿著麥克風，正對著攝影機連線報導。

小路：近日最受矚目的高中少女失蹤案今天開庭。少女在山區被發現的時候已經
　　　死亡，而邀她赴約的網友真實身份竟然是一名未成年的少年。今天是少年
　　　的第一次出庭應訊，目前還不知道他的涉案程度為何，最新情況本臺將為
　　　您隨時更新。

　　△小路結束連線。看見曉其帶著資料，陪同一名穿著帽T口罩的年輕當事人
　　　穿過人群。跟了上去。

　　△媒體包圍推擠發問。

記者A：你跟被害者原本就認識嗎？

記者B：為什麼要變裝假冒身份？

記者C：可以解釋一下你約她見面的動機嗎？

小路：現在外界都認為這是利用網路作案的新型態犯罪，你想不想為自己向社會
　　　大眾作點澄清？

　　△法警上前維護秩序，將人潮與曉其隔開。

　　△曉其與小路眼神交會，有戰友的相知，接著繼續帶少年一步步上階梯。

　　△小路轉而面朝攝影機。

小路：涉案少年已經在律師陪同下進入法院，預計下午就會有進一步的消息。記
　　　者路妍真現場報導。

　　△曉其繼續往上走，保護著當事人走進法院。

<u>曉其VO：隨著社會的演變，惡永遠都會以不同的面貌出現。但不管我們繞了多
　　　遠，真相總會帶我們找到回家的路。</u>

　　△天空在烈日中湛藍。

　　　　　　　　　　　　　　　　　　　　　　　　　　　　　　全劇終。

編劇介紹

編劇統籌　馬克明

「惡是一扇門，存在於每個人的心裡，通往未知的深淵與必然的毀滅。而你永遠都可以選擇不要打開它。」

臺大中文系、政大廣電所畢。柴郡貓文化傳媒有限公司負責人，好故事工作坊戲劇總監。曾獲全球華人青年文學獎、臺大文學獎、政大道南文學獎。電影劇本《限乘一人》獲「拍臺北」銀獎、《醒來吧！美夢娜》獲優良電影劇本獎、《達陣》獲電影劇本開發補助並入圍優良電影劇本獎、《怪我太年輕》獲電影劇本開發補助並入圍釜山國際影展亞洲電影創投；編劇統籌代表作品《模仿犯》、《永生密碼一九七》、《暗戀‧橘生淮南》、《微微　笑很傾城》、《杉杉來了》、《熱海戀歌》、《三隻小蟲》、《剩女保鏢》等。

編劇　　　王加安

「別人是奔著死而去，而我們看見了死亡的終點，拚命往活的方向跑。」

政治大學廣播電視研究所畢業。自二〇一二年起擔任影視編劇，與好故事工作坊長期合作，寫作《模仿犯》時，修讀了東吳法學院的鑑識學分班課程。近期作品：《模仿犯》、《永生密碼一九七》。

編劇　　　吳俊佑

「這是個開始於有線電視開放媒體肆虐、結束於網路發達的故事，我曾經讓他們在結局說：『有網路之後取得資訊變得很方便，相信社會大眾會更懂得分辨真實跟謊話吧。』這句話在戲裡可能不存在了，所以我在這邊再說一次。」

連續兩屆優良電影劇本獎特優獎,連續兩年擔任劇集中繼投手;於公擅長田野調查與各行各業對話,於私社交恐懼。

編劇　　尤以青

「不是正義與邪惡的對決,是正義在一片漆黑中摸索,艱難前行。唯一的憑藉,僅有人性微小的光芒。」

編劇,曾任廣告製片助理、道具助理、非線性剪接師。編劇作品《戰青春》獲得「拍臺北」銅劇本獎、《再見凱西》獲「拍臺北」佳作獎及同年優良電影劇本入圍、《森林木人》獲選文化部電影片劇本開發補助案。參與好故事工作坊影視作品:電視劇《暗戀 橘生淮南》(二○二一)、影集《模仿犯》(二○二三)

編劇　　周克威

「袖手旁觀的我們可能都是加害者」

畢業後在戲院擔任電影膠卷放映師十餘年,著迷於影像魅力。自二○一七年起於好故事工作坊擔任協力編劇,專職劇本寫作。曾長時間旅居日本、加拿大並持續創作,期間與來自世界各地不同階級、文化的民眾互動,累積不同視角與體驗,渴望透過角色探索多元的人性。

編劇　　何昕明

「期望模仿的不是罪行,而是是人性的良善。」

現任瀚草文創內容創意總監。美國波士頓大學電影製作學系碩士畢業。一九九六年開始擔任編劇至今。文學改編劇集《曾經》入圍金鐘獎最佳編劇,以作品《幻罪》、《醒來吧美夢娜》、《易副官》多次獲得優良電影劇本獎肯定。二○一○年

成立好故事工作坊有限公司，擔任負責人，從事電影、劇集、真人秀、VR實境、MV廣告等各式媒體類型劇本創作。電影作品：《變身超人》、《南方小羊牧場》等，二〇一八年以電影編劇作品《後來的我們》，創下五十多億新臺幣票房佳績，更於同年獲得臺灣金馬獎與大陸金雞獎最佳改編劇本與之提名肯定。近期作品為《劉若英「飛行日」演唱會故事創意》、《華燈初上未來版：小紅帽殺人事件》、金馬奇幻影展《永生號》及改編自東野圭吾的電影《綁架遊戲》。

本劇顧問指導

精神科醫師　　　周元華
心理師職人顧問　黃　健
刑警顧問　　　　李信文
檢警指導　　　　藍俊誠
鑑識顧問　　　　陳雅鵑
檢察官職人顧問　周士榆、蕭奕弘、林冠佑
消防顧問　　　　楊雲忠
醫療顧問　　　　秦若喬
法醫顧問　　　　蕭開平
監獄田調顧問　　陳惠敏
新聞副控室顧問　傅慧芬
導播顧問　　　　鄭大智
DJ顧問　　　　　DJ@llen
新聞職人顧問　　徐湘華、敖國珠、洪培翔、黃子鳳、徐寶寰
BDSM顧問　　　謝杉陽、溫芷若
舞蹈指導　　　　李婉君
青少年表演老師　邵韋傑（安德森）

臉譜書房

《模仿犯》影集創作全紀錄
全十集完整劇本＆幕後花絮寫真導覽

作　　　者	瀚草影視、英雄旅程
美 術 設 計	蕭旭芳
責 任 編 輯	廖培穎

出　　　版	臉譜出版
發 行 人	涂玉雲
總 經 理	陳逸瑛
編 輯 總 監	劉麗真

城邦文化事業股份有限公司
臺北市中山區民生東路二段141號5樓
電話：886-2-25007696　傳真：886-2-25001952

發　　　行　英屬蓋曼群島商家庭傳媒股份有限公司城邦分公司
臺北市中山區民生東路二段141號11樓
客服專線：02-25007718；25007719
24小時傳真專線：02-25001990；25001991
服務時間：週一至週五上午09:30-12:00；下午13:30-17:00
劃撥帳號：19863813　戶名：書虫股份有限公司
讀者服務信箱：service@readingclub.com.tw
城邦網址：http://www.cite.com.tw

香港發行所　城邦（香港）出版集團有限公司
香港灣仔駱克道193號東超商業中心1樓
電話：852-25086231　傳真：852-25789337

馬新發行所　城邦（馬新）出版集團 Cite (M) Sdn Bhd
41, Jalan Radin Anum, Bandar Baru Sri Petaling,
57000 Kuala Lumpur, Malaysia.
電話：603-90563833　傳真：603-90576622
電子信箱：services@cite.my

一 版 一 刷	2023 年 4 月
Ｉ Ｓ Ｂ Ｎ	978-626-315-269-4

版權所有・翻印必究（Printed in Taiwan）
售價：499元
（本書如有缺頁、破損、倒裝，請寄回更換）

城邦讀書花園
www.cite.com.tw

國家圖書館出版品預行編目（CIP）資料

《模仿犯》影集創作全紀錄：全十集完整劇
本＆幕後花絮寫真導覽／瀚草影視, 英雄
旅程著. -- 一版. -- 臺北市：臉譜出版：
英屬蓋曼群島商家庭傳媒股份有限公司城
邦分公司發行, 2023.04
　面；　公分. --（臉譜書房）
ISBN 978-626-315-269-4（平裝）

863.54　　　　　　　　　112001813